戲非戲255

雪中悍刀行

第二部

（七）

雪中斬天龍

烽火戲諸侯　作

高寶書版集團

道門真人飛天入地，千里取人首級；佛家菩薩低眉怒目，抬手可撼崑崙。
誰又言書生無意氣，一怒敢叫天子露戚容。
踏江踏湖踏歌，我有一劍仙人跪；提刀提劍提酒，三十萬鐵騎征天。

◆目錄◆

第一章　都護府擘畫禦敵　北涼道狼煙即起

懷陽關內那座北涼都護府依舊簡陋得不像話，這讓懷陽校尉黃來福很是忐忑，雖然稱不上寢食難安，可每次去都護大人那裡參與軍機事務，都覺得不是那麼回事兒，一些個相交莫逆的將校就他娘喜歡拿這個破爛事來刺他幾句。

說什麼他黃來福如今揚眉吐氣啊，住的地方比褚都護還氣派，就是可惜王爺沒弄個將軍給他，否則就真是名副其實的大人物了。黃來福對此連還嘴的機會都沒有，只能認命，久而久之，他就成了涼州北線邊關的頭號大笑話。不過隨著邊境上大戰在即的氣氛越來越濃重，這些無傷大雅的調侃也就很快消散一空。

今天黃來福例行前往都護府，最近幾位大帥統領都在府上，群策群力，一起討論北莽的兵力部署和主攻方向，黃來福是個會打仗但不擅長動嘴皮子的粗人，插不上嘴，但聽著那些老將軍大統領的爭執就覺得很舒坦，覺得只要有他們坐鎮邊關指揮調度，別說如今北涼邊軍兵強馬壯並且毫髮無損，就是最前頭的那座虎頭城不小心丟了，讓他黃來福去搶回來，那也絕對沒二話。

當今天黃來福走入都護府那掛滿大小形勢圖的大堂時，明顯察覺到一些異樣，大堂中央擺放一張長達六丈的巨大黃梨木几案，几案兩側多了許多張新鮮面孔。步軍統帥燕文鸞，這位春秋老將應該是第一次蒞臨懷陽關，騎軍統領袁左宗到了，而且顧大祖、周康、何仲忽、陳雲垂四位新老副帥也破天荒湊齊了。

大將軍義子之一的齊當國，新任白羽騎主將，也站在一側；幽州刺史胡魁和幽州將軍皇甫枰並肩站在偏一些的位置，而才從幽州刺史升遷高半階的涼州刺史王培芳，戰戰兢兢。這位可謂功成名就的北涼讀書人，孤苦伶仃站在了最偏僻的角落，顯然在這種場合，其他任何一位披甲將領放個屁，都要比他這個文官扯開嗓子喊話更有用。

但是最讓黃來福感到震驚的一個人物，是二郡主徐渭熊！

她坐在輪椅上，雙手十指交錯，緊緊盯著桌上的那幅邊關形勢圖。

北涼都護大人一手托著硯，一手提筆，硯中墨是赤墨，褚祿山站在徐渭熊身邊，彎腰在地圖上畫出一條條紅線，不斷輕聲說話。

黃來福躡手躡腳湊近過去，几案兩側早早站了二十幾人，他只能見縫插針找了個位置，剛好聽到褚祿山低聲說道：「先前我們有一標遊弩手插入了姑塞州腹地，發現柳珪大軍已經開拔，現在已經可以確定，是奔著流州去的。除了柳珪這支三萬精兵，還有包括瓦築、君子館在內偏南四座軍鎮也傾巢而出，老牌隴關幾大貴族也掏老底掏出了三萬步卒，還有姑塞州持節令的八千羌騎親軍需要注意。加在一起，這十萬人兵力都趕往了如今的流州州城——青蒼城。」

褚祿山用朱筆在地圖上的青蒼城以北某地，點了一點，「隴關貴族的那三萬步卒用作攻城主力，這一點是明擺著的。」然後在青蒼城和臨謠軍鎮之間輕輕抹了一筆，「不出意外，會是那八千羌騎在此守株待兔，用以牽制流州西線援軍的解圍。打得過就打，打不過就逃。

羌騎別的本事沒有，跑路的本事第一流，十幾年前，我就領教過了。」

屋內諸將會心一笑。當年第一場離陽、北莽大戰，世人皆知在那場硝煙中大放光彩的褚祿山有兩個遺憾：一個是沒宰掉同是胖子的董卓，再一個就是竟然沒能追殺掉那支潰敗羌騎。

褚祿山筆尖轉移，在涼州和流州青蒼城之間重重畫出一條線，「作為主力的柳珪大軍應該會穿插到此處……」

徐渭熊皺著眉頭，聽到這裡後直接打斷褚祿山的言語，「難道只是一味退守，任由柳珪在流州境內滲透？就算流州只有三萬龍象軍，也完全不用如此被動。」

雙手負後的顧大祖彎腰看著地圖，也緩緩開口說道：「若說涼州、幽州邊境可以等，但流州確實沒有這個必要。三萬龍象軍只要找到柳珪大軍主力，一舉擊潰，其餘那些散兵游勇不足為懼。戰之國門外，北涼有這個能耐。」

騎軍副統領何仲忽開口說道：「別看柳珪那邊人數占優，就這麼一點兵力還真不夠塞牙縫。就算董卓有後手，可按照他們當前的部署，兩天戰馬腳力的距離，收屍都來不及。」

褚祿山伸出兩根手指，捏了捏那猩紅筆尖，置若罔聞，只是凝視著浸染些許墨汁的手指頭，平靜道：「魚餌太小，釣不起大魚。」

褚祿山突然笑出聲，在寂靜無聲的屋內顯得格外響亮。

只見這位都護大人伸出拇指、食指捏在一起，抬手笑道：「咱們北涼鐵騎太強大了，總要給對手這麼一丁點兒的念想才行嘛！」

◆

懷陽關都護府有一處偏屋，傳聞酸秀才紮堆，酸不可聞，盡是些芝麻綠豆大小的官員，文不成、武不就，不過都護大人還是經常會出入偏屋，除此之外，這偏屋就極少有人造訪。

與外界想像中的不太一樣，偏屋內並非冷冷清清只有些老學究聚頭唉聲嘆氣，相反，這裡人氣很旺，而且許多張年輕面孔的出現，讓屋子顯得尤為朝氣勃勃。

屋內東西兩面牆壁上，各懸著一幅幅形勢圖，既有北涼三州邊疆地理，也有描繪北莽姑塞、龍腰兩州的地圖。兩面牆壁上的形勢圖所繪版圖內容如出一轍，只是分老舊，東面牆掛舊，西面壁懸新。

屋內兩人一桌對坐，桌邊始終有一人提筆站立靜候，負責紀錄一些言語。那些書桌上堆滿了北莽方志和密檔，其中許多東西，恐怕連南朝兵部和戶部都沒有。東西牆上之所以分新舊，是緣於屋內一位後輩晚生提出的建議——既然敵軍主帥董卓一直按兵不動，沒有流露出絲毫要大肆調兵遣將的跡象，那麼北涼不妨先從這些年北莽邊軍對涼莽接壤兩州的變動來探究蛛絲馬跡，圈畫出那些在最近幾年內增添兵力的城池軍鎮，以及那些耗費重金開闢出的新驛路，並著重找出北莽邊境歷年來的演武場地。

給出這個建言的年輕人姓郁，聽說先前是個遊手好閒的外地赴涼士子，投靠無門，找不著油水足的官府衙門，才托關係進了這裡。跟姓郁的同時進這屋子裡任職的雜流官吏還有六、七個，既有北涼本地飽讀兵書破天荒沾帶著書卷氣的將種子弟，也有跟郁姓年輕人差不多的根腳，都是些別人撿剩下不要的外鄉士子，心比天高、命比紙薄啊。

這屋子年紀大的前輩們，大多是些官場上沒混出頭的失意人。他們有個共同點，就是脖子硬，膝蓋更硬，不懂卑躬屈膝，平日裡最喜歡借酒澆愁，一喝高了自然也就管不住嘴地高談闊論指點江山，然後突然有一天就被拂水房的諜子拎到了邊境上。他們甚至都沒辦法跟家裡人打聲招呼，就此憑空消失。

他們起先膽戰心驚，以為是要被那喜怒無常的褚大魔頭砍腦袋玩耍，後來才知道是幫忙做些剖析戰局的事，也就逐漸心安下來。只是雖然成了都護府的客人是幫都護大人做事，可既沒有官身品秩，也沒有薪水俸祿，不著天、不著地，真不算什麼美差。

好在他們這些人在官場上早就磨光了雄心壯志，對於屋內枯燥乏味的公事也都熬得住性子。加上褚祿山褚大人的名頭太駭人，每個人都兢兢業業，就怕自個兒哪天讓褚祿山覺得是個不願意任勞任怨的官油子，然後就被唠嚓一聲剁掉了腦袋。

時常進出這屋子的外人，都是從拂水房那兒走出的傢伙，不斷給屋內眾人送來一些稀奇古怪的東西。有南朝兵部最近升遷情況的文書，戶部有關各地的糧草損耗程度的摺子，甚至一些質地不一的紙張上，具體到哪一座烽燧、哪一條驛路的修繕款項都寫了。而這些拂水房諜子來去匆匆，進入屋子都一言不發，放下檔案祕錄就默然離開，始終目不斜視，用屋內暫時主事的洪大人私下的說法，那可都是殺人不眨眼、睡覺不閉眼的狠人。

年紀大些的，像洪大人都信奉多做事、少說話，最多偶爾感慨幾句，而像包括那個叫郁得志在內的年輕人則初生牛犢不怕虎，敢在屋內暢所欲言。年輕赴涼士子李豫和父親是陵州縣令的趙纓兩天前還大吵了一架，就北莽大軍到底是主攻流州還是佯攻流州吵得翻天覆地，連褚大人都給驚動了。

黃昏時分，眼神不濟的洪大人哪怕坐在光線最好的臨窗位置，也開始點燃一盞油燈，然後他扭脖子的時候，聽到一陣習以為常的細碎腳步聲，轉過頭望去，是個臉孔極其年輕稚嫩的拂水房諜子，進入屋子後，把懷中一封東西交給了負責接收物件的王桂芳王大人。

洪大人對這些曾經讓他們北涼所有官員感到毛骨悚然的陰影中人已經不再那般畏懼，倒不是說洪大人膽子肥了，而是畢竟在給都護大人辦差，無異於腦門上貼了張金光閃閃的保命符嘛，有啥好怕的？不過要說洪大人對這些人有好感，那是絕對不可能的。不光是他，屋內大多數人，都不想跟拂水房扯上半枚銅錢的關係。

洪大人無意間發現老友王桂芳等那年輕諜子走出去後，露出一臉小心遮掩的嫌棄和晦氣神色，用手指捏著那個東西，迅速放在後生郁得志的書案上。

洪大人站起身，假裝去看牆壁上的地圖，途經郁得志那張桌子時，瞥見那是一張應該是被人隨手扯下的書頁，被鮮血浸透大半，只是血跡已乾。

洪大人無奈搖頭，這些拂水房諜子也忒不講究了，隔三岔五送來的東西，要不就是皺巴巴跟曾經從水裡拎出過似的，要不就是還能抖出沙礫來。今兒這次就更誇張了，還染著血。

屋外暮色中，那名年紀輕輕的諜子抬起手臂，狠狠擦了一下眼睛，然後走下臺階大踏步離去。

諜子看到一位身穿便服的年輕人站在院門口，相互一個打量，諜子的眼神充滿隱藏極好的戒備。直覺告訴他，眼前這個傢伙如果是敵人，他恐怕只有死路一條。兩人擦身而過，年輕諜子即便明知此人能夠出現在褚大人親自盯著的都護府，那就肯定不會是北莽的密探，可年輕人還是不易察覺地微微彎腰，一隻手縮在袖管中，等到兩人距離拉開，他才如釋重負，發現自己握著匕首的手心滿是汗水。

年輕諜子有些好奇，那傢伙歲數也不大，為何能讓自己下意識擺出如臨大敵的架勢？當徐鳳年悄悄走入屋子，書案靠近屋門的王桂芳抬起眼皮，只當又是一位拂水房諜子，站起身伸出手。

徐鳳年輕聲問道：「剛才送來的東西在哪裡？」

那個郁得志猛然抬頭，剛要開口說話，就看到這位微服私訪的北涼王微微搖頭，會意的他只是站起身，把那張紙交給徐鳳年。

他正是中原豪閥郁氏長房長孫郁鸞刀，化名郁得志，在這棟屋子裡打著雜，籍籍無名，整天對著那些方志、密檔、文獻挑挑揀揀。其實郁鸞刀只要想弄個官位，不說別人，深受徐鳳年敬重的涼州刺史胡魁就可以給他一個正四品武將。

郁鸞刀遞給徐鳳年的那張紙，是舊南唐前朝文豪劉京生那部著名散文集《小窗閒情》的一頁，在春秋遺老中廣為流傳。但這南唐版珍本的書頁算不得有多值錢，書頁上的文字內容也是膾炙人口，但是書頁後頭加上去的那一行落筆倉促的字，也許不是字字千金，但肯定比落筆之人的那條命，更貴一些。

大戰之前，先死斥候。

但是很多人不清楚一件事，諜子會死在更前面，並且只會死得無聲無息，連悲壯都稱不上。

郁鸞刀想開口解釋那些零散晦澀不成文的字，在拂水房獨有密檔中，應該串聯解釋為什麼。外人不知拂水房有一部極為隱蔽的《解字書》，不同死士諜子對應各自的說文解字，所以哪怕一封機密諜報被北莽截獲，依然是毫無意義。而送出這張書頁的諜子在拂水房代號是「二十四」，郁鸞刀則需要在案頭那部《解字書》上去翻第二十四篇，就可以得出準確內容。

徐鳳年默不作聲，緊緊握著那張書頁，走到牆下，抬頭看著一幅姑塞州形勢圖。

洪大人一頭霧水——看起來不像是那些行事刻板的拂水房諜子，便猜測此人會不會是跟都護府上哪位大人物沾親帶故的將種子弟，否則可走不進這屋子。看情形，被他和王桂芳私下說成「鬱鬱不得志才應景」的郁得志與此人多半熟識。

洪大人扯了扯郁得志的袖子，輕聲說道：「小郁，是你朋友？這可不合規矩呀，若是被都護大人知曉，你我可都要吃不了兜著走……」

郁鸞刀輕聲道：「無妨。」

往常再好說話的洪大人也忍不住急眼了，褚都護定下的規矩在北涼邊境比天還大，你一個小小士子說無妨就無妨？到時候一屋子人都要被你壞了規矩的郁得志連累慘了！

洪大人正要提醒那年輕人一句該離開屋子了，冷不丁聽見那人碎碎念著：「史家不幸國家幸，國家不興詩家興……」

寒窗苦讀多年的洪大人一下子就聽明白了，這不是舊南唐散文大家劉京生寫在《小窗閒情》裡的段落嗎？

接下來洪大人看到那個年輕人輕輕撫平有些褶皺的書頁，遞還給郁得志。

郁得志接過書頁後，交給洪大人，淡然道：「洪大人，這張書頁可以歸檔了。書頁所載文字，下屬已經解字完畢，稍後有勞大人請人送往褚都護書房。」

洪大人接過書頁，驚鴻一瞥，沒什麼深刻印象，只是覺得那些字勾畫生硬，轉折凝滯，彷若女子耍刀、男子繡花一般，真是不堪入目啊。

洪大人沒來由猛然抬頭，瞧見那年輕人面無表情地看著自己，這讓這位大人頓時悚然。但是很快年輕人就笑了，輕聲說道：「大人是不是覺得書頁上的字，有些不堪入目？」

被看穿心思的洪大人訕訕一笑，不好應答。

那人也沒有計較什麼，只是略微提高了嗓音，「屋內諸位大人辛苦了。」

說完這句後，洪大人還來不及腹誹什麼，就看到他徑直走向屋門。

洪大人先是看到王桂芳呆若木雞地站在門口，之後才看到屋外站著北涼都護褚祿山、騎軍統帥袁左宗、步軍統帥燕文鸞，後邊還有許多人，洪大人已經不敢再看下去了。

如果說這還不算驚世駭俗的話，那麼更加讓洪大人頭皮發麻的是，那個年輕人，就那麼跨過門檻，走了出去。

屋外那些在北涼當之無愧最為權勢顯赫的一小撮人，都在給他讓路。

◆

都護府大堂，燕文鸞看著主座上那位穿著黑底繡金大蟒袍的年輕人，不知為何有些神遊物外。記起當年大將軍披上北涼王藍緞蟒袍之後，他跟鍾洪武、劉元季幾人都忍不住湊上去摸了幾把，只是這幫老傢伙，除了何仲忽、陳雲垂兩人還站在屋內外，鍾洪武已經死了，尉鐵山、劉元季退出軍伍回家養老去了。至於更年輕的那撥，就說大將軍六個義子，如今竟然只剩下一半。

燕文鸞作為趙長陵那座山頭的重要大佬，對陳芝豹自然寄予厚望。在老人心中，北涼最好的那天就是徐鳳年坐鎮涼州、陳芝豹戰之關外的那一天，可惜這輩子見不著這幅場景嘍。

燕文鸞收回心緒，此時徐鳳年在詢問褚祿山有關北莽大軍主力的動向，對此褚祿山也沒辦法給出確切答案，哪怕北涼諜子和遊弩手已經損失巨大，董卓那亂七八糟的兵馬調度也讓都護府感到一頭霧水。這就像一個天象境界高手跟低一層境界的指玄高手對峙，有了優勢卻沒有光明正大出招，同時也沒有玩什麼陰險偷襲，而是在自己地盤上先亂打一通，倒是也不怕自亂陣腳。

徐鳳年打趣道：「數十萬大軍的大規模換防，可不是兒戲，意味著需要一筆不貲的糧草兵餉來支撐。董胖子這是跟咱們北涼顯擺他的家底雄厚嗎？」

顧大祖作為邊帥之一，相較燕文鸞、陳雲垂、何仲忽這三位品秩相當的老將，跟新涼王的關係要更加純粹。畢竟當年相逢於北涼境外，算是徐鳳年請來的貴客，所以顧大祖言談之間就多了許多「餘地」，此時笑著附和道：「反正也不真是這位南院大王的家當，揮霍起來不心疼。」

褚祿山雙手十指交叉在胸前，兩條粗壯胳膊擱在椅把手上，細瞇起眼，嘴唇微動，似乎在自言自語。

徐鳳年望向顧大祖，還沒有說什麼，就見這位舊南唐國的頭號名將直起腰，正了正衣襟，心有靈犀地開口說道：「涼王是想問能否戰之境外？」

徐鳳年點了點頭。當年舊南唐亡國就在於雙手奉送給顧劍棠在戰場上的所有主動權，精銳兵力悉數龜縮境內，導致了先是水師覆滅，之後就更是情理之中的兵敗如山倒了。否則按照顧大祖的經略，顧劍棠打下南唐起碼要多掏出二十萬的傷亡，更關鍵的是屆時南唐就可以藉此養出一股氣，不懼死戰。

前車之鑒、後事之師，北涼號稱三十萬鐵騎，當然不是三十萬邊軍皆是騎軍，事實上撐死了堪堪半數，但就算是十五萬騎軍，以及令人瞠目結舌的數十萬匹戰馬的豐富儲備，也絕對正是北涼敢於跟北莽掰腕子的底氣所在。可以說北涼如果沒有後顧之憂，若是朝廷有足夠的支援，這麼一支不論裝備還是戰力都無可挑剔的無敵騎軍，完全可以在西北邊境上主動出擊找尋機會。

很簡單的道理，版圖相對北莽南朝而言算是狹小的北涼，大可以四面出擊，在某一處單獨的戰場上始終保證著數量的優勢。退一萬步說，即便北涼騎軍跟北莽邊軍兵力持平甚至是小劣，也可以毫無懸念將其吃得骨頭都不剩，然後稍作補給，轉戰下一處戰場。

當下北涼面臨的困局就在於朝廷打定主意隔岸觀火，不光是西蜀方向無路可退，在薊州動盪以及袁庭山成為薊北豪強後，甚至連北涼的右側肋部都成了不大不小的隱患。顧劍棠的確沒辦法在北涼內部摻沙子，但是在兩遼和北涼這東西兩線之間做點手腳，還是輕而易舉的事情。

顧大祖賣了個關子，玩味笑道：「倒也不是不行，就看北涼有沒有魄力了。」

燕文鸞微笑道：「顧將軍前兩天提了件事，大致意思是以目前的幽州兵馬守住葫蘆口，不難，幽州步卒就足以勝任，那麼閒下來的那些三萬多騎軍，可以掃平薊州，為北涼獲取更大的伸展地利，到時候不管是涼州還是幽州戰事陷入膠著態勢，這三萬輕騎就能夠繞出一個弧線，直接插入龍腰州。如此一來，北涼不存在只能一味被動挨打的死局。不過薊州……」

燕文鸞說到這裡，就故意留白了。何仲忽、陳雲垂兩人的視線交錯而過，然後都望向徐鳳年。當今天子在祥符元年入夏以來，表現出了一副讓朝野上下都費解的姿態，哪怕楊慎杏出師不利，哪怕閻震春的騎軍全軍覆沒，皇帝陛下都沒有流露出太多的震怒。

主帥盧升象的帥位雖說風雨飄搖，可這不是戰況不利導致的，而是一開始便是這般慘澹光景，現在反倒是有點越發穩固的跡象了。閻震春戰死後，更可謂極盡哀榮，諡號武傑，追封精忠侯，獨子閻達旦立即獲得了破格晉升。楊慎杏被困，丟盡了朝廷的顏面，但據說一封密折上達天聽，為國子監晉蘭亭彈劾首輔張巨鹿添了一把柴火，應該保住了楊家上下的性命，以後未必沒有可能返回薊州。

相比節節敗退、硝煙四起的廣陵道，趙家天子顯然將更多注意力投向了雲淡風輕的薊州。許多奏章都親自批紅，外人不明就裡，北涼這邊，尤其是燕文鸞這批軍方大佬都是心知肚明——當今天子對曹長卿這群在自己眼皮子底下搗亂的西楚餘孽的戒心遠遜「天高皇帝遠」的北涼鐵騎。

徐鳳年沒有直接給出答案，輕聲說道：「陳芝豹攔腰斬斷離陽西線，應該是元本溪布局天下的第一步。第二步是想讓薊州方面步步逼近。以往楊慎杏在這方面力所不逮，就算想要制衡北涼，就他那幾萬薊南老卒也有心無力，朝廷乾脆就讓他去廣陵道碰壁。薊州本土勢力因此被釜底抽薪，趁此機會，朝廷需要值得信賴的新人物填上空白，不但要能服眾，還要有跟北涼叫板的膽子。那個袁瘋狗的平步青雲，不出意外是元本溪和顧劍棠做的一樁買賣。元本溪可以進一步對北涼束手束腳，顧劍棠因此可以更放心東線的周邊，皆大歡喜。」

顧大祖譏笑道：「這條瘋狗也真是想上位想瘋了。薊州新主子的座位豈是那麼好坐的，北涼真擋不住，薊州比起西蜀更是軟柿子，第一個要被北莽鐵騎打成篩子，否則顧劍棠怎麼不讓他兒子去薊州？就算他袁庭山是顧家的女婿，真能跟親兒子相提並論？」

褚祿山笑呵呵道：「富貴險中求嘛！小人物上賭桌都是這副德行，要賭就賭大的，從不怕傾家蕩產。說起來，當年咱們跟義父從北打到南，也是這般把自己置之死地而後生。袁庭山此人，不討喜歸不討喜，但絕對很有意思。」

徐鳳年突然轉頭看向燕文鸞，問道：「燕將軍，假設你幽州僅有步軍，可以擋住多少北莽兵力？」

燕文鸞毫不猶豫道：「一個倒馬關外的葫蘆口，就可以兜下十五、六萬的北莽大軍，加上弘祿將軍曹小蛟和洪新甲這對搭檔，在邊境上可攻可守，幽州境內又有胡魁、皇甫枰，三十萬，以幽州步卒擋下三十萬北莽大軍，沒有問題。但是這個擋下，自然是有期限的，但是這個期限，又足夠三萬輕騎在緊急時刻的救援，或者是出擊。」

徐鳳年笑道：「那行了，這三萬輕騎，即日起進入薊州。」

老將陳雲垂眼睛一亮，問道：「不跟朝廷打聲招呼？」

徐鳳年反問道：「咱們北涼不過是讓兩、三千騎軍去薊州，借個地方演武練兵而已，需要刻意打招呼嗎？那也太跟皇帝陛下見外了點。再說去了薊州後，朝廷總歸有知道的一天，那就不也等於打了招呼？大不了到時候再跟兵部補交一份文書嘛！」

就坐在徐鳳年身邊的徐渭熊輕聲笑道：「顯而易見，咱們北涼還算是講理的。」

陳雲垂強忍笑意，同樣心情舒暢的何仲忽就忍不住笑出聲，「王爺，三千跟三萬，這出入似乎有點大啊。」

何仲忽大手一揮道：「三千跟三萬就差了兩萬多，又不是三萬跟三十萬，誰愛計較這個誰計較去。再說那位兵部盧尚書還是咱們王爺的親家長輩，幫親也好，幫理也罷，棠溪劍仙好像怎麼都該幫。」

徐鳳年伸手搓了搓臉，問道：「這支騎軍以往都是零散的將領、校尉各自為軍，去了薊州，誰來領軍？諸位可有合適的人選？」

作為北涼十六萬步軍大帥的燕文鸞本該不合適插嘴，這畢竟是騎軍的家務事，袁左宗可以說，褚祿山可以說，甚至一些步軍將領也可以暢所欲言，唯獨這位春秋名將的位置太過顯赫，反而應該沉默才對。但是燕文鸞還是有話直說了：「我有兩個人選，分別擔任主副帥。主帥必須用兵奇過於正，副帥則要相對持重，正多於奇，以便兩人互補，不至於這支騎軍的步子太過瘸拐。副帥可由我麾下種田衡擔當，至於主帥，就需要王爺用人不拘一格了。」

徐鳳年笑道：「老將軍儘管說。」

燕文鸞瞥了眼褚祿山，說道：「那得跟褚都護借一個人。」

褚祿山瞪眼道：「不借！打死都不借！那小子是都護府不可或缺的重要人物，更是我的左膀右臂，以後我還要靠著這小子出力的！」

徐鳳年難免有些納悶，是哪個了不得的人物能讓祿球兒和燕文鸞都青眼相中？

燕文鸞冷哼一聲，「不是我跟你借人，是王爺跟你要人！」

徐渭熊淡然道：「郁鸞刀確實可以勝任這支騎軍的統領。」

徐鳳年恍然大悟。

褚祿山一臉被瞬間割了幾十斤肉的表情，唉聲嘆氣。

徐鳳年笑道：「那就這麼說定，那我們去看一看薊州地勢圖，商量一下這三萬人馬該怎麼走。」

一群人走到几案前，已經有人拿來兩幅地圖——一幅是薊州全境地理，一幅是薊西地帶的地勢圖，在北涼軍方，這類地圖不計其數。

徐鳳年在讓人去請郁鸞刀過來的時候，站在几案前，環顧四周，突然沉聲說道：「從今天起，我們北涼該做什麼，就做什麼，朝廷和薊州如果膽敢指手畫腳，那就直接砍斷那些手腳！以後跟北涼境外任何勢力發生衝突，不用特意告知清涼山王府，先做了，做完以後，王府幫忙收尾便是。」

燕文鸞、陳雲垂這些老將軍幾乎同時長呼出一口氣，這口對離陽朝廷憋了將近二十年的怨氣，終於能正大光明一吐為快了。

◆

天雖寒，尚無雪。不真正親身到邊塞走一遭，就很難體會那種星垂平野闊的意境。

徐鳳年陪著徐渭熊離開都護府，走出懷陽關來到關外幾里地外，身邊隨行只有褚祿山，老將燕文鸞和新登龍門的郁鸞刀這些人已經趕赴幽州主持軍務。後者臨行前交給徐鳳年一份摺子，專門闡述廣陵道的戰局分析，著重關注寇江淮此人那一串由點及面的奔襲戰役。

大規模騎戰於野，這一直是邊關沙場才會有的畫面。在中原腹地，大小城池星羅棋布，又有江河阻滯，騎軍極難發揮，準確說來極難打出「一氣呵成」的戰役。打一場或者幾場精彩戰事不難，但是從一而終，拋棄步卒，而是最大程度挖掘出騎軍的戰力，這就很考驗領軍主將的能耐了。

褚祿山一路上就藉著依稀星光低頭仔細流覽這封東西，愛不釋手，時不時嘖嘖稱奇，等到徐鳳年和徐渭熊停在一處小坡地上，褚祿山小心翼翼收起那疊價值千金的宣紙，看了一眼天空，輕聲感慨道：「盧升象生平最得意之作，就是那次雪夜下廬州，幫顧劍棠算是兵不血刃拿下了整個東越。我呢，當年千騎開蜀，也算幸不辱命。這兩場戰事，這十幾年裡在上陰學宮和國子監，被教兵法的老學究們顛來倒去推演了無數遍。不過要我看這個在西楚新廟堂上桀驁難馴的寇江淮，比起我和那位盧侍郎，都要強上不少。也難怪郁鸞刀這麼一個心高氣傲的豪閥子弟，肯對另外一個同齡的世家子不吝讚美。」

徐渭熊伸出手跟褚祿山要了那疊宣紙，放在膝蓋上，隨手抽出一頁，平淡道：「寇江淮在上陰學宮是公認的通才，只是之前落在某些學問大家眼中，也略有雜而不精之嫌。我曾與他下過幾局棋……」

徐鳳年忍不住插嘴問道：「二姐，這小子在棋局上還能贏妳？」

徐渭熊抬頭直愣愣地看著徐鳳年，徐鳳年訕訕一笑，趕緊閉嘴。褚祿山瞥見這一幕，想著當今天下，能讓咱們這位年輕北涼王吃癟的人物，屈指可數，當下就有點忍俊不禁。結果徐鳳年欺軟怕硬，揀軟柿子捏，狠狠瞪了眼幸災樂禍的褚祿山，都護大人又只得悻悻然收斂笑意。要知道能讓他祿球兒吃癟的傢伙，兩個朝廷，不一樣是打燈籠難找？

徐渭熊繼續說道：「與我對弈之人，多是棋壇國手，其中無疑寇江淮的棋力手筋最弱，可是此人的念頭最為天馬行空，棋無定式，既能下出讓人悚然的強手，也能下出狗屁不通的昏著，還能厚著臉皮無理手一路到底。這些都不值得驚奇，寇江淮真正讓人刮目相看的一點是他的勝負心最輕。

這種對手擱在大軍對壘的戰場上會很難纏，廣陵王趙毅顯然已經吃足了苦頭。西楚東線上，寇江淮以劣勢兵力兩旬內連克包括黃硯關地、斤澤在內六處險隘城池，得城而不守，放棄一時一地之爭，力求在單個戰場上取得對敵方的壓倒性兵力優勢，一點一點蠶食援軍，大轉移，長奔襲，這種看似『無理』的用兵之法，確實值得我們相較北莽處於劣勢的北涼借鑒。」

褚祿山大概是站著嫌累，一屁股坐在徐渭熊輪椅旁邊的草地上，腦袋的高度竟然仍是與徐渭熊差不多，足可見這位北涼官員之首祿球兒的體型之巨。

入冬後枯草稀疏，他也不覺硌人，笑道：「復國後西楚的處境，跟我們北涼是挺像，都快成了同病相憐的難兄難弟。西楚在兩路南下大軍和幾大藩王的聯手圍剿下，真是螺螄殼裡做道場啊！若是曹長卿親自出馬，逼得楊慎杏有力使不出，閻震春戰死，倒也算情理之中，可如今西楚不過是讓兩員小將出手，就已經讓趙氏朝廷焦頭爛額。趙毅不得不連那春雪樓福將都搬出檯面，想來廣陵的仗，既不是離陽兵部老爺們預料的短則三月、長則半年，甚至也不是我們北涼當時預期的一年半，等到最後一縷硝煙散去，恐怕要兩年。」

徐鳳年冷笑道：「趙家天子用了新年號祥符，本意是想有一番新氣象，新氣象倒是新氣象，可就是談不上半點喜氣。彈壓北涼，放縱廣陵，這都是他一手造就的局面，也不知他是否會有點悔意。除了把龍袍和龍椅交給太子趙篆，還有這麼個大爛攤子。」

徐渭熊搖頭沉聲道：「趙家人本就擅長中盤的渾水摸魚和收官的一錘定音，先手失利，趙室比起當年偏居一隅的離陽更加家大業大，也就更能輸得起。唯一不同的地方在於，當年朝廷有我們徐家給他們當馬前卒，而且前朝先帝不管內心如何焦慮，明面上還算信任我們爹和徐家鐵騎。若非當今天子一心要將徐家釘死在西北邊關，他曹長卿和西楚遺老誰敢揭竿而起自尋死路？只要北涼邊軍抽出五萬人馬去平叛，楊慎杏和閻震春又豈會晚節不保？」

褚祿山陰惻惻道：「這也是沒法子的事情。趙家天子那是鐵了心要與天下為敵。封疆裂土的藩王、逐漸抱團的新貴文官、地方割據的武將，在他看來就沒有一個是好東西，想要在死前幫兒子都解決掉麻煩，棋盤太小，可容不下這麼多大棋子。如果真被他做成了，太子趙篆還真能當個不重武功安心文治的享樂皇帝。

顧劍棠有陳芝豹掣肘，文臣沒了張巨鹿，群龍無首，屆時忙著揣摩帝心還來不及，哪裡顧得上治國平天下？再說了，那時候天下太平，武將都解甲歸田，更輪不到文臣去撈功勞。永徽之後祥符年間的臣子，除了討好君王，還真就沒事可做了。還別說，元本溪老兒這算盤打得麻溜麻溜的。」

徐鳳年擺擺手道：「說這些無補於事，現在董卓具體的調兵遣將，除了流州，都還沒有詳細諜報。祿球兒，你認為流州能拖住柳珪大軍多久？之後又能牽扯多少北莽邊軍投往流州這只口袋裡？」

褚祿山笑咪咪道：「有小王爺的三萬龍象軍幫著守流州，光是柳珪那十幾萬雜亂兵馬，給他們打一百年都打不下來。咱們跟北莽這場空前大戰在後世看來，前期不論怎麼個打法，其實誰都沒有上策、下策，就看誰能在一座座分割的戰場上把優勢積少成多。

就目前來看，董卓顯然沒把太多心思放在流州這邊，他把十三位大將軍最有聲望同時也是歲數最小的邊帥柳珪請到那邊，是不希望柳珪在將來的經略中原中趁勢而起，最不濟也不想柳珪起來得太快、太厲害。我最憂慮的是，董卓一鼓作氣去打幽州，不計折損地死磕幽州防線，其間將最為精銳的拓跋菩薩和洪敬岩放在涼州北線，牽制我們騎軍主力。」

徐渭熊點頭道：「打幽州的話，就短期而言，是北莽最得不償失的昏聵打法，但是長遠去看，卻是最能保存北莽國力的一種辦法。北涼畢竟不是擁有大縱深的中原，幽州哪怕有一些城池可供固守，葫蘆口之南有成片的堡群軍城，可那個光是葫蘆口就能吃掉北莽十六萬兵馬的說法，雖說並無水分，可只要北莽有這個魄力，接下來才付出十萬的兵力，幽州就等於打廢了，接下來得靠涼州主力馳援幽州境內。

一旦形成這種形勢，流州守不守，已是無關大局，這也是燕文鸞堅持要郁鸞刀領三萬輕騎去薊州的根源所在。他是決心以一個幽州為整個北涼贏得更多的時間和空間，可這畢竟是無奈之舉，最終結局不過是輸多輸少而已。離陽朝廷樂見其成，北涼承受不起。」

徐渭熊雙手疊放在那膝上宣紙上，望向遠方，「褚都護堅持讓流州打成一個僵局，吸引北莽南、北兩個朝堂的全部注意力，希冀著北莽邊軍往流州分兵，也是擔心董卓一門心思攻打幽州。這十幾年來，爹對幽州傾注了無數心血，耗費了無數兵餉，甚至在七年前那次龍腰州持節令的領銜突襲中，故意讓涼州邊軍不去救援幽州，眼睜睜看著三萬幽州守兵丟掉一座座城池戍堡，就那麼與北蠻子互換性命，就是想讓北莽對幽州邊防心生懼意，就是希望將來有一天，讓幽州不至於成為致命的軟肋。」

褚祿山低聲道：「慈不掌兵。」

然後他猛然重重吐出一口濁氣，「那老婦人整肅北莽江湖勢力多年，如今總算派上用場了。在邊境線上，那些高手死死盯住了大小關隘路口，只要遇見有人悄然過關，不論身分，全部就地斬殺。我們許多潛伏多年的死士諜子，已經很難傳遞出重要軍情。

這次棋劍樂府和公主墳這些個大宗門都傾巢出動，用以封鎖邊境消息，配合董卓的邊軍調動，這一手可真夠狠的。拂水房在北莽那邊被這麼順藤摸瓜，可謂損失慘重，許多州的多年經營都被連根拔起。」

蹲在地上的褚祿山伸手揉了揉臉頰，「這也罷了，前不久有個諜子被北莽故意放回來，身上行囊裡裝著十六顆拂水房同僚的頭顱。那諜子見著我後，哭著說如果不是希望拂水房能收回這些頭顱，他寧死也不會返回北涼。那諜子放下行囊後，當晚就借了一把涼刀自盡了，遺言沒說，遺書沒寫，什麼都沒留下。」

褚祿山悶悶說道：「咱們的新涼刀，這還沒開殺北蠻子，他娘的倒是先被自己人用作自殺了。要是一直憋著這口惡氣，老子肺都得氣炸了。」

徐鳳年默不作聲，雙手攏在那件紫金蟒袍的大袖口裡。

第二章　復仇者南下尋釁　羌涼騎短兵相接

入冬後，廣陵道那邊綿延戰事暫告一段落，開始要輪到北涼硝煙四起了。

今年入冬尚無雪，更不知何時落雪。只是三十萬邊軍腰間涼刀的出鞘，則是隨時隨地的事情了。

八千多彪悍羌騎，由姑塞州邊境直插青蒼、臨謠兩城之間。如褚祿山所料，快馬輕甲的羌騎被柳珪用以切斷兩座軍鎮的聯繫。

羌族曾是歷代中原霸主的眼中釘，大奉王朝便被來去如風的羌族騎兵足足騷擾了整整兩百年。每個羌人兒時騎羊、射鳥鼠，年歲稍長青壯時則策馬、射狐兔，幾乎天生就是馬背上的銳士。中原大地上的各國輕騎逐漸登上舞臺，可以說大抵被羌騎硬逼出來的應對之策，羌騎也是中原騎兵的「授業恩師」之一。

徐驍入主北涼前後，羌族日漸凋零，尤其是徐家鐵騎經常拿大股羌騎來演武練兵，這對羌族來說無疑是雪上加霜的慘事，因此羌族是北莽天然的盟友。這次南侵中原，羌族各個部落大小領袖紛紛解仇交質，訂立誓約，甚至在北莽的牽頭下，結聯他種，跟其他一些被徐家邊軍打壓的西北族部結盟，這才湊出了接近九千騎和兩萬餘戰馬，打著羌騎的旗幟，向北涼徐家展開復仇。

這支原本在漫長邊境線上窮困潦倒的羌騎，在北莽南朝的大力支持下，終於得以實現數百年來一直夢寐以求的人馬盡披甲。與尋常騎軍略有不同，羌騎馬刀使用了已經退出戰爭舞臺的環臂刀。戰刀與手臂環甲綁縛繫連一體，除非砍斷整條胳膊，否則刀不離手。而在環臂刀之外，羌騎還有名叫「拍髀」的羌族傳統短刀，貼掛於大腿外側，一如村夫秋收割稻，他們是用此物來割取敵人的耳朵和首級來充當戰利品。

八千多羌騎向南疾馳，為首一騎壯漢彎下腰，伸手摩娑了一下那柄祖代相傳的拍髀。這名萬夫長眼神狠戾，充斥著仇恨。

當年那姓徐的中原人屠闖入西北，當地所有不服管束的成人都被當場殺死，哪怕是那些高不過馬背的孩子，也難逃一劫，雖未斬立決，也被徐家騎兵割去雙手大拇指！這意味著就算這些孩子僥倖活下去，也無法牢牢握住武器，無法向北涼邊軍揮刀。

這名中年萬夫長姓金，當時他所在部落被徐家馬蹄踏平之際，他運氣好，正值少年的他跟隨小隊青壯在外狩獵儲備過冬食物。等到他們返回部落時，除了滿地死人，就只有那些雙手鮮血淋漓使勁哭泣的孩子，孩子們的腳邊，就是他們爹娘的屍體。

他發誓要親手用這把拍髀割掉北涼境內所有姓徐之人的拇指。只要姓徐，哪怕是襁褓中的嬰兒也不會放過一個！尤其是那個人屠的兒子，世襲罔替新涼王的傢伙，他不光要砍掉那年輕人的拇指，徐鳳年的頭顱、四肢、十指，都要一一割取下來！

這位萬夫長緩緩直起腰杆，望向南方視野開闊的廣袤大地，滿臉獰笑。

聽說流州境內就有個叫徐龍象的人屠幼子，在南朝權貴老爺那邊很有名氣，去年曾經把姑塞州幾座軍鎮打得滿身窟窿。他不奢望用不足九千的騎兵獨力擒拿此人，可是在配合大將軍柳珪徹底鏟平流州之前，他一定要好好痛飲那些北涼百姓的鮮血，要讓那個身體內流淌著人屠骯髒血液的少年痛不欲生。少年麾下龍象軍不過三萬騎，就想守住整個流州？在萬夫長看來，那不過是中原老戲碼的兄弟嫌隙而已，分明是年輕藩王忌憚弟弟的巨大邊功，才故意讓徐龍象和少年所有嫡系等死罷了。

冬季水枯草黃，戰馬遠不如秋夏膘壯，在中原尤其是江南百姓眼中最不宜兵事，可對於久在邊關熟諳嚴寒的涼莽雙方而言，只要鐵了心想打仗，哪怕是大雪紛飛的該死天氣，也能在任何一塊戰場上打得你死我活。

羌騎萬夫長金乘反而最喜歡深冬時節的廝殺，那種用長矛釘入敵人胸膛，然後在雪地上拖曳出一條猩紅血路的場面，真是比暢飲美酒還來得酣暢。

羌騎奔襲素來以迅雷不及掩耳之勢著稱於世，讚譽的同時，也透露出羌騎的軟肋，那就是只能在戰場上做「一錘子買賣」。雖然進退自如，但在取得絕對優勢展開銜尾追殺之前，很難在均勢中擴大戰果，既沒有步卒方陣，更沒有壓陣的重騎。

這次北莽的使者對他們這支羌騎便極為不敬，哪怕是有求於人，一樣眼高於頂，在談價錢前，甚至當面說他們不過是錦上添花的玩意兒，膽敢獅子大開口漫天要價的話，小心腦袋不保。還威脅說如果不按大將軍柳珪的軍令行事，乾脆就不用返回境內了，到時候北莽大軍會直接視他們羌騎為敵軍。

金乘狠狠磨了磨牙齒，老子要不是想著向徐家報仇，誰他娘喜歡跟你們這幫豬頭肥腸的文官老爺打交道！

金乘舉目遠眺，突然有些莫名的不安。

八千多羌騎火速南下，截斷青蒼、臨謠兩城，讓作為流州州城的青蒼城孤立無援，在他看來確實是個出其不意的上佳策略，羌騎也不用冒什麼風險。但是他在南下途中，還是不斷讓二十幾遊騎斥候在前方探路，每一騎都必須奔出羌騎大軍十里路程外，不論是否接觸敵軍都要折返，由身後第二騎補上位置。

遊騎之間以此方式反復，形成一個縝密循環。照理說這個時候應該有一名遊騎手回到大軍前頭才對，何況此次出兵流州，北莽那邊專門贈送了一名斥候，是個渾身散發危險氣息的老傢伙，腰間佩劍，氣息綿長，哪是什麼軍伍馬欄子，他用屁股想都知道是深藏不露的江湖高手，可見這回北莽攻打北涼，那的確是下了血本，連馴養二十年的江湖勢力都不惜全盤托出了。

金乘不是那種為了報仇而鬼迷心竅的瘋子，他知曉輕重，否則也當不了這個萬夫長。他這趟是跑來輔佐柳珪大軍趁火打劫的，最怕的情形就是直接跟龍象騎軍主力發生對撞，但是那名衣著裝飾與中原世家子無異的北莽使者給過保證，三萬龍象軍除了少量人馬有可能游弋在這條路線上外，絕大多數會被牽制在青蒼城和青蒼以東的地帶，要不然北涼就等於直接將流州當作一顆棄子，白白葬送龍象軍這支身經百戰的精銳騎軍。

但是不是瘋子的金乘，開始擔心自己會遇上一個為了穩固王位而不擇手段的瘋子北涼王，和一個成為棄子後喪心病狂的龍象軍主帥。

又等了片刻，依然沒能等到遊騎斥候。

眉頭緊皺的金乘抬起手臂，小幅度前後擺動了一下，示意身後騎軍放緩前行速度。

約莫半炷香工夫後，羌騎大軍視野中終於出現一位斥候的身影。戰馬狂奔而至，金乘和幾名拍馬加速上前的千夫長才驚悚發現那斥候背後插著數支弩箭！

那名重傷斥候在咽氣前，竭力說出那用二十幾條羌族遊騎性命打探到的寶貴軍情。

前方八里外，有敵軍三千龍象輕騎。

萬夫長金乘既喜又憂。喜的是對方不過是三千騎，並非龍象軍主力，憂心的是己方大軍是蹚渾水摸魚來的，而不是才上陣露頭就要跟那號稱無敵於邊境的龍象軍死磕。現在擺在羌騎面前有兩條路可以走——繼續南下，憑藉兵力優勢吃掉那三千騎，繼續咬牙完成攔腰砍斷整個流州的職責，但是羌騎會傷亡嚴重，將來奠定流州勝局後再去跟北莽討價還價的底氣就弱了。第二條路就是避其鋒芒，不跟那三千龍象輕騎玩命，但也不撤退，而是迂回前進，之後再有不可避免的接觸戰，大不了象徵性纏鬥幾下，以羌騎數百年來天下第一的轉移速度，可戰可退。

金乘稍加思索，果斷選擇了後者。他們羌騎不是國力足以跟整個離陽王朝掰手腕的北莽百萬大軍，相較那個舅舅不疼、姥姥不愛的可憐蟲北涼，羌族還要更加在夾縫中苟延殘喘。

當金乘做出抉擇後，其中兩名別族出身的千夫長顯然也都流露出如釋重負的表情。一名姓柯的年輕羌族千夫長對主將金乘這種懦夫怯戰的行為極為憤懣，在馬背上大聲斥責，揚言要率領他的一千六百餘本族羌騎與之死戰。金乘陰沉著臉，耐著性子告訴這個愣頭青，那龍象輕騎雖然戰力遜色於起家的重騎，但也絕對不是輕鬆就可以收拾掉的敵人，萬一除了這支三千兵馬外還有龍象軍遙遙接應，那麼他們這八千多人就別想活著離開流州了。

可那年幼時，曾經親眼看到家族所有男性長輩被徐家涼刀剁下腦袋的年輕千夫長根本聽不進去，執意要迎敵，執意要廝殺到底，還不忘對金乘冷嘲熱諷，說他這個萬夫長丟盡羌族男兒的臉面。

金乘心中冷笑，輕輕撥轉馬頭，讓出道路，「柯扼，你要送死，我不攔著你。」

年輕千夫長振臂一呼，身後一千多羌騎齊聲嘶吼，使勁揮舞著那柄縛臂戰刀。

名叫柯扼的年輕人坐騎越過金乘戰馬身位的時候，臉色平靜了幾分，譏笑道：「我願以我族一千六百騎充當先鋒死士，萬夫長大人若是還想獲得涼莽大戰的第一筆軍功，該如何做，想必以萬夫長大人的精明，已經很清楚了。」

金乘瞇起眼，不計較這個蠢貨的言語帶刺，而是開始權衡利弊。

若是有柯扼一部用命去削弱三千龍象輕騎的鋒銳，那麼贏下這場硬仗的話，除柯扼外的羌騎大軍，其實所有人的損失都不會太大。

這筆買賣，可以做！

面無表情的金乘目送那一千六百騎率先脫離大軍隊伍，一衝而出。

看著那些臉龐上許多稚氣還未褪去的騎兵越行越遠，金乘突然有些不合時宜的感觸，自己這些年是不是過慣了醇酒美婦的安逸日子，心中的仇恨是不是也沒有想像中那麼深重了？

金乘晃了晃腦袋，試圖搖掉這種該死的多餘念頭，眼神漸漸堅韌冷酷起來，轉頭對身邊幾名躍躍欲試的千夫長說道：「我們跟上柯扼，但是要拉開一里地的距離。」

五、六位千夫長都雀躍點頭，眼神炙熱。

金乘突然笑道：「各位兄弟，別忘了大草原上那些悉剔肯出價幾百兩銀子買一柄涼刀。嘿，巧了！前頭就有三千多把在等著咱們去取，至於誰能多拿幾把，就看誰能多宰掉幾個北涼騎兵！我金乘不會仗著是萬夫長就壞了這個規矩，所以兄弟們大可放心殺人去！」

相距羌騎柯扼部一千六百騎的六里地外，清一色的黑甲黑馬三千騎，沉默著向前緩緩推移，勻速而有力。

◆

一頭巨大黑虎在騎軍陣形外緣肆意奔走。

為首領軍一騎是個不曾披甲的黑衣少年，一柄涼刀就擱置在胸前馬背上，尚未出鞘。

這騎半個馬身後的一騎將領是個疤臉兒漢子，斜向上提起一杆鐵矛，矛頭掛著一顆新鮮頭顱，正是那名夾雜在羌騎大軍中的遊騎斥候。佩劍，劍術高低不知道，反正見機不妙後棄馬跑路的速度也挺快，可惜再快也快不過黑衣少年迅猛擲出的那根鐵矛。疤臉兒跟那屍體擦身而過前，覺得反正閒著也無啥事可做，拔出插於屍體上的鐵矛後，又輕輕一劃割下了那顆腦袋，戳在了矛尖上。

疤臉兒正是戰功顯赫的龍象軍悍將王靈寶。

他本不該出現在此地，而是跟同為副將的李陌藩老老實實待在青蒼城附近，只能各自熬著急躁性子慢慢等待那姓柳的糟老頭子，帶著一幫花拳繡腿的北莽廢物前來耀武揚威。

不過主帥不知從哪個嘴欠的傢伙那裡獲知有一支八千人羌騎率先突破了邊境線，火急火燎送死來了。

王靈寶倒是想要戳死這幫活膩歪了的羌騎，可是都護府那邊早有一封緊急兵書送到了流州刺史府邸，要他們龍象軍各部按兵不動。刺史大人楊光斗更是主動出城探營，笑咪咪在他和李陌藩耳朵邊聒噪了好些善意提醒。

王靈寶自然不敢違抗軍令，別說那是新涼王的命令，哪怕光是褚祿山褚都護的吩咐，他王靈寶再桀驁，也不敢自作主張調動兵馬。

不過既然自家主帥要殺人，天塌下來也有主帥扛著嘛，他王靈寶又怎麼能錯過這個千載難逢的機會！

為了在廣闊地帶截殺這撥南下路線隱蔽的羌騎，悄然開拔的一萬餘龍象輕騎不得不分成了三批，分別在青蒼州城和臨謠軍鎮之間尋覓敵人。

一萬大軍開拔之際，楊光斗和那個叫陳亮錫的年輕讀書人快馬攔路，似乎想要勸阻，王靈寶就躲在大軍後頭掏耳朵，假裝啥都沒聽見啥都沒看見。

至於一萬龍象軍的分兵三路犯了兵法忌諱，王靈寶還真不當一回事。龍象軍不顧流州大局的這頂大帽子倒是真的，可要說三千龍象軍會在八千羌騎手上吃虧，王靈寶第一個把自己的腦袋割下來當尿壺給人用。

王靈寶當時看見那位刺史大人氣得不輕，若不是實在打不過咱們主帥，估計肯定要動手打人了，那個似乎很受王爺器重的讀書人倒是瞧不出什麼明顯表情。

王靈寶心知肚明，回到青蒼城後，龍象軍違反軍令的消息肯定會第一時間傳到懷陽關都護府，屆時就算有龍象軍統帥頂著，他王靈寶身為副將也吃不了兜著走，不過這算個啥？

十多年後，真正意義上的涼莽大戰終於等到了，他娘的娘們兒大肚皮生個娃兒也不過是懷胎十月而已，他和李陌藩這些糙爺們兒可是苦等了整整十幾年啊！這第一場仗，他王靈寶不打上頭陣，第一個就對不起自己！而身前那位年紀輕輕的主帥為何執意要打這股羌騎，王靈寶懶得管。

王靈寶長呼出一口氣，手腕一抖，抖落那顆礙事的頭顱，望向遠處。

雙方間距不足兩里地，已經可以看到敵方騎軍開始加速了。

王靈寶喃喃道：「北涼有咱們守著呢，大將軍，放心走好。」

徐龍象緩緩抽出那柄北涼刀。

日光照耀下，閃現出一片雪亮。

與此同時，三千龍象騎軍開始提矛！

兩支騎軍開始毫無花哨地對撞衝鋒。

地勢平坦寬闊，利於騎軍展開陣線，既然是個騎戰絕佳地點，那麼同時意味著這兒會是個很容易死人的地方，而且死人的速度應該會很快。

羌騎是輕騎中的輕騎，一方面是窮得叮噹響，根本「重」不起來，另一方面則是個個長臂如猿，膂力超群，這就使得他們幾乎每一騎都是馬背上的神箭手。與北涼徐家有著血海深仇的羌族年輕千夫長柯扼，終於不再刻意壓制馬隊的衝鋒速度，大手一揮，以一方黑巾蒙上馬眼，胯下坐騎的步子驟然增加。若是有觀戰者位於橫線上望去，一定會被這些昂首戰馬在奔跑中展露出的那種肌肉感驚豔。

中原地帶在衝鋒中蒙住馬眼的習慣始終不曾流行開來，但在草原之上則是傳承數百年的舊俗。一開始是保證戰馬在面對中原步軍拒馬方陣時能無所畏懼，同時還能刻意讓戰馬「受驚」，在騎軍與騎軍的轉瞬即逝的凶悍對撞前，騎兵狠命鞭撻，能夠催生戰馬爆發出更大的腳力，用戰馬的速度來帶動騎兵衝鋒的穿透力。

不過遍覽天下精銳騎軍，恐怕也就只有北涼鐵騎不屑使用此種「雕蟲小技」，這歸功於北涼每一匹軍馬的由生轉熟，各大馬場傾注了無數心血，當然，還有不計其數的銀子。北涼每一匹最終踏上大型戰場的熟馬背後，都會有一匹甚至數匹戰馬死在之前。

戰場上，只有一千六百餘數目的羌騎發出震天嘶吼聲。

兩相對比，同為輕騎的三千龍象軍在這個時候，就顯得尤為古怪，廝殺之前集體沉默無聲是一個原因，更重要在於他們簡直就是拿輕騎當重騎使喚的亡命之徒。

龍象輕騎在提矛加速衝鋒後直奔對方，甚至放棄了一波輕弩潑灑敵軍騎陣的殺傷力！

北涼鐵騎善戰，且敢死戰！

中原用兵，歷來擅長騎步結合，步軍居中，騎軍位於兩翼。後者並不用於正面陷陣，除了受限於騎弓勁力遜於步弓尤其是大弩的天然因素外，更主要還是騎軍本身最大優勢便是強大的機動性。

在春秋一長串經典戰役中，這種無可爭議的戰爭定式，被發揮到了淋漓盡致的境界。只要是能被冠以名將頭銜的將領，哪怕是步軍統帥，給他一支數千人規模的騎軍，一樣能夠指揮得有章有法，這大概就是所謂的久病成醫了。

當時飽受戰火薰陶的那一大群離陽高層武將不會用騎或者說不會破騎，那麼出門都不好意思跟同僚打招呼。但這種騎步結合的戰術，一旦挪到了補給困難的地方，難免水土不服，當今天子登基之後主動對北莽發起那幾場大戰，就吃足了苦頭。

許多初期看似形勢大好的局面，就都被一些發生在主戰場外的戰事給毀掉。以北莽拓跋菩薩和董卓先後兩代著名北莽將領為例，這兩位的成名之作，都是靠著輕騎動輒長達千里的長途奔襲，一口氣繞到離陽大軍的後方，直接搗爛一條甚至數條主幹補給線。

離陽朝廷那些名將尤其是騎將對此大為懊惱，可是不知為何，始終沒能有一位在脫離步軍配合下，去跟北莽騎軍硬碰硬的天才將領冒尖。但即便如此，騎軍必須割裂出去獨當一面的苗頭，以及隨之衍生的一系列兵法著作還是出現了。

被趙毅招徠遠去廣陵江畔的盧升象和一直無緣塞外征戰的許拱就各有兵書出爐，只可惜祕不傳世，但在軍方內部有口皆碑。徐驍便對那位出自姑幕許氏的龍驤將軍許拱十分欣賞，認為此人本該可以風頭蓋過「獨領東南風騷」的盧升象。不過當年那幫離陽高層大人物都心底有數，若是當時給陳芝豹和褚祿山機會，那麼這兩人無疑會在北莽這座嶄新戰場上一躍成為不亞於春秋四大名將的顯赫人物，不過當時新天子就算出於私心，願意給陳芝豹施展手腳的機會，那一大幫子「開國」元老也不答應徐家後繼有人。

在跟北莽接近二十年的常年作戰中，北涼鐵騎也誕生了一整套針對性極強的成熟戰術。比如北莽騎軍少弩而多弓，若非膂力尤為驚人的銳士，尋常騎弓八十步外便難破甲，兩軍對撞而衝，北涼鐵騎在陳芝豹的影響下，變態到了直接拋棄弓弩對射的過程，憑藉甲冑占優，任由莽騎拋出攢射，己方只管埋頭衝鋒。因此陳芝豹曾經有一個讓外界感到匪夷所思的狂妄論斷——在兵力大致相當甚至微小劣勢的前提下，北莽騎軍的命，只夠活四十步！

外人畢竟無法親眼見證這一幕，始終持有強烈的懷疑態度。

無法否認，關於萬人以上純粹騎軍與騎軍捉對廝殺的珍貴經驗，整個離陽王朝恐怕就只有得天獨厚的北涼邊軍有了。別看趙室朝廷對西北邊事像是裝瞎子，可每一次風吹草動，上任金縷織造局李息烽都會不厭其煩地悄悄傳遞密折送往京城。而這些摺子上的內容，廣陵王趙毅和燕剌王趙炳不知花了多少人情和疏通了多少關係才成功買走，以供諸多幕僚謀士翻來覆去琢磨。

與此同時，離陽朝廷這邊自身也未束手待斃，乾脆把北莽連同北涼一起視為假想敵，思索如何才能真正抗衡那些戰馬的鐵蹄。從春秋硝煙中脫穎而出的中原翹楚將領畢竟不會是什麼酒囊飯袋，頗有成效，步軍結陣拒馬的兵種分配和武器搭檔，都可謂登峰造極。

在永徽之春的科舉考試中，甚至就有意味深長的類似相關考題，這就導致答卷中出現了許多天馬行空的想法。雖然大多數被認為是書生意氣的無稽之談，但這之中，有一個論點在沉寂數年後突然熠熠生輝，那就是以極端對抗極端。

那位在當時科舉中名落孫山的考生提出傾盡財力、物力，全力發展那堪稱畸形的重騎，力爭跨過萬人門檻，便是砸鍋賣鐵也要培育出一支或者數支重騎，擱置在距離邊關不遠的重鎮。他的那份答卷當時在離陽朝廷泥牛入海，可事實上幾乎同時，北莽王庭就開始瘋狂用銀子去堆重騎，直到多年後離陽朝堂才後知後覺，那就是如今北莽以國姓命名的兩支王帳鐵騎——耶律重騎和慕容重騎！

兩支王帳鐵騎人數堪堪觸及一萬門檻，但再是門外漢的文官也知道要養這兩支重騎，那就等於在國家身上割肉放血去餵養這兩大隻饕餮。重騎真正耗費之巨的地方不在建制，而是養兵。後知後覺的離陽朝堂迫於朝野上下，尤其是兵部顧廬和東線邊軍的輿論壓力，這才硬著頭皮跟在北莽屁股後頭打造出了朵顏鐵騎和雁門重騎。前者不足八千騎，後者數目更是不到五千。至於為何當年那名赴京趕考的書生會莫名其妙死於一條無名巷弄，誰在乎？

不過若是有人知曉這樁祕事，應該都會為之感慨，一個籍籍無名的江南書生筆下一篇不足千字的小文章，竟然會影響到大漠邊塞兩百萬甲士的生死。

敵我相距八十步外，頭排戰線鋪開如一線洶湧潮水的羌騎嫻熟搭弓射箭。快速衝鋒中馬背的劇烈顛簸，敵方騎兵的人馬披甲，以及急促接觸戰中的換射時間不足，都是決定騎射只能是錦上添花的重要原因。

北莽正規邊軍的槍矛配置還算不錯，不說董卓的那支董家軍，便是那些大將軍和持節令的嫡系親軍，就完全達到了離陽精銳邊軍的水準。只不過這支羌騎就要寒磣許多，倒不是北莽吝嗇到不願意掏出萬餘支精製槍矛，而是就算送給有自己一套熟稔戰術的羌騎，只會是畫蛇添足，而絕對不是雪中送炭。

戰馬的調教就已經讓人頭疼，何況是騎兵馬戰的實力培養？戰刀槍矛的輕重長短與騎兵手臂體力的關係，需要多少場廝殺、付出多少條人命，才能磨合出一個最佳答案？槍刺敵騎的精確區域、戰刀劈砍的最優角度、甲冑披掛的合適重量都因人而異，都是大學問，所以所有羌騎如果把主戰兵器突然換上太過奢侈又太過陌生的槍矛，以至於拖累了羌騎一貫的轉移速度，那麼這支羌騎一旦到了流州，要麼運氣好，沒碰上龍象軍，只當是歡歡喜喜遊歷了一次，運氣不好如當下，萬夫長金乘想都不用想，掉頭就跑吧，爭取把那些槍矛賣掉換成一筆跑路錢。

那些背井離鄉洪嘉北奔的春秋遺民，為北莽捎帶去了許多祕傳高超的鑄造技藝，可是北莽的大量缺鐵，讓許多南朝匠人成了無米之炊的苦命巧婦。

陳芝豹曾言：「槍矛不足的北蠻子，不過是一群馬背上的步卒」而已！可以說，擅長兵種搭配的西楚兵聖葉白夔，將大型戰爭的殘酷程度一步步推到了一個高峰，那麼陳芝豹就是將龐大戰爭推敲分割到了每一名小都尉身上。

後者不但記得麾下每位都尉的姓名，甚至連他們的個人性格和帶兵風格，以及他們正常情況下的綜合戰力和突發狀況中的戰爭潛力，一切都胸有成竹。

「古代軍事大家喜歡以瞬息萬變形容戰事的難以預料，陳芝豹早已將那『萬變』爛熟於心，當之無愧的大秦以來用兵第一人，遠超先賢與同輩。」這種聽上去爛大街的溢美之詞，隨便拎出個讀過幾本兵書又仰慕白衣兵聖風采的江南士子，都說得出來。

可事實上說這話的人，是公認棋局上官子無敵的曹青衣——曹長卿。

流州不聞號角嗚咽，不聞戰鼓喧天，就這麼在一場急促接觸戰中悄然死人了。

羌騎的兩輪遠端騎射取得情理之中的建功，只是戰功的大小，卻讓羌騎出乎意料。

當一根箭矢準確釘入一名龍象輕騎的面目後，這名騎兵的頭顱頓時被勢大力沉的箭矢往後扯晃出一個幅度，然後就那麼墜馬而亡。無主的戰馬繼續慣性前衝，許多羌騎為之發出一陣歡呼聲。

一根羌族箭矢的箭頭在一名龍象輕騎胸甲敲出一串火星，卻沒能刺透，可是這名北涼邊軍士卒的運氣實在糟糕，戰馬被另外一根力道極沉的羽箭射中鐵甲間隙的脖子，馬匹嘶鳴一聲，馬身微微傾斜，頹然撞入大地。

那名一個打滾卸去衝勁後的輕騎迅速站起身，他先前提矛的那條胳膊已經折斷，但他在沒了長矛後，迅速抽出了腰間涼刀，直面那些只差二十幾步就會撞到自己的羌騎，開始在直線路徑上向前大步奔跑！

柯扼感到一種深入骨髓的無力感，不只是因為這兩輪密集箭雨只帶給龍象輕騎不足百人的傷亡，更因為這些敵騎哪怕明明可以用長槍撥開迎面箭矢，但是沒有一騎做出這種有損於長槍衝撞力的動作！

一騎都沒有！

兩軍突騎出，敵我死難分。

年輕千夫長莽撞冒失給他和本族二十年艱辛積攢出來的一千六百騎帶來了滅頂之災。

即便羌騎見機不妙，那條面對面的一線潮鋒線，主動迅速開始向左側拉伸斜去，希冀著憑藉羌騎的速度來縮小正面戰場的損耗。

羌騎的鋒線向左規避微斜。

可是龍象輕騎幾乎在一瞬間就做出了應對，整體向右傾殺而去，馬蹄炸雷的聲勢在變更中絲毫不減！

大戰線上的急速變化，分攤到敵對每兩騎的位置上，其實並不多。

龍象軍和羌騎相互嵌入騎軍戰陣！

就這麼一個短暫的眨眼工夫，就足足有三百多羌騎被一槍破甲刺穿身軀！這些羌族健兒尚未完全脫離馬背，就已死絕！

其中更有數十羌騎的屍體竟直接被龍象鐵槍挑掛到了空中。

那象徵生死的一線之上，盡是羌騎傷亡帶來的鮮血迸射。

也有羌族幸運兒躲過頭排龍象輕騎的長槍突殺，但是很快就被後邊的長槍在身上刺出一個窟窿。

一些個更幸運些得以多活片刻的羌騎，即便在第二排龍象輕騎的長槍下活下來，也被第三排的輕騎瞬間突殺。

有一位羌騎的肩頭才被第二位正面方位上的龍象輕騎刺透，一個搖晃，來不及慶幸，就被第三根鐵槍鑽入脖子，屍體向後仰倒，在馬背上滑出一小段距離，最終墜在沙地上。

龍象軍副將王靈寶更是直接一槍串出了三顆糖葫蘆。

這場衝鋒，龍象輕騎如重錘鑿穿紗窗紙一般輕鬆。

疤臉兒王靈寶手腕輕輕一抖，將那三具羌騎身軀滑出鐵槍，沒有轉頭觀察戰場，連地上的屍體看都不看一眼，繼續策馬向前奔殺。

相距第二支羌騎軍也不遠了。

王靈寶身後，滿地的羌騎屍體，滿是血。

許多羌騎戰馬在主人戰死墜馬後，奔出去一小段距離後，緩緩停下。

三百多受傷落馬的龍象軍騎卒，一次次提刀刺死那些尚未死絕的羌騎。

一些羌騎說著龍象輕騎聽不懂的言語，應該是在求饒，可沒有一人刀下留情。

自大將軍當初率領百騎出遼東起，四十年來，徐家鐵騎就沒有收留俘虜的習慣。

除去一千六百羌騎鋒線最兩端的四十多騎，其餘羌騎僅在三千龍象輕騎的一次衝殺下，就這麼全死了。

為報仇雪恨也為建功立業而闖入流州的年輕千夫長，在射殺一人、刺殺兩人後，也死了。

一方殺得十分乾脆俐落，一方死得也不拖泥帶水。

柯扼的初衷，自然不是拿本族二十年艱辛積攢出來一千六百騎，去給金乘未來在北莽朝堂上的飛黃騰達鋪路。

這個在北莽邊境草原上習慣了享受勝利的羌族健兒，牢記二十年前的血海深仇，卻忘了自己要復仇的仇家，是怎樣的存在。離開那個說到底其實只能算是異鄉的家鄉前，他聽說過龍象騎軍在去年殺穿了大半座姑塞州，可他也一樣從許多南朝人嘴中聽說過那只是姑塞幾大軍鎮守將的疏忽大意，還聽說有人講只要董卓或者隨便哪位大將軍的兵馬出動，那些深入腹地的龍象軍絕對會一個都回不去，北莽邊軍會將那些割下的頭顱紛紛丟在兩國邊境線上。

柯扼是來復仇的，但是很可惜，他那個還在草原上等父親回家的幼子，只能再等二十年才能繼續報仇了。

對羌人來說，近百年來的流亡歷史，就是不斷從一個異鄉走到另一個異鄉。

他躺在血泊中，頭頂的陽光刺眼。然後他發現頭頂出現了一片陰影，那是個雙肩因為受傷而一高一低的龍象輕騎，柯扼垂死掙扎，試圖抬起手臂綁縛的那柄戰刀。那名都尉裝束的輕騎似乎發現了柯扼的徒勞反抗，皺了皺眉，一刀砍下這名羌騎青年的腦袋，略微想了想，又剁下了那具屍體的右手。都尉和許多尚可一戰的龍象輕騎如出一轍，清理完戰場後，尋找合適的戰馬，翻身上馬，再度展開衝鋒。

在中原許多富饒地方，不管誰殺誰，大多會充斥著柔腸百轉的陰謀詭計，便是幫派與幫派之間的死鬥，說不定也存在著官府靠山的比拚和陰謀家的暗中慫恿。說到底，在那裡，殺人不爽利，死人不痛快。但是在接下來的涼莽邊境上，死人會很簡單，而且和弓弩鐵蹄的速度一樣快。

◆

殺穿一千六百自尋死路的羌騎隊伍後，在王靈寶和兩名校尉的帶領下，龍象輕騎的戰馬步子出現了一種暗含規律性的放慢和加速。如此一來，戰馬可以充分發揮出第二波衝勁，去保證有效的追殺，這就是沙場名將和庸將無形中的差異。

戰爭，尤其是一場局部戰役，當然需要萬人敵、千人敵，但是更需要王靈寶這些熟諳戰場規矩的將領。少了前者，仗打得會更辛苦，但少了後者，只有潰敗。

約莫大半里外，萬夫長金乘雖然完全傻眼了，但這名比柯扼更富有沙場經驗的中年羌騎沒有任何呆滯，二話不說，就帶領羌騎繞弧撤退。之所以不是停馬後轉身逃亡，是因為那支戰力損耗可以忽略不計的龍象輕騎，根本不允許他們出現這一點點浪費。

王靈寶在心中計算了一下雙方距離和戰馬奔速，一夾馬腹，想要去徐龍象身邊說出心中想法。可這位龍象軍的少年統帥已經抬起手臂，做了一個北涼邊軍人人皆知的簡單手勢。

快騎阻截！

在先前衝殺中並無展現太多誇張戰力的徐龍象，只是用那柄戰刀砍死了三名羌騎，都是一刀剁掉腦袋罷了。當王靈寶看到主帥高高躍起，棄馬不用，開始拖刀奔跑後，笑了笑，有些哭笑不得，咱們這位主帥啊，真是讓人無奈。

徐龍象做出那個手勢後，身後原本始終在刻意保持隊伍齊整的龍象騎軍終於有了變化。戰馬更具爆發力的四百多騎，瞬間就衝出了大軍隊伍。這些精騎果斷跟隨那位心目中的戰神主帥，去截殺那兵力仍有七千多的羌騎大軍。

豪閥世族，講究國可滅，一家一姓的薪火傳承不能滅。但是對於一支軍隊來說，由無數先烈支撐起的脊梁，更加不能斷！北涼鐵騎的脊梁，寧碎不斷。至於北莽有沒有粉碎這根脊梁的本事，那可就有的相互絞殺了。

在徐龍象越來越快的奔跑途中，一頭巨型黑虎躥到了他的身側，然後黑衣少年身後四百快騎，和更後的兩千多龍象輕騎就看到了古怪至極的一幕。

徐龍象一個不減速的彎腰，雙手扯住那頭黑虎的兩條腿，身體一旋，就這麼把黑虎砸向了那羌騎大軍的中央地帶！

巨大黑虎轟然墜地後，繼而不斷翻滾，在大地上揚起無數塵土，製造了無數爛泥似的屍體和大量的人仰馬翻。

疤臉兒王靈寶嘴角忍不住抽搐了一下。被砸中的那些傢伙，肯定會很疼。

當前方四百快騎即將追上羌騎大軍尾巴的時候，後頭王靈寶瞥了眼先前那個被黑虎炸出的大坑，在那些稀爛如泥的屍體上，開出了一朵朵碩大血花。

第三章　西京城有缸養龍　勤勉房君臣奏對

祥符元年，初冬。

臨近涼州城，一位衣衫單薄的清秀少女和一名袈裟破舊的少年僧人結伴而行。

「笨南北，這都快到涼州了，我咋越來越緊張了？差不多能有頭一回偷看山下狐狸精給我爹寫的情書那麼緊張！」

「近鄉情怯唄。反正徐鳳年的家，也算妳半個家了。」

「一個和尚說情，你也不怕住在西天的佛老爺打個噴嚏淹死你？」

「師父還有師娘呢，也沒見師父怕颳風下雨打雷啊。」

「笨南北，你說咱們這趟也沒半顆銅錢去買漂亮的胭脂水粉了，他會不會覺得我女大十八變，越長越難看？」

「哪能啊！」

「這可是你保證的，如果到時候不是這樣，我揍你不商量啊。」

「阿彌陀佛……」

「笨南北，考你一個問題，你們佛家……」

「打住、打住，李子，妳家就是我家啊，啥叫『你們佛家』，我當年是被師父撿到後帶上山的，還是師娘幫我剃的頭髮，師娘說我當時哭得稀里嘩啦，妳瞧瞧，我那會兒才多大，就已經知道自己不喜歡當和尚了。」

「行了、行了，你就直接回答我為什麼佛門都說『心無所住皆般若』，那麼那些菩薩大發宏願，算不算執念的一種？若是的話，怎麼還能有望成佛啊？」

「這個啊……李子，要不然等我成佛後燒出了舍利，再來回答妳？」

「你以前就這麼跟那些大小光頭講法的？難怪老方丈總喜歡拖欠銅錢，娘讓我去催，老方丈每次都苦哈哈跟吃壞肚子似的，肯定是老方丈嫌棄你說法講經一塌糊塗。」

「……」

「咦？笨南北，你怎麼哭了？你有點出息好不好，老方丈是成佛了，又不是死了！」

「哭時哭、笑時笑、吃時吃、睡時睡、念時念，木魚響起時我即佛，這是師父教我的。」

「得了吧，笨南北你這麼笨，連佛法都悟不透徹，萬一連你都成了佛，以後誰還願意信佛啊！」

「嘿……」

「對了，笨南北，說到木魚，怎麼沒見過我爹讓你敲過？」

「我們家也沒有啊。」

「也對，不過咱們的那個小氣鬼鄰居，慧能大光頭倒是藏了個賊名貴的木魚，聽我娘說是西蜀梧桐雕刻而成的，使勁一敲，數十里外都聽得到。你說真的假的啊？」

「當然是假的！有一次師娘要下山買一套看上好久的衣裳，恰好師父手頭沒餘錢，就拉我跑出去躲師娘，跟慧能方丈偷偷碰頭喝酒。慧能方丈喝著喝著就喝高興了，坐地上捧著那木魚拍了大半個晚上。我當時就給他們站在門外望風，也沒覺得木魚聲多響啊，就那麼回事。其實啊，師娘是惦念那木魚值錢哩！有回師娘看我洗衣服的時候說漏嘴了，她說將來一定要把這木魚順回家，然後給妳當嫁妝，氣派！」

「我的娘咧……難怪前些年，每次我娘見著慧能大光頭，就問那顆大光頭多大年紀了。唉，幸好我娘只在山腳小鎮上轉悠，從不行走江湖，否則哪個少俠高人樂意搭理她。」

「反正有師父緊著師娘，師娘也不樂意往江湖裡湊的。再說了，師娘總講山下的女子不是吃人不吐骨頭的母老虎，就是光長皮囊不長腦子的狐狸精，尤其是那個太安城，滿大街盡是些不羞、不臊、不正經的女子，一直就是師父的禁地。師娘哪裡放心師父，要不然這趟師父去京城，師娘也不會跟著，是吧？」

「吳南北！信不信我告訴我娘去！」

「阿彌陀佛……師父，難怪你每次被師娘訓斥都不還口，說多錯多，徒增口業添煩惱。我有點懂了。」

「笨南北，你嘀嘀咕咕說了什麼？」

道路上，少女鼓足腮幫，一邊走一邊握緊雙拳做敲木魚狀。

「咚咚咚～木魚響起時我即佛，咿呀咿呀呦～咚咚咚～」

少年僧人悄悄撇過頭，偷著笑。

這一天，陽光溫暖。

◆

作為北莽南朝中樞的西京城，本名佳婿城，曾經不過是一座中規中矩的城池，隨著那股北奔士子洪流的湧入，逐漸有了深深幽幽的江南庭院，有了敦本敬祖之風濃郁的黑瓦白牆，有了耕讀世家的私人藏書樓，有了陌生的琅琅讀書聲，有了風流倜儻的高冠博帶，有了佳人拖曳在地的錦繡長裙，有了讓當地人眼花繚亂的各色吃食。

佳婿城一天一天飽滿，直到一舉成為北莽的陪都。隨著不斷擴建，更有了本土隴關貴族和外來新士族各占半壁江山的朝堂，有了三省六部制，人才濟濟，蔚然深秀。這座城池，隨著二十餘年歲月推移，就像是由清瘦的小女孩長成了體態豐腴的美婦人。

然後在這個比往日略顯冷清的御道上，有一行人緩緩走著，領頭之人是位老嫗，老婦人的歲數，自然不是新西京可以比擬的。

披一件舊狐裘子的老嫗身邊跟著一名年邁儒士，更後邊一些，又跟著一名佩劍的中年劍客和一位五十來歲的魁梧男人，二人並肩而行。

老嫗突然輕聲笑道：「聽說咱們的軍神在徽山遇上那一家三口了，就是沒能打起來。」

青衫老者「嗯」了一聲。

老婦人感慨道：「牆內開花牆外香嗎？為何朕很欣賞的兩個人都要前往離陽？一個敢單槍匹馬殺到帝京城牆腳下與朕對望，還有那個一人即是一座宗門。如果朕沒有記錯，這個只有一人的宗門，名次還要在公主墳和你們棋劍樂府之上吧？他們若是肯留在北莽……算了，不說也罷。」

棋劍樂府在最巔峰時坐擁四大高手，雖然躋身武評的黃寶珠——或者說魔頭洛陽已經叛出北莽，但洪敬岩已是柔然鐵騎共主，劍氣近和銅人祖師也是北莽屈指可數的頂尖高手。

世間誰敢小覷棋劍樂府？

窮酸老儒模樣的老者笑了笑，「若非如此，那江湖豈不是少了許多樂趣？」

老婦人轉頭望向那個佩劍的中年人，「黃青，與那人對敵，可有勝算？」

不是問幾分勝算，而是「可有勝算」！

被問之人點了點頭。

這個答案雖不讓人驚喜，但好歹也不至於讓老嫗大失所望。

黃青，本名孫少樸。棋劍樂府詞牌名「劍氣近」，同時還是洪敬岩的師父。因為憤懣於離陽王朝大肆嘲諷北莽劍林的青黃不接，甚至有人揚言整個北莽江湖無一人可談劍道，他因此改名黃青。

能讓劍氣近擔當扈從的老婦人，身分也就顯而易見。

這頭日漸遲暮的雌鷹，飛翔在比大草原所有雄鷹更高天空的歲月，已經太久太久了。

一行四人一直走入西京宮城，然後在司禮監掌印太監小心翼翼的引領下，最終只有慕容女帝和那位太平令走入一座幽靜閣樓。

樓內有一口不明材質的灰黑色陰刻螭龍缸，缸不過半人高，但是尤為闊大，霸占了整個閣樓大廳的大半位置。

慕容女帝雙手放在沁涼的圓潤缸沿上，瞇起眼低頭望著那缸清水。

這只大缸名「蜇眠」，她只有在篡位稱帝坐上龍椅後，才有人悄然入宮跟她稟報，有一尾蛟龍蟄伏而眠於缸底。

一眼望去，有無蛟龍看不出，但視線中那幅畫面已經足夠詭譎。無風無浪，水面明明靜止卻處處不平。若是仔細辨認，依稀可見缸內有許多不同色彩的小鯉懸停水中不游弋。

慕容女帝抬起頭環視一周，除了身邊的太平令，屋內就只有九人，其中既有道德宗內地位僅次於國師袁青山的南溟真人，也有北莽身分最隱祕卻是最擅風角占敕的鍊氣士第一人，還有祖輩世代為北莽皇室推演讖緯的占星大家耶律光燭。

這九個深居此地數十年的真正隱士，便是南朝上任南院大王黃宋濮也沒能都見過一面，至於其他南朝權貴就更不用奢望了，恐怕都不清楚西京城內有這麼一座奇怪閣樓，有這麼一口莫名其妙的大缸，聚集了這麼多奇人異士。

慕容女帝輕聲問道：「那個說自己身體有恙暫不朝會的離陽天子趙惇，如今身在何處了？」

滿頭鶴髮卻面孔嫩如稚童的南溟真人提著一根纖細的紫色竹竿，走到慕容女帝身畔，伸出長竿，在距離水面兩尺高的某個地方，輕輕畫了一個小圓。

百歲高齡的道德宗老神仙連嗓音也如孩童無異，清脆說道：「以位置推斷，趙惇確實如朱魍諜報所言，已經祕密巡視兩遼了。」

慕容女帝手指輕輕敲擊缸沿，譏笑道：「才知天命的歲數，就要死在朕這麼個老婦人前頭，還真是可憐。」

四周寂靜無聲，沒有誰敢答話。

她又問道：「除了象徵陳芝豹的那條小東西突然生出了龍爪，還有什麼值得一提的？」

南溟真人用紫竹竿點了點比先前偏南幾分的地方，「張巨鹿那一尾，在缸內下墜了四尺，即將沉底。」

老婦人哈哈大笑，「好一個離陽王朝自殺其鹿。」

此刻老真人手中竹竿所指點的位置，不出意外應該就是太安城了。

這位在麒麟真人飛升之後的道德宗新任宗主面無表情，移動竹竿，在西北方點了一下，「徐鳳年依舊在懷陽關一帶逗留。」

突然，有一尾長不及兩寸的小黑鯉驟然躍出水面，然後不是墜回原位，而是稍稍向西偏移了些位置。

慕容女帝皺眉道：「這是？」

南溟真人依然用那稚氣的語音不急不緩說道：「是徐龍象。有些不曾進入天象境界但是身負氣運的武人，除非氣機外泄太過厲害，否則哪怕在缸內占據一席之地，他們的方位也會模糊不清，那些善於斂氣的鍊氣士，更是如此。可一旦洩露天機，就再難逃法網恢恢了。至於那些接近陸地神仙的人物，他們的本命魚甚至會擾亂缸中水。」

「比如？」

「武當掌教李玉斧。先前此人曾引發天機震動，導致缸水外溢。」

「還有嗎？」

「有。黃龍士、澹臺平靜、謝飛魚。原本最是線索模糊的三人，陸續有了徵兆。」

「那曹長卿？」

「既然成了儒家聖人，自然就已跳出缸外。」

一問一答到這裡，慕容女帝思索片刻，自言自語道：「難道是柳珪大軍主力已經跟龍象軍碰上了？」

南溟真人猶豫了一下，搖頭說道：「不對。應該是徐龍象去了青蒼城以西的地方，遇上了那支羌騎。」

老婦人臉色陰沉不定，但很快就神情舒展開來，「反正你有兩個兒子。」

太平令猜出了慕容女帝心中所想，平靜道：「既然露出了破綻，那麼可以讓黃青和銅人去刺殺徐龍象。這樣的機會，以後很難再有。」

老婦人拇指微微用力按在缸沿上，問道：「趕得上？」

作為北莽帝師的老儒生笑道：「盡量讓他們往那邊趕，之後就看雙方運氣好壞了。」

老婦人笑道：「那就試試看。」

這位太平令毫不猶豫地轉身走出屋子，去跟劍氣近黃青面授機宜。

老婦人自問自答：「如果成了，那雙方勾心鬥角這麼多回合的流州，還能有仗打嗎？」

「沒啦！」

◆

嘉德殿設有勤勉房，有別於國子監，以供離陽趙廷宗室子弟求學，因正統一脈的皇子成年除東宮太子外，皆需封王就藩外地，所以勤勉房便多是在京郡王子女問學授業之地，少數一些因功封侯的公卿後代，也得以進入這座被譽為小御書房的地方，這些公卿也莫不視為家族殊榮。

勤勉房設少傅、少保兩職總領學政，此外還有二十餘位地位超然的授讀師傅，分別授教儒家經典，以及各自被皇帝欽點為某位皇子皇孫的單獨恩師，無一不是王朝當代文豪大儒，偶有學問深厚兼德高望重的大黃門入內講學。

那群龍子龍孫與勳貴子弟於沖齡之歲進入勤勉房，卯入申出，每日雷打不動的五個時辰，日復一日、年復一年，直到婚嫁封爵之前，寒暑無間，讀書不輟。這項傳統，自先帝起至當今天子，二十年來，不可撼動。

而且勤勉房規矩煩冗，極其嚴苛，入學子弟夏不持扇、冬不添炭，不論身分，路遇授讀師傅務必作揖行禮，犯錯輕則挨「竹罰」，重則貶低將來獲封爵位一級。當年馬上得天下的先帝親筆題寫匾額「尊師重道」以儆後人，當今天子書寫楹聯「立身至誠，求學明理」懸掛兩側，除去那名來歷晦澀的皇子趙楷，包括太子趙篆、大皇子趙武在內的所有子女，都曾在勤勉房度過漫長光陰。

若說京城黃門郎地位超然，是日後有望封侯拜相的龍門之鯉，那麼勤勉房講學師傅則更是當之無愧的清流砥柱，已是乘龍之蛟，有「准帝師」的美譽。至於少保、少傅兩職，歷來都是實設一人、虛設一人。宋家兩夫子稱霸文壇三十載，對此仍是苦求不得，上任少傅馬戎是先帝與當今天子的兩朝恩師，在京城以外名聲不顯，可是四年前馬戎病逝時，皇帝陛下攜皇后親自前往馬府靈堂披麻戴孝，為其守靈一夜。

馬戎死後，少傅、少保兩職都已空懸，太安城勳貴門第都認為新入京的齊陽龍會暫時擔任少保，作為一個承前啟後的過渡位置，然後一舉成為離陽王朝的官員領袖。可是一個資歷清譽都不夠格的「年輕人」，很突兀地闖入了所有人的眼簾，將少保之位收入囊中。

此人在永徽年號的尾巴上考取過進士，但遠沒有前三甲那般矚目，進入過翰林院擔任過黃門郎，一樣不溫不火，直到他成為禁中御書房的起居郎，才被京城大人物多了幾眼打量。

但也僅限於此，可是隨後此人悄然晉升考功司郎中，輔佐吏部尚書趙右齡和老上司「儲相」殷茂春，陸續參與了京察與地方大評兩樁足以決定離陽四品以上大員官帽子有無的大事，這個在廟堂上可算年輕人的書生，才真正讓人感到驚豔咋舌。

三年一度的京察中，此人依舊不顯山、不露水，可在南下大評之中，此人那真是心狠手辣，一口氣摘掉了平州刺史和六位郡守的官帽。這才三個月的時間而已，很快他就被火速調回京城，否則朝野上下都堅信此人會死在南下途中。

以至於當他破格成為勤勉房少保後，大多數人都有些麻木了，此人委實是在官場的升遷路線太過生僻隱蔽，完全就沒有給人燒冷灶的機會，到頭來只知道他前些年娶了個籍籍無名的郡主，是個不上不下也不大不小的皇親國戚，在朝堂上素來不摻和黨爭，與文武官員都不湊近，與宮中宦官更是從無交集，便是喝花酒也沒有一次。

寥寥有心人往深處刨根問底，得知真相後就越發如墜雲霧——此人竟是北涼人士？原本朝廷出了一個飛黃騰達的晉三郎就已經很讓人吃驚，不料此子聲勢猶有過之而無不及。須知晉蘭亭的進身之階可稱不上怎麼光彩，據說先是靠著一封老涼王的引薦信躋身京城官場，後來又是以蘭亭熟宣這種雅玩擠入公門。

作為國子監右祭酒同鄉的他，身世清白，進階之路也走得坦蕩乾淨，哪怕娶了位郡主，這些年也從未傳出半點夫憑妻貴的閒言閒語。而且這些年在京城所處幾個位置，不論是短暫的翰林院黃門郎，還是最長久的東宮侍講還是更為短暫的起居郎，始終都算是個相當靠近帝王家的讀書人，恐怕就算他自己滿大街喊自己是北涼死間，也沒誰願意相信。

他就是出身於北涼寒門的讀書人——陳望。

當然，如今京城上下都應該敬稱一聲「陳少保」了。

今日勤勉房，不過卯時三刻，天色猶昏暗，便已是書聲琅琅。勤勉房又分上中下三房，大體上六歲至九歲在下房，十歲至十五歲在中房，十五歲以上就讀上房，其中女子年齡劃分另算，直至男婚女嫁，以及得到授業師傅的承認，方可退學。

今日正值儒家日，三房內各有一位長者在引讀儒家張聖人的經典，難易程度自然會不同。勤勉房的下房外，站著一位身著紫袍繫御賜羊脂玉帶的「年輕士子」，看著那些搖頭晃腦使勁誦讀經書的幼齡稚童。

按著先帝立下的規矩，都不許在房內戴貂帽、披裘衣，冬寒刺骨，也是如此。此時房內只有在師傅講案底下擺有一只小銅皮火爐，那些絕大多數生下來就與國同姓的孩子，跟貧家子弟就學私塾並無兩樣，大多臉頰凍紅，手腳畏縮，趁著師傅讀書的間隙，趕緊低頭呵一口熱氣在被凍得僵硬的十指上。

屋外，除了這名衣著特殊並且在一般人眼中頗為陌生的讀書人外，還有一位得以披大紅蟒袍的宮中老太監，小心翼翼站在外邊。上了年紀的老宦官有些走神，沒有注意到那位讀書人的到來。

這也難怪，他說是得盯著勤勉房以防不測，可他這一站就是十多年啊，袍子都換了七、八件了，十多年下來，宮中事務本就氣度森嚴，哪有什麼不測？不管成年從這裡走出去後在外頭如何行事跋扈的趙室子弟，求學之時，誰不是如他這般畢恭畢敬站著，他們則乖乖坐在那裡念書、背書？饒是趙武和趙風雅這樣出了名的皇子、公主，只要是進了勤勉房坐下後，那也都是夾起尾巴做人的。

老太監看了一眼屋外，院子裡入冬後倒是在枝頭多掛了一盞大紅燈籠。他悄悄嘆了一口氣，聽說外頭不怎麼太平啊，廣陵道上那些餘孽賊子不知從哪兒找了個姓姜的小丫頭說復國就復國了，害得宮內好些個當年從西楚皇宮裡逃出來的老傢伙時下都膽戰心驚，得閒時連幾口小酒都不敢喝了，說是怕被人誤認為心有積鬱，借酒澆愁。

好像西邊那些大小蠻子也不消停，大蠻子北莽要鬧，小蠻子北涼也跟著鬧。他這輩子也算見過些風雨了，可就是整不明白這些傢伙好好太平日子不過，非要瞎折騰個什麼勁？甚至連那位首輔大人也鬼迷心竅了，你說你碧眼兒年紀還沒我這麼個宦官大，官卻也已經做到那麼大了，怎的還不知足？這不就明擺著是自尋死路嗎？

老太監沒來由想起院中那些花花草草忍不住就有些唏噓，心想首輔大人哪，這人命可不是那些草木，今年冬沒了，明年春就又有了。

這時候，院外出現一個躡手躡腳的矮小身影，貓腰小跑進來，結果一看到門神似的老太監，立馬如喪考妣。老人只敢心中笑了笑。

這小傢伙是豐郡王的孫子，不是長房長孫，卻也很受寵溺，不過這孩子在下房一向是個受氣包，畢竟豐郡王的頭銜在宮外挺能嚇唬人，可在這裡邊還真沒誰當回事。加上小傢伙身體孱弱，性子又軟，成天被欺負得都不敢回家跟長輩訴苦，便是換上了雙喜慶的新靴子，也會被那幫淘氣蛋子立馬踩成舊的，老太監都見過好幾回這娃兒躲在院牆根下哭花臉了。

看著孩子那病態蒼白的小臉龐以及拚命摀嘴不敢咳嗽出聲的可憐模樣，年邁太監雖說有些心疼，但先帝定下的規矩，他一個閹人哪敢違背？遲到一次竹罰，兩次降爵，三次再降，直到無爵可降，直接驅逐出勤勉房，大概在十來年前在皇帝陛下手上，就有個無法無天的老親王獨苗嫡長孫，直接被貶成了庶人，要曉得那個親王與先帝爺那還是同胞親兄弟，更是當今天子的親叔叔！

老太監攔下那滿頭汗水的豐郡王之孫，冷著臉說道：「若是咱家沒記錯，這可是你第二次遲到了。你先進去吧，咱家會錄下的，回頭轉交給宗人府。」

那孩子一邊咳嗽，一邊斷斷續續說道：「劉爺爺，我真不是故意遲到的……我，我得了風寒……」

老太監揮揮手，根本不願意聽這孩子辯解。帝王家事無大小，這是宮中前輩用無數血淋淋事實教會晚輩的道理，他不過是一個奴才，何必自尋煩惱？

就在此時，老太監才察覺到身邊有一抹刺眼的紫色，吃驚之餘，更是吃驚，回神後正要行禮，那人笑著搖了搖頭，已是宮中大太監的老人便只能大彎下腰。

那個紫袍玉帶的讀書人走到老人身旁，拉住那不敢哭出聲的孩子的冰涼小手，略微用力才掰開他的五指，發現都已經咳出血絲了。讀書人看了眼這個淚眼矇矓的孩子，溫柔一笑，摸了摸他的腦袋，也沒有說話，牽起他另外一隻手跨過下房門檻。

屋內講讀之人是一位老翰林出身的文壇名宿，瞥了眼讀書人那袍子，又看了眼那遲到的幼童，面露不悅。但這位文壇大佬再遠離官場是非，畢竟還是有些忌憚那件紫袍的深厚寓意，停下了誦讀，伸手從書案上握起一根竹鞭，板著臉對那孩子說道：「趙曆，伸手。」

那孩子正要走向前去認罰，而立之年的讀書人溫聲說道：「韓講讀，趙曆晚到非頑劣，而是得了風寒。小小年紀便是咳血，也堅持入房就讀，終究情有可原，宗人府那邊的降爵不可免，可這竹罰是不是可以免？」

那老學究冷哼一聲，「免去竹罰？成何體統！」

讀書人還是笑意淡淡，說道：「法不外乎人情。」

老學究斜眼瞥了一下這位「後來者遙遙居上」的晚生，冷笑道：「法、情、理，三者孰大孰小，連齊大祭酒也不敢妄言，不知少保大人師出何處？」

註定已是成為祥符年間第一位少保大人的陳望平靜說道：「晚輩自學，並無師門。只是陳望竊以為，天下道理，只要是道理便不分大小，儒家張聖人說得，帝王公卿說得，販夫走卒也說得。」

那位韓大人則嗤笑道：「那韓某可就要多問一句了，這誰都能說出口的道理，又有誰能自證其道理？」

陳望輕聲笑道：「不外乎『天地良心』四字而已。天尚公平，地容惻隱，兩不相誤。人非草木，孰能無過無情；人非禽獸，豈能沒了惻隱之心？」

韓大人臉色鐵青，緊握那根不知打過多少龍子龍孫手心的竹鞭。別人趨炎附勢，會敬你怕你陳望陳少保幾分，我韓玉生可不把你這北涼蠻子當回事！

老學究正要動怒，猛然發現門口站著一位身穿明黃蟒袍的榮貴稀客，趕緊放下竹鞭起身作揖，在座那些入學孩子也都紛紛起身行禮，一時間「參見太子殿下」的喊聲此起彼伏。

趙篆哈哈笑道：「叨擾韓講讀授業了，罪過、罪過。有一事需與韓講讀說明，趙曆這小侄兒趕來勤勉房途中，是被我拉住噓寒問暖了半天，才耽誤了時辰，宗人府那邊我會親自去知會一聲。至於這竹罰嘛，韓講讀若是怕壞了規矩，我來替小曆兒受罰。再者，這孩子受寒不輕，我還要跟韓講讀告個假。讀書是要緊，可身子骨畢竟更是頭等大事。咱們讀書讀書，讀死書無所謂，讀書嘛，終歸是開卷有益，多多益善的好事，可萬一若是讀死了人，可就不美了……」

韓玉生趕忙笑道：「殿下言重了，言重了啊。」

有太子殿下出馬求情，韓玉生哪裡還敢斤斤計較，他也沒覺得自己有辱斯文，只覺得張聖人在世，也會像自己這般行事。

嗯，陳少保先前不是說過，法不外乎人情嘛。

趙篆揉了揉趙曆的小腦袋，笑咪咪說了句「以後別忘了多去找你嬸嬸討糖吃」，然後再讓那老太監領著趙曆去找位御醫。

他與陳望走在幽暗小徑上，沉默片刻後出聲打趣道：「陳望，看上去你這個少保當得不順心啊。」

陳望一笑置之。

趙篆停下腳步，看著這個傢伙，很認真問道：「都說一方水土養育一方人，你跟咱們那位『鐵骨錚錚』的晉三郎可都是北涼人士，怎麼就這麼不一樣呢？」

陳望猶豫了一下，搖頭自嘲道：「一方水土也有一方水土的差異，想來我陳望在用柴火在雪地裡練字的時候，右祭酒大人就在琢磨怎麼研製上等宣紙了。」

趙篆無奈道：「你這性子，誰敢讓你外放做個地方官。」

這個誰，顯然不會是泛指，而是專指他這個照理說甚至可以監國的太子殿下。

陳望笑道：「若是外放，我撐死了就做個下縣縣令，官帽子再大一些，真會戴不穩。」

趙篆拍了拍他的肩頭，「當我傻啊，會捨得大材小用？」

陳望沒有接話。

趙篆突然問道：「你怎麼評價首輔大人和齊祭酒？」

陳望沒有半點忌諱地直截了當說道：「張巨鹿為人，嚴苛而可畏，如夏日炎炎。齊陽龍為人，溫和而可愛，如冬日和煦。兩人無論治國才幹還是自身操守，都可謂幾近聖人，能與他們同朝為官，是我陳望的榮幸。」

趙篆感嘆道：「可惜一山難容二虎。」

趙篆很快就笑道：「戶部尚書王雄貴有可能要去廣陵道擔任經略使，你對這個空出來的位置有沒有想法？這座小廟殷茂春是絕對瞧不上眼的，你也不用擔心跟他爭什麼。」

吏部尚書趙右齡、禮部尚書白虢、戶部尚書王雄貴，加上一個儲相殷茂春，曾經都是首輔張巨鹿和坦坦翁的得意門生。細算下來，如今淪落到只剩下一個公認永徽四子中才學最次的王雄貴，還在堅持為那座張廬支撐門面。

聽上去似乎連王雄貴都要走了，還是去當那個滑天下之大稽的廣陵道經略使，朝廷的言下之意，就是瞎子也該明白了。

要殺飛虎，先斬羽翼！

陳望只是搖頭不說話。

趙篆「嗯」了一聲，自我反省道：「是我操之過急了，不是幫你，反而害你成為眾矢之的。行百里者半九十啊！」

趙篆像是自言自語，「父皇悄然巡邊，就這麼拖著，耽擱朝會，好像也不是個事啊。」

曾被馬戎評點為「器識端謹」的陳望，並沒有說出那兩個字。

但是趙篆看著東方泛起魚肚白的天色，眼神已經悄然炙熱。

監國。

趙篆收回視線後，就又是那個性情溫和君子如玉的太子殿下了，微笑道：「聽說元先生這趟遊歷大江南北，身邊帶了個人。」

陳望問道：「可以說？」

趙篆略顯無奈笑道：「你我之間有何不可說的，那人便是被看作落難鳳凰不如雞的宋家雛鳳，宋恪禮。」

陳望疑惑道：「宋恪禮不是在廣陵江北一個上縣做縣尉嗎？此人剿匪頗有建樹，這份不俗政績，只是被上頭刻意壓下了。」

趙篆深深看了眼這位陳少保，然後笑得都瞇眼一線了，用手指點了點這個嘴巴堪稱密不透風的謹慎傢伙，「裝，繼續裝。別人不清楚元先生的謀劃，你陳望會抓不到重點？宋家頃刻間覆滅，明面上如何、檯面下又如何，廟堂上前五、六排的老狐狸們，其實大多都看得『一清』，但看得見『二楚』的，真不多。首輔大人和殷茂春肯定算兩個，接下來就算只剩下一個人，那也肯定有你陳望。」

陳望沒有承認什麼，但也沒有否認什麼。

趙篆小聲感慨道：「殷茂春、白虢、宋洞明，曾經都是元先生青眼相中的隱相人選，就算後兩者都出局了，但殷茂春怎麼看都應該成為下任首輔才對，沒料到最後給宋恪禮不聲不響截胡了去。」

陳望猶豫了一下，說道：「元先生選中了宋恪禮，但是首輔大人也做出了選擇。」

趙篆對此事是真的霧裡看花，十分好奇說道：「肯定不是王雄貴，也不會是趙右齡，那能是誰？」

陳望平靜道：「禮部尚書白虢。」

趙篆下意識地笑出聲，顯然不信這個荒謬說法：「白虢？不可能、不可能，雖然白虢在朝野上下口碑奇佳，尤其是京城官場對他更是人人親近，我也相當欣賞這位放蕩不羈又極富才情的禮部尚書，可你要說張巨鹿經過十多年的千挑萬選，臨了選了當初放棄過一次的白虢擔任那座張廬下任主人，打死我也不信！」

陳望淡然道：「下官也不能真打死殿下。」

趙篆愣了一下，繼而捧腹大笑。陳望在他心中是個從來不會說笑的老夫子式人物，這句話真是讓他長大見識了。只是笑過之後，趙篆就開始沉思。

父皇為了給自己鋪路，用嘔心瀝血、機關算盡來形容也不為過，其中讓父皇感到最頭疼和痛苦的，無疑是輔弼鼎臣的碧眼兒。趙篆本身在承認首輔大人的功勞後，對張巨鹿這個人絕對全無好感，還不是太子殿下之前的四皇子趙篆，就極為忌憚這位哪怕權傾朝野卻無半點私欲的首輔大人。

張巨鹿若只是位潛心做學問的儒家聖人，大不了就是被朝廷做成塑像供上神壇，擱在張聖人身側，很簡單。可是張巨鹿不一樣，他重事功而輕學問，是典型的權臣權相。趙篆內心深處，覺得張巨鹿就是個沒有絲毫生氣的活死人，恨不得敬而遠之。

如果張巨鹿果真如陳望所說選中了昔年的得意門生白虢，作為他死後的「守陵人」，那麼趙篆就不得不仔細權衡利弊一番了。

一個羽翼需要很多年去豐滿的宋恪禮，將來趙篆再沒有手腕，也能輕鬆對付。

這不過是遠慮。

因為每一位新皇帝，從來不忌憚什麼新臣子，怕的只會是那群老臣。

顯而易見，白虢可能會成為近在咫尺的心腹大患。

這是近憂。

陳望沒有打擾太子殿下的出神，等了片刻，見他仍是沒有回神，就腳步輕輕反身離去。

過了很久，趙篆張開手臂伸了個舒服的懶腰，轉頭望去，沒有看到陳望。

趙篆獨自離去。

天也亮了。

第四章　張巨鹿真情流露　老皇帝夜巡雁堡

祥符元年的年末，初雪驟降，不下則已，一下便是場鵝毛大雪。只是相較往年，聽說今年太安城內外幾處賞雪佳地，遊人少了七、八成，想來會讓那些零散攤子的賣酒翁媼少掙好些碎銀子。

京城內有無數座張府，可是有一座府邸無疑是獨一無二的。地方官員赴京也好，外鄉士子遊學也罷，只要是跟京城百姓隨口問起張府在哪兒，後者肯定懶得問到底是哪位張大人的宅子呀，而是直接給出答案。

哪怕大雪紛飛，御道積雪厚得掃也掃不乾淨，可朝會依舊，何況還是太子殿下監國的敏感時刻，哪個官員吃了熊心豹子膽會遲到？

但是今天廟堂上，少了個人。少了他，讓所有人都在震驚之餘，俱是心不在焉，甚至連監國的太子殿下都出現了一抹明顯的恍惚神色。

這個破天荒頭回缺席朝會的人，沒有告假，彷彿是在跟那監國的儲君以及滿朝文武說一個淺顯道理——我不來便是不來。

太子殿下對此視而不見，既沒有讓大太監替他去噓寒問暖，更沒有大發雷霆。可以小題大做也可以大事化小的禮部尚書白虢也是如此，只當什麼都沒有發生。

有些人倒是想借題發揮，可猶豫了半天，仍是不敢，畢竟連晉三郎今日都主動把嘴巴縫上了。

這名讓整個朝會不像朝會的官員，就是當今首輔張巨鹿。他與那位御駕巡邊的皇帝陛下並列本朝勤政第一人，只不過一個是君王裡的第一人，另一個是臣子裡的第一人。

張巨鹿今日並非身體不適，而只是穿上那件正一品紫袍朝服後，突然不想參加早朝，然後他就不去了。這位鬢角漸霜的老人在清晨時分就坐到了屋簷下，沒有換上一身更舒適保暖的衣服，府上老管家搬來了竹篾編織成套的簡陋火爐，已經多次往爐子裡添加炭火。

張巨鹿此生除了少數幾次被至交好友坦坦翁強拉硬拽著小酌兩杯外，幾乎從不飲酒。他堅持認為喝酒誤事，可今日無所事事，以後似乎更是無事可做的光景，老人還是沒有半點要飲酒的念頭。

接近午時，潦草吃過了些府上自製的粗糙糕點，他繼續翻看手中那本自己編撰而成的無名詩集。張巨鹿治國才幹卓然於世，恐怕就是他發跡之初那些猶有一戰之力的強勢政敵，也不會違心否認，只是張巨鹿作為翰林院黃門郎出身，除了年輕時候的那些篇制藝文章還算馬馬虎虎有點飛揚才氣外，之後不論是奏對還是摺子，言語措辭就文字本身，都顯得寡淡無味。這麼多年下來，更無一篇名詩佳作傳世，也沒有傳出他對哪位文豪格外青睞，沒有對哪篇佳作有過畫龍點睛的評點。

外人看來首輔大人好像對行文一事有著天然的抵觸，而事實上唯有桓溫知曉老友張巨鹿自己不惜舞文弄墨不假，卻也會鍾情許多讀書人的佳作，尤其是諸多畫龍點睛的佳句。不論是邊塞詩還是閨怨詩或是感懷詩，祭文、散文也都各有喜好，盡數採擷於那本自編自訂的詩集中。

像上陰學宮的那篇瀧岡歐陽氏的〈祭父文〉，西壘壁之役中趙長陵親自操刀的〈伐楚檄文〉等等，張巨鹿都會時不時拿出來翻一翻。其中就有黃龍士的「黃河直北千餘里，冤氣蒼茫成黑雲」，有那位當年曾被文壇罵成「媚徐媚涼」之人的那句「天涯靜處無征戰，兵氣銷為日月光」，也有不知出自前朝何人的宮怨名句「外人不見見應笑，天寶末年時世妝」，尤其是徐渭熊也在三百多篇中占據了頗多篇幅，甚至連徐鳳年明擺著重金購買而得的幾首詩詞也名列其中。

這大概就是所謂的宰相肚量了。

老管事突然小跑上臺階，低聲說道：「啟稟老爺，小少爺登門了。」

張巨鹿有些疑惑，但沒有說什麼，雖然他這個爹當得讓兒子兒媳皆是敬畏如虎，可倒也不至於不近人情到讓子女不許打擾的地步。只不過長子、次子兩個兒子性子偏軟，又自小有些迂腐氣，成家立業後，兩個兒媳又是出身小戶人家，若非托給首輔大人抱上倆孫子的福，他們哪裡敢來這裡自找不自在。

幼子張邊關是三個兒子中的異類，性子最強，不過跟這張府關係也最僵，大有一副父子老死不相往來的架勢。張邊關主動走入這棟府邸，確實是太陽打西邊出來的事情。張巨鹿雖然面無表情，可還是下意識多望了幾眼院門方向。

虎毒尚且不食子，天底下當爹的，有幾個是真打心眼裡便厭惡自己兒子的？

張邊關還是那個吊兒郎當的德行，屁顛屁顛跑進了院子，手裡拎著個在京城不常見的玩意兒。是江南那邊鄉野流行的竹編銅皮小火爐，內擱炭火，鋪覆以灰，用以取暖，上了年紀的老人在冬日不論是出門散步還是在家閒聊，都喜歡拎著這種物件。

張家祖籍在廣陵江以南，張巨鹿科舉發跡之前，寒窗苦讀時便經常使用這個，畢竟比起大火爐要省去炭火許多，便是貧寒家庭咬咬牙也能用得上。在京城成名之後，就只有張邊關那個搬來太安城定居養老的爺爺偶爾用上幾次，不知今天張邊關從哪裡弄了這麼個登不上檯面的老古董出來。

張邊關跟管事討要了些新炭火倒入火爐，又從張巨鹿腳下那竹篾大火爐鏟了些灰，蹲在地上搗鼓完畢，遞給了張巨鹿。後者愣了一下，接過後放在腿上，一手捧書、一手拎爐，暖意頓時多了幾分。

張邊關又跟管事要了條小板凳，絮絮叨叨埋怨道：「多大歲數的人了，也不曉得服老，非要在室外賞雪讀書逞英雄……」

管事會心笑著離去。這些話啊，也就是小公子說得，其他兩位公子那是萬萬不敢說這類言語的，老爺只要稍稍不耐煩了，一個斜眼，那兩位只知埋首苦讀聖賢書的公子就會戰戰兢兢，身處夏日亦是如履薄冰。

張邊關用鐵鉗撥了撥大火爐中的炭火，自顧自說道：「聽市井坊間說今兒你這首輔大人說話越來越不管用了，許多五、六品的小官也敢打馬虎眼，除了王雄貴的戶部和禮部還算厚道外，吏部、兵部、工部、刑部都對張廬上有政策、下有對策，尤其是那翰林院和國子監，清貴官老爺們和清流讀書人們，隔三岔五就要新鮮出爐幾首借古諷今的詩詞，誅心得很。更有甚者，說皇帝陛下御駕巡邊，先前去兩遼，那是去整肅內外廷勾連的貪墨大案，時下去薊州，是為了要給韓家案子翻案，矛頭所指，都是奔著朝中某位姓張的大官去的。」

張巨鹿笑問道：「還有沒有？」

張邊關一敲鐵鉗，冷笑道：「有！怎麼沒有？真要說，裝一籮筐都不夠！」

張巨鹿雲淡風輕反問道：「你不也說了當下只是些不入流的官吏在那裡鼓噪是非？」

張邊關雙手放在爐子上方烤火，頭也不抬，「陣陣陰風起於地底，若是不及時阻止，等到引來邪雨澆在頭頂，那還有救嗎？」

張巨鹿不耐煩道：「就說這些？說完了就可以走了。」

張邊關猛然抬頭，紅著眼睛責問道：「這趟來，我其實就說兩件事。第一，有御史彈劾我大哥侵吞良田，二哥科舉舞弊。別人罵你首輔大人，我不管，也沒那個本事摻和，可為何如此作踐我兩個哥哥？你分明可以管，為何忍氣吞聲？就算……就算結局是同樣的結局，我一攤爛泥什麼都無所謂，可你就不能讓我兩個哥哥走得光彩一些嗎！」

張巨鹿淡然道：「你二哥科舉舞弊，是說他鄉試得了第六名的亞魁來歷不正，我當年雖然沒授意什麼，可細究起來，卻也算屬實，畢竟當時天子欽命的主考官是我張廬門生。以你二哥的制藝本事，過鄉試雖不難，可要摘得亞魁，無異於癡人說夢。至於你大哥侵吞良田一事……」

張邊關怒道：「就我大哥那書呆子，就我大嫂那每次來府上都是那一模一樣還算值錢的衣裳首飾，與民爭利？你首輔大人為了名譽清望，從不去大哥官邸看一眼，我張邊關去過無數次，大哥、大嫂過什麼樣的清苦日子，我比誰都清楚！」

張巨鹿打斷幼子的言語，平靜說道：「永徽八年，我確實幫你大哥購置過良田三百畝，手法並不光彩，只是你大哥一直蒙在鼓裡而已。」

張邊關愕然，然後眼淚一下子就湧出眼眶，喃喃自語：「這是為何啊，為何你連自己兒子都要算計啊……」

張巨鹿望向院落裡的積雪，白茫茫一片，半日無人去掃，興許要厚及膝蓋了，輕聲道：「所謂的永徽之春，廟堂袞袞諸公都心知肚明，以後並肩而立者，多是來自寒門。」

張巨鹿放下書，站起身，雙手拎著那只小火爐，自言自語道：「寒門無貴子的規矩，已經打破，意義之大，比起當年大秦帝國之後縱橫遊士紛紛創立豪閥，『遊』士不再是那無根浮萍。可豪閥的利弊，這八百年來誰都深有體會，那麼未來八百年，如今那些跳過龍門的寒士可會自省？又會自省幾分？寒士驟然富貴，朝為田舍郎，暮登天子堂。你真以為誰都能在官場這染缸裡把持得住本心？恰恰是這些光腳之人，站在了高位上，一旦為惡起來，最是沒有底線。」

張巨鹿笑了笑，說道：「這個門是我張巨鹿打開的，那反觀我張巨鹿，堂堂一朝首輔，權傾朝野二十年，尚因子孫舞弊貪墨一事而身敗名裂，算不算是給後世躋身朝堂的寒士公卿的一劑清涼散？」

張邊關緩緩抬起頭，淚流滿面，顫聲道：「爹，你總是這般登高望遠，說著天底下嗓門最大的話，做著天底下氣魄最大的事。可你是不是忘了，回頭低低看幾眼我們這些子女？」

張巨鹿沒有側頭看這個幼子，嗤笑道：「怎麼，怕了？也對，世人誰不怕死。便是那些動不動就要讓家裡準備棺材然後慷慨赴死的清官，也怕死啊。我倒是沒來由想起一件趣事。某些被投入了詔獄的公卿，興許是難得真不畏死，只是更怕死得不明不白，幾乎人人都在牢中牆上用炭筆寫下絕命書。世人興許不知詔獄內一支炭筆那可是得花好幾百兩銀子才能買到手的，窮些的，倒也難不住他們，手指蘸血，照樣能寫出可歌可泣的血書。你大哥為人刻板，做不來這等最能積攢聲望的事情，你二哥稍稍伶俐些，若真僥倖當了清貴官員，是想做卻也不敢。至於你張邊關，大概是不屑為之？」

張邊關站起身一把奪過張巨鹿手中的小火爐，狠狠砸在階下雪地中，那些滾出火爐的熊熊炭火很快就消散不見。

張巨鹿沒有計較這個兒子的「忤逆」行徑。

不說什麼舐犢之情，甚至要親手給兒子們端上三碗斷頭飯，哪怕兒子要揍他這個當首輔大人的老爹幾拳，似乎也不算什麼。

張巨鹿緩緩轉過頭，看著臉色鐵青的幼子，問道：「你真以為，你大哥、二哥半點不知朝局？真以為他們不知張家一門上下的結局？就只許你張邊關聰明一世，他們聰明一回也不得？」

張巨鹿收回視線，冷笑道：「那你也太自以為是了。我張巨鹿的兒子，數你張邊關心思最重，可你兩個哥哥，迂腐歸迂腐，豈會真是蠢人？耳濡目染時局這麼多年，心思再單純也早早開竅了。」

張邊關蹲下身，喃喃道：「當年你執意要我們三個兒子娶妻只許娶小戶人家，就是在等這一天吧？若是高門世族的女子，牽連禍害的人那就多了。到時候皇帝陛下殺起人來，也畏首畏尾。你真是個千古難逢的良心首輔，臨了也不讓坐龍椅的君主難堪。大嫂、二嫂都算持家有道，這些年她們的家族也算沾了張家的光，明裡暗裡獲利頗豐，隱約都成了當地的郡望大族，你對此也破例睜隻眼、閉隻眼，嘿，你這是想著讓自己良心上好受些吧？」

張巨鹿沒有說話。

張邊關揉了揉臉頰，看著雪地裡那只爺爺留下的小火爐，輕聲道：「爹，為了當一個好官，從一開始在我爺爺、奶奶那邊起，就不當一個好兒子，接下來是不當一個好丈夫，然後到了我們這兒，不是一個好爹，結果到最後，連個好爺爺都不當了。真的值當嗎？」

張巨鹿抬起雙手，呵了一口霧氣，笑道：「好官？」

張巨鹿怔怔出神，還記得至交好友坦坦翁曾經說過些醉話。『於己，忠臣奸臣易做，清官昏官易做，唯獨夾在君王和百姓之間的好官，最難當。』一言兩語難說清。了卻君王天下事已是很難，要想贏得生前身後名，更是何其難也。

張巨鹿突然說道：「年輕時讀到一首無名氏的邊塞詩，其中有『走馬西來欲到天，更西過磧覺天低』一句，尤為欣然神往，總想著有一日若是官場不得意，大不了投筆從戎，去親眼看一看邊關那野曠天低的風景，也不枉此生。只是後來仕途安穩，你娘生下你後，於是就幫你取名『邊關』。」

張邊關不知為何心平氣和了許多，擠出笑臉自嘲道：「因為這個名不副實的名字，這麼多年一直被京城那幫二世祖調侃嘲諷，說你這位首輔大人還不如取個『張太安』或者『張京城』。」

張巨鹿微笑著走下臺階，彎腰撿回那只小火爐，自顧自拿起鐵鉗放入些炭火，遞還給這個幼子，輕聲道：「知道你們幾個心冷了很多年，爹也做不了什麼。」

張邊關愣住，忘了言語。

張巨鹿招招手，讓管事又搬來一條小板凳，坐下後問道：「這趟來的由頭，是不是蔓兒跟你要了一封休書？覺著一口鬱氣出不得？都嫁雞隨雞、嫁狗隨狗那麼多年了，卻在這個關頭棄你而去？有種夫妻本是同林鳥，大難臨頭各自飛的憋屈感覺？」

被接連問了好幾個問題的張邊關搖頭道：「她這麼做，我不介意。」

張巨鹿欲言又止，最後只是說道：「別惱她。張家三個兒媳婦，就數她最不容易，難為她做這個惡人了。這般聰慧心善的良家女子，是我們張家對不住她。」

張邊關直直望向這個爹，後者反問道：「明白了嗎？」

張邊關猛然間記起一事，頓時哽咽起來。

女子無情時，負人最狠；女子癡情時，感人最深。

張邊關似乎解開了心結，使勁點了點頭。

張巨鹿笑問道：「那坦坦翁總說，身後縱有萬古名，不如生前一杯酒。以往我是一直不信的，要不今天咱爺兒倆喝上幾杯？」

張邊關自然不會拒絕。

於是京城最大的官和太安城最沒出息的紈褲，這麼一雙古怪爺兒倆隔著火爐，面對面一人坐一條小板凳，慢慢喝著酒，酒壺就放在爐沿上。

張邊關說道：「爹，其實沒誰怨你。」

張巨鹿喝了口酒，默不作聲。

一杯接一杯，父子二人就這麼喝著。

管事躡手躡腳送來第二壺酒，順手給首輔大人帶了件厚裘子披上。

張邊關最後醉醺醺踉蹌離去，張巨鹿送到了府邸門口，最後將那件裘子送給了兒子穿上。

張巨鹿站在臺階上，伸出手接了些雪花，握在手心。

世事無奈人無奈，能說之時不想說，想說之時已是不能說。

◆

也許在半年前還沒有誰會相信，西楚水師能夠像今天這樣對下游的廣陵水師，呈現出氣勢如虹的獅子搏兔之姿。

如箭在弦上，只等順流而下，直撲春雪樓。

哪怕在此刻夜色中，僅是在燈火映照下，那一艘艘巍峨樓船巨艦也散發出猙獰的戰爭氣息，想必每一位上了歲數的西楚遺民見到這一幕，都會情難自禁地悲喜交加。

二十年來，天下只聞北涼鐵騎甲天下，可誰還記得昔年的大楚水師壯觀天下？最近幾個月來，不斷有年邁遺民徒步或者乘車至江畔遠處遙望此景，或跪或揖，無一不是愴然涕下，然後似癲似狂大笑離去，返家告於同鄉老友。

曹長卿親自坐鎮調度水師！

座艦神凰以大楚京城命名。

一位原本正在挑燈觀圖的中年青衣儒士抬起頭，輕輕掐滅燈火，走出位於頂樓的船艙，望向廣陵江右岸，看到一支異於水師裝束的騎軍突兀出現，然後為首騎士和幾名扈從乘坐小船悠然渡江前來。

小船船頭傲然站立著一人，身材修長，大概那便是女子心儀的所謂玉樹臨風了。隨著小船的臨近，燈火中這名騎士的臉孔也越發清晰起來，堅毅而自負，英氣勃發，欠缺了幾分君子溫潤，不過這個年輕人實在是無法再苛求什麼了，能在三個月內就把藩王趙毅苦心經營十多年的地盤硬生生用馬蹄踩爛，若只是個與人為善的溫良書生，那才奇怪。

大楚水師副帥之一的宋元航就站在青衣儒士身旁，看到那個不速之客後，毫不遮掩他的不喜神色。不光是他，神凰樓船下邊幾層陸續走出船艙的水師將領，對這個年輕人都談不上好感。

年輕人鋒芒畢露不是壞事，可目中無人到從不把規矩當規矩的地步，就相當惹人厭了。同為大楚一等一的豪閥子弟，更早立下大功的裴穗何其恭儉？你寇江淮若不是坐鎮水師的這位幫你處處圓場，早就在罵聲一片中捲舖蓋滾回上陰學宮讀你的兵書去了。先前三番幾次打亂布局，擅作主張調兵遣將，這且不去說，今夜造訪水師，你小子竟然連一聲招呼都不打？真當泱泱大楚缺了你一個寇江淮就成不了大事？

接下來的場景，更是讓船上水師統領們震怒。

寇江淮並未登上樓船拜見統領大楚三軍的主帥曹長卿，而是按劍站在小船船頭，抬頭望向那一襲青衣，直呼其名後沉聲問道：「曹長卿，為何不許我吃掉宋笠那支掉入口袋的六千兵馬！」

雙鬢霜白的曹長卿默不作聲，與這個年輕人對望。

身材高大的寇江淮全然沒有自己是在跟大楚繼葉白夔之後第二根定海神針對話的覺悟，言語中憤懣而不滿，近乎問責詰難，「戰機稍縱即逝，那宋笠並非不諳兵事的蠢人，等到他在東線上站穩腳跟，理順了春雪樓內鬥，我再想要一鼓作氣……」

「寇江淮，你此時已經是寇將軍了。至於將你罷官卸甲的聖旨，稍晚幾天你才會收到，不過早到晚到，其實都一樣。」

「曹長卿！我寇江淮本以為大楚好歹還有兩個半懂得用兵的人，足夠去爭霸天下，既然今夜只剩下半個了，那復國無望是板上釘釘的事情，我做不做官，都無所謂！我倒要睜大眼睛看一看，那半個能不能幫你們打下春雪樓！」

寇江淮憤而擲劍入廣陵江。

小舟掉頭而走。

宋元航輕聲問道：「尚書大人，這小子失心瘋了？」

曹長卿微笑道：「沒瘋，寇江淮很清醒，他對東線戰局的看法也是對的。」

「這……」

「只不過寇江淮不知道的事，是自己被一葉障目了。」

「尚書大人，此話怎講？」

「我曹長卿想要的東線主將，不該把目光只盯在春雪樓和趙毅身上。若是止步於此，他所謂的那半個之人，謝西陲就能辦到。」

青衣大官子低頭望向滾滾東流的廣陵江水，怔怔出神。

你寇江淮應該看得更遠，應該是那座太安城才對。

◆

襄樊城內，王府。

年輕的靖安王趙珣奉召前往廣陵道靖難平叛，至今無功無過。偌大一個青州就交由一個同樣年輕的瞎子主持大局，亦是平靜無瀾，既無做出什麼惹眼的顯赫功績，卻也不至於淪落到用自汙手段去贏得新靖安王信任的地步，可謂「君臣相宜」的典範，有些類似燕剌王與納蘭右慈那對搭檔的意味了。

入夜後，星光點點，陸詡站在屋簷下仰頭「看著」璀璨星空，身邊是那個靖安王府安插在他身邊的死士女婢。不承想隨著朝夕相處的相濡以沫，二人反倒成了一條繩上的螞蚱，不過這未必就不是年輕靖安王獨到的手腕心計。

「先生，你讓王爺只許敗、不許勝，到時候丟了他們趙家顏面，皇帝陛下多半會責怪吧？」

「自然會的，而且是嚴責重罰。」

「那王爺為何還答應了？」

「新老接替之際，一朝天子一朝臣，以往的親疏關係就要推倒重來，往往不看功勞大小，只看忠心厚薄。青州這邊用幾千人命去表忠心，差不多也夠了。老皇帝刻意壓誰，那也是為了新皇帝重點用誰做鋪墊而已，否則誰會念新天子的好？歷史上馬上退出舞臺的明君，大多喜歡這般晦澀行事，就是擔憂新君無人可用。而且，天下大亂不可避免，這場世子殿下在大敗之後，除了與朝廷皇帝和太子兩人表態，也可以順勢將自己摘出亂世，靜觀其變。」

「先生，你這算不算書生不出門，便知天下事？」

「我這個先生，比起太安城裡的元先生和燕剌王身邊的納蘭先生，還是差了許多啊。」

「先生過謙了！」

瞎子陸詡笑而不言。

「先生，你再給我隨便說一些大道理吧，雖然聽不懂，可我喜歡聽。」

「哪有那麼多道理，一肚子牢騷而已。」

「先生，我說件事，你可別生氣。如果有一天王爺用我要脅先生，先生大可以放心。拿一個死人要脅活人，挺難的吧？」

「別做傻事。妳自盡了，以趙珣的性子，我也離死不遠了。否則他身邊有個無法牽制的所謂心腹，會睡不安穩。」

「先生你這是在幫我找一個活下去的蹩腳藉口嗎？」

「妳也不傻嘛。不過說真的，這個理由不蹩腳。」

「先生，你是個好人。這麼活著，你累嗎？」

「這有什麼累不累的，退一萬步說，總比前些年在永子巷下賭棋騙人錢財輕鬆些。」

「先生，我覺得吧，你有大智慧！」

「可我還不是一樣看不出妳是穿著新衣裳還是舊衣裳。」

「摸一摸總會知道的……」

「嗯？」

「脫了後唄。」

「非禮勿視……」

「先生，你不是總喜歡說自己是瞎子嗎？」

陸詡驀然笑了。

然後他輕聲說道：「趙珣，珣，《淮南子》稱之為美玉，可若拆字解之，不正是一句帝王嗎？」

陸詡嘆了口氣，「我輩讀書人的脊梁，過不了幾天，就要斷了。」

◆

同樣的夜幕，卻是遠在邊關。

隨著遠處一陣陣細碎馬蹄聲的響起，不亞於一座邊關雄鎮的薊州雁堡如同一頭被驚醒的巨獸，幾乎是瞬間，無數燈籠火把就同時亮起，照耀得堡壘亮如白晝。

雁堡周邊有條護城河，隨著城門大開，緩緩放橋，無須那遠道而來的七、八騎有片刻的等待，就策馬上橋，進入雁堡。

城洞內匍匐跪拜著雁堡一大幫李氏嫡系，有深居簡出的老堡主李出林，有特意從薊西趕回家中的嫡長子李源崖，還有一群平日裡很難碰頭的大佬，無一缺席，恐怕除了那位南渡江南後無故暴斃的嫡長孫李火黎，在薊州儼然是土皇帝的李家上下就都齊全了，前年老堡主的八十高壽也沒有如此盛況。

七、八騎中為首那位是一張陌生臉孔，臉色蒼白，瞧著像是難以忍受北邊冬日的酷寒，披了件出自遼東貢品的厚實狐裘子，大概是上了歲數，已經將崢嶸溫養得十分內斂，並沒有什麼氣勢凌人的感覺。

除了李出林和李源崖這對父子，雁堡沒有誰清楚這名雍容男子的身分，不過其他人藉著輝煌燈火和眼角餘光，還是瞧出了端倪。在那男子身後充當侍從的一騎竟然是離陽僅有的大柱國——大將軍顧劍棠。

跪在地上的李氏成員，除了不知輕重的少年和懵懂無知的稚童，都猜出了這位男子的身分，一時間眼神敬畏忐忑卻又炙熱自豪。能讓這名貴客大駕光臨，是何等的莫大榮幸，是何其光耀門楣？興許是之前被顧劍棠提點過，李出林、李源崖都只是跪著迎接，沒有畫蛇添足地稱呼什麼。

那男子翻身下馬，溫顏笑道：「北地天涼地寒，何況《禮記．王制》有云：『八十杖於朝』，老堡主快快起身，其他人也都別跪了。」

身後六騎同時下馬，輕甲佩刀的大將軍顧劍棠默默上前，幫這名男子牽馬。

李出林小心翼翼站起身，那張枯槁威嚴的滄桑臉龐上像是每一條皺紋縫隙，都散發出異樣的光彩。身材尤為高大的老人，起身後依舊微微彎著腰，大概是不敢讓五步外的男子去抬著頭說話。僅就身體狀況而言，哪怕八十高齡卻老當益壯的李出林，實在是比眼前男子要更像一個「年輕人」，起碼李出林會給外人一種豪氣不減往昔的雄壯氣勢，而那深夜造訪雁堡的客人就顯得難掩疲態，尤其是在武道大宗師顧劍棠的無形襯托下，越發顯得暮氣沉沉。

隨著男子的挪動腳步向前走去，隊伍開始支離破碎的同時，又有喧賓奪主的嫌疑。披裘男子走在最前頭，特意喊上了老堡主李出林結伴而行，顧劍棠一手牽一匹馬緊隨其後，然後是李源崖，這四人緩緩走在前列，然後是那各自在王朝北線上手握重兵的五騎，最後才是那些李家老小。

因為被牽馬的五人隔開了視線，沒辦法去顧大柱國那邊湊熱鬧混熟臉的李家人都開始望向這些背影。眼光毒辣的雁堡老傢伙，認得出大半，然後猜得出剩下的，難免咋舌。這五人，無一不是頂著實權將軍稱呼的軍方大人物，官位最低的也是正四品，可以說這五人要是死在雁堡，那麼兩遼北線就要癱瘓一半，只不過有著佩刀與否都是天下用刀第一人的顧劍棠壓陣，這五位將軍應該想死都難。

這五騎除了位高權重，還有個共同點就是相比楊慎杏、閻震春那些春秋老將，雖然戰功稍遜和名氣更小，但勝在年輕，年紀最大也不到五十，最年輕的那位更是才三十歲出頭。邊關戰場本就比王朝官場更不用講究憑藉歲數的打熬資歷，所以可以說這五位註定將來會成為離陽朝廷未來的軍界砥柱，說不定下一任太安城的兵部尚書就會從他們中間脫穎而出。

男子走在大塊青石板鋪就的平整道路上，抬頭看著燈籠火把綿延而上的數條火龍，輕聲感慨道：「這是朕生平第一次進入薊州，應該早些來的。我趙家是馬上得天下的，朕平日裡去勤勉房教導趙家子弟，也總說不能就此懈怠，更不能為古人所誤，相信什麼馬上得天下之後便是下馬守天下，而要繼續在馬背上治理天下。朕說是這麼說，可自己似乎做得並不好，言傳身教，想來有些趙家子弟更難似家族先祖那般重視戎馬邊務了。」

修練成精的老狐狸李出林就算膽子再肥，也不敢插嘴天子家務事，只能豎起耳朵不錯過一個字，只要微服私訪的皇帝陛下不問話，那就堅持光聽不說。

這位能心安理得讓顧劍棠牽馬護衛的男子，正是悄悄御駕邊關的當今天子趙惇。但皇帝陛下沒有在出京的時候便下詔讓太子殿下監國，而是在即將由薊州返程的節點上，才讓司禮監掌印太監宋堂祿交給禮部白虢一封密詔公之於眾，個中三昧，很能讓官場上那些穿紫披緋的大佬們咀嚼良多。

這是老人第一次親眼見著皇帝，可心悸得厲害。當年韓家滿門抄斬引發薊州動盪，與韓家結親的雁堡李家也被殃及池魚。當時還未給李源崖騰出家主位置的李出林的手腕不可謂不心狠手辣，不但讓人綁縛那對晚輩夫妻前往薊州州城的法場，連他們的那雙年幼兒女也沒有放過，最後兩個本該已經姓李的孩子連同他們的父母一同人頭滾地。至今想起，李出林心底雖然有些愧疚，卻也沒有半點後悔。

大勢傾軋之下，幾個無辜人幾條性命算得了什麼？

韓家一夜之間從數百年忠烈成了通敵叛國的逆臣，這十多年來朝野上下都說是碧眼兒首輔的假公害私，甚至當下都演變成了御史臺彈劾張巨鹿的有力罪狀之一，這讓閒暇時喜讀史的老人難免有些戚戚然。

歷朝歷代盡是弄權的奸臣蒙蔽天聽，最終天理昭昭地伏法，從不敢明言皇帝如何昏聵。說實話李出林對那位位列中樞卻處處潔身自好的首輔大人也是佩服得很，若不是張巨鹿力排眾議執意要對北線邊關鼎力支持，傾半朝賦稅去支撐起北地防線，身後那位兵部老尚書如今肯定也就沒那麼遊刃有餘了。

至於為何當今天子要「多此一舉」登門雁堡，李出林得到顧劍棠手書密信後，也曾私下與長子李源崖有過一場密晤，得出的答案不外乎三點。

一來趙室朝廷或者說是皇帝陛下為韓家平反，需要薊州各方面提供能服眾的證據。雁堡作為世世代代紮根薊北的老牌豪門，又是當年的受害者之一，李家在關鍵時刻站出來說話，要比那位國子監右祭酒的彈劾更加「熨貼」，也更能贏得朝野的同情。

牆倒眾人推，是大勢所趨，但那堵屹立於廟堂二十餘年的張家高牆，也不是誰都有資格去推一把的。再者幽州那邊不安分，時下有做出過界且過激的舉動，上萬騎流竄入薊西境內，朝廷當然要提防著北涼徐家那個年輕人澈底反水。

隨著薊南老將楊慎杏的離去，豢養有七、八千私人甲士的雁堡李家，自然而然會落入朝廷的視野之中。父子二人猜測最後便是皇帝陛下的一樁私事、一件私心了。在前兩次御駕親征都無功而返後，當今天子就從未有過巡邊的舉動，甚至連那繁華江南地都沒有去過。

世人誤以為當今天子只重內政不重邊功，這絕對是鄉野粗鄙村夫的看法，李出林始終堅信當今天子對於那個北莽有著無比強烈的征服欲望，因為這是唯一能夠證明他能與先帝並肩的壯舉。

皇帝趙惇沿著青石路漸次登高。雁堡這條路徑也有「青雲路」的美譽，薊州官員都要來此走上一遭求個彩頭，只不過對坐龍椅的人來說，官員夢寐以求的平步青雲實在是不值一提。

李出林心中有些駭然，都說皇帝陛下勤政之餘不忘鍛鍊體魄，薊州這邊都以為這個才五十歲的男人，還能在那張椅子上繼續坐北望南個十幾、二十年，怎麼事實上是如此體力不濟？竟是每走百步就要喘口氣才行？難道蒸蒸日上的離陽這就要變天了？

要知道，現如今的離陽可不算太平，內憂外患。外有北莽百萬鐵騎虎視眈眈，內有西楚復國，更內的廟堂上亦是風雨如晦，人人自危。若是在這個時候發生些什麼變故……李出林實在是不敢再往下深思了，生怕流露出絲毫異樣就被身旁的天子察覺。

雁堡如山，層層遞進，節節攀高，皇帝陛下在「半山腰」一處視野開闊的亭子停腳歇息，伸手攏緊了幾分那件厚重裘子，沉默良久，瞥了眼西邊，突然說道：「老堡主，對於朕的不請自來，你肯定已經有了應對之策，不過你應該想多了，也想錯了。不妨與你說句心裡話，朕之所以來雁堡，不過是想更近一些看一看那個地方。」

雁堡老堡主似乎被嚇了一跳，下意識猛然直起腰杆，然後迅速重重彎下去。見慣風雨起伏的老人戰戰兢兢，不敢言語。

皇帝招招手，顧劍棠走上前幾步。

李出林則識趣地輕輕退出去在階下等候。

皇帝咳嗽了幾聲，語氣有些艱難，「劍棠，朕改變了主意。明日你隨朕返京，到時候由你送他一程。既然朕不敢見他，而朝堂文官誰也不配，朕想來想去，那麼也就只有你這個大柱國頭銜的武將當得起了。他深埋心底的那個心思，朕其實知道一些。」

顧劍棠平靜道：「陛下可有言語需要轉述？」

皇帝猶豫了一下，自嘲道：「你就跟他說，趙惇這個名字裡的『惇』字，無愧天下，唯獨愧對他張巨鹿。」

第五章　太安城權力變遷　陳少保進身新貴

皇帝趙惇御駕臨邊，太子殿下趙篆順勢監國，離陽朝政並未因此而發生動盪，恰恰相反，在儲君趙篆的調度下，以及包括儲相殷茂春在內一干永徽之春公卿的大力輔弼下，甚至呈現出比以往更具生命力的景象。

趙篆表露出與當今天子如出一轍的勤勉，從不缺席朝會，通宵達旦地批朱，頻繁召見臣子，太子殿下不負眾望彰顯出來的明君氣度，無形中使得祥符元年之末籠罩在太安城頭上的濃重陰霾，淡化了幾分。

在趙篆主持下，王朝中樞展開了一系列堪稱眼花繚亂且影響深遠的權力變遷。齊陽龍眾望所歸地入主原本主官一職始終空懸的中書省，一舉成為離陽曆史上極為罕見的宰相，與尚書省領袖張巨鹿被京城百姓並稱為「首輔」大人。

一直在京城累官升遷至戶部尚書的王雄貴平調外放為廣陵道經略使。與此同時，同出於永徽年間的趙右齡辭任吏部尚書，官階擢升半品，進入中書省輔佐那位年歲已高的中書令齊陽龍。被朝野上下一直譽為儲相但官階其實不過正三品的翰林院掌院殷茂春，終於跨出實質的那一大步，不但受封為離陽六位殿閣大學士中排名第二的中和殿大學士，而且接任吏部尚書，有京察和地方大評作為鋪墊，離陽朝堂對這項調動毫不奇怪。

禮部尚書白虢則補上了王雄貴離任後的空缺，從禮部輾轉進入戶部。雖說品秩相同，但一個是清水衙門的禮部，一個是掌管天下疆土賦稅的戶部，明眼人都看出白虢也踩上了一個新臺階，並未落下趙右齡、殷茂春兩人太多。至於與理學宗師姚白峰矛盾公開的國子監右祭酒晉蘭亭，成為離陽王朝近五年來升遷速度最快的幸運兒。

在原禮部左侍郎按部就班升任尚書後，這些年在太安城風口浪尖上的晉三郎再次給所有人一個天大驚喜，晉升為從二品的禮部左侍郎，本該在情理之中執掌禮部的左祭酒姚白峰成了那個意料之外。用兵無方導致平叛大業磕磕碰碰的前方主帥盧升象，竟然不貶反升，雖說辭去了兵部二把手的左侍郎官職，但獲得了一個實打實正二品的驃毅大將軍。而先前被視為有望領兵南下出征的龍驤將軍許拱，非但沒能取代那公認碌碌無為名不副實的盧升象，這位姑幕許氏的頂梁柱，反而被「雪藏」為兵部左侍郎，並且任職之後據說即將要被「趕出」太安城，前往北線巡邊。

很難想像，如此恢弘的風起雲湧，從頭到尾都與那位紫髯碧眼兒全然無關。

去年京察，趙右齡和殷茂春向皇帝陛下遞交了在京一千八百餘官員有關提拔和申斥的事項。今年是外察——即地方——大評年，殷茂春前段時間返京後，很快就碰上了天子巡邊，於是在一封由遼西進京的聖旨授意下，地方大評的詳細狀況就送到了太子殿下手上，趙篆被授予全權負責此事。

今日早朝後，太子殿下讓司禮監掌印宋堂祿傳話給所有殿閣大學士、中書與門下兩省大佬、六部尚書侍郎主事官員以及數位趙姓宗親公侯，參與這場在離陽朝廷也算司空見慣的臨時午朝。

議事房內，吏部稽功司郎中、驗封司郎中和新任考功司郎中三位官員負責稟報具體情況，太子殿下和那二十幾名王朝內權柄最重的名公巨卿紛紛傳閱檔案，還有包括司禮監秉筆和隨堂在內幾大太監旁聽，這些身披鮮豔大紅蟒袍的內宦主要還是添加炭火和更換茶點。

首輔張巨鹿受邀卻並未列席。

溫暖如春的屋內，新面孔不多，可許多老臉孔都換上了嶄新官袍朝服，未新年便已有新氣象了。

原吏部尚書趙右齡已是屈指可數的一品大員，今天坐在中書令齊陽龍身邊，有意無意瞥了眼同是張廬出身的殷茂春，低頭悠悠然喝茶時，嘴角悄悄翹起。

某人被喊了十來年的儲相，時至今日，不過是當了個外廷吏部尚書，無非是吃自己剩下的殘羹冷炙，差不多塵埃落定，還不是依然沒能丟掉一個「儲」字？何時才能擔任名副其實的「相」？永徽之春中，公認那白虢才氣最盛，卻視你殷茂春最具宰輔器格，但我趙右齡如今卻是先行一步了啊。你殷茂春身上那個所謂的中和殿大學士，不過是皇帝陛下施捨給你一份當不成尚書令的補償罷了。

其實在前半個月，趙右齡還有些隱憂，他不怕蟄伏多年的殷茂春在這場升官盛宴中一鳴驚人，怕就怕殷茂春繼續被壓制在翰林院那一畝三分地，這意味著等到某人澈底倒臺後，屆時殷茂春就會註定成為最大獲利者。如今朝廷將吏部尚書給了，殿閣大學士也給了，那麼熟稔天子心思的趙右齡就可以放心了。

略微潤了潤嗓子，心情舒暢的趙右齡手指撚動杯蓋，以眼角餘光漫不經心打量了一眼新任戶部尚書白虢。他從未把這個不爭氣的傢伙視為敵手，別看白虢在朝廷上有口皆碑、風評上佳，但是一旦爬到了他們這個高度，只注重四個字——簡在帝心。

果然，白虢既沒能進入坦坦翁的門下省，也未能拿到之前有望問鼎的六部第一尚書。說到底，屋子內，最失意的是殷茂春，第二大失意人，就是咱們的新戶部尚書了。不過在趙右齡看來，沒有什麼根基的白虢能夠撈到手一個戶部尚書，也該知足了。

趙右齡抬了抬眼皮子，視線所及，剛好瞧見那蓄鬚的年輕晉三郎也輕輕看過來。趙右齡面無表情，多次鯉魚跳龍門的新任禮部左侍郎晉蘭亭趕忙微笑致敬，趙右齡根本沒有搭理，轉身放下茶杯，心中冷笑不止。

一個專門靠走歪門邪路勉強躋身王朝中樞重地的「幸運兒」，真以為能長盛不衰？廟堂之上，不怕君子之爭，甚至不怕朋黨之爭，可最忌諱的就是因私怨四處樹敵。出身北涼地方上一個不入流的小士族，短短幾年內，就惹惱了桓溫和姚白峰，就算你憑藉大勢僥倖扳倒了某人，事後豈是你一個晉蘭亭能收場的？

除了晉蘭亭是頭一次正式參加這種最高規格的午朝外，還有個比晉蘭亭更讓太安城感到陌生的官員，那就是江南道豪閥姑幕氏的許拱。他身為兵部侍郎，這位哪怕錯過了春秋戰事卻仍然有名將美譽的龍驤將軍，此時正襟危坐在頂頭上司盧白頡的身側，眼觀鼻、鼻觀心，神情堅毅而刻板。

相較棠溪劍仙盧尚書的清逸風姿，許拱就更像是一位正統的沙場武將，體形魁梧，相貌粗獷。他此次的上位，是在座職位有過變更的諸位中最為撲朔迷離的一個。照理說許拱既無巨大邊功，也不是顧劍棠的嫡系，在朝中檯面上也沒有什麼可以依傍的大樹，本不該被納入京城朝堂，可這次先是突兀地橫空出世，然後迅速被排斥出京城，使得許拱更像是一個天大笑話。

朝會一直進行到黃昏才進入尾聲，已經六十來歲的工部尚書和刑部侍郎尤其難掩疲態。太子趙篆吩咐司禮監秉筆去讓御膳房送一些吃食來，在此期間，所有臣子都可以抽空休息，或者走出屋子透透氣。

桓溫是資歷、官聲和功績都極其足夠的重臣了，自然不會像一些六部侍郎那麼拘謹侷促，率先離開屋子。

太子趙篆很快就跟隨起身，快步走出，笑著喊住了坦坦翁，然後結伴而行。

這幅場景落在有心人眼裡，不可謂不引人遐想。

晉蘭亭始終坐在位置上沒挪動屁股，也沒有主動跟屋內某位前輩客套寒暄，顯得格外形單影隻。

屋外廊中，桓溫微笑問道：「不知殿下有何事？」

四下無人，太子眨了眨眼睛，偷偷做了個舉杯飲酒的手勢。

桓溫也不客氣，嘿嘿笑道：「這敢情好。」

兩人走去了遠處偏屋，身後只跟著司禮監掌印太監宋堂祿。

太子猶豫了一下，說道：「國子監右祭酒一職暫時空缺，姚大家也未舉薦誰擔任，坦坦翁可有什麼建議？」

桓溫愣了一下。

太子趙篆笑著不說話。

桓溫也笑了，也不含糊，直截了當說道：「國子監右祭酒的人選沒有，老臣那邊的門下省倒是缺個稱心如意的輔官，趕巧了，藉此機會正好跟殿下要個人。」

趙篆皺了皺眉頭，輕聲問道：「難道是？」

雖然太子殿下沒有說出名字，但是坦坦翁已經點頭。

雙方心知肚明。

是勤勉房的陳少保陳望。

寒士出身，進士及第，沒有躋身一甲三名，但也堪堪夠格進入翰林院成為清貴的黃門郎，然後擔任天子近侍的起居郎，後成為短暫的東宮侍講和考功司郎中。

清貴歸清貴，可官位都不高。

「少保」，也僅可算是天子人家的恩賜勳位。

可要是陳望能夠前往門下省成為桓溫的左膀右臂，那麼沒有一個正三品的高位就說不過去了，甚至從二品都不是沒有可能。

如此一來，當下在太安城炙手可熱的晉蘭亭比之也要失色許多。

桓溫突然一拍腦袋，說道：「國子監右祭酒的人選，老臣倒是想到一個十分不合適的人選。」

太子殿下忍俊不禁，有些無奈道：「坦坦翁，你這個說法……」

桓溫哈哈大笑，也不再說話了。

但是雙方再一次心知肚明。兩個官職，就這麼在尚未喝上酒之前就已經敲定了。

一個是陳望，去門下省。

一個是孫寅，去國子監。

似乎皆是出自北涼。

◆

昔年被貶低為「北蠻子」的離陽王朝，不似文風鼎盛的西楚，歷來不設太師、太傅等職，一統中原後，依舊如此，而且為了防止權相專權，甚至連中書、門下兩省主官也空懸，直到近年先後被桓溫和齊陽龍打破舊例。

勤勉房作為龍子龍孫和公侯王孫的讀書之地，在此講學的師傅無不是德才兼備的清流碩儒，只不過官階品秩都不高，甚至有些著作等身的名士才堪堪入品。哪怕是時下勤勉房的一把手陳望，頭上頂著的少保頭銜也僅是個勳號，實打實到手的俸祿比翰林院普通黃門郎還要低些。所以當陳望橫空出世繼任勤勉房少保之後，太安城也只當是出了個殷茂春第二的「小儲相」，少不得要按部就班打熬個十幾、二十年，才能真正進入中樞重地。

可很快就傳出一個天雷滾滾的小道消息，此人不但要馬上趕赴門下省擔任要職，甚至有可能從執掌翰林院十數年的殷茂春那邊虎口奪食！彷彿是為了佐證這個不知從京中哪座府邸吹出的風聞，坦坦翁與國子監左祭酒姚白峰連袂登門探望陳少保，據說相談甚歡，相互引為忘年交。回頭再看那位晉三郎，相較之前籍籍無名的陳望，雖說亦是春風得意、平步青雲，可在王朝頂尖高層中，一直沒有這份殊榮待遇，以此可見，有關「養望」一事的火候功夫，陳望遠比禮部侍郎晉蘭亭更加水到渠成，更加輾轉如意。

一時間，太安城內皇親國戚、天潢貴胄紮堆的王郡街，這棟原本不起眼的小小郡府頓時車水馬龍。陳望妻子的祖父，並非出身先帝正統一脈，人微言輕，只不過在春秋戰事中立場堅定地站在先帝身後搖旗吶喊，嫡長子得以世襲柴郡王。

陳望的妻子作為郡王女兒，本該循例降爵為縣主，當今天子念在兩代柴郡王都忠心耿耿，破格敕封，並且欽點了她與陳望的婚事。如今看來，當初非但不是寒士陳望攀了高枝，而是柴郡王撿漏的功夫天下無雙了。

陳望與郡主早已搬出王府，新宅邸倒是相距不遠，他妻子想要回娘家一趟，也就一盞茶的時間。起先柴郡王還怕女兒頻繁回家惹來陳望的不快，日久見人心，才發現這位賢婿的胸襟確實不凡，如今陳望少保加身，又即將進入權柄漸重的門下省，更無半點寒門子弟常有的一朝得志便反復，一如既往性子溫良、待人恭謹。

因為陳府常年閉門謝客，不見生人，這是陳望在未發跡前便立下的規矩鐵律，許多想要燒熱灶的投機客就只好退而求其次，攜禮前往少保大人的老丈人府邸，這更讓有「冷板凳郡王」綽號的柴郡王臉上有光，稍稍上了年紀的郡王有事沒事就笑咪咪地負著手去街上鄰居串門，前半輩子的憋屈大概都一掃而空了。

太安城迎來了第二場雪，舊雪未曾融盡，新雪便又鋪上，慵懶一些的門戶就乾脆不去掃雪了，熟稔節氣的老人碎碎念叨著換歲前恐怕還有場雪景可賞，只是冬寒刮骨，苦了他們這些行將就木的老骨頭嘍。

不過唏噓之餘，老人們多會呼朋喚友圍爐閒聊。天子腳下的京城百姓喜好指點江山，尤其是他們這些經歷過兩朝乃至三朝離陽皇帝的老傢伙，雖對硝煙初升的西北邊塞和告一段落的廣陵戰事都開心不起來，但大抵還是樂觀的，畢竟本朝經過二十餘年的休養生息，離陽又有著永徽之春的結實底子在，見慣風雨的京城老人堅信明年的這個時節，天下就會澈底太平了。某些老人還會想著若是能在躺進棺材前瞧見本朝吞併北莽的場景，那便死而無憾了。

太安城這個被百姓稱作「郡王巷」的地方，隱約擺出跟張首輔府邸所在那條兩兩對峙的架勢。只是雙方境況截然相反，後者每當早朝和退朝時分，那都是車水馬龍，而前者則街道冷落、罕見身影，因為前者那些宅子裡的人物雖然個個身分頂尖尊貴，但除了極少數人能夠參與朝政外，大多是中看不中用的繡花枕頭，自永徽以來便始終被某個紫髯碧眼兒排斥在朝廷中樞之外，所以每天早晚的那趟來回，只能在一些屈指可數的朝廷大典中被推出來當擺設。

後者街道無比喧鬧，人人身著紫緋官袍。不過在祥符元年的入秋以來，一向死氣沉沉的郡王巷車駕逐漸頻繁起來，原本習慣了自立山頭的這個地方，開始接納許多新鮮面孔。

暮色中，早先在郡王巷中門檻高度只能屈居末流的陳府，宅子的年輕主人破天荒主動領了一名陌生客人回家。府上門房是世代為老郡王府待人接物的老人，可他仍是認不出那個還穿著朝服的中年男子是何方神聖，竟然能讓主人如此鄭重其事。看那人的官補子，顯示是織錦質地的文三品孔雀。

老人自認眼光還算毒辣，是不是世家子，老門房有信心一看就能認清，小心打量著那個與主人一起跨過門檻的傢伙，總覺得此人身上的氣韻有些矛盾，明明是文官，卻像是才從沙場上走下來的武將，但又不似早年經常進出兵部顧廬鬧出笑話的那些糙人。

府上僕役數次堪堪保證四進宅子運轉無礙，所以當陳望和客人入府後，一路前行到書房前，就沒有碰到人。不要說遵循親王規格建造的高門豪宅，就是附近那些按照祖制有三路五進大院的郡王府，這個晚宴時分誰家不是人來人往、熱鬧喧囂？大雪時分，無由持一碗，約一二至交，身居高位，盡情高談闊論，何等快哉！反倒是這個就規模大小而言相形見絀的陳府最富庭院深深深幾許的意境。

主客兩人落座後，一名中人之姿的高挑女子聞訊趕至。她入屋的時候，丈夫正在親自煮茶，爐中的火苗微微搖曳，壺水漸漸沸騰，為略顯冷清的屋子增添了幾分暖意。

陳望抬頭看了眼妻子，微笑介紹道：「是兵部的許侍郎。」

無論尊卑，郡王巷中就沒有孤陋寡聞的人物，被敕封「長樂郡主」的女子立即就知道了來者的多重身分——龍驤將軍許拱，姑幕許氏的頂梁柱，離陽軍中威望名列前茅的青壯將領，時下被郡王巷上上下下調侃為太安城的「新人小媳婦」。她還聽說這位許侍郎好像不太受待見，雖說算不得明升暗貶，可想要像棠溪劍仙盧白頡那般迅速成功融入京城廟堂，難如登天。

本名趙頌的宗室女子對朝政一向不感興趣，丈夫為何會領著這位兵部侍郎回家，她像往常那樣不去深思。來者是客，她自然清楚該如何應對，總不能折了自家男人的面子，於是與許拱不溫不火打過招呼後，趕緊接過陳望手上的烹茶活計，替兩個男人倒了兩杯茶後，又立即告辭離去。

許拱打趣道：「少保有福氣，我等委實羨慕不來。」

許拱一直是個地地道道的地方官，歷來不在太安城這個「朝中有人好做官」的「朝中」刻意經營什麼人脈伏線。這次能夠進京，就如外界所傳言的那樣，還是靠著本族老人和江南道上數位前輩「賣老臉」才求來的，以後的路子，就真是師傅領進門修行看個人了。

所以他進京之後極為克制內斂，幾乎足不出戶，之所以能跟陳望搭上線，緣於陳望作為考功司郎中輔佐殷茂春主持地方考評的「大計」期間，跟許拱有過一次交道。君子之交，相見恨晚。當時許拱打破腦袋都料想不到陳望能這麼快脫穎而出，一躍成為位列王朝中樞的重臣公卿之一。

陳望也沒有太過謙遜，點頭笑道：「拙荊在趙家那麼多的金枝玉葉裡頭，性子確實算好的了。」說到這裡，陳望略作停頓，臉色柔和，下意識補充了一句，「我很珍惜。」

許拱猶豫了一下，問道：「冒昧問一句，雖然在下家族多年來一直希望我能夠某天進入兵部，可不知為何家中老人對於這次召見入京，有諸多驚奇，尤其是庾老供奉更是臨行前給了我『福禍參半』四字贈言，言談之中亦是有些世事難測的莫名感慨。顯而易見，江南道那邊希望我許拱進京，但是我能否入京，卻不是他們能夠左右的。敢問少保京城中是否有人幫我說了好話？」

能言之言且言盡，才是君子之交。許拱清楚自己這麼開門見山詢問不符為官規矩，只是自認與陳望相交誠摯，也就不屑遮掩了。

陳望笑了笑，伸手指了指自己。

許拱愕然。

陳望正了正神色，說道：「起先庾家上柱國進京，毫無疑問當時確定是存了引薦許兄入京的念頭，也有所布局，不知為何後來就沒了下文，就我看來，應該最後關頭還是覺得暫時不讓許兄來太安城蹚渾水。我當時還沒有進入勤勉房擔任少保，仍是坐在吏部考功司郎中的位置上，在其位、謀其政，就跟太子殿下說了些言語。當然，那都是些錦上添花的東西，若非許兄自身能耐擺在那裡，任由我說得天花亂墜，太子殿下也不會生出什麼想法。」

許拱有些哭笑不得。

陳望坦誠道：「上柱國庾劍康有他的考量權衡，我也有我的想法。時局動盪，我覺得以許兄的文韜武略，此時不出山更待何時？難道許兄希望錯過了一次春秋戰事，還要再錯過一次？試問許兄還有幾個二十年和幾次機會可以錯過？當然，上柱國那邊出於謹慎的心思，我同樣理解，將許兄當作奇貨可居，靜待局面再糜爛上幾分，說不定到了那個危急關頭，就不是一個兵部侍郎可以『打發』你這位潛龍在淵的龍驤將軍了。」

許拱點頭道：「少保的話，我聽進去了。」

陳望笑道：「所以這次連累許兄被趕去兩遼巡邊，被太安城視作笑柄，可別怪罪我的畫蛇添足啊。要不然我以茶代酒，自罰三杯？」

許拱豁達大笑道：「陳老弟這番話可就矯情了啊！」

陳望針鋒相對，「喊了我那麼多次少保，才喊了一聲陳老弟，還敢說我矯情？到底是誰矯情才對？」

身材魁梧坐如山巒的許拱厚臉皮道：「懇請少保大人恕罪個。」

陳望喝著茶水，屋門口站著猶豫半天還是沒有敲門出聲的女子。她折返是想跟丈夫說一聲自己要去娘家那邊取些物件回家，看著這個男人此時臉上暖洋洋的笑意，她既由衷感到高興，也有難言的愧疚。

高興的是自己夫君是一位任何挑剔女子都挑不出毛病的佳偶，高興他終於有了可以袒露心扉的朋友，可以一起喝茶一起閒聊。而長樂郡主愧疚的是成親以來，她從不知道該怎樣為他分擔些什麼。憑藉女子的直覺，她感受得到他那種隱藏很深的壓抑。大概是久在帝王身側伴君如伴虎的緣故，處處如履薄冰、事事提心吊膽，而她這個所謂金枝玉葉，以及她父親所謂的皇親國戚，其實一直是自己男人的束縛，而不是助力。

陳望從來不喝酒，哪怕是成婚那一天，也是點到即止。他每天都會挑燈夜讀，睡得比她要晚許多，起床卻要比她早很多，彷彿他總有讀不完的書籍、忙不完的政務，但難得的是他從沒有因此就讓她覺得自己被冷落。她雖非心思如何玲瓏剔透的聰慧女子，卻也不笨，她相信他是實實在在在意著自己，更不會在外邊拈花惹草。陳望的潔身自好，在郡王巷數十座府邸中無人能夠出其右。

他在意她。

而她很心疼他，可她又不知如何為他做些什麼。屋內兩個離陽王朝最有才華的男人喝著淡茶，言談無忌，她悄然離開。

陳望問到許拱有關廣陵道戰事的走勢，許拱憂心忡忡，語氣有些沉重，「兵部最早預期半年即可平亂，其實也不全是盲目樂觀，如果楊慎杏和閻震春當時不說大勝，只要撐下來，那麼西楚復國就無異於一場慢性自殺。可是兩位老將的失利促成西楚這把新刀『開鋒』，才使得謝西陲和寇江淮兩個年輕天才有足夠餘地去以戰養戰，越戰越勇。現在西楚羽翼漸豐，就很難速戰速決。加之主帥盧升象始終有名無實，他真正的敵人，除了西楚叛軍，還有朝廷的勾心鬥角。軍中山頭的爭權奪利，西楚那邊卻眾志成城，此消彼長，這場仗，難打。好在朝廷總算沒有把罪過都推到盧升象頭上，沒有陣前換帥，否則……」

陳望點頭道：「太子殿下說了，他已經做好西楚餘孽大軍殺至京畿內的心理準備。」

許拱大驚失色，趕忙環顧四周。

陳望平靜道：「放心，就算這種話傳到了殿下那邊，你我都不會有任何事情，殿下這點胸襟肚量還是有的。」

許拱心情激盪。陳少保簡單一句話，洩露太多天機了。

粗看是稱讚太子趙篆極有容人之量，以及對西楚戰局抱有消極態度，更深層含義則是陳望在跟他傳遞一個隱蔽資訊——太子殿下是一位寬容的儲君，值得你許拱投效。若是再往下深入挖掘，許拱就有些不寒而慄了。

太子如今還只是監國的敏感時刻，皇帝陛下還健在，就勸說或者說提醒一個兵部侍郎明確站位，是不是言之過早了？難道說這裡頭有什麼玄機？要知道這些年太安城可沒有傳出半點陛下身體有恙的駭人祕辛啊。

難道說？

就在許拱內心劇烈天人交戰的時候，陳望好像不過是說了一句再不鹹不淡不過的家常，很快跳到下一個問題：「那北涼能守多久？萬一西北門戶守不住，接下來怎麼守？」

許拱何等老辣，安靜坐在對面的陳望不動聲色，他臉上也絕沒有絲毫的波瀾，對於這類分內事自是早有腹稿，立即答覆道：「一般情況下，光靠北涼邊軍，能守個兩年，但這是建立在雙方不出現大紕漏或者是大陰謀的前提下。可事實上兩軍對壘，你永遠猜想不到對手的下一步是驚豔還是昏聵。歷史上許多經典戰事，也有許多是陰差陽錯造就的，有將錯就錯的，甚至有以錯著勝妙算的，以至於還有某些人輸得莫名其妙，某些人贏得自己都感到匪夷所思。如果是尋常的兩軍對峙，領軍之人用兵平平，那無非是比拚雙方底蘊，沒什麼懸念，可涼莽大戰，不能以此類推，因為雙方擁有太多太多的名將。」

許拱有些神往，眼中出現一抹恍惚，「北涼有褚祿山、袁左宗、燕文鸞、陳雲垂、何仲忽……哪一個不是一場場硝煙熏出，可獨當一面的大將？北莽有拓跋菩薩、董卓、柳珪、黃宋濮、楊元贊……」

許拱感嘆道：「幾乎每一個人都可以讓整個戰局發生無法預測的變數。」

許拱漸入佳境，話匣子一打開就完全關不上了，一手持杯卻不喝茶，一手抬起在空中指指點點，「在北涼被納入離陽版圖之前，北方遊牧的南侵，有兩條路可以選擇。第一條是以中原頭顱之地的北涼作為首選，大軍居高臨下，往往勢如破竹，缺點是戰線稍長，哪怕一路打到了中原之腰膂的襄樊，也再難更進一步，往往只能大掠而返。第二條則是由薊州邊防鑽隙南下，先遣遊騎欄子馬分批搜索，蕩平閒散零碎的關外阻礙，一方面掩護大軍，一方面擄掠村莊，逼迫中原王朝退守據點，城池與城池之間如島孤懸，邊防癱瘓，北方蠻族騎軍則順勢南侵，暢通無阻。

如今北莽看似選擇了一條不明智的路線，其實取近憂而棄遠慮，是沒有辦法的辦法。北蠻子決心要打本朝，沒有上策可言，只有中、下兩策可以選擇。北莽拖不起，我朝則是最能拖得起。如果等到廣陵道西楚覆滅，那時候北莽再開戰，那才真是沒的打。一個內部安穩的中原大地，一個銳意進取的中原朝廷，無疑是北方遊牧民族的噩耗。

假使北莽先打他們的西線，即我們朝廷用半朝國力打造出的兩遼防線，門外漢也許會覺得這條線路距離太安城最近，北莽理應如此用兵，但真相是，北莽到時候根本做不到傾力南下。因為北涼三十萬邊軍註定會呼應東線兩遼，對北莽南朝展開主動攻勢。一旦讓北涼鐵騎肆意插入腹地，進入草原，屆時北莽大軍就算僥倖一路推進到了太安城腳下，那也是有來無回的下場，說不定南朝沒了不說，連北部王庭都給搗爛了。

既然現在北莽選擇了硬骨頭北涼作為突破口，不妨退一步說，假設北莽拚著傷筋動骨真打掉了北涼，也沒有到可歇口氣的時候，因為接下來很快就有兩場惡仗死戰要打，最致命的是這兩場戰爭是同時進行的，元氣大傷的北莽不得不陷入了兩線作戰的境地，西蜀有陳芝豹坐鎮，東線上有大將軍顧劍棠領軍，擱在北莽面前依舊不是什麼軟柿子。

若是再退一步！陳芝豹沒能牽制住北莽，顧劍棠那條號稱固若金湯的東線也給澈底衝散，這又如何？太安城讓給你們北莽好了。我朝依舊有一戰之力！」

說到這裡，許拱那只手由北往南猛然一拉，「我們大可以一口氣退至廣陵江以南，別忘了還有燕剌王趙炳的百戰之師。以趙炳大軍作為核心戰力，陛下可以輕而易舉籠絡起五十萬大軍，絕非難事。」

許拱突然自嘲一笑，「話說回來，北莽真能把我們逼到這個地步，也算他們本事。他們要是最終贏得天下，別人不說，反正我許拱心服口服，反正大不了就是戰死罷了。」

陳望輕聲道：「這一切也有個前提啊。」

許拱默然片刻後點頭道：「前提是北涼願意死戰到底。」

陳望自言自語道：「我知道那個人願意的。」

許拱「嗯」了一聲，「沒辦法，誰讓他是徐驍的兒子。誰都可以退，唯獨他不行！」

陳望微笑道：「我很難把當年那個花錢跟我買詩的年輕公子哥，跟如今那個說打就敢真打的北涼王聯想在一起啊。」

許拱有些不知如何應對。

陳望喃喃道：「北涼雪花大如席，想來太安城都這樣大雪紛飛了，我家鄉那邊只會更加酷寒。」

許拱有些佩服這個比自己要小上十多歲的讀書人。一個北涼出身的年輕人，進京趕考進士及第，在京城官場上竟然從沒有罵過一句北涼的壞話，竟然也從未遮掩過自己跟當時還是北涼世子的那點「香火情」，哪怕是這樣，還能依舊簡在帝心，一步一步走上高位，甚至有望衝頂，去爭取一下未來文臣領袖的交椅。

這期間的故事，許拱不敢相信，也不奢望陳望會主動說出口，而且即便陳望願意說，他許拱膽子再大，也不敢聽。除非將來某一天陳望果真將「儲相」二字去掉了儲字，成了第二個張巨鹿，並且他許拱還需要成為離陽王朝的第二個顧劍棠。

兩人這番交談正如飲茶，盡興了七八分，還留有二三餘味，再說下去，也許都要自覺面目可憎了。

許拱起身告辭。陳望也起身相送，一直送到門外，笑道：「明日許兄就要前往北線，我還要準時去勤勉房，就不送了。」

許拱點頭道：「無妨，你我以後有的是機會相聚。」

許拱乘坐那架不起眼的馬車於風雪中緩緩離去，車輪才碾壓出的痕跡，迅速被鵝毛大雪覆上。

陳望轉身踏上臺階，抬頭看了眼夜色，突然對那位老門房吩咐道：「老宋，備馬車，想去賞雪了。還有，記得讓人跟她知會一聲。」

老人驚訝道：「夜禁？」

跟許拱一樣來不及脫去官袍朝服的陳望笑道：「不換衣出城便是。」

老人立馬倍感自豪，會心笑道：「老奴這就去。」

沒過多久，一輛馬車出南城門，在一處小渡口停馬。

陳望走下馬車，不知為何，他站在前往南方的渡口，視線所望的方向，卻是西邊。

陳望掏出那常年攜帶的一小片物件，輕輕嗅了嗅。

年輕時讀書，曾見古語有云：「三世修得善因緣，今生得聞奇楠香。」

他手中正是一片萬金的奇楠木。

他那時候不過是個寒窗苦讀十年書依然前途未卜的窮酸青年，他經常坐在那個蘆葦叢生的蔭涼渡口讀書，而她往往會一邊擣衣、一邊聽他讀書。

他說以後科舉成名，一定會衣錦還鄉，一定會給她捎帶些這奇楠香木。

還有——一定會娶她。

然後，他千里迢迢來到了這座天下首善的太安城，在千軍萬馬獨木橋的科舉中成功跳過了龍門。

只是到最後，他成親了，掀起了紅蓋頭，可燭火中的那張嬌豔臉孔——不是她。

他只給那家鄉女子送去了「勿念勿等」四個字。

這麼多年，他最怕的不是那位天心難測的皇帝陛下，也不是那位鋒芒內斂的太子殿下，更不是那個無孔不入的趙勾。

他最怕自己說夢話，怕自己喊出她的名字，更怕自己當時滿腔熱血選擇的道路，會連累那位遠在北涼的婉約女子。

她曾經羞紅著臉卻一本正經跟他說，以後若是成親了，田間勞務就不許他碰了，為何？因為他是讀書人啊。

陳望捏緊那片奇楠，嘴唇顫抖，閉上眼睛。

隆冬大雪，拂了還滿肩頭，何況他根本就沒有理會那些落雪。

陳望。

望，月滿之名，日在東，月在西，遙相望。

這位當之無愧的年輕儲相緩緩睜開眼睛，輕聲道：「妳找到好人家了嗎？」

就算沒有，也千萬不要再等了。

如果嫁人了，應該也會是找一個比自己更懂得珍惜你的讀書人吧。妳肯定在怨恨我這個負心人吧？

陳望滿臉淚水。他不知道的是，渡口良人還在等著他，只不過曾經是站在渡口，如今是躺在了蘆葦叢中，會永遠等下去。

人已死卻不怨，未歸之人卻不知。

第六章 龍象軍大殺羌騎 黃蠻兒單騎赴險

被譽為離陽東南小廟堂的春雪樓建於獅子崖上。春雪樓所在的瘦綠山莊，前身是大楚王朝的避暑勝地，被春秋戰火殃及毀於一旦，經過廣陵王趙毅二十餘年不遺餘力地大肆擴建，搜羅了無數名花奇石「養在閨中」，其中有一塊由廣陵水師和藩王驃騎聯手搬運至山莊的春神湖巨石，形如珍珠，是當之無愧的天下石魁，更是蘊藉風水的壓勝寶物。

瘦綠山莊南臨廣陵江，獅子崖一帶原本經常有江南士子登高覽勝作賦，成為趙毅這位皇帝胞弟的藩王禁臠後，便只有廣陵道有資格進入春雪樓議政那一小撮權貴人物的獨到福利。

獅子崖又稱聚寶山，大奉王朝末年曾有得道高僧在此降獅說法，引來天上落花如雨的瑰麗異象，落花墜地即成石，色彩絢爛，方圓百里，不計其數。自大奉末年至永徽元年，每逢戰亂，這些陷入無主境地的石子便不斷被旅人、遊人、採石人揀拾得十不存一，進入尋常百姓家。趙毅封王就藩之後，或強取豪奪，或高價購買，圍繞著春神湖巨石隨意灑落開去，逐漸鋪滿了獅子崖。

崖上春雪樓，樓下有口井。

江南頭場小雪姍姍而至，卻又驟然消散，只不過廣陵道的戰火實在讓人提心吊膽，對於下雪與否，降雪大小，都不痛不癢。

冬雪消融，正午時分，獅子崖上風景旖旎，一個臃腫胖子獨自坐在樓底下的井口上。這口小井歷來無水，不知為何而挖，自古便是謎。

胖子身穿一襲圈金絨繡的明黃色大蟒袍，離陽諸位藩王中，也只有這頭肥豬有此殊榮，哪怕當年功無可封的北涼王徐驍，也不過是一件藍大緞蟒袍而已。燕剌王趙炳無論是龍姿還是蟒水，較之這位，都要遜色一籌，至於更實質性的就藩之地，常年瘴氣橫生的南疆，自然更是無法跟天下賦稅半出於此的廣陵相提並論。離陽朝野上下對於這個藩王中最有無功受祿嫌疑的廣陵王，向來惡評如潮，言官御史直接間接死在廣陵王手上的數目，更是讓人咋舌。

時下終於遭受報應被架在火堆上烤的胖子，似乎並沒有外界想像那般倉皇失措，而是安靜坐在井口上，沒有什麼戾氣，也無頹喪神色。

每當趙毅坐井發呆的時候，便是春雪樓的嫡系心腹也不敢打攪。

遠處，世子殿下趙驃畢恭畢敬站著，剛從前線返回的西線主將宋笠與其並肩而立。

崖外廣陵江，江面上停有密密麻麻的水師戰船，雖然對外聲稱廣陵水師被西楚奪走了一半，但那僅是數量上的失利，絕大部分樓船巨艦都牢牢握在廣陵軍手中。

趙驃跟宋笠關係莫逆，多年來一直稱兄道弟。世人皆知，在廣陵道境內只有成為宋笠的女人，才能真正逃過世子殿下的魔爪，否則任你有個當刺史的爹，也稱不上有保命符。

此時趙驃壓低聲音氣哼哼道：「當年都說西楚太傅逃至此處，不願接受徐家鐵騎招降，抱著那亡國公主毅然決然跳崖赴死，狗屁！徐瘸子分明是擺了朝廷一道，就該給徐驍一個更能噁心人的惡諡！」

宋笠笑著沒有附和，轉頭瞥了眼滾滾東流的江面。

楚亡之後無春秋，高崖之後無中原。當初大楚覆滅，可仍有南唐、西蜀兩國負隅頑抗，但在文壇士林中就已經有這種說法了。

趙驃打著哈欠，神遊萬里。突然被宋笠撞了一下胳膊，趙驃這才發現父王在朝他們招手，趙驃趕忙上前，跟宋笠一同走到井畔。

趙毅看向宋笠笑問道：「那寇江淮當真辭官隱居了？」

宋笠點頭道：「一開始末將也以為是曹長卿的障眼法，如今看來寇江淮突兀的撂擔子，應該八九不離十。」

趙毅給了這員福將一個鼓勵眼神，宋笠醞釀了一下措辭，這才繼續說道：「西線戰局本已支離破碎，寇江淮若是繼續擴大戰果，若想擋下此子的步伐，王爺的數萬驃騎少不得折損一半，方可擋下寇江淮的推進。且不說寇江淮的離去是傳聞中與曹長卿政見不合，還是西楚朝堂上有人不願他坐大，才給他下了絆子，反正對王爺來說肯定是一件好事。入春前，西線都不會有大的動靜。一鼓作氣再而衰，曹長卿答應寇江淮離去，很是無理。也許日後史家評價此事，會看作是一個重要的轉捩點。」

體型異常龐大的趙毅「嗯」了一聲，有些艱難地彎腰撿起一顆石子，握在手心，感受著涼意，問道：「不說以後，我們只談眼下。宋笠，你覺得接下來是曹長卿親自領軍，還是會讓謝西陲補上寇江淮的空缺？不管是誰主持西線，似乎都不是什麼好消息啊。」

宋笠毫不猶豫地說道：「謝西陲領軍的可能性更大，曹長卿多半依舊退居幕後，運籌帷幄。」

趙毅自嘲道：「也對，他曹長卿哪裡瞧得上本王和盧升象，他眼中只有顧劍棠罷了。顧劍棠一天不從兩遼邊線南下，曹長卿就一天都不出面主事。」

宋笠點頭道：「看似自負，何嘗不是長遠考量。曹長卿太過鋒芒畢露，他只有絲毫不插手具體的兵馬調度，才能給謝西陲和寇江淮這兩個年輕人足夠的機會去成長。」

趙毅突然笑道：「時無英雄，使豎子成名。」

趙驃有些茫然，清楚所謂的「豎子」是謝西陲、寇江淮之流，可不明白父王所謂的「英雄」又是誰。

趙毅感慨道：「當年徐瘸子輕輕一腳，就是神州陸沉。」

趙毅臉上流露出濃重譏諷，「這回藩王靖難，雷聲大得不行，不說什麼雨點小，那根本就是沒有。除了趙炳老匹夫的那個兒子心懷叵測，其餘都是一群酒囊飯袋。如果徐瘸子沒死，隨便從北涼拉出五萬精騎，曹長卿和他的西楚就完全不用蹦躂了。至於趙炳嘛，若是真願意出死力，與本王聯手，也能解決這個麻煩，只不過趙炳這傢伙，心機跟那被徐驍調侃為『婦人』的趙衡差不多深厚，不過扮癡裝糊塗的本事，趙衡就差了十萬八千里。

曹長卿和那小女孩還沒揭竿立旗的時候，就故意連續三封六百里加急奏章傳給太安城，說什麼南疆動亂，這不前不久還上了一封請罪的摺子？說南蠻十六族勾連西楚餘孽，導致他親自出馬的前線連續大敗三場，死了好幾萬人馬。好幾萬？幹你娘的！好幾百人才對吧，你兒子當年不過十幾歲的小崽子就能去南疆腹地砍人頭、築京觀，你趙炳一去，反而吃了敗仗，而且一吃就是三場？號稱可『彈指破城，揮袖滅國』的納蘭右慈幹啥去了？一個大男人，總不會是給你趙炳折騰得懷孕生娃去了吧？」

趙毅嘆了口氣，「在所有藩王裡頭，一蹶不振的老靖安王趙衡怨氣最大，局限也最大，淮南王趙英則是才氣最高、本事最小，膠東王趙睢性子最軟，從頭到尾皆是最無氣候。至於本王，眼界最小，爭不來天下第一的鐵騎名頭，爭個天下第一的水師就很知足了。

野心最小，從不覬覦那張椅子，從小就是這樣，甚至為了我哥能一屁股坐上去，當年還特意跑到徐瘸子跟前差點下跪。所以這些年，外人都說本王凶名赫赫，徐驍這個北涼王才是威風八面。要說本王最厭惡誰，其實還是趙炳，見風轉舵，過河拆橋，口蜜腹劍，都是一把好手。只可惜啊，皇兄一直全心全意防範西北，不管本王這個同父同母的親弟弟怎麼勸說，始終不肯對南疆有所動作。」

趙毅慘然一笑，抬頭看著兒子趙驃，自嘲道：「那年徐鳳年來廣陵江，你跟他結下了死仇，本王故意示弱徐驍，從你身上剜下一塊肉送往北涼，然後在這種時候，給皇兄送去一封密折。不是說什麼北涼徐驍的壞話，而是說趙炳此獠萬萬不可任其積蓄勢力。

結果呢，皇兄還是不上心。要是從本王身上剮下幾斤肉就能換來皇兄的回心轉意，本王真會去做的。既然皇兄不願做惡人，那麼本王來便是了，所以這小半年以來，本王讓人暗中刺殺了那燕刺王世子四次，全部無功而返。」

宋笠默不作聲。

頭一回聽聞此事的趙驃張大嘴巴，一臉震驚。

趙毅丟出那顆被手心焐熱的石子，「後來陳芝豹入京擔任兵部尚書，本王知道此人肯定會封王就藩，於是再次遞交密折，向皇兄提議陳芝豹就藩於廣陵道和南疆道之間。若是陳芝豹嫌棄藩地太小，本王甚至可以多讓出一個州。結果如何，你們兩個現在也知道了。」

趙毅哈哈笑道：「驃兒，為父不過是想讓你世襲罔替，都已經不奢望孫子當親王了，將來肯定是去太安城做個享樂郡王的命，可那趙炳當爹當得就要霸氣多了。」

然後趙毅深深呼出一口氣，有些疲憊地揮揮手，欲言又止的趙驃和一直沉默的宋笠一起退下。

趙毅繼續坐在井口上，望著天空。

像個坐井觀天的傻瓜。

◆

戰場就是一座熔爐，把所有跟「自以為是」沾邊的東西都踐踏碾碎。

北涼邊軍中除了極少數高層將領會使用標配以外的兵器，例如寧峨眉的長短雙戟，以及李陌藩這座不能以常理看待的移動武庫外，還有寥寥幾位擁有自己的槊，此外幾乎所有邊軍將士都不攜帶任何有沉重或者奇巧嫌疑的玩意兒。至於騎軍的對戰，絕對不像很多百姓想像中那種展開衝鋒撞在一起後，便減速停馬糾纏互砍，這種不堪入目的畫面能讓內行的騎將感到崩潰，那真是把寶貴騎軍當成步卒的暴殄天物了。實上就如江湖人切磋技擊的兩把兵器，一觸即散，然後尋找下一個戰機。

眼下這支以三千騎攆著七千羌騎跑的龍象軍，如果在先前那波跟柯扼部羌騎的衝鋒中沒能取得戰果，那就會在拉伸出一段間距後，王靈寶會轉頭觀察敵方騎軍的動向，來決定是以直接停馬掉頭還是緩速繞弧的方式來展開第二輪集體衝擊。假若第二波對撞仍然沒有分出清晰的勝負跡象，王靈寶就要依照己方騎兵的損傷，來選擇麾下哪一部應當放棄沉重鐵槍換上更為輕便的涼刀，以及哪一部應當繼續使用鐵槍衝鋒或是輕弩齊射。

戰事膠著的沙場上，一個微小優勢可以擴大優勢，但是一個漏洞卻足以葬送全軍。從「大將軍」徐驍到「將軍」陳芝豹，曾經在北涼鐵騎刻下最深刻烙印的兩個人，都堅信一點——徐家鐵騎真正強大的地方在於，有足夠的耐心和實力去等待敵方主動犯錯。

遇上如此無懈可擊的敵人，那群羌騎無疑是倒了八輩子的血楣。

這支羌騎本以為是狼入羊群，不但可以在流州「飽餐」一頓，甚至有望在將來去富饒的中原大肆燒殺劫掠。所有騎兵都年復一年聽人說著中原的美好，那裡有數不盡的良田，白花花的銀子堆積成山，而且那裡的女子環肥燕瘦，最重要的是她們的肌膚比草原上風吹日曬的女子要好太多太多，摸上去就跟撫摸上等綢緞一般。可事實上是還未天黑，美夢就破碎了。

三千龍象騎殺得他們像是一群喪家犬，若非羌騎獨有的迅捷，在這種兵敗如山倒的潰逃中，在龍象騎兵極富效率的追殺下，這幫潰騎根本堅持不到半個時辰。

在先前衝鋒中被雪藏起來的涼弩，終於逐漸發揮出令人髮指的殺傷力。羌騎為了追求最大限度的速度，連不熟悉的槍矛都主動捨棄，至於所披甲冑只是北莽尋常輕騎的標配，比起南朝那些大將軍麾下嫡系輕騎輕巧卻結實的昂貴戰甲，相差懸殊。

要知道涼弩可是成功結合了歷史上秦弩、奉弩兩大名弩優點的怪胎，組裝、拆卸都極為簡便，經過北涼兩代大匠良弓的改進，各種涼弩皆擁有了幾近完美的平衡點。除了射速，大弩的射程、貫穿力和精準度都要勝出長弓，在無數場中原王朝跟北方遊牧的戰爭中，以步戰騎，踏弩、床弩可以發揮出巨大的威勢。

故而有人說，千百年來，中原王朝是用兩樣東西死死擋下了北方遊牧的馬蹄。一樣是巍峨的城池，再就是勁弩。

其中，對弩的使用，堪稱爐火純青的北涼若是自稱第二，無人膽敢自稱第一。北莽南朝對北涼短弩的認知再熟悉不過，可謂深惡痛絕。南院大王黃宋濮曾經致力於大規模推廣類似的短弩，只是出於各種複雜原因被多方阻撓，成效甚微。

戰馬腳力最佳騎術最上乘的那撥龍象騎軍負責阻截，滯緩羌騎的逃竄，不斷射出一支支弩箭，只要造成殺傷，不論羌騎生死都不去管，哪怕有羌騎墜馬，唾手可得的軍功也絕對不去多看一眼，一切都交由後邊並未持弩的袍澤去補上一矛刺死捅殺。

如此分工明確，自然異常狠辣血腥。

對這些狼狽羌騎來說，不幸中的萬幸就是那個一上來就丟擲黑虎玩耍的少年，經過初期的一通大開殺戒後，之後便重新上馬不再展開殺戮。

羌騎起先不是沒想過以鳥獸散的姿態往四處逃離，避免被龍象鐵騎一路銜尾追殺，只是才出現這個苗頭，龍象騎軍在那名主將模樣的魁梧漢子指揮調度下，就立即有了應對之法。除去與羌騎糾纏不休的龍騎、弩騎，兩千龍象槍騎迅速拉伸鋪開鋒線，然後猛然加速衝鋒，清一色舉起臂弩，差點就跟前方弩騎配合，形成一個口袋陣形，一股腦兜住所有羌騎。

等到羌騎放棄這個念頭，繼續簇擁在一起往北方瘋狂撤退時，那些龍象騎兵又開始漸次放緩速度，在馬背上進行休整。這種相比弓弩射殺更為隱蔽的戰力，更讓羌騎感到頭皮發麻、脊骨生寒。

北方遊牧民族天生便是馬背上的民族，因為生於憂患，所以不得不英勇善戰，但是天蒼蒼地茫茫、天大地大的土壤，也養育出草原騎士那種深入骨髓的散漫不羈，他們可以做到悍不畏死，以奔雷不及掩耳之勢展開狂野的衝鋒，但是他們那種雜亂的鋒線落在中原用兵大家眼中，實在是不值一提。那種大聲嘶吼揮舞戰刀，甚至讓屁股抬離馬背的彪悍姿態，在紀律森嚴的北涼邊軍中都是必須磨掉的稜角。北涼騎軍最重整體性，從不推崇單槍匹馬一味單幹的陷陣英雄。

黃宋濮、柳珪和楊元贊能夠在北莽脫穎而出，與他們保存北莽自身優勢和汲取中原兵法精髓的同時，壓制北莽劣根性有重大關係。

今天三千龍象騎軍是師傅，羌騎是學生，老師教會了學生這個道理。可惜學費太過高昂，得用命來換。

王靈寶在心中計算著羌騎的撤退速度，和南朝邊境線上的地勢以及駐軍分布，以及另外兩支龍象騎軍的支援速度，考慮是不是乾脆一路殺入姑塞州，然後長途奔襲到柳珪那老傢伙的後頭，用鐵矛往這個南朝大將軍的屁股上狠狠捅一下。

在北涼邊軍中，對什麼老南院大王黃宋濮或者是楊元贊都沒啥感覺，唯獨柳珪是人人都想砍下腦袋的。理由很簡單，北蠻子天天嚷著那句「柳珪可當半個徐驍」，王靈寶不能忍，整個北涼邊軍都不能忍！

王靈寶作為身經百戰的邊關猛將，自然也有自己的心思。兩個念頭都不是什麼私心——一個是殺掉柳珪，再一個就是用自家的龍象鐵騎跟那兩支王帳重騎來一場酣暢大戰。

在蕩氣迴腸的戰爭史上，始終沒有出現真正意義上輕騎與重甲鐵騎的對決，哪怕是盛產戰馬並且馬政卓越的涼莽雙方，在二十來年的對峙中，同樣更多還是利用輕騎的機動性去展開突襲和追殺。

在涼莽邊境這個未來註定會流血千里的恢弘戰場上，雙方擁有最優良的戰馬、最鋒利的戰刀、最驍勇的騎卒，加上最廣袤平坦的戰場，也許某天就會爆發出戰爭史上第一次重騎與重騎的巔峰對決。

北涼鐵騎中的鐵騎，除了老涼王的親軍大雪龍騎，接下來就是舊龍象軍中接近六千的重騎。而大雪龍騎是北涼軍最關鍵的家底，輕易不會出動，所以王靈寶堅信自己極有希望讓整個天下見識見識什麼叫重騎之戰，以後百年、千年，都會有人對此念念不忘，都不會忘了有一支軍隊，叫北涼鐵騎。

王靈寶從沒有什麼為國為民的大義，對於北涼死守西北卻要被離陽朝廷百般算計，被中原百姓當成狼心狗肺的蠻子，他沒有怨氣？有，而且大了去了！

但是史書可以忘記他王靈寶這種死了便死了的小人物，唯獨不可以忘記大將軍一輩子的心血——北涼軍！

王靈寶突然看到主帥朝自己招了招手，趕緊快馬上前。

徐龍象平靜說道：「你領兵追殺三十里，能殺多少是多少，然後返回青蒼城。」

王靈寶雖然滿腹狐疑，但依然沒有任何質疑。

然後這位龍象軍副將就看到少年露出一個罕見的猙獰笑容，躍至黑虎北上，一路狂奔，直接躍過了大隊羌騎，獨自往北而去。

難不成有落單的大魚在前頭？

王靈寶對戰功這種好東西當然是多多益善，要是能去姑塞州耀武揚威一番是更好，不過他也不是不知輕重的莽夫，所有八千羌騎加起來的戰功也比不上一個徐龍象。

能讓年輕主帥動心的人物，肯定不是易與之輩的小魚小蝦。王靈寶立即有了決定，喊來幾名校尉後沉聲下令道：「三十里內，做掉所有羌騎，漏掉幾騎，便抵去幾騎的軍功。如果功不夠抵罪，什麼下場，按照龍象軍的老規矩來，你們比我清楚。這趟三十里路程，准許你們放開了手腳隨便殺。」

◆

夕陽西下。

比騎虎北衝的少年更北百餘里外的地方，兩人並未騎馬，幾乎是凌空飛渡，一路南下。

那位中年青衫劍客，懸佩有北莽朝第一名劍「定風波」。

風姿如劍仙。

而他身邊人物的身高讓人瞠目結舌，足有江南女子的兩個那麼高，並且渾身金黃色，面目肅穆，像是一尊降臨凡間的天庭神將。

他們身後又百里處，有一騎疾馳。

騎士戴黑斗笠，籠罩於寬大黑袍之中，似乎有些怕見陽光。

他握著馬韁繩的手指一直在微微顫抖，不光是手指和胳膊如此，他整個人都是如此，嘴唇牙齒都不例外。

這就是借屍還魂必須付出的代價。

正因為他付出了這種不見天日的慘痛代價，才得以苟延殘喘，所以他比誰都更渴望讓姓徐的那對兄弟去死，而且務必死得比他更慘！

他確實已經死過了，而且還是某人活活撕裂的。

但是插柳可成蔭。

他一截柳——已經靠著大秦王朝失傳已久的祕術死而復生。

夕陽西墜之際，如垂垂老矣的遲暮老人，不堪就此沉寂，迴光返照，大幅大幅的火燒雲簇擁在西方天空，燃燒得絢爛無比。

俗語說早燒不出門，晚燒行千里。

那麼明天肯定會有人再沒有機會遠行了。

霞光萬丈，映照得大漠上的那襲青衣劍客彷彿披上了一件黃金戰甲。中年劍客在千里黃沙數尺之上凌波微步，抬頭望了眼西天雲霞，左手拇指按住劍柄，鞘中古劍將出未出。原本以他的清高，怎麼都不會與人聯手針對某個人，只不過人在宗門身不由己，既然是女帝陛下和太平令的共同授意，那他劍氣近也就只能違心行事。

按照西京那口蟄眠大缸透露的徵兆，徐龍象應該就身在附近，不過能否撞上然後截殺還需要一點運氣，畢竟邊境黃沙千里，尋找一支萬人騎軍尚且不易，何況是尋覓一個人？這無異於大海撈針。若是徐龍象已經躋身可與天地共鳴的天象境界，黃青倒是勉強能夠與之天人感應，不過根據朱魍機密諜報顯示，這個生而金剛境的少年始終有意無意地滯留在指玄境門檻上，沒有選擇勢如破竹地一路破境。

黃青突然停下身形，雙腳輕輕落在沙地上，拇指加重幾分力道按住劍柄，瞬間六、七縷劍氣縈繞「定風波」劍鞘。

在棋劍樂府中比府主太平令還要高出一個輩分的銅人師祖，也隨之停下腳步，神情古井不波。

黃青望向前方，輕聲笑道：「師祖，這趟差事還是交由我來解決吧？」劍氣近的腦袋甚至不到金黃巨人的肩膀，這位在北莽極少露面的武道大宗師點頭平淡道：「你先來便是。」

師祖的言下之意很淺顯，在他看來一個劍氣近未必能拿下徐龍象。

黃青對此一笑置之，並無怨言。

他對這位師伯祖恭敬有加，不光是因為輩分上的差距，事實上師祖的證道之路，這位師祖跟王仙芝就像是考據考察上的「同年」，比北莽武神拓跋菩薩和離陽境內的軒轅大磐還要更早去以身驗證「自開天門」的可行性。儒釋道三教聖人的證道長生，那無非是跟天地借門而過，銅人師祖這些人卻是直接選擇破門而入。

已經逝世的李淳罡之所以被譽為呂祖之後第一人，在於這位劍神更為難得，力求以手中劍自建天門。李淳罡的劍道，獨闢蹊徑，幾近天道。

這是各自腳下所走道路之爭，跟武評排名高低沒有絕對關係。但是若說王仙芝曾經是離陽甲子江湖的磨刀石，那麼黃青身畔的銅人師祖就是北莽江湖的另一方磨刀石。從拓跋菩薩到慕容寶鼎和第五貉，再到洪敬岩，無一例外都與銅人師祖切磋過。不同於武帝城王老怪六十年數百場的全勝戰績，銅人師祖既沒有如此恐怖的廝殺次數，也沒有碾壓哪位頂尖高手的駭人傳聞，只是他不論對上誰，都是不敗，只求一個不輸也不贏。

太平令曾有言，銅人師伯與人鬥，不敗即可，只有最後那場與天鬥，勝之即可。

銅人師祖輕聲提醒道：「此子曾經在青蒼城內破去慕容寶鼎的金剛不敗，你小心些，不貼身肉搏是最好。」

黃青氣勢已起，劍意盎然，緩緩推劍出鞘兩寸，「嗯」了一聲，然後笑道：「師伯祖，那黃青先行一步。」

銅人師祖木然點頭道：「我且先盯著那個不肯安分的孩子。」

黃青輕輕呼出一口氣，向南方一掠而逝，劍鞘外的那幾縷劍氣在黃青奔跑途中逐漸粗如陸地青虹。

劍氣近！

蔚為壯觀。

由北往南的那一騎在看到金黃巨人後並未放緩速度，衝到銅人師祖身側，本想一鼓作氣擦肩而過，只是戰馬竟然如撞一堵無形南牆，猛然停下馬蹄，甚至往後撤退了幾步。

戴斗笠披黑袍的一截柳伸手摸了摸坐騎鬃毛，好不容易安撫住胯下那匹倍感不安的汗血寶駒，那隻手慘白如雪毫無血色，肌膚下的經脈清晰可見。

曾經身為朱魍首席刺客的一截柳顯然有些不悅，「需要如此謹慎嗎？在劍氣近的劍氣面前，天底下根本就沒有什麼狗屁的金剛境。就算真有，那也是兩禪寺的李當心。」

魁梧巨人雙臂環胸，神情漠然。

一截柳突然瘋了一般彎腰大笑起來，指了指銅人師祖，「我錯了，竟然把近在咫尺的你老人家給忘了。當年槍仙王繡來北莽練槍，最後還是給老祖宗你赤手空拳擋下的。」

銅人師祖瞥了眼這本該前途似錦卻落得個生不如死的可憐蟲，毫不掩飾他的憐憫眼神。一個見不得光的私生子，別人尚且要忌憚幾分，他哪裡需要上心？哪怕是一截柳的老子站在這裡，也就那麼回事。

一截柳臉色陰沉，在棋劍樂府素來不苟言笑的銅人師祖破天荒嗤笑道：「我這輩子見過很多驚才絕豔的年輕人，都以為整個天下都應該圍繞著他們轉動，做事情從來不講退路，最後無一例外都死得很早，死法也挺慘。」

一截柳冷笑道：「那徐鳳年不就活得有滋有潤？」

銅人師祖破天荒大聲笑起來，笑聲如雷鳴，震撼雲霄，「你也配跟他相提並論？」

一截柳如瘋如癲，低頭咬著一根指頭哧哧笑道：「我不配？我慕容鳳首十四歲入金剛，二十歲躋身指玄境界，二十二歲就去挑戰拓跋菩薩，他徐鳳年那個時候在做什麼？」

銅人師祖反問道：「那徐鳳年現在在做什麼，你現在又在做什麼？」

一截柳抬起頭看著那漸漸淡去的火燒雲，故作漫不經心道：「他命好唄。我輸給他，非戰之罪。」

銅人師祖瞇起眼睛看著頭頂的暮色，「根據棋劍樂府和公主墳兩處密檔所載，自大秦至大奉再到春秋，八百年來，僅是有跡可循的謫仙人總計出過三十七位，全都夭折，不論是皇朝爭霸還是江湖爭鋒，都無一人登頂。這些謫仙，命好自然是『天生』的命好，可落在了『地上』，大都水土不服，被冥冥中的大道害慘了。」他繼而感慨道：「世人辛辛苦苦為求長生證天道，可那不過是雲上天人的囊中物。須知嗟來之食再美味，那也是嗟來之食啊。」

一截柳李鳳首皺眉問道：「你與我說這些做什麼？」

銅人師祖平靜道：「北莽如今好苗子本就不多了。至於以後……我勸你回頭，莫做乞兒小偷，要學李淳罡、王仙芝去做強盜。」

暮色降臨，日頭墜盡，一截柳緩緩摘掉那用作遮陽的斗笠，冷聲道：「老子都已經死過一回了，撐死了再死一次。」

銅人師祖搖了搖頭，「既然如此，那麼與其讓你死在徐龍象手上，還不如讓我送你一程。」

一截柳駭然失色，不等他撤退，整個人騰空而起如懸空縛於蛛網中央，四肢扭曲，頭顱被擰轉。

就在此時，銅人師祖望向遙遠東方。

有紫氣東來。

銅人師祖猶豫了一下，側過身向東踏出一步，一步即百丈。

逃過一劫的一截柳狠狠摔落在地上，像一攤爛泥。

一截柳坐在地上大口喘息，然後失心瘋倡狂大笑，「徐鳳年，你遇上這怪物，比你遇上拓跋菩薩還要該死啊！李淳罡的苦手是王仙芝，王仙芝的苦手是你，那麼你今天就該嘗到那兩人嘗過的滋味了。」

陸地生青虹，那劍氣凌然，摧枯拉朽，直撞徐龍象。

少年與齊玄幀座下黑虎站在一起，沒有手持涼刀迎敵，而是將那柄戰刀插入地面。

三年時光，已經讓當年那個不願與天師府老神仙去龍虎山習武修道的倔強孩子，成長為北涼那支重要邊軍的統帥。在世人眼中，少年跟他那個不務正業、經常遊歷江湖的哥哥不太一樣，更像是人屠徐驍的兒子，不喜豪奢，不擅風流，但是跟父輩一樣成名於沙場，初出茅廬便獲得萬人敵的稱號。

美中不足的只有一點，從未跟大宗師級的頂尖高手捉對廝殺過，但是跟徐鳳年磕磕碰碰從世子殿下做到北涼王截然相反，徐龍象幾乎沒有什麼質疑聲，哪怕以少年年紀破格統領龍象鐵騎，也很快服眾，甚至當初北涼官場還鬧出過一陣陰風邪雨，說為何不是一鳴驚人的徐龍象世襲罔替徐驍的爵位？

徐龍象在龍虎山趙希摶的悉心栽培下，傳授大蘿春秋，漸次心竅洞開。黃蠻兒不再是當年那個癡癡傻傻的黃蠻兒，心智與常人無異，且保留下了一份赤子之心。須知赤子之心雖是儒家聖人的說法，實則與祕笈上記載「不沾因果號佛子」、「不惹塵埃曰道胎」無異，都可算是三教成就聖人的長生資質。

徐龍象對那條氣勢如虹的粗壯劍氣視而不見，反而轉頭望向那頭黑虎咧嘴笑了笑。在外人看來，這頭曾在齊大真人身畔聽聖人言語數十載而悟道的靈物，攤上這位少年後還是有些遇人不淑的嫌疑。體型足有普通林中王兩倍有餘的黑虎竟是還了一個十分人性的神情，毫無戾氣，低下那顆巨大頭顱，碰了碰徐龍象的額頭。

徐龍象伸手摸著黑虎的腦袋，喃喃自語道：「小時候我娘經常罰我哥背書，那時候我什麼都聽不懂，聽過了也會忘記，只覺得我哥哥捧書讀書的樣子……」說到這裡，徐龍象學著當時少年徐鳳年的模樣晃了晃腦袋，「很好看。」

少年臉上有些笑意，「後來我爹私下經常說，咱們徐家祖墳冒青煙，總算也出了一個讀書人。」

黑虎突然趴在地上，聽到「讀書人」三個字，突然流露出一股深沉的緬懷之意。

遙想昔時，蓮花峰斬魔臺，被凡夫俗子譽為餐霞長生的那位真人便會每日日出日落之時誦讀經書，偶爾也會有人登頂拜訪，與齊玄幀坐而論道，口綻蓮花響春雷，異象綿綿，那幅場景，何其輝煌。黑虎久伴呂祖轉世的齊玄幀，飽受恩澤，福緣極重，便是天師府的黃紫貴人遇見牠也必須執禮相待，萬萬不敢將其視為禽獸。

那抹青虹相距一人一虎已經不足十里路程。

徐龍象微笑道：「小時候大姐慵懶，莫說讀書識字，便是女紅也不願學，唯獨喜歡聽我哥講那些神仙志怪，每次睡不著就要拉著我哥坐在床邊給她講故事，等她睡著以後再准我哥離開。我哥不管白天有多累，都不會拒絕，而且大姐屋子裡的物件總是隨意丟棄，我哥也總會一得閒便幫她收拾整齊，後來，大姐遠嫁江南，每一樣東西都齊齊整整擱置在原處，本該感到輕鬆的我哥反而總是很……」

大概是不知道該用什麼詞彙來形容他哥哥，少年撓了撓頭，乾脆就放下眉頭擱在心頭。

徐龍象使勁吐出一口氣，望向前方，眼神堅毅起來，沉聲道：「我爹是個大老粗，加上邊關事務無比繁重，有心也無力，從來不知道怎麼跟我們這幾個子女相處，都是我哥在那裡照顧兩個姐姐和我這個癡兒弟弟。

我懂得不多，但既然有人打到我們家門口了，既然我天生有些氣力，總不能還像小時候那樣讓我哥一個人承擔。我在進入龍象軍之前，二姐就說過北莽軍中有些鍊氣士擅長望氣，專門針對北涼軍中頂尖高手以便謀而後動，還說北莽朱魍祕密制訂了一系列的屠龍計畫，把我哥放在首位，我也在前五，所以二姐也不許我心生殺機傾力出手，防止氣機外泄。但我想與其讓他們鬼鬼祟祟暗算我哥，還不如由我來當誘餌，打亂他們的布局！」

徐龍象指了指那條勢如破竹的青色長虹，開心笑道：「你瞧，這不就有人上鉤了？」

徐龍象這次違背軍令私自領兵截殺羌騎，並沒有身披那具堅不可摧的符甲，甚至就沒有攜帶，而是將之留在了青蒼城外的主帥大帳。

從小到大，哥哥徐鳳年都會把最好的東西送給他，徐脂虎、徐渭熊，一直都是這樣的。

徐龍象握緊雙拳，在胸前重重一擊，千里黃沙之上彷彿響起一聲撞鐘巨響。以他為圓心，無數黃沙向外迅猛滾動散開。

與此同時，青虹未至劍氣至。

第七章　劍氣近劍氣盈天　徐龍象困獸猶鬥

遠方，棋劍樂府劍士黃青閉目前掠，腰間那柄古劍定風波依舊出鞘不足兩寸。雙方交戰，除了那頭黑虎外就再無誰一旁觀戰了，百里之外的銅人師祖亦是不知為何趕赴東方，為紫氣而去。

可是如果有人看到這一幕，在不知劍氣近黃青身分的前提下，哪怕是高居二品的小宗師高手，也會為這名劍客如此大肆揮霍劍氣而惋惜。高手對敵，不是比拚花哨架子，而要講究蓄勢之時斂而不發，起勢後出手則一擊斃命。

如青衫劍客這般交手之前就意氣生發、氣勢如虹，委實太托大了。只有躋身一品指玄境界的巔峰高手，才能看出些端倪——這劍客不是市井無賴街鬥的那種故意示威，也不是兩軍對峙陣前擂鼓喧天的先聲奪人，而是這名佩劍卻未出劍之人的氣勢，太足了！

月滿則虧，水滿則溢。

黃青的劍氣之盛，到了需要平時刻意壓抑才能不傷旁人的恐怖境地。

棋劍樂府黃青，確實不負「劍氣近」的詞牌名。

既然已是富可敵國的地步，一擲千金又如何？

始終閉目前掠的黃青默念道：「一斛珠，致禮金剛境。」

鞘中劍由兩寸增至出三寸。

一斛即百升十斗。

世間一粒珍珠才多重，一斛珠又該又多少顆？

三寸劍光芒驟起，瞬間綻放出成百上千顆以劍氣凝聚而成的青色珠子。

大小不一的劍氣青珠滾向前方，如無數青雷滾走大地，直奔徐龍象。

遠方，已經可以看到此番壯觀氣象的徐龍象只是扯了扯嘴角，似有不屑。

少年一手輕輕抬臂，一拳重重轟向地面。

徐鳳年第一次出現在北涼邊軍的大校武中，少年徐龍象曾親自擂鼓。

下一刻，少年和劍氣近之間不斷有沙丘炸碎，地龍拱背突出，黃沙漫天，如同地牛翻身。

生而金剛境界、身具龍象之力的少年和劍氣近。

兩人對戰，也許會是一場前無古人後無來者的氣力之爭。

這場氣力之爭，又像是矛盾之爭。

水行中龍力最大，陸行中象力為尊。

徐龍象，當世唯一生而金剛境界的幸運兒，堪稱北涼最堅固的大盾。

只是他遇上了一劍光寒北莽十三州的黃青，此人是北莽最鋒利的那杆長矛。

黃青僅是劍出三寸，便氣象恢弘。

像是天上劍仙扯斷了一串念珠，數以千計的珠子劍氣，大珠小珠落玉盤，滾滾前衝。

徐龍象則將大漠黃沙地當作鼓面，一拳擂響，引來地牛掀身的景象，翻天覆地，不斷有一道道黃色龍捲破土而出。

劍氣凝聚而成的青色珍珠在黃沙中紛紛撞爛崩碎，塵土漫天，遮蔽視線。

地牛翻身雖有力拔山河的無敵氣概，可那些為劍氣牽引的珠子一粒粒都蘊含靈性，雖然十之八九都被龍捲黃沙擊碎，但仍有不下百顆青色劍珠繞過沙柱，一股腦湧向徐龍象。

臉色木訥的徐龍象向前踏出一步，身前豎起一道扇面急速流動的沙牆，珠子紛紛撞在牆面上，既有玉石俱焚的絢爛，也有以卵擊石的無奈。

青色劍氣散亂流淌，黃沙亦是洶湧無邊。

一襲青衫在一斛珠功虧一簣之際，左手按劍，無聲無息飄然而至。

黃青輕描淡寫地從腰間摘下劍，以劍柄撞在徐龍象胸口。劍身出鞘三寸的定風波在一擊之後，被狠狠撞回鞘中！

徐龍象並未被撞飛，雙腳依舊紮根大地，但是身體倒滑出去數丈。少年微微彎腰，強行止住後退勢頭，瞬間開始衝刺，朝那青衫劍客迅猛砸出雙拳。

黃青手腕一抖，橫劍於身前，左臂手肘抵住劍鞘，硬抗徐龍象的雙拳。

位列天下名劍第六的定風波在鞘中發出一陣刺耳轟鳴，劍鞘劇烈顫抖。

徐龍象保持雙拳撞劍的姿勢，繼續向前奔跑，黃青則被向後推出十數丈外。

雙腳離地一尺的黃青拇指輕輕一敲，面帶笑意，從容不迫，推劍出鞘一寸。

驪歌一疊。

徐龍象懶得理睬這是什麼劍招劍意劍勢，雙拳又是一砸。

兩寸劍，二疊。

三寸即三疊。

徐龍象一次次出拳砸在劍鞘上，身形懸空的黃青雖然始終不曾棄劍，但一直沒有阻擋下徐龍象的衝勢，隨著驪歌疊數增加，黃青在少年每一拳遞出後的後退距離也越來越短。

徐龍象轟出第八拳，驪歌八疊之後，黃青終於巋然不動，大有泰山崩於前而不動的宗師風範。

長衫袖口鼓蕩飄動的黃青望向眼前少年，沒有說話，眼神中有不加掩飾的驚訝敬佩，只是還有一絲塵埃落定後的淡淡失望。

最後一拳轟出傳說中的八龍八象之力，自然可以說明徐龍像是世間罕有的武道天才，可他黃青尚有驪歌九疊甚至是最後演化而來的十重山，若在北莽朝野威名赫赫的少年止步於此，那他黃青不敢說無須出劍便可勝過對手，最不濟也是穩穩立於不敗之地。

黃青之所以選擇以劍意驪歌對敵徐龍象，內心深處何嘗沒有將少年與慕容寶鼎做對比的念頭。後者是成名已久的石佛之身，黃青前些年曾經跟那位位高權重的皇親國戚有過一場切磋，沒有生死相向，點到即止。

黃青年輕時便立志於以劍摧破兩禪寺白衣僧人的「金剛禪定」，完成拓跋菩薩未能完成的壯舉，號稱無堅不摧的慕容寶鼎無疑是一塊上佳的試劍石，據說在流州青蒼城內讓慕容寶鼎金身出現裂縫的眼前少年更是。

面無表情的徐龍象看似不溫不火再度遞出一拳。先前八拳，皆是循序漸進，龍象之力層層遞進，黃青的驪歌無非就是按部就班，層層疊加。

本想以驪歌九疊重創徐龍象的黃青沒來由心頭一跳，毅然捨棄驪歌九疊，輕喝一聲，直接跳躍到十重山。有六、七條青虹縈繞全身、形同護駕的黃青不僅沒能用十重山擋下第九拳撞擊，反而眨眼之間青虹炸碎，定風波被雙拳砸出一個驚人弧度。

黃青一退再退，直到十八丈外才堪堪止住頹勢，定風波的劍鞘好不容易恢復平直。黃青不怒不懼，反而心生驚豔和欣慰，抬臂橫劍勢轉變為顯然要更加鄭重其事的豎臂提劍勢，在劍勢轉換的眨眼之間，順勢卸掉佩劍上的龐大餘勁。

黃青拇指摩娑著劍柄，雲淡風輕，再無劍氣傾瀉化青虹的景象，只是越是這般，越有風雨欲來的壓迫感。

李淳罡已逝，所幸還有一位桃花劍神。

出海訪仙的鄧太阿在返回陸地前，一劍挑海，水淹觀音宗。

黃青此生只去過一趟離陽江湖，只是到北涼便停步不前，跟武當山年輕掌教李玉斧有過一面之緣，很快便返回北莽。其間談不上針鋒相對，也無劍拔弩張，倒是藉機欣賞了八十一峰朝大頂的壯觀風景，也在早晚兩個時間觀望過大蓮花峰武當主宮前千百人在晨鐘暮鼓聲中一起練拳的清淨場景。

黃青雖然最終沒能繼續遠行趕赴中原腹地，既沒有挑戰白衣僧人李當心，也沒能遇上新一代天下劍道魁首的鄧太阿，但已是乘興而去、乘興而歸，並且在與李玉斧的閒談中偶有所得，對武道修行裨益極大。在「道」這個字上，跟李玉斧和和氣氣的短暫交往中，黃青自認沒有分出勝負，但是「術」字一途，頗有一番鮮活體悟。

徐龍象沒有乘勝追擊。黃青微微揚起手中的古劍，輕聲笑道：「在下棋劍樂府劍氣近黃青，佩劍定風波。年少時以棋道入劍道，三十歲復歸棋道，本以為有生之年再回劍道，便是此生武道盡頭。不料無意中找到了一條新路，算是達到了我宗門的棋子、棋手、觀棋三重境界的第三境，以此創出一新劍，原想以此劍去與鄧太阿一較意氣高低……」

少年一臉費解，嘀咕道：「打架就打架，恁多事。」

黃青哂然一笑，還是不厭其煩輕聲解釋道：「嘴上說是一劍，但也許是百劍、千劍，甚至是萬劍，準確說來，應該是一局劍。」

徐龍象根本不廢話，直接邁開步子，開始向這名絮絮叨叨的中年劍客展開直線衝刺。

如同秀才遇上兵的黃青一笑置之，然後神情肅穆起來，閉上眼睛，吸納天地浩然之氣。一股股浩然正氣充塞天地間。

恍恍惚惚形成一副棋盤，以一條條天下名川大河作為蜿蜒棋線，一座座山嶽巨峰做那碩大棋子，自成小千世界。

若說黃青目前展露出來的實力，劍術不過是指玄，意氣不過天象，可他此刻的胸襟，則直達陸地神仙。

難怪黃青去了一趟北涼便欣然返回北莽。

黃青鬆開手中那把定風波，古劍迅速飄浮在他身前，劍出一半。

黃青右手做提子和落子狀，輕聲道：「武當山，頂。」

頂是圍棋術語之一。

正好克制徐龍象那好似空有凝重卻略顯笨拙的棋形。

一道劍氣橫生。

徐龍象以蠻橫肩撞擊碎這座頂在前方的「武當山」縹緲氣韻。

黃青繼續提子落子。

先後兩子更改的幅度極小，故名「小尖」。

劍氣卻渾厚堅實。

俗語「小尖無惡手」，黃青的棋著或者說劍招也是堂堂正正，只是正常手談對弈，當然是你一子、我一子，但是黃青造就的這一局棋，則是落子如飛，根本不講規矩。

「小尖」之後是「緊氣」，「緊氣」之後是「象步飛」，再有封、鎮結合，又有連綿而出的千層寶閣勢。

黃青那張清逸臉龐上煥發出一種寶相莊嚴的仙佛光彩。

所有微風便可拂動的黃沙此時此刻出奇地全部靜止，唯有磅礴劍氣肆意縱橫。

我有天下無雙的充沛劍氣，終有一劍告之於天地。

我有四十年鬱氣出不得，今日不得不一吐胸臆。

劍氣如山如淵，劍氣如江如河，劍氣如魚如龍。

少年方圓兩里之內，劍氣此起彼伏，不論徐龍象如何蠻橫衝撞，都難以靠近黃青和那柄出鞘一半的定風波，反而時不時被磅礴劍氣衝擊得踉蹌而退，不等身形站定，又被連綿不絕的後招轟得風雨飄搖。

一方困獸猶鬥，一方巋然不動。盤上棋子如何能與局外棋手較勁？孰優孰劣，看似再明顯不過。更可怕的地方在於，黃青的這一手「新劍」非但沒有一鼓作氣再而衰，招式反而越來越運轉如意，劍道意境更是漸入佳境。徐龍象越是憑著生而金剛的雄渾體魄凶悍掙扎，黃青劍招的意氣就越是縝密無縫。似乎，這名立志要為北莽劍道正名的劍氣近在拿徐龍象做磨劍石。

磨石越是堅不可摧，兩兩砥礪之下，劍鋒越是鋒銳無匹。眼界再粗淺狹窄的門外漢，也清楚等到那半劍全部出鞘，其威勢必將是任你達到金身不壞的人間菩薩境界，也要一劍摧破。

棋盤中的少年被一道粗如手臂的劍氣撞在肩頭，整個人的瘦弱身軀在空中翻滾出幾個大圓，雙腳落地後，仍然一路滑出去七、八尺，在沙地上割出兩條痕跡。只是黃沙塵土為劍氣所壓制，才浮起寸餘便被重新鎮壓而下。

見微知著，徐龍象哪怕紋絲不動，不牽動黃青的劍氣展開反撲，但只要身在棋盤之上，便無時不刻都在抗衡那股囊括三里地域的劍意。但即便如此，徐龍象不知疲倦的一次次奔跑衝撞都不曾流露出半點疲態，世人所謂的力大無窮，用在少年身上真是熨貼至極。

徐龍象抬起頭，望向遠處的青衫劍客，眼眸綻放出淡金色的玄妙螢光，再度前衝，但這一次不是在直線上奔跑。

少年的身形在沙地上依次留下一長串定格的殘影，依稀可見他的奔跑路徑，短距離內雜亂無章，若是拉伸開來看待，便是一個半月弧形。那些殘影無一例外，都在劍氣碾壓下被摧毀消散。

當最後一個距離黃青只有十丈的殘影消失之際，詞牌名劍氣近的劍客抬起手臂，雙指併攏，做拈子落盤狀。其間略作停頓了三次，每一頓，黃青身前劍氣就百尺竿頭、更進一步地濃郁一分，連壓三手後，兩人之間意氣大為漲勢，而且鋒芒畢現。黃青布下的棋局瞬間尤為厚實壯大，就像在棋盤上增添了三粒大小可算違反規矩的碩大棋子。

徐龍象三次衝撞，一次比一次都聲響巨大，最後一次撞開劍氣，原先一直勢如破竹的身形破天荒出現一絲凝滯。

黃青微微一笑，轉動手腕，變壓為掛，一道劍氣破土而出，傾斜直上，撞在一處空中，如同守株待兔，將瞬間閃現的徐龍象一擊撞飛。

《大象》有云：「地勢坤，厚載萬物。」那麼黃青的這一劍，便是取材於地，一氣地中求。

被撞入空中的徐龍象還來不及做出應對，就被接下來的一道道從地中拔出的劍氣砸在身上。劍氣凌厲如地龍黃蛟，哪怕徐龍象被撞回地面也沒有停歇。少年雙手插入地面，雙腳抵住沙地，試圖藉此縮小後退距離，但是劍氣衝勁浩大，少年身上不斷炸開團團黃霧。

當一縷劍氣撞在左側肩頭，徐龍象顯而易見地肩頭往下一墜，胸口差點就要貼緊地面。等他左手一拍，肩膀往上一抬，堪堪擋下，第二道、第三道、第四道……無數地中生長裏有黃沙的劍氣又落下。

一寸一寸身軀不斷下沉的少年雙手五指成鉤，死死撐在地面上。

大楚王朝曾有霸王可扛鼎，就算你徐龍象膂力通神，可扛得住天地之重嗎？

黃青還真想見識見識。既然借助徐龍象磨礪這一新劍的初衷已經韻味盡了，於是黃青就想著拿天賦異稟的少年去掂量掂量白衣僧人的斤兩，以便為將來一戰做好鋪墊。

念起意動則氣生，方寸衍天地，這就是不甘屈居人下的黃青另闢蹊徑的獨到劍道。不同於自負「世間事一劍事」的李淳罡，也不同於「劍術極處即是道」的鄧太阿。

定風波才劍出一半，便有這等氣魄，黃青極有可能已經摸到陸地劍仙的門檻。

龍虎山齊玄幀曾有一句戲言流傳於世：「指玄不過彎腰奴，天象只是低頭乞，陸地神仙才算盤腿坐。」說的就是對天人而言，悟得指玄亦不過是個哈腰奴僕，躋身天象境界，仍不過是僥倖乞求得手一點天機，只有成為陸地神仙，才算是不低頭不彎腰，但也僅是盤腿而坐於天地間，比起天道還是要矮了幾分。

相傳，曾有一位不知名的得道高人前往斬魔臺問道於齊玄幀，以彼之矛攻彼之盾，詢問齊玄幀自身又如何自處，據說齊大真人只是笑著回答了一句：「且容盤膝而坐的貧道伸一伸腳。」

不愧是呂祖轉世，曾過天門而不入。

而齊玄幀也說過一句雲遮霧繞的古怪讖語：「陸地神仙有生死之別，但無高下之分。」不管黃青到時候是站是坐，一旦成就天地之力為我所用的劍仙境界，加上他不在三教之內，那就有了被稱為無敵的資格。

黃青睜眼望向那個差不多等於趴在地上的少年，眼神有些憐憫，既有惋惜少年的天賦，也有幾分晦澀的自嘲。太平令曾言，毒蛇出沒之地必有草藥，這便是世間萬物物物相剋的天理。天網恢恢，越是鯉魚化龍，越是難逃一劫。四百年前高樹露無敵於世，為無名無姓的遊方道人封山，李淳罡的劍道被譽為與天齊肩，想開天門便開天門，一樣為王仙芝克制，最終王仙芝又死在徐鳳年手上，那麼當自己以三教之外的武夫身分邁入陸地神仙門檻，誰會是那個命中註定的宿敵？

黃青斂了斂心神，收回思緒。前方徐龍象已經被無數道劍氣轟入大坑內，他的視野中，以少年為圓心的數百丈內，一條條黃色蛟龍劍氣拔地而起，如朵朵花苞怒放，不間歇、不停頓地砸在少年後背上，讓其無法有剎那喘息的機會。畢竟一身龍象之力不敵天地浩然氣象，是情理之中的事情。

黃青雖然有些遺憾那少年終究還是沒能讓自己傾力而出一劍，但能夠在一局劍中純粹只靠肉身堅持這麼久，實屬不易。黃青也不希望以此虐殺徐龍象，倒不是怕日後被那年輕北涼王記恨，而是黃青能有今天的劍道大宗師境界，自有與之相匹配的胸襟氣度。

黃青伸手按下那柄定風波，猛然推回劍鞘，「落子天元。」

同時，一道粗如峰巒山根的恐怖劍氣從天空墜落。

劍氣悉數炸入大地，正如名劍歸鞘。

劍氣竟然濃郁到像是水流的誇張地步，從那座大坑中瘋狂滿溢而出，在大坑外沿數丈外迅猛流淌，浸透黃沙。

黃青心中微微一嘆，就要轉身返回姑塞州。

驀地手中定風波輕輕顫抖，幅度越來越大。

黃青皺了皺眉頭，再次望向那座大坑。

分明察覺不到一絲生機存在，但正因為如此，那種如野獸從喉嚨擠出的桀桀笑聲才顯得尤為可怕。

一個衣衫襤褸的消瘦身影沿著坑坡漸漸走出，傴僂著腰，雙手低垂。

當他抬起頭時，黃青看到了一雙金黃色的眼眸。

那雙眼眸中，不帶半點感情色彩，不悲不喜，無憂無歡。

眨眼之後，黃青就駕馭劍氣在自己身後接連豎起六道蘊含青色流華的高大牆壁，而褪盡人類氣息的少年則瞬間從黃青先前的背後出現，然後展開奔跑，一口氣撞爛六堵牆壁，奔速不減反增，相距兩丈時少年高高躍起，朝黃青撲殺而去。

黃青握劍之手往下一滑，握住定風波的劍鞘尾端，抬臂後劍柄精準擊中少年的喉嚨。

然後沉聲道：「敕退！」

劍尾氣生，氣沖斗牛。

一團璀璨劍芒在少年胸前洶湧綻放。

但是讓黃青感到訝異的是，那少年在撞擊之後，腦袋往後一仰，然後以更快的速度往前一撞，直接撞碎了劍氣不說，還差點讓他脫手丟劍。

黃青後撤幾步，在此期間五指短暫鬆開，在佩劍定風波劍柄被撞回到手心處之際，重新握住，這才總算沒有陰溝裡翻船，否則堂堂劍氣近就是被人用喉嚨撞飛手中劍了。

但是黃青的掌心也滲出血絲。

黃青手腕一抖，劍才出一寸，就被落地身體一擰後旋轉而至的少年一手按住劍柄，一手「輕輕」推在胸口，不但定風波被推回劍鞘，黃青也被瘋魔一般的少年一手推出去十幾丈。

倒掠而飛的黃青雙腳在空中如蜻蜓點水踩了幾下，踩出一長串似水面波紋的玄妙漣漪，而那些逐漸擴大的漣漪在相互觸碰下，便有劍氣如蓮從「水中」搖曳而起。這二十餘株青蓮轉瞬便有成人那麼高，攔在少年追殺的路途上。

金色眼眸死死盯住黃青的少年在衝刺過程中，咧嘴笑卻無聲，雙手隨意撕碎那些礙事的一棵棵青色蓮花。

黃青一腳前踏出半步，鞋背盡數被黃沙掩蓋，一腳在地面上劃弧後移半步。身後黃沙為這半步氣機牽引，竟順勢扯出了一條長達十餘丈的弧月狀沙蛟。

黃青這一式不是劍出鞘，而是鞘離劍。

刺向那少年心口。

從古至今，劍制一向是越來越短。秦劍之長足有二十二寸有餘，大奉長劍不過十九寸六分，之後春秋九國拋開私人劍爐不言，朝廷鑄劍各有長短，但都不超出奉劍劍制，但是位居天下名劍前列的定風波作為一柄鑄造時間不過二十年的新器，卻直追大秦古劍，長達二十一寸三分，以求「長劍致遠」的深意，未嘗不是當年贈劍之人對黃青在劍道上的期許。

黃青出鞘而非出劍後，默念道：「十六觀！」

劍鞘離劍尖十六寸，每出一寸便有一觀。

一觀一相，空中十六寸距離，浮現出十六種妙不可言的異象。

先是出現一尊身形虛無縹緲的青衫小人坐於黃青手中劍尖之上，正坐面西，有大日升騰，狀如懸鼓，既見紅日，開目閉目。

日觀之後繼而再起水觀，有冰如琉璃，熠熠生輝。

接下來有金剛七寶金幢，燦爛生輝。

不斷有寶樹、寶池、寶蓮生起，有無量諸天作伎樂，天女散花。

黃青這一大半劍——一劍生佛。

徐龍象心口被這一劍或者說劍鞘擊中，身軀保持前衝姿勢，但竟是就那麼突兀懸停住。

黃青緩緩前行，推劍入鞘，每回鞘一寸，便有一相消散，而少年則隨之後退一步。

黃青看著十六步外的那個少年，輕聲感慨道：「只道鬼神能護物，不知龍象自成灰。」

第八章 徐鳳年馳援龍象 謫仙人半道攔途

流州青蒼城以北，北莽前鋒已至古董灘。此地本是大奉王朝兵馬最盛時打造的一系列塞外關隘之一，儲備軍需糧秣，用以出關用兵威壓戎狄。只是此時早已成為僅供羈旅文人作詩吊古的廢墟遺址，那些早年用流沙、散石和紅柳條蘆葦築成的低矮城牆輪廓，尚依稀可見。城牆兩側更高一些的溝口烽燧，早已為年復一年的風沙削平，來往於北涼和西域的商人倒是還能偶爾在此撿到些斷箭頭、殘刀銅錢之類的古物，因此才有了古董灘的說法。

大將軍柳珪的帥帳便駐紮在古董灘一處小湖泊的北岸，帥帳周圍除了諸多身手不俗的軍中高手護衛，還隱藏有十餘位成名已久的北莽江湖人士。其實不光是邊帥柳珪有此殊榮，任意一位邊關大將身邊都會存在這麼一小撮草莽豪傑，以防不測。

大戰在即，若是被北涼武道宗師來一個萬軍叢中取大將首級，讓隔岸觀火的離陽朝廷取笑不說，更有損北莽軍心。不過柳珪顯然在那些南朝權勢將領中又是極為特殊的一個，否則也不會被北莽女帝譽為半個徐驍，因此帥帳除了大量針對刺殺的親衛扈從外，還有更為隱蔽的一撥「隱士」，人人氣韻出塵，深居簡出。

這些面容枯槁的古怪人物便是望氣士，多是春秋遺民出身，在北莽境內始終比豪閥嫡脈還要高人一等，天潢貴胄的寶瓶州前任持節令便因誤殺了兩位望氣士，獲罪流徙至千里外的極寒之地。

大將軍柳珪率領大軍到達古董灘後，其本人沒什麼異樣，該吃吃該睡睡，各條軍令有條不紊傳出帥帳，甚至還會親自騎馬去往前線查看形勢。這讓那些望氣士和高手扈從一個個緊張萬分，生怕那個在他們看來年輕自然十分氣盛的北涼王一怒之下突襲軍營。他們望氣士的性命再值錢，那也沒辦法跟柳大將軍相提並論啊，誰不知道柳珪是陛下心目中南征中原的最佳主帥人選之一，位置甚至遠在同為大將軍的楊元贊和幾大南朝持節令之前。

柳珪今日此時就獨自蹲在湖泊邊上。有關龍象鐵騎的異動早已傳至帥帳，幾名心腹將校都建言趁此機會，一舉揮師南下，踏平那座兵力不足的青蒼城。柳珪沒有答應，想到那些年輕人當時眼中閃爍著那種自己最熟悉不過的嗜血光彩時，柳珪忍不住笑了笑。

年輕好啊，連生死都不當成什麼大事，倒是他這種大可以躺在軍功簿上享福的老傢伙，越來越惜命了。不過尚未如何遲暮的柳珪惜命歸惜命，還不至於怕輸怕死，只是一個流州還不放在他眼裡，更別提一個無關大局的小小青蒼城了。

先前董胖子藏藏掖掖，在邊境做出一連串連自己人都要蒙蔽的花哨動作，如今總算是顯露出獠牙了，哪怕他等於被劃到流州註定只能幹些錦上添花的勾當，柳珪也不怎麼惱火，畢竟柳珪眼睛從一開始就看中了比貧瘠北涼更誘人的一大塊肥肉——中原。

柳珪喃喃自語道：「年少時讀閒書讀到一句，叫『富貴不還鄉如衣錦夜行』，如今年紀越大，感觸越深啊。」

柳珪突然想到一事，自嘲一笑，那個當年陛下金口一開「半個徐驍」的說法，還真是讓人利弊參半。好處自然是讓自己在南朝軍中聲名鵲起，至於壞處，現在開始顯現了，聽說那三萬龍象騎軍根本不需要主帥發話，就個個都自發渴望砍下自己的腦袋當尿壺。柳珪下意識摸了摸自己的脖子，老朋友前幾天還寄來一封信，信上調侃他楊元贊遠遠不如柳大將軍的腦袋金貴。

柳珪聽到身後傳來一陣急促呼喊聲，站起轉身望去，三人小跑而來，有黑狐欄子新任統領林符，還有來自棋劍樂府的一名高手，更有那麾下望氣士的頭目。最後者神情慌張，快步走近了後小聲說道：「大將軍，我們望見有一氣東來，目標正是帥帳！若是沒有太大意外，應該是北涼王本人親至！最遲三炷香！」

柳珪愣了一下，他可是無比清楚董卓馬上就要在幽涼兩州以北地帶展開大動作了，於是笑問道：「那北涼王瘋了嗎？」

林符無奈道：「我的大將軍，這都啥時候了！還管他徐鳳年是不是腦子進水了？咱們趕緊布置防線吧，這種頂尖武道大宗師的單騎破陣，如果真要鐵了心對大將軍你出手，真的不容小覷。」

柳珪神情不變，但到底沒有倨傲自負到談笑風生等著那天下第一人殺到跟前，淡然道：「林符，傳令下去，中軍轉東，再讓呼延克欽和耶律宗堂各領五百親軍快馬輕騎，列陣於左右兩翼，你再領一百八十黑狐欄子，見機行事。至於那支王庭私軍，讓他們自行布置便是，對付江湖高手，他們更有經驗。」

林符小聲問道：「不需要把兩百重騎放在戰陣最前方？」

柳珪瞪眼道：「且不說兩百重騎能否稍稍擋下那北涼王的腳步，就算能擋住，事後還能剩下幾騎？你不心疼，我還心疼！」

林符嘿嘿一笑，再不敢自作主張，趕緊轉身跑開去調兵遣將。

柳珪跟那白衣鍊氣士和棋劍樂府的高手並肩而行。鍊氣士似乎被大將軍的臨危不亂所感染，不復先前的惶恐不安，輕聲說道：「大將軍請放心，陛下先前賜下那訓練有素的六百人，若是用以陷陣殺敵意義不大，可要說專門針對這種單槍匹馬的武夫，堪稱有的放矢。雖說那北涼王確實武力驚人，但相信還不至於強大到……」

柳珪笑著接過話頭：「殺人如探囊取物是吧？」

鍊氣士神情有些尷尬，柳珪平靜道：「我雖不瞭解那徐鳳年的深淺，但我覺得他如果真想玉石俱焚，殺我柳珪並不難，難只難在他如何全身而退罷了。之所以說他瘋了，不是說他徐鳳年明知不可為而為之，而是覺得他用北涼王的命換我柳珪的命，怎麼算都划不來。」

他繼而笑道：「我很放心，你們也更應該放心才對。咱們太平令算無遺策，暗中未必沒有留後手。」

那名來自棋劍樂府的劍客會心而笑。

大概一炷半香工夫後，柳珪大軍陣前，出現了一支讓人大開眼界的軍伍。

人數不過六百，但每一名在北莽軍中稱之為材官的甲士都異常魁梧健碩，人人虎背熊腰，長臂如猿。

北涼多勁弩，北莽多強弓，這是世人皆知的事實。

但是這一刻，柳珪大軍的陣前卻擺出了清一色的弩陣。

更讓人望而生畏汗毛倒豎的是這戰陣中沒有一張輕弩，甚至連腰引弩都只占少數，更多是那種足可用為攻城守城的大床弩和穿雲弩車！

那一架穿雲弩車便需要十二名材官控制，儲藏弩箭五十，每支弩箭的箭長就長達三尺，與刀劍無異。

且箭尖淬有綠瑩瑩的劇毒！

北莽慕容女帝當初「招徠」江湖勢力，那可不是光動嘴皮子就能辦成的，正是此物立下奇功，將一座座不服管束的宗門幫派鐵血狠辣地碾壓過去。

兩百步內，一根弩箭激射而出，號稱等同於二品宗師的全力一擊。

如果這個說法還不足以形容大床弩和穿雲弩車的可怕，那麼還有一個更聳人聽聞的說法——百步之內，一支弩箭即飛劍！

這些弩，根本就以捨棄原有用途的代價，重金打造和養護，換來一句女帝陛下的那句名言：「江湖人不肯乖乖在江湖裡蹦躂，那朕就把你們串起來做糖葫蘆好了。」

在沙場上，若真是被形成規模的此弩往死裡針對，全然不惜誤傷己方士卒，一個陷陣悍勇的萬人敵如何能身經百戰，如何能長命？

柳珪在大軍後側重重護衛中，沒有故意穿上金光閃閃的甲冑，也沒有樹起惹眼的旗幟，望向正前方，瞇著眼睛不說話。

這位大將軍身邊一名嫡系將領憂心忡忡道：「決定勝負其實也就在兩百步到五十步之間的那三撥弩箭，如果連最後實力如同仙人飛劍的弩箭也無法見功，被那人闖入大軍，大弩再掉轉方向，多半來不及了。」

柳珪指了指前方那在鍊氣士授意下不斷微微改變陣形的弩陣，搖頭笑道：「那你也太小看這些鍊氣士和材官巨弩了。仔細看一看弩陣的寬度厚度，就能知道弩箭的攻擊方向並非橫向一線或者幾線，而是決心要在縱向上射出一整張巨大的扇面箭雨。即便那人不會一根筋地直線破陣，這些大弩也可以在鍊氣士的指揮下臨陣應對。弩箭本身威勢確實很可怕，但更可怕的，還是這些一開始就有備而來的鍊氣士和材官。」

那將校感慨道：「也難怪咱們北莽的江湖拍馬也不及離陽那邊有生氣了。」

柳珪冷笑道：「江湖要那麼多生氣做什麼？一群只知道以武犯禁的莽夫，眼中少有家國大義。我敢斷言，將來我朝鐵蹄踏入中原腹地，多的是離陽江湖高手幫著我們殺人，說不定殺起人來比我們北莽大軍還要盡心盡力……」

柳珪突然不說話，老人視野所及的最遙遠處，出現了一點刺眼的紫色。

身側將領倒抽一口冷氣，顫聲道：「還真來了！」

柳珪下意識就要抬臂發號施令，放下手臂後，一時間神情複雜，自言自語道：「不愧是徐驍的種啊。」

紫氣東來，全然不停。

弩陣中傳出砰一聲巨響。

弩箭攢射，破空而去。

幾乎是同時，第二撥急促箭雨就灑向高空直刺那道紫氣。

剎那之間，以弩陣所在地為支點，扇面大張，射出了數百根如同形成一根根扇骨的弩箭，其中半數都無異於仙人一劍！

可是眨眼過後，紫氣掠空，沒有任何停頓，就那麼劃破長空，繼續往西，一閃而逝。

竟然就這麼在柳珪大軍頭頂消失了！

背朝大軍的柳珏不知何時挪動了一小步，臉色陰沉，伸手隨意撥開護在身前的那具劍客屍體，望向西方。

一根弩箭穿透屍體胸口，釘入柳珏腳邊的地面後，連箭尾都看不見。

不理睬身邊四周那些後知後覺情況下更顯驚慌失措的護駕喊聲，無動於衷的柳珏皮笑肉不笑道：「好一個來而不往非禮也。」

動用弩陣，不但沒能截下那抹東來紫氣，反而使得那棋劍樂府劍道宗師為了保護大將軍柳珏，被一支弩箭悍然釘殺。

武力超群的江湖人士一旦踏入戰場，雖說榮華富貴到手得很快，但未必能緊緊握住那份無根浮萍的軍中地位，說不定還沒焐熱，什麼時候就暴斃了。

一名貌不驚人的披甲材官迅速趕到柳珏身側，滿臉歉意，抱拳苦笑道：「屬下無能，讓大將軍受驚了。」

北莽軍中有一條雷打不動的鐵律，主帥戰死，麾下萬夫長和千夫長一概賜死。除了柳珏本人看不出異樣外，恐怕所有人都捏了一把冷汗。

柳珏擺擺手，一笑置之。這名隱藏在弩陣中的中年甲士可不簡單，是道德宗麒麟真人最小的師弟，身負指玄境界，弩陣正是由此人全權調度。這也在情理之中，畢竟器物是死的，哪怕弩箭有飛劍之力，若是連敵方高手的氣機都抓不住，就算有一千、一萬根弩箭也白搭。

鍊氣士的望氣天賦比起實打實的指玄境宗師，終歸存在一定的滯後。事實上在箭雨中，便以這名道德宗真人的最後一箭最具威脅，但那北涼王也因此而惱羞成怒，心生殺機，不但用手接住了那支百步弩箭，還朝大軍陣形中的柳珏丟擲出一箭，結果棋劍樂府的高手成了替罪羊。

柳珪有些費解，這北涼王此行不為殺人立威，到底圖什麼？在這個涼莽大戰在即的節骨眼上，孤身跑去流州以西的荒蕪地帶做什麼？那裡照理說倒是會有一支羌騎攪局，可羌騎雖說刀銳馬快，但才萬餘人而已，註定影響不了大局。

就在柳珪滿腹狐疑的時候，一名年邁的望氣士擠開親騎護衛的包圍圈，快步走到柳珪身邊低聲說道：「啟稟大將軍，西方又有頂尖高手突兀出現，氣勢不弱北涼王，兩者很快就要對撞在一起，看情形是要阻截北涼王的西行。」

羌騎突入，龍象騎軍的無理分兵。

柳珪突然哈哈笑道：「有意思，本將這大魚餌都沒能讓北涼王上鉤，那小小羌騎竟能無心插柳柳成蔭了？」

柳珪瞬間收斂笑意，喊來黑狐欄子的頭領林符，沉聲下令：「鍊氣士分作三撥，第一撥帶領弩陣向西推進，其餘兩撥為兩翼的呼延克欽和耶律宗堂的各五百親騎領路。至於你林符，帶上全部黑狐欄子，我再給你兩百重騎和一萬輕騎，不用理會那北涼王的動向，只管尋找那些脫離大部的龍象軍，不惜代價與之決戰！」

林符驚喜之後，小心翼翼問道：「大將軍，要是青蒼城守軍和龍象軍副將李陌藩選擇此時出城，大舉進攻古董灘……」

柳珪冷哼一聲，反問道：「就算他們有這份膽識，可他們有這個胃口嗎？」

林符縮了縮脖子，再不敢廢話半句。

戰場上危機四伏，危險常在，可機遇則稍縱即逝，是無功無過的庸人，還是力挽狂瀾的沙場名將，往往就取決於主帥的一念之間。

柳珪看到那位年紀不大，但輩分極高的道德宗真人似有猶豫，大概是生怕中了調虎離山計，一旦自己被北涼死士刺殺於流州，會被陛下遷怒道德宗，於是輕聲笑道：「真人不用待在我這個老傢伙身邊浪費光陰，打不著秋風的，若是此次能夠擊潰那支龍象軍，我一定親自為真人向陛下請功。」

當下裝束與材官頭目一般無二的道人雖說貴為國師袁青山的小師弟，可在柳珪跟前還是十分恭敬，聞言後對這名大將軍的好感又增加幾分。

北莽權貴武人大多目中無人，道人在心中決定不論流州戰事成敗，返回宗門後都要勸說幾位師兄在柳珪身上押重注，而不是在柔然鐵騎共主洪敬岩那邊孤注一擲。北莽滅佛的手段比離陽還要狠辣慘烈，道門勢力越發如日中天，尤其是道德宗在師兄化虹飛升之後，地位趁勢水漲船高，不降反升。相信若是能夠跟柳珪在「發跡」之前結下香火情，以後北莽一統天下務必會整合中原道教，當下還勉強算是道教祖庭的龍虎山，更沒辦法跟近水樓臺的道德宗爭那執牛耳者。

柳珪站在原地看著遠處逐漸飛揚的塵土，突然啞然失笑，「總不至於咱們這仗還沒開始打，北涼就完蛋了吧？原來是大仗之前有大仗啊！太平令，好算計。」

◆

東來紫氣西去。

一尊氣勢雄壯如天庭神人的黃金銅人大步前行，腳下濺起的塵土，比起一支千人騎軍的疾馳還要巨大。

紫氣似乎不願與此人過多糾纏，哪怕掠過弩陣與柳珪大軍也沒有任何路線更換的紫氣，方向稍作偏移，但渾身金黃的巨人隨之橫移一步，踩踏出一個大坑，繼續攔住去路。

紫氣仍是不願與之對撞，速度不減，可前進路徑再次飛快側移幾分。

正是棋劍樂府銅人師祖的大宗師則得勢不饒人，再度選擇與紫氣針尖對麥芒。

大路朝天，銅人師祖偏偏不願與紫氣各走一邊。

事不過三。

轉眼過後，不再刻意隱忍的紫氣與銅人師祖已是近在咫尺。

這是銅人師祖第一次近距離看到這位名聲震天的年輕人。

渾身流淌紫金氣，眉心那枚棗印如倒豎第三眼。

那雙冰冷眼眸與宗門內自幼天生「有眼無珠」的晚輩洪敬岩，倒是有幾分神似。

這便是北涼王徐鳳年嗎？

銅人師祖張口欲言卻無聲，但同時腹部鼓脹如大鐘撞擊轟鳴聲，一隻手掌平推而出，看似輕描淡寫，但勢可斷江開山。

徐鳳年驟然加速，擦肩而過，身後黃沙大地塌陷出一個長達十丈的五指掌印。

銅人師祖身形倒退如平地滾雷，速度竟是相較徐鳳年有過之而無不及。

一人前掠，一人倒掠，繼續並肩。

銅人師祖伸出一手試圖鉤住徐鳳年的脖子。

徐鳳年抬起手肘擋去這位黃金巨人的勾手。

兩人一觸即散，拉開一丈間距，依舊保持原有的前進態勢。

銅人師祖左腳腳尖落地生根，右腳一旋，身形率先停下。在他這轉身的剎那工夫，徐鳳年的背影已經遠在半里路之外。

體型魁梧如野史傳說中崑崙仙人的北莽武道宗師停下後，深吸一口氣，大口一開，鯨吞天地元氣，以雄壯身軀為圓心散出一圈圈肉眼不可見的氣機漣漪。

地面巨震且龜裂，被撕裂出一張彷彿蛛網的圖案。黃金巨人一躍而起，急速拉近兩人的距離，在空中手臂高高抬起，朝徐鳳年的後腦重重轟下。

但是徐鳳年驟然一頓，銅人師祖一拳砸在距離地面六尺高度的半空，在徐鳳年前方保持獅子搏兔的身姿。

徐鳳年腳尖一點，斜向上掠起，在銅人師祖肩頭輕輕一點，借勢試圖繼續前衝。

直起腰杆的銅人師祖大喝道：「好大膽！」

一掌凌空拍下。

天空中驀然出現一個風卷雲湧的漩渦。

與此同時，銅人師祖另外一手托起，陸地衝起一道龍捲。

上取象於天，下取法於地。

兩兩相撞，夾擊天地之間的徐鳳年。

徐鳳年身形輕盈一旋，堪堪躲過這一場驚天地、泣鬼神的撞擊。

但他的前進終於還是被銅人師祖所阻滯，後者前踏一步使出縮小天地成方寸間的神通，伸手扯住半空中徐鳳年的腳腕，在空中扯出一個半圓，狠狠砸出去。

徐鳳年左手五指張開，輕輕一拂，硬生生剎住身形。這是他第一次站定，直面前方那位在棋劍樂府一直被洪敬岩壓住風頭而名聲不顯的銅人師祖。

銅人師祖冷笑道：「想走？」

徐鳳年面無表情，沒有答話，視線直接躍過金黃巨人，看向更西面的地方。

銅人師祖瞥了眼年輕北涼王的腰間佩刀，平淡道：「不出刀，很難。」

這並非銅人師祖口出狂言。

別人不清楚此人的通天本事，徐鳳年倒是知道些。聽潮閣藏有一份絕密檔案，其中便有很早接觸到的爛陀山六珠菩薩，但銅人師祖的潛藏實力，顯然不是那女尊菩薩可以媲美的。檔案上別的不說，僅是兩個措辭就足以讓人心生忌憚——「謫仙」、「天王法身」。

徐鳳年確實沒有把握撇下此人繼續前行，可這不意味著徐鳳年若是放開手腳大戰一場，就沒機會宰掉他。

徐鳳年深呼吸一口，左手拇指輕輕按住刀柄，沉聲道：「如你所願。」

◆

下雪了？

真的下雪了。

以江南寒族書生躋身北涼頂層官場的陳亮錫，和流州刺史楊光斗並肩立於城頭，一起望向因雪泛白的天空。

相較中原腹地那些高大雄偉的城牆，青蒼城的低矮外牆顯得如此滑稽可笑，而這座孤城卻又恰恰位於西北邊塞，就如纖弱女子被推到洪水氾濫的江畔，隨時都會被一個浪頭打死。

陳亮錫伸手去接那些暫時還稀疏單薄的雪花，呢喃道：「太安城那邊，雪中退朝者，朱紫盡公侯。」

楊光斗點頭笑道：「是啊，咱們這兒可不太一樣，大雪滿弓刀，甲重刀更沉。不過這邊的莽夫可說不出什麼朱紫公侯，頂多嚷幾句『井口有個黑窟窿』的打油詩。」

陳亮錫有些笑意，問道：「我曾經在江南道聽說這個典故，好像跟大將軍有關？」

楊光斗搓了搓手，「王爺還是小世子殿下那一會兒，大將軍帶著一家人在聽潮湖賞雪，結果給世子殿下硬逼著寫詩，情急之下，大將軍哪裡做得出詩來，抓耳撓腮了半天，還真給大將軍憋出了那麼一首。如果沒記錯的話，整首詩是：『雪花大如拳，井口黑窟窿。黃狗換白衣，白狗』……」

陳亮錫笑問道：「接下去呢？」

楊光斗無奈道：「大將軍明擺著是接不下去了嘛，當時就給咱們世子殿下追著攆著打了半天。不過這幅荒唐場景，以往在清涼山經常有，王府上上下下，早就見怪不怪了。」

楊光斗說到這裡便有些傷感，嗓音沙啞輕聲道：「那時候的大將軍，腿腳還是很利索的，逃命起來挺健步如飛。」

陳亮錫呼出一口霧氣，笑道：「離陽所有世子殿下裡頭，就咱們北涼膽敢如此『大逆不道』了吧。」

楊光斗笑道：「可不是！」

李陌藩匆忙走上城頭，他身為龍象軍副將，果真如傳言那般桀驁難馴，入駐流州後就沒踏入過刺史府邸半步，但今天竟然主動面見刺史大人，這讓那些城頭守軍都大吃一驚。前段時間龍象軍違反都護府軍令擅自分兵出擊，流州軍政雙方已經有劍拔弩張的不好跡象。

楊光斗轉頭看了眼李陌藩，笑道：「呦，稀客、稀客，李副將也有登高賞雪的雅致？」

李陌藩皺了皺眉頭，沒有計較刺史大人的冷嘲熱諷，沉聲道：「最先出現的紫氣異象和弩箭破空，本將不知底細，不去說它。但方才前線遊弩手來報，古董灘柳珪大營有三支騎軍緊急出動，皆是趕赴臨謠城方向。其中呼延克欽、耶律宗堂兩員大將各領五百輕騎，柳珪心腹部下林符更是手握柳家軍一萬主力騎兵，甚至連僅有的兩百重騎兵也隱藏其中，隨時可以人馬披甲衝鋒作戰。」

楊光斗神情凝重，問道：「奔著你們龍象軍主帥而去？」

李陌藩「嗯」了一聲，狠狠揉了揉下巴，眼神陰森，「看來那支穿插到青蒼、臨謠之間的羌騎是誘餌。」

楊光斗一聽到這件事就火冒三丈，忍不住就要說幾句早知如此何必當初的憤懣言語。品秩不高暫時作為刺史幕僚的陳亮錫拉住楊光斗的袖子，走上前一步，平靜開口問道：「李將軍，假設小王爺的龍象軍已經對上那萬餘羌騎，如果羌騎避其鋒芒，有意誘敵深入，龍象騎軍能否在追擊戰中取得成果？」

李陌藩冷笑道：「只要被咱們龍象軍逮住了，除非是羌騎一看到就選擇掉頭跑路，否則不需要一個時辰，肯定全軍覆沒！」

李陌藩伸手按住牆頭，「現在怕就怕最擅長繞圈子的羌騎一味避戰，讓他們熬到跟林符大軍會合。」

李陌蕃轉頭看著楊光斗這位名義上流州最大的官員，「本將入城，不是請戰來的，只是來打聲招呼。本將會分出一萬龍象軍跟上林符，若是柳珪留在古董灘的大軍趁機向南推移，我親自率領僅剩一萬的龍象騎軍抗敵，青蒼城丟不了。」

楊光斗終於忍不住怒道：「大戰一觸即發，兵力劣勢的前提下還敢分兵，不斷分兵！李陌蕃，虧你還是被大將軍生前頗為器重的將領，我楊光斗一個沒讀過幾部兵書的門外漢都知曉此事是兵家大忌。流州之重，既在於我方以死守青蒼城來牽制柳珪大軍，更在於三萬龍象軍保持引而不發的姿態，以便對整個北莽南朝形成威懾力。兩者缺一不可，少了任何一點，這涼莽第一場大仗就已經輸了。任你龍象騎軍以一換二，任你李陌蕃戰功累累，北涼王也要砍掉你的腦袋！你李陌蕃死不足惜！」

李陌蕃神情冷漠，生硬說道：「楊刺史，本將說過青蒼城丟不掉！退一萬步說，本將那一萬龍象騎軍全打沒了，只要讓主帥和王靈寶順利返回青蒼城附近，柳珪一樣要乖乖當個縮頭烏龜。現在最重要的是確保咱們龍象軍主帥在臨謠以東那邊的戰場上，不會出現丁點兒意外。」

楊光斗踏出一步，「姓李的！北涼王允諾我楊光斗在流州可便宜行事，你真以為本官不敢先斬後奏？」

李陌蕃滿臉不加掩飾的鄙夷，輕輕歪過腦袋，指了指自己的脖子，「你倒是來試試看！楊老兒，憑你那點本事，砍得掉老子的腦袋？」

陳亮錫沒有拉架當那和事佬，只是遙望向古董灘那邊，緩緩說道：「刺史大人和李將軍都沒有錯，只是事有緩急輕重，當下我們不妨作最壞的打算。羌騎的出現一開始就是北莽設置的陷阱，現在既然咱們龍象軍已經咬鉤了，並且設想北莽要吃掉的不是幾千龍象軍，而是一個更重要的目標——主帥徐龍象！那麼，我覺得北莽南朝肯定會啟動與之相對的陰險後手，說不定就是一小撮北莽最拔尖的武道高手，起碼面對小王爺都可一戰。若被北莽得逞，這個損失，是我們腳下青蒼城，是整個流州，甚至是整個北涼都無法承受的結果。」

陳亮錫繼續說道：「既然如此，我覺得調動一萬龍象軍去策應，不是多了，而是還不夠，還要加上所有可用的遊弩手以及城中的白馬義從，甚至如果可以，青蒼城中潛伏的死士諜子，都該緊急出城。」

李陌藩點點頭，楊光斗也是凜然不語。

陳亮錫轉過頭，望向李陌藩，「李將軍，我不要你立什麼軍令狀，也不想聽什麼吃了敗仗提頭來見的豪言壯語，我現在只想問你一句話，你手上只有一萬龍象騎軍，一旦柳珪大軍毅然南撲，你能保證青蒼城堅持到兩萬龍象軍返回？」

李陌藩眼神異常堅毅，沉聲道：「可以！」

李陌藩笑了，伸手重重一拍腰間北涼戰刀，另外一手指向城外，「陳亮錫，你信不過我李陌藩沒關係，但請相信我的這柄涼刀！一把不夠的話，城外，還有一萬把！」

陳亮錫點了點頭，李陌藩轉身大步離去。

陳亮錫突然朝著這員北涼邊軍猛將的背影說道：「李將軍，龍象軍將士是北涼人，流州百姓也是。」

「以前從不這麼覺得，但是老子從現在開始，記下了！」

說完這句話，背對兩位「文官老爺」的那位武將猛然抬起手，伸出大拇指。

第九章 劍氣近一劍入仙 徐鳳年獨扛天劫

黃青大半劍，十六觀生佛。

定風波全部歸鞘，黃青反手握劍。

被劍鞘尾端擊中胸口的少年，胸口出現一個鮮血淋漓的窟窿，雖未露出白骨，但早已被透體劍氣傷及心肺。

饒是氣機綿長如江河的黃青在使出這一招後，也需要以數次吐納來安撫體內瘋狂紊亂的氣機。武道招式皆是講求竅穴洞開的一氣呵成，追求意氣所指一往無前的境界，但黃青這十六觀則極其詭異，一氣生成後，卻硬生生在十六大竅穴處「關起大門」，讓那一股氣機洪流接連十六次撞擊大堤，藉此成就聲勢。

十六觀，一觀一頓，契合佛經上所載的一步一蓮。

雖然一劍功成，不過黃青心底還是有美中不足的遺憾。據傳北涼王不遺餘力幫徐龍象這個弟弟重現了一具符將紅甲，黃青更希望與自己對敵的少年穿上那具號稱固若城池的甲胄。

冷不丁以心如止水著稱於北莽的黃青很不合時宜地笑了，因為眼前一幕讓他倍覺荒誕。

那少年低頭看了一眼胸口，然後抬起頭，盯住黃青，張了張嘴，只見一股青色流華縈繞齒間，那是黃青先前種於少年心肺間的駁雜劍氣。

少年非但沒有就此順勢吐出減輕傷勢，反而咽回劍氣，「沒吃飽，還有嗎？」

黃青握緊手中名劍，微笑道：「別的沒有，劍氣有的是。」

眼眸泛著金色的徐龍象轉頭回望一眼，不知是看青蒼還是那涼州。

少年回頭後，扭了扭脖子，全身上下所有關節突然發出一連串黃豆炸裂的刺耳聲響，舉起雙拳，然後一腳轟然踏下！

暗中急劇蓄勢的黃青瞇起眼，只見一條條凝聚如虹的氣機不斷從少年身上湧出，碎裂，破散。

在劍道上登高望遠可謂只差鄧太阿一步的黃青都感到匪夷所思。

自行散氣？

少年原本已經在指玄門檻徘徊的不俗境界，一路墜回金剛境！

龍虎山老天師趙希摶曾經傳授這個徒弟大夢春秋，這在天師府不是什麼祕密，那些羽衣卿相世家的黃紫貴人都誤以為那是老傢伙昏了頭去為虎作倀，是在幫助徐人屠的小兒子在武道修行上更進一步。事實上趙希摶出於私心為愛徒徐龍象著想不假，但大夢春秋的真正意義恐怕天下人打破腦袋都猜想不到，不是增益徐龍象的實力，而是道門的鎮壓厭勝之法！

世間匹夫懷璧死，但那不過是死於人妒，趙希摶若是不用心良苦為徒弟造匣藏璧，那徐龍象可就是遭天妒了！

徐鳳年為徐龍象鍛造符甲，何嘗不是如此？

之前少年在黃青氣勢磅礴的一局劍中，看似是窮途末路的困獸猶鬥。

其實符甲裹身和大夢春秋孕育出的道門氣機，才是真正意義上的困獸！

黃青如臨大敵，低頭看了眼定風波——終於可以遞出完整一劍了。

徐龍象同樣低著頭，憨傻笑著——哥，我要打架了。

◆

江南小雪一場。

徽山日復一日地人頭攢動，別說小雪，便是大雪紛飛，都無須軒轅家族如何掃雪，道路上早給人踩踏乾淨了。那些比肩接踵的遊客都是奔著瞻仰大雪坪缺月樓去的，牯牛崗肯定沒資格走入，但遠遠看一眼也就能乘興而來、乘興而歸，回去後都能跟鄉里鄉親的江湖朋友好生吹噓一番了。

隨便看到個穿紫衣的女子，就敢吹牛皮說自己見著那位女子武林盟主了，但現如今哪位女俠行走江湖在行囊裡沒有一套紫衣？否則出門哪裡有臉皮自稱仙子？前段時間武林大會隆重召開，共襄盛事，眾人拾柴火焰高，讓徽山紫衣的聲望百尺竿頭、更進一步，尤其是連北涼聽潮閣都千里迢迢送來那麼多箱子的武學祕笈，無疑是等於當今天下第一人都承認了軒轅青鋒的盟主位置，誰還敢說三道四？何況那女子氣概何其豪邁，大肆贈送大雪坪舊有祕笈如分發幾顆銅錢，許多老成持重的江湖名宿那一張張老臉上都笑開了花。

徽山的熱鬧，襯托得龍虎山越發冷清。

加上遠方那座武當山的香火漸盛，以及吳姓青城王分去天師府掌管北地道教事務的權力，龍虎山若不是還有一位白蓮先生勉強支撐著檯面，這個冬天，真是怎一個冷字了得。天不寒，可心冷啊。

好在這一切，對於龍虎山山腳小道觀內那個喜歡清淨的老道士來說，反而是一樁好事。

姓趙的老道士一直是個不可理喻的怪人，出身天師府嫡系，才華橫溢，能與齊玄幀坐而論道，能與李淳罡比劍，能與軒轅大磐比氣力，天賦分明比那位已經飛升的龍虎山掌教趙希翼還要高出一籌，但當時為了不當那殊榮無雙的羽衣卿相，愣是逃下山去隱姓埋名、浪跡江湖。這一走就是很多年，返山後也不住在天師府，就在山腳破敗道觀混吃等死。前幾年更是冒天下之大不韙收了人屠的小兒子做徒弟，若非當時龍虎山道教祖庭的地位仍然不可撼動，朝野上下的口水都能淹死這腦子拎不清的老道人。

趙希摶在好不容易修繕過的寺觀內外逛蕩，去青龍溪邊發了會兒呆，似乎記起什麼，跑去彎腰緊緊了些那張竹筏的繩索，然後蹲著看溪水，很是蕭索啊。

起身後抖了抖袍子，回到寺觀，又去那小子住的屋子床邊坐了會兒，坐了半天還是不知道該幹什麼，實在是無事可做，就又去那口井邊坐著。

曾經騙那徒弟這口井通向北涼，跟他家是連著的，結果這癡兒每逢有山楂可摘，就會撅起屁股往井口裡丟，自己也不捨得吃，算是都送給他那個哥哥了。他這個當師父的想偷幾顆騙幾顆嘗嘗，那都絕對不行的。

趙希摶坐在井邊，怔怔出神。

老人當然不喜歡那個差點馬踏龍虎山的人屠，但這不耽誤老道士打心眼裡喜歡人屠的兩個兒子。

徒弟黃蠻兒不去說，就跟他晚年得子差不多，不是兒子勝似兒子。

他對那個世子殿下印象一直不壞。第一次去北涼王府，跟那隻滿身心眼的小狐狸鬥法很有意思。但那也是不討厭，真正喜歡起來，還是後來年輕世子來龍虎山，面對自己那鄭重其事的一揖。

這個世道，門閥林立，真的不缺世家千金子，而越是一帆風順的天之驕子，越難知曉去愧疚和感激，從不願說對不起和感謝這五個字，比起隨手一擲千金，前者艱辛了無數。山上天師府那些晚輩，不正是如此嗎？依仗著父輩掙來的高度，自幼活在山上，哪裡知道山下討生活的不易。殊不知所有的高位，甚至包括那張龍椅，每一位開創家業的先祖，無一例外都是泥腿子啊。

老道士嘆息一聲，突然之間，老人眼皮子不停輕抖起來，心口更是劇烈一顫！

老人臉色大變，迅速掐指，臉色越來越蒼白，猛然起身，又頹然坐回。

自欺欺人的趙希摶對著井口怒吼道：「徐鳳年，你要是這次護不住黃蠻兒，貧道這輩子還能活幾天，就在你家門口罵街幾天！」

老道士罵著罵著，莫名其妙笑了起來。

笑聲中，有些一生不曾登頂有負祖輩期望的悲愴，更有些說不清、道不明的豁達灑脫。

趙希摶緩緩站起身，走向自己的屋子。

◆

南朝西京那棟擺有一口有蛟龍蟄眠大缸的隱蔽小樓，樓內那些見慣天底下最奇異怪事的隱士，盡譁然。

很快老婦人和北莽帝師就被驚動，第一時間趕到小樓。

老嫗視線中，缸內象徵北涼版圖的方位，平整如鏡的水面，如同被利器割裂出了一條經久不散的「水溝」。

老嫗經過初期的震驚，然後嘴角泛起冷笑，「一只鉤，釣起兩條魚嗎？」

老嫗盯著水面，輕聲問道：「除了劍氣近和銅人師祖，還能不能調些高手過去？武力稍遜一籌的，也可以。」

太平令搖頭惋惜道：「不可能，距離最近的洪敬岩也來不及。至於實力差上一截的，就算去十幾、二十個也沒用，何況南朝邊境也抽調不出，大多都已經在南院大王身邊了。」

老嫗問道：「會不會有偷雞不成蝕把米的可能？」

太平令淡然道：「銅人徹底攔住徐鳳年，很難。但是拖延他的腳步，給黃青贏得那迫使徐龍象遭受天譴的時間，應該不難。南朝所有鍊氣士都已準備就緒，屆時會添一把火。」

老嫗點了點頭。這就足矣。

老嫗猛然後退一步，但很快踏回那一步。缸中，有一物破開水面。

龍抬頭！祂死死盯住那條線。

◆

又見江南又見雪。

一名老道人開始登山，走向天師府。

老人從箱底找出那太多太多年不曾穿過的一襲黃紫道袍，還梳理乾淨了頭髮鬍鬚，惹來無數天師府晚輩如同白日見鬼一般的眼神。

老道人走向祖師堂，對牆上懸掛的所有祖師爺畫像，一幅、一幅，一位、一位拜過去。

走出祖師堂後，這位龍虎山碩果僅存的希字輩老真人來到山頂。

風雪中，老人盤腿而坐，輕聲笑道：「都說沙場有刀，不怕死於馬背；江湖有酒，不怕死於酩酊。貧道從來不敢殺人，連那酒也總是喝不盡興，一生從沒有活得豪氣，最後走這一遭……」

老道人彷彿在與天地言語，大聲道：「且盡興！」

老人伸出手指，直刺雙眼。

然後這位黃紫老真人顫顫巍巍抬起那鮮血淋漓的右手食指，在眉心劃出一抹印痕。

如開天眼。

老人雙臂垂下，輕輕擱在膝蓋上，各掐一訣，安詳道：「黃蠻兒，為師本事就這麼點，學不來開天門，連開天眼也是這般勉強。」

「若是仍然無法為你擋下天劫，莫怪師父啊。」

世人羨長生，道人修清淨。

老人在生前最後一刻，記起了前幾年山腳道觀裡自己徒弟的打鼾聲。

一點都不清淨啊，可卻是讓老人最懷念。

祥符元年的冬末，天師府池中那朵位於最高處的紫金蓮，枯死。

◆

徐龍象開始衝刺，速度比起先前對敵黃青快了何止一籌，縮地成寸的道家神通根本就沒辦法相提並論。

道教典籍上恭維自家神仙的說法裡，有一種叫撒豆成兵，當然是糊弄鄉野村夫的措辭。但是黃青的劍氣早已彌漫四周無處不在，倒也有幾分草木成兵的意思，更重要的是配合洞察先機的指玄境界，黃青可以精準捕捉徐龍象的進攻路線。徐龍象在撞到他和定風波之前，必然會衝擊那些細小如蟣蠓充斥天地間的微妙劍氣，這就能讓黃青未卜先知，謀而後動。

黃青預料到徐龍象會繞至身後對他後背展開一次錘殺，他沒有轉身，抖劍出鞘寸餘，與此同時，身後兩丈外驀然炸出一條劍虹，割裂長空。可是意料之中的那一幕並沒有出現，徐龍象沒有如約而至，那麼黃青的先手劍招也就失去了意義，更失策的是黃青在先手之後已經開始布局少年撞開劍氣青虹的後手。

頂尖武道宗師生死之爭，差之毫釐，足以謬之千里。果然，故意停頓了一下的徐龍象，鬼魅身影最終在黃青身側浮現，然後一撞而來。

黃青原本體內如瀑布直瀉三千尺的氣機流轉硬是橫移幾大竅穴，如一條大江改道而流。定風波雖來不及出鞘，但黃青手握劍鞘橫掃，一抹劍罡畫弧切出，呈現扇形分開天地，氣勢雄壯。

天下武功，唯快不破，徐龍象沒有後退避其鋒芒，而是憑藉恐怖的速度低頭、彎腰，繼續前衝，以一記凶悍無比的肩撞把黃青直接撞飛出去很遠。

徐龍象在地面上筆直狂奔，幾乎是一瞬間便伸手攥住黃青的腳踝，使勁往下一扯，不但將黃青的身軀扯向地面，還直接扯爛了黃青堪堪運轉而起的氣機。

黃青撞在地面上，徐龍象就是一腳凶悍踢去！

有苦說不出的黃青只得勉強用手臂格擋住這一腳，身軀再度被踹向空中。

剎那之間就又給躍起的徐龍象用手肘轟在胸口，重新打回地面。

頭頂黑影壓下，徐龍象十指交錯握成一拳，這一拳若是被結結實實擊中，別說劍氣近，恐怕就是金剛不壞的慕容寶鼎也要變成一只破碎大鼎了。

黃青後背砸在地面上，面朝天空中急墜而下的徐龍象，定風波劍柄抵住沙地，劍鞘朝天直指那得勢不饒人的癲狂少年。

劍留鞘走。

劍鞘刺向徐龍象。

名劍定風波便以這種方式首次出鞘。

徐龍象雙拳砸在劍鞘上，砸偏了劍鞘，身形僅是略作停頓，繼續向下砸去。

黃青左手輕拍地面，身體驟然一旋，帶動右手定風波掄出一圈光芒璀璨的圓形劍罡，如一輪明月生於黃沙大漠。

雖是倉促之下的出劍，氣勢遠未攀至巔峰，但定風波不出則已，一出仍是極為驚人。

可惜應了那句老話，道高一尺、魔高一丈。

徐龍象根本沒去權衡利弊得失，直接就用拳頭轟爛了圓月劍罡。

什麼叫真正的勢如破竹，徐龍象這就是！

黃青趕忙劍尖一點，身形飄蕩出去十幾丈。

徐龍象雙拳砸在大地上，那一聲炸裂巨響竟是深入到了百丈之下。

黃青在遠處站定，緊緊握劍，抬起手臂，高度與肩齊平。

這位劍氣近嘴角滲出血絲。

手中長劍非但沒有外吐劍氣青虹彰顯威勢，反而是在如仙人餐霞飲露，瘋狂吸納四周的「青霧」。

隨著定風波完完整整的出鞘，尤其是做出鯨吞狀後，黃青和徐龍象身邊原本肉眼不可見的劍氣迅速凝聚，如夏日夜空的螢火蟲，星星點點，飛入長劍的劍尖。

黃青詞牌名是那劍氣近。

何謂劍氣近？

那是在說黃青人未至、劍未出，劍氣便已如那「天陰將雨，群飛塞路」的蟣蠓，細微不可察，密密麻麻不計其數布滿世界。

黃青一手持劍、一手負後，抬頭看了眼有些許黑雲飄來的天空，收回視線，看向那個在坑中緩緩站起身的少年。

黃青輕聲說道：「人活一世，每走一步就是在天地間留下一步痕跡。只是世人的腳步大多了去無痕，風吹黃沙，雪掩路徑，水沖石階。我黃青亦是不能免俗，但我手中之劍，不一樣。」

黃青每說一個字，手中長劍定風波的附近，上、下、左、右四個方向，就各自疊加了一柄「定風波」。

層層疊疊，紋絲不動，不動如山。

他身前很快就疊放了將近三百柄一模一樣的「定風波」。

徐龍象已經完全看不到黃青的身影，但依稀可以聽到這名北莽劍道第一人的嗓音。

「江湖百年來兩代劍神，李淳罡以意氣風發著稱於世，劍開得天門，一袖即青龍。鄧太阿則以快劍享譽天下，以細處鋒芒冠絕劍林。

黃青不願走他們的路，手中這把定風波，只求兩字。

不動。」

在黃青和徐龍象之間，出現了一座巍峨劍山，而這座劍山還在不斷遞增擴大，不斷朝徐龍象層層推進。

徐龍象不退反進，一撞之下撞斷攔在路上的高低數十柄長劍，被阻滯前奔身形後，雙手一扯，又扯碎十幾柄定風波。

徐龍象不管怎麼衝，用蠻力打破那些長劍，但下一刻總有一柄柄新劍補上原有位置。被劍山劍牆所阻的少年顯然也打出了火氣，身形倒退，與那座劍山拉出一段距離後，這才展開迅猛衝鋒。

一撞之下，一鼓作氣撞碎了不下百柄定風波，整個人都撞進了劍山，凹陷入山腹。

但是下一刻，劍山便開始自行生長，氣勢不但沒有衰減，反而逼退少年後退，哪怕少年雙腳踩地，試圖用肩膀狠狠扛住大山前移，雙腳仍是一步一步向後滑去。

少年乾脆以頭頂住那堵劍牆，再以雙手撐住。

整個人傾斜的少年怒吼一聲，使勁往前一推。

如木支牆！

整座劍山似乎都發出一陣微顫，嗡嗡作響，劍鳴如群蚊出聲。

但是厚度被阻止高度依舊疊加的劍山依舊憑藉穩步攀升的氣勢，緩緩推進。

少年已是額頭鮮血淋漓，雙手手掌更是血肉模糊，腳上靴子更是被踩穿。

少年猛然轉身，雙臂張開，以那並不寬闊的後背力扛劍山。

劍牆終於止步！

比巨大劍山更高的高空，烏雲密布，隱約有閃電雷鳴。

少年雙眼瞳孔逐漸縮小，直至完全消失。

黃青輕聲道：「你徐龍象的誕生本就不是講規矩的事，不該長活於世間。我便以規矩，成方圓。」

黃青手持定風波，畫了一個圓。

這麼一個看似連稚童都可以隨手耍出的簡單動作，劍氣之盛甲天下的黃青卻使得極其艱難和凝滯。

然後劍陣成山的那無數柄「定風波」，開始變陣。

徐龍象身前身後和頭頂，長劍浮空，形成一個巨大半圓。

每一柄定風波的劍尖都指向當中的少年。

黃青順著那道劍弧背面望向天空。

黑雲越來越厚重，越來越壓低，粗如合抱之木的紫雷瘋狂滾動。

持劍之臂開始抖動的黃青輕聲道：「既然你自尋死路，不怕引來天劫，那我便最後送你一程。」

這最後一劍名「規矩」。

黃青本是想去跟劍神鄧太阿一較高下，這將會是劍道上一場前無古人的快慢之爭，不承想先用在了徐龍象身上。

◆

黃青突然吐出一口鮮血，濺在長劍上。

定風波墜落在地，鋪天蓋地的半圓劍陣轟然炸開。

黃青一臉震驚和茫然。

遠處，少年彎腰而立，雙臂低垂。

看不到少年的臉孔。

七、八股濃郁黑氣如一條條惡蛟，圍繞著少年肆意游弋。

就在此時，黃青衣衫出現一陣毫無徵兆的飄拂。

那驚鴻一瞥的一幕場景更是讓這位劍氣近感到驚悚。

銅人師祖被人一刀捅入腹部，就這麼一路撞來，兩人一刀，一起繼續前衝撞到一座山丘中。

偌大一座山丘瞬間粉碎，下一座沙丘依舊如此不堪一擊，就像只是辭舊歲時孩童手中的爆竹。

黃青轉過頭，看到那人左手刀站定，更遠處一座山丘炸開處，銅人師祖在漫天風沙中站起身，與之起身的，還有高達百丈的威嚴天王法身。

難道說，銅人師祖在那人出刀後，甚至都來不及請出法身？

那北涼王徐鳳年，就這麼來了？

震驚之餘，眼角餘光瞥見高空異象的黃青也鬆了口氣。

就算你徐鳳年來得如此迅猛，但仍是來不及了。

大劫已至，七重天雷將落！

一重重過一重，任你是陸地神仙又如何？

轟隆一聲，一道紫色天雷砸向徐龍象。

徐鳳年根本不理睬銅人師祖和劍氣近，直奔那滾滾天雷，一刀揮出。

跟羊皮裘老頭兒當年那一袖青龍，如出一轍，直接將那道天雷撞碎。

黃青看得目瞪口呆。

這兄弟倆，做事情都是這麼不講理的嗎？那可是象徵天劫的大雷啊。

你徐鳳年難道真想七重天雷都一人扛下？

仙人齊玄幀當年在斬魔臺力扛天劫，也不過是扛下六重紫雷而已。

徐鳳年站在徐龍象身邊，伸手按在弟弟腦袋上，輕聲道：「黃蠻兒，爹走了，但只要哥還在，天塌下來，就輪不到你來扛。」

黃青相信以徐鳳年的實力破去一道天雷不難，但絕對不相信徐鳳年可以代人受罰。這便如朝堂上，北莽女帝震怒之下要一人死，任你是拓跋菩薩武功蓋世，軍功顯赫，也阻擋不了皇帝的決定，這無關修為高低，天道循環自有規矩。

但是眼前景象由不得黃青不信，這實在是超出了北莽劍氣近的想像極限。

銅人師祖祭出寶相莊嚴的百丈天王法身後，法相巍峨，俯瞰眾生，頭顱與黑雲齊平，本體則走到黃青附近。胸口那一刀穿透身軀，可沒有絲毫鮮血流淌，這位隱藏極深的謫仙人平靜解釋道：「此子預料到徐龍象肯定會有破境之日，早有伏筆鋪墊，只是不知以何種祕術將徐龍象氣數轉嫁過渡給自身，這等手法逆行倒施，只會惹來更多天道責罰。」

黃青感嘆道：「多半是那具重見天日的符將紅甲作祟，否則以徐龍象生而金剛的體魄，如果多添一身符甲來增加戰力，便與畫蛇添足無異。原先我以為是道教祖庭龍虎山的厭勝神通，用以壓制徐龍象的境界提升，現在看來仍是小覷了徐鳳年的心機。黃青早先偶然聽聞武當山呂祖有杯盞倒海之術，不出意外，那符甲即是杯，為的是搬運徐龍象氣數。」

氣勢暴漲的銅人師祖略作思索，點了點頭，「八九不離十。」

這位師祖萬般算計都沒有算到那年輕人一出手便是左手刀，直接將自己撞到這處戰場。這一刀毫不拖泥帶水，又摻雜有類似四百年前某無名道人鎮封魔頭高樹露的玄通，哪怕是銅人師祖也只能一退再退，無力反抗。如果不是徐鳳年志不在殺人而選擇主動拔刀，那麼他真可能連天王法相也請不出來，就此隕落。

在銅人師祖視線中，那徐龍象終於怒而躋身天象境界，惡蛟之氣縈繞全身，當下黃青恐怕完全不是對手了，自己的法相也未必可以降伏。

銅人師祖淡然道：「黃青，你且退下。天劫將降，沒有必要在此被拖曳著玉石俱焚。」

黃青苦澀道：「師祖，黃青這一退，愧對手中劍，便終身無望登頂劍道巔峰了。」

他如何不清楚此時瘋魔的徐龍象扛不扛得下天劫先兩說，但要騰出手來讓他黃青吃不了兜著走是綽綽有餘。

黃青低頭望向名劍定風波，吐出一口濁氣，臉上浮現一抹決然笑意，抬頭望向前方，握緊長劍反而向前踏出一步，「逆水行舟，不進則退！說不定今日便是黃青踏入劍仙境界的契機。」

銅人師祖輕聲道：「直覺告訴我今日事情會一波三折。你不退也好，替我盯著那兄弟二人，我要為頭頂那一缸熔爐添些沸水，澈底斷去徐龍象的一線生機。」

隨著黃青身畔銅人師祖的緩緩抬手，頂天立地的天王法相也抬起那雙手臂，雙掌猛然間合十，炸出一輪一輪的金色漣漪，餘音嫋嫋。

似有一物在掌心生出。

黃青豎劍在身前，開始蓄勢。

遠方又有一幕異象橫生。徐鳳年按在徐龍象頭頂的那隻手臂，紅絲拂動，如千百纖細赤蛇齊齊吐信，瘋狂汲取徐龍象的那七、八條黑蛟氣焰。

那些紅絲曾是人貓韓貂寺以指玄殺天象的壓箱底絕學，如今被徐鳳年用來「竊取」弟弟的天象境界。

天雷如巨石滾走於似黑色絲帛的雲層，聲勢更壯。

雷聲轟鳴，紫電交織，空中雲上猶如有無數天庭仙人在大聲怒斥。

匹夫一怒，血濺五步；天子之怒，伏屍百萬。

那此刻九天之上的仙人震怒，又當如何？

徐鳳年收回手，輕輕一推無法動彈的徐龍象，將弟弟黃蠻兒推出去數里地外。

徐鳳年望向天空，那一條條紫雷游走於雲層，如一尾尾蛟龍穿海。

徐鳳年手握北涼刀，抬頭看著天空，沒來由笑了笑，自言自語道：「徐驍，你說那幅場景，像不像是一襲龍袍蟒服？」

黃青破天荒對一人生出敬畏。

傳言王仙芝曾經擁有舉世皆敵的胸襟，其宗師氣度遠超武評其餘九人。而此時此刻的徐鳳年，獨力面對天劫，也一樣有了隱若敵國的氣概。

黃青閉上眼睛，自握劍練劍起的一生，記憶畫面如走馬觀花。

這位劍氣近在「規矩」一劍無功而返後，心境受損，幾乎等於為山九仞功虧一簣，但是在目睹徐鳳年按刀而立後，他山之石可以攻玉，藉機觸摸到了陸地神仙的門檻，搖搖欲墜的境界竟是因禍得福，穩步攀升。

黃青睜開眼睛，神情肅穆，「只等我黃青以觀雷落而成新劍，稍後就以新悟得的劍仙一劍，敬你北涼王。」

閃電雷鳴，天空如同炸開一個窟窿。

第二條紫雷轟然墜落！

不是直直降臨砸在徐鳳年頭頂，而是在這名年輕北涼王身前幾十丈外落地，然後轉彎激射而至，其勢如萬人鐵騎的衝鋒。

徐鳳年雙膝微蹲，右手雙指併攏，左手刀尖直指紫色天雷。

徐鳳年沉聲道：「斷江。」

紫雷如滔天洪水迎面撞來，徐鳳年一刀斷開。

紫色大潮一開為二，在徐鳳年左右兩側一衝而過，很快消散於天地間。

天上似有仙人怒斥出聲，響徹雲霄：「一介凡夫俗子，安敢忤逆天道！」

然後第三道更為粗壯的滾雷急急降臨人間。

徐鳳年將涼刀插入身側大地，起一勢。

一腳踏出，雙手抬起，畫半圓。

起手撼崑崙！

一掌硬生生托起紫雷。

天與雲與紫雷一同踏下，地更是踏下，徐鳳年站在深陷十數丈的坑底。在黃青眼中，只見那道紫雷絢爛炸碎，在大地之上如一水缸破裂後鋪散流瀉開來。

當徐鳳年重新提起北涼刀走出巨坑，第四道壯闊無雙的紫雷在破開底層雲海後，突然濺射成千萬條粗不過手臂的紫雷，雜亂無章地刺向徐鳳年。

天網恢恢。

四面樹敵，八方雷動。

比起黃青那「以規矩成方圓」後半劍的圓劍，何止是更勝一籌。

許多紫雷飛快鑽入地面，又迅猛炸出，對那徐鳳年寸寸圍困逼近，真可謂翻天覆地。

徐鳳年默念一聲。

六千里。

就在徐鳳年迎戰第四道天雷的關鍵時刻，銅人師祖身後雙手合掌的百丈法身突然拉開，一幅靈動畫卷在雙掌手心浮現。

有佛陀入定念經，頑石點頭。

有真人坐而論道，天女散花。

有書生手捧書籍，東臨碣石。

有劍仙馭氣凌空，彈劍而歌。

有神將策馬持矛，金甲璀璨。

黃青雖然知道銅人師祖是謫仙人，卻不知道這位師祖竟然正是那位曾經為天道鎮守大門的仙人！

那畫卷中人，分明都曾是數百年前證道飛升之人！

就在此時，那頭遠離戰場一直焦急轉圈的黑虎突然柔順蹲下。

有一位相貌清逸的中年道士負手站在黑虎身旁，遙望銅人師祖的天王法相，似笑非笑。

自呂祖以來，無人比他更顯仙風道骨。

黃青試圖觀天雷落而悟地仙劍，因為這名奇怪道人莫名其妙地橫空出世，硬生生被阻礙體悟過程，但更奇怪的是哪怕悟劍中斷，卻全然不妨礙境界提升，甚至劍意趨於圓滿的速度不降反升。

那道士頭頂道冠分明是武當道人的逍遙巾，卻身披龍虎山的道袍，腳穿一雙樸素麻鞋，不見腳步挪動，就突兀出現在黃青身側並肩而立。只是劍氣近面朝徐鳳年，道人則面對銅人師祖，依舊井水不犯河水。

黃青心中生出一個讓自己都感到滑稽的矛盾念頭，極不可能，但最是可能。

這位不速之客，是那位曾經在斬魔臺上一坐便甲子的真人——齊玄幀，不是天下第一人，勝似天下第一人。

黃青年輕時候偶遇北莽國師袁青山，聽其講述道門祕辛，評點道門高人境界高低，說絕大多數頂著真人、神仙頭銜的所謂得道高人，不過是「出家道士」，只有武當掌教王重樓與龍虎山天師算「山居道人」，身在世間但了卻俗擾，可為山嶽增靈秀，福蔭道統。兩者之上，龍虎山有個結茅而居修孤隱的趙姓道士，竊取天機，養出惡龍，顛倒乾坤，便可算幽隱道士。

千年以來，真人羽化飛升不在少數，他袁青山只敬重兩位前輩。一位是數次應運而生的神仙道士，另外一位便是修成天仙卻過天門而返的天真道士——呂祖呂洞玄。齊玄幀是呂祖轉世如今已經無人質疑，黃青當時從麒麟國師嘴裡也已經得到確認。至於武道上任掌教洪洗象是否一樣是呂祖轉世，那次黃青與袁青山分別後再無相逢，也就不敢妄自揣測天機。

至於為何「齊玄幀」會出現在此時此地，黃青倒是有幾分大膽猜測。如果說呂祖過天門卻返回世間的傳聞屬實，那銅人師祖這位鎮守天門的仙人淪為謫仙人，也就有理可循。

黃青有些無力感，若是齊玄幀出手，自己就算能遞出那一劍，銅人師祖就算能完整鋪開那幅壯觀畫卷，還能成事？

齊玄幀開口了，天地之間毫無聲響，但黃青偏偏一字不差聽入耳中。

「黃青，我輩劍士，手中既有三尺青鋒，安能摧眉折腰事權貴？」

聞益言如贈金，聞重語如負山。

後背情不自禁微微彎曲的黃青臉上泛起苦澀神情。北莽江湖被陛下以鐵血手腕「納為寵妾」，成為問鼎中原的一股助力是大勢所趨，豈是他棋劍樂府劍氣近所能抗衡的？更重要的是他黃青第一次握劍就在棋劍樂府之中，太平令有大恩於他。

黃青緩緩挺直腰杆，平靜道：「齊真人，我黃青有所不為，有所為！」

齊玄幀喟然輕嘆，似乎有些遺憾，到底還是沒有阻攔黃青繼續養育那一劍。

銅人師祖站在那尊天王法身腳下，怒喝道：「齊玄幀，你不過一縷殘存氣息而已，如何擋我？」

魁梧老人做憤怒狀，法身亦是天王張鬚怒目。

齊玄幀沒有理睬銅人師祖的恫嚇，只是抬頭望向那幅天人迭出的長卷，畫卷在眾人頭頂繞出一個大圓。

在這大圓之上，皆是七百年前那些得以證道飛升過天門的驚才絕豔之輩，不論三教九流，都曾是人間最富氣象的風流人物。

雖僅是一位位天之驕子的幻象化身，但這個都能嚇破陸地神仙膽子的架勢陣仗，是否前無古人不好說，但註定是後無來者了。

本就黑雲密布的天空，如釜底加薪，沸水更沸，尚未落下的數道紫雷越發雄渾粗壯。

便是那道已然落地生根的紫雷，氣焰也瞬間暴漲數倍，徐鳳年那原本破去大半紫雷的六千里，更是出現難以為繼的危險跡象。

證道長生，天上每降下一雷，地上之人只有一氣，絕對不存在換氣新生的可能。

那劍招六千里催生而出的恢弘劍氣先前蜿蜒延伸，氣勢如虹，已經一氣呵成斬碎了十之六七的綻放紫雷。可在銅人師祖百丈天王法身的攪局後，天地異變，熔爐喧沸，地面上的紫雷氣氣相撞，撞出無數雷光火花，將徐鳳年籠罩其中，只能依稀見到那條原本壯闊如廣陵大江的劍氣縮小成了一條小溪，在徐鳳年四周流淌遊走，抵擋紫雷侵襲。

銅人師祖聲如洪鐘，冷笑道：「齊玄幀，莫不是你此行不過是虛張聲勢，怎的還不出手相救？」一步踏出，聲響更重，「齊玄幀，你是不能，還是不敢？」

齊玄幀長袖飄搖，鬢角髮絲隨風輕輕拂動，說不盡的風流寫意。

這位大真人微笑道：「憑你守門奴，也想壞我道心？」

齊玄幀轉頭看了眼那紫電天雷鋪天蓋地的場所，搖頭道：「第四道天雷而已，就算有你從中作梗，又何須貧道出手啊。」

相伴遊歷江湖六千里，路程何其遠，廣陵江何其長。

可涼州城外有繞城而過的溪水，又何其小，何其近。

曾經有個缺門牙愛喝黃酒的老頭子，牽馬過河，再無還鄉。

天雷圍困之中，只聽一人朗聲大笑道：「老黃，風緊不扯呼！」

第四道天雷頃刻間轟然崩碎，但是第五道顏色越發轉深的紫色天雷剎那即墜！

徐鳳年雙手伸出。

霸王扛鼎！

紫氣瘋狂傾瀉，從五指間漏下，洶湧流瀉在頭顱和肩頭。

齊玄幀收回視線，收斂笑意，「仙人以大地為棋盤，一山一城一國皆為棋子，以天下氣數為握子之手臂，肆意落子，隨性定奪凡人生死。在貧道看來，此事，有違大道！」

有違大道！

這四個字被齊玄幀說出口後，那尊天王法相的仙人長卷出現一聲布帛撕裂的細微聲響，然後越演越烈，畫卷一點一點粉碎，畫上仙人化身一位一位消散，甚至連天王法相的眉心也出現一道裂縫，金光四射。

銅人師祖額頭綻裂出一條血痕，金色鮮血流淌滿面。

齊玄幀冷聲道：「今日貧道在此，是來了結你我當年天門恩怨。與你說道理不聽勸！」大真人一手負後，一手向前伸出一根手指輕輕點出。

銅人師祖的胸口如遭雷擊，轟然往後倒飛出去，撞在法身之上，百丈巨大法身也仰面倒去。齊玄幀另外一手大袖一揮，銅人師祖就被猛然拎起，然後朝不知幾千里之外的方向狠狠丟去。

齊玄幀看也不看那瞬間一閃而逝落在廣陵道上的銅人師祖，冷笑道：「既然不聽勸，那就滾你的！」

手中定風波只求不動的黃青突然動了，驟然出劍，開始提劍奔跑衝刺，直衝那為紫雷壓頂的徐鳳年。

一劍之威，不亞於一道天雷。

齊玄幀沒有阻攔，只是嘆息。

在一人一劍的前進路上，一個身形擋下去路。

來者任由長劍穿胸而過，一拳捶在黃青腦門上！

黃青當場死絕！

長劍脫手的屍體重重墜落在遠處。

屍體七竅流血，但是這位自幼立志於以手中劍壓下離陽江湖的劍氣近，面容上不見任何遺憾悲苦。

長劍貫胸的少年雙手頹然下垂，朝天空發出一聲怒吼。

齊玄幀看著這位自己另外一世應該喊一聲小舅子的少年，眼神有些愧疚，輕聲道：「大路朝天，各走一邊。李玉斧，我不如你。」

就如黃青所言，人活世間，有所為、有所不為，何況是他生前身後都是修道之人的齊玄幀。

各人各有腳下路，齊玄幀可以搬走一些堵死路的攔路石，卻無法替人去走。

齊玄幀的身軀似那雲漸淡風漸輕，最終灰飛煙滅。

雙目無瞳神情僵硬的少年竟然沒來由擠出一絲笑臉，望向這個當年在斬魔臺上「見過」的中年道人，「姐夫，走好。」

齊玄幀會心一笑，點了點頭。

有一道渾厚氣息起始於南朝西京某地，由北南下，再度攪局。

齊玄幀勃然大怒，在消散之前，一手按下。

西京那棟樓內的蟄眠大缸，頓時炸裂。

滿樓皆水。

有龍出水。

即將澈底消散的齊玄幀面露憂慮，遺憾道：「接下來斬龍一事，力有盡時……」

黃蠻兒咧嘴一笑，一扭脖子，雙手無力拔出長劍的少年無師自通，以氣馭劍抽出那柄定風波，長劍高高拋起，然後用嘴巴叼住劍柄。

無形中，雖然荒唐可笑，但亦是一式橫劍！

少年先看了眼遠處的哥哥，最後回頭看了眼齊玄幀。

那眼神似乎是在對齊玄幀說有我在，你放心走。

齊玄幀點頭後，望向天空，澈底消失之前好像在問天：「凡人凡，長生長。若說凡人有情皆苦，長生無情又有何歡？」

徐龍象開始朝北方跑去。

低頭彎腰，咬劍，橫劍！

第十章　黃沙地落雷如雨　徐鳳年雪中斬龍

蜀南竹海碧連天，晚來天欲雪而未雪，一行人漫步其中，恍若神仙中人。有男子一襲白衣，面如冠玉，只是相較竹海往日那些登高覽勝的遊學士子，要多出一股說不清、道不明的沙場氣息。另外一位年齡稍長的男子則滿身書卷氣，更符合純粹讀書人的風範。

兩人身後跟著一名身段婀娜的女子，姿色冠絕蜀國。

她白衣大袖，甚至連繡鞋也是白底，只繡淡青色蓮花，好像是刻意與前方男子的衣飾相呼應。她手中拎著一截纖細折竹枝，前方兩人腳步悠然卻不緩慢，這讓她有些力所不逮，微微喘氣，但她絲毫不敢提議休憩片刻，因為她知道不論是登山，還是將來在那場硝煙中的跟隨，她只要停下，那就永遠都追不上身前的偉岸男子。

哪怕她是謝謝，是那位蟬聯胭脂評的動人女子，是西蜀第一大宗門春貼草堂的女主人。

她忍不住抬頭看了眼心儀男子身邊的中年書生，眼神中有由衷的敬畏。她與後者同姓，只不過她是微不足道的謝家旁支，他卻是中原十大豪閥之一謝家的嫡脈，而謝家是不幸在春秋戰火中首個傾覆的世族高門。

當時謝家那個名叫謝觀應的嫡長孫，被譽為「天才」，文武雙絕，與李義山隔江聯手做

〈文武評〉、〈將相評〉、〈胭脂評〉，只是隨著徐家騎軍的不斷南下，謝觀應突然失蹤，在生死存亡之際失去家族砥柱的謝家，就此消亡。

謝觀應之後，兩屆新武評所幸還算中規中矩，得以勉強延續下去，只是文評就做得狗尾續貂，無法服眾，很快就再沒有人膽敢接手，後來連上陰學宮的徐渭熊都知難而退，就此打消念頭。

她謝謝不過是一顆謝家當年落難時匆忙落在棋盤上的眾多棋子之一。當這位消失了整整二十來年的謝家男子出現在西蜀，然後以謀士身分輔弼封藩西蜀的陳芝豹時，謝謝可謂如墜雲霧。

三人拾級而上。山勢迴旋，崖壁如劍削，至山頂鎖龍崖，遠眺而去，竹海盡收眼底。

謝謝身為竹海主人，為兩人介紹鎖龍崖的典故緣由，手指崖刻，娓娓道來：「傳聞上古時代有祖龍葬身西蜀，而這條龍的爪、眼、珠都被仙人以大神通剝離，其中口中所銜龍珠便鑲嵌於此壁之中，從此西蜀龍氣只夠化蛟，而不足以成龍，歷來只有蛟而無龍。

歷史上曾有割據西蜀的武夫試圖鑿開鎖龍崖，但很快便無故暴斃。數百年來，儒釋道三教名流都喜在此壁上題字，各有千秋。占據最中央那塊風水寶地的『登仙臺』，是大奉朝草聖所書；最上方『修真安樂即崑崙』行書七字，則是道教聖人劉庵以劍刻下；崖刻中字體最小的，是一位無名僧人篆刻的『向心朝佛』，出奇處在於心字最早少了一點，後來有儒家宗師王遠山於雪夜登山，持燭觀字，興之所至，抽出佩劍鑿下那一點，這就是如今『王遠山雪夜畫龍點睛，觀字悟道成聖』的由來，他也就此躋身儒聖境界，超凡入聖。」

中年書生望著布滿山壁的名士崖刻，就像在看著一張溝壑縱橫的老人臉龐。

人與山，客與主，兩兩沉默。

謝謝走到白衣男子身邊，輕聲問道：「將軍，世上真有蛟龍嗎？」

蜀王陳芝豹淡然道：「見之則有，不見則無。」

謝謝愣了一下，若是常人說這等同於廢話的言語，肯定被她當成裝腔作勢的下乘機鋒。可是向來惜字如金千金的小人屠，豈會如此無聊？

被觀音宗宗主稱之為謝飛魚的中年書生微笑開口道：「其實不光是西蜀無龍，還有西蜀南邊的南詔，燕剌王趙炳所在的南疆，膠東王趙睢管轄的兩遼，也都無龍。可要說蛟，倒是處處皆有，不足為奇。龍虎山趙黃巢竊取西楚氣數，以道教第一福地地肺山為穴，硬生生養出了一條黑龍。北莽吸納洪嘉北奔帶去的氣數，也在西京某地成功養蛟蛻龍。」

謝飛魚突然笑出聲，「南疆趙炳和納蘭右慈一直為出龍一事殫精竭慮，小動作不斷，太安城視而不見，北涼徐驍和李義山懶得計較那虛無縹緲的氣運，反而被朝廷視為心腹大患。謝謝，你可猜得出其中玄機？」

謝謝搖搖頭。

謝飛魚轉頭瞥了眼白衣陳芝豹，語氣滲著玩味，「太安城在二十年前廣為流傳的『白蟒興秦』四字讖語，黃龍士是始作俑者，我也為之推波助瀾，欽天監當時很快就從灰塵撲撲的地方誌古籍中找出了佐證，地肺山的黑龍，便是為此而來。至於朝廷御賜給徐鳳年的那件藩王白蟒服，也出自我手。說起來，讖語這種裝神弄鬼的伎倆，包括我在內，所有人再怎麼去搗鼓，說到底也是拾人牙慧，給那位黃三甲提鞋都不配啊。」

說到這裡，謝飛魚突然望向北邊，眯起眼，略帶訝異的「咦」了一聲，左手縮在袖中快速掐算。

陳芝豹幾乎同時望向北方，只剩下依舊懵懂無知的謝謝一頭霧水。

她聽說過躋身一品境界中的天象境之後，便有望做到玄之又玄的天人感應。對於那一品四境，謝謝近水樓臺，見解頗深。

天象境是一道門檻，天象、指玄兩境的懸殊，僅次於一品、二品的差距。道門真人一品即指玄，而且許多天賦不俗的望氣士，例如觀音宗的梅英毅，也能悟出指劍這種指玄神通，而且許多身在一品金剛境界的武夫，多半也有一兩手指玄祕術做殺手鐧。天象相比指玄，實在要鳳毛麟角許多。躋身指玄，能夠百尺竿頭、更進一步，是少數，但若是踏入天象境界，成就陸地神仙境界，則是件順水推舟的事情。

謝飛魚袖中手指掐算不停，輕聲道：「如果說天象之前，武人體內氣機深淺，只是一口井、一方池塘，各有深淺，但終歸只算是死水，一旦遭遇生死大戰，井中水池中水少去一分水便一分。那麼一旦躋身天象境界，那就像春神湖，與大江大河相接相通，屬於有源的活水。只是一旦天降暴雨，江河中洪災氾濫，湖水自然難逃牽連，天象境界因此有利有弊。與天地共鳴後，就像跟老天爺交了一份戶牒路引，三教聖人不敢擅造殺孽，就在於三教中人『規矩』最重，正所謂天理昭昭，不敢越雷池一步，便是此理。」

陳芝豹問道：「北莽那邊動手了？」

謝飛魚點頭道：「動靜委實不小啊。」

接下來便是長久的沉默，以及這位中年書生偶爾的出聲，即便說話，也是言簡意賅，讓人捉摸不透。

謝謝陸續聽到了劍氣近、謫仙人、七雷變八雷、齊玄幀、龍虎紫金蓮、蟄眠大缸等。其間，謝謝發現陳芝豹的視線從西轉移到東，好似在欣賞一道流星劃過天空。

但她順著他的視線，卻什麼都沒有看到。

暮色漸濃，謝飛魚難掩疲態，但整個人很快逐漸神采煥發，伸出那隻左手彈了彈五指，一錘定音說道：「大事可期。」

謝飛魚望向天空，伸開雙臂，喃喃道：「天地之間，有著一層層的篩子，易上難下，謫仙人既是由上而下的漏網之魚，也是天人故意丟下的魚餌啊。

我謝家以退為進，我謝飛魚一退再退。

陳芝豹，我助你吸納龍樹僧人的佛家氣運，用以彌補你退出北涼的損失。之前更是助趙黃巢養龍於地肺山，讓你進京擔任兵部尚書，換取他積攢下來的道門氣數。

只等曹長卿一死，那你便可以三教融合於一身……」

謝謝臉色蒼白，低下頭，大氣都不敢喘。

陳芝豹面無表情。

謝飛魚縮回手入袖，自嘲道：「聖人有云，天地所以能長且久者，以其不自生，故能長生。」

陳芝豹皺起眉頭，「誰說西蜀有蛟無龍？」

謝飛魚轉過身面對那號稱鎖龍的崖壁，一抖袖，身前浮現出一口白碗，碗中有一條條小蛟如魚游弋。蛟躍出碗口，如飛魚，游向山壁，隱沒其中。

謝飛魚哈哈大笑，「齊玄幀打破了蟄眠缸，龍蟒大戰在即。今夜過後，南疆隱龍仍是難成氣候，西蜀卻有真龍一條！」

◆

女子坐在一座沙丘上，坐姿如邊關性情多豪邁的男子一般不講究。她身材異常高大，哪怕是坐著，也有種巍峨氣象。她親眼見證了某人以一己之力抗衡天劫紫雷的壯觀畫面，哪怕她本身即是世間最頂尖的鍊氣士宗師，也難免心神搖曳。

她尾隨那人來到此地後，看到了銅人師祖的天王法相，劍氣近黃青臨終的地仙一劍，齊玄幀的橫空出世和最終消散。對於齊玄幀的出現，她倒是比世上所有人都要多幾分明悟。修道之人，「因緣」二字便如俗人疾病纏身，病去如抽絲。齊玄幀——或者說呂祖若想繼續修道無礙，就必須得出一個「結果」，跟身為謫仙人的銅人師祖澈底了去恩怨。

至於為何一氣化生的齊玄幀將銅人師祖丟擲到廣陵道，她猜測應該與黃三甲有關，如果後者能夠將功補過，未必不能重返天上。

而黃青死在悍然升境的徐龍象手下，屬於意料之外，卻在情理之中。在她看來，鎮壓江湖六十年的王仙芝，這位老匹夫的拳頭當然不講理，可徐龍象的天賦異稟一樣毫不遜色，甚至要比遠處視線中的那一位更不講理。黃青就算資質、心性和實力都在頂尖武夫之列，可此時遇上不惜玉石俱焚引下天雷的徐龍象，仍是為時過早，真正成為劍仙之後還差不多。

由於齊玄幀的橫插一腳，局勢並未一邊倒向北莽，但是大廈將傾的勢頭依舊難以阻止。

白衣女子神情複雜，雙手抓起兩把沙子。她猶豫不決，是否該出手？

她澹臺平靜和那爛陀山的六珠菩薩如今都算登上了北涼的賊船，各有各的隱祕訴求。後者是希冀著借助北涼鐵騎一統西域，甚至在將來能夠暢通無阻傳法於中原。相比女子法王，觀音宗就沒有這麼多功利，澹臺平靜的初衷無非是「補天」。

宗內祖師爺曾經傳下「天傾西北」的四字讖語，後來經過她師父畢生苦心孤詣的鑽研，直達學究天人之境，不過也才得出「西北雲天，破開大口，氣機倒灌大地，正如海水倒灌江河」的含糊結論。澹臺平靜只能走一步看一步，假使北涼真是罪魁禍首，那麼觀音宗作為北涼目前的盟友，就不得不臨陣倒戈，只是這個深藏心底的祕密，澹臺平靜始終沒有跟那個人坦誠相見。非不願，實不能。

澹臺平靜看了一眼遠方，第五道天雷將墜未墜，那人在迅速換了一口新氣之後，蓄勢待發。

在這之前，他試圖去阻攔徐龍象奔赴北方，但很快就被頭頂天雷盯上，無暇他顧，根本就不可能做出多餘的應對。

世事多無奈，無疑又是一個非不願實不能，哪怕他是扛下四道天雷的他，也不能例外。

心有靈犀，一點即通。

澹臺平靜雖然沒有得到任何提醒，但是已經獲悉他的念頭。

她嘆了口氣，不再猶豫，抬起雙臂，大袖如翼。

雙拳貼在一起，緩緩拉出一段距離，黃沙從指間灑落。

黃沙撒下，粒粒分明，依次懸停。

瀑布天落，其噴如珠，其瀉如練，其響如琴。

她身前出現這幅宛若鬼斧神工的玄妙畫面，畢竟僅是發生在咫尺之間，稱不上壯觀，但絕對驚世駭俗。

觀音宗擁有兩樣祕傳重器，使得這座宗門力壓北方扶龍派鍊氣士。一樣是賣炭妞手上那件差點讓徐鳳年陰溝裡翻船的陸地朝仙圖，還有一樣便是越發只聞其名、不見其形的月井天鏡，分別針對天地間的毓秀鐘靈，讓其難以逾越天道雷池，束縛在規矩方圓之內。

後者在數百年來第一次現世，恰好便是不久前澹臺平靜試探徐龍象，不過那時候的符器月鏡，由兩滴綠色水珠墜出兩線後畫弧而成。也正是那個時候，某人違反常理從月鏡中一穿而過，如同撞碎海上明月，讓修道近百年修出古井不波境界的澹臺大宗師心生漣漪。

文似看山喜不平，修道一事，則恰恰相反，最怕道心生起伏。澹臺平靜要撫平漣漪，更是撫平道心。這次破例幫他一回，就當償還「前世」那份引領之恩了，之後不論涼莽大戰走勢如何，她都不虧欠半點，一切照規矩行事。

澹臺平靜正襟危坐，身前是那一幅黃沙造就的靜止瀑布，準確說來是月井天鏡另一種形態的顯聖。

她雙臂猛然往外一扯，天鏡驟然變大，豎立在身前。

澹臺平靜伸出一根手指，輕輕一推鏡面。

這面鏡子平移出去，然後一閃而逝。

北方三百多里路程外，這面擴大無數倍的月井天鏡緩緩浮現。

鏡子以南，是叼著劍低頭奔跑的徐龍象。

鏡子以北，是一頭在蟄眠大缸被齊玄幀破碎後怒而現身的龐然大物。

少年和那頭本該只會繡在世間龍袍蟒服上的巨物，照理會在鏡子出現的地方出現對撞，然後便是一場驚天地、泣鬼神的捉對廝殺。

那巨物翻雲覆雨而至，雲霧中偶見猙獰頭顱、飛舞長鬚和那雙黃金色的眼眸。

當祂察覺到前方天鏡洩露的氣息時，碩大金眸中顯示出一絲充滿人性化的譏諷。

祂略作停頓後，便俯衝出雲雨，徑直撞向鏡子。

背對澹臺平靜的徐鳳年如釋重負，沒有轉身，而是輕輕點頭。這個細微動作，當下已經算是對這位錬氣士宗師竭盡全力表露最大程度的感激之情了。

澹臺平靜遙望那個頭懸紫雷的孤單背影，沒來由淚水朦朧。

曾經有個雙鬢霜白的男人，站在廣陵江畔，說此生、來生都願識盡世間好人，讀盡世間好書，看盡世間好山水，天上風景再好，從不羨慕。

澹臺平靜興師動眾祭出宗門重器後，神情有些頹然，坐在沙丘上怔怔出神。

這對正在力扛天劫的徐鳳年而言，絕對不是什麼雪中送炭的舉措，而是雪上加霜。

世上有草莽龍蛇的說法。大蟒在山，入江成蛟，最後才能登門化龍。

春秋九國，戰火紛飛，除去西蜀自古便鎖住真龍，八國各有氣運孕育而生的真龍潛伏，隨著離陽趙室一統中原，原本有蛟無龍的北莽藉機養出一條真龍，是為了入主中原奪取天下，而一意孤行的趙黃巢也僥倖在地肺山養出一條黑龍，更在下馬嵬驛館陰險布局，是為了吞食西楚氣數和禍害北涼徐家。如今謝飛魚追隨陳芝豹入蜀，捕蛟養龍是助陳芝豹三教熔爐而成聖，一旦功成，不說那蜀地氣數暴漲，光是陳芝豹本身，就足以跟徐鳳年這個所謂的天下第一人一較高低，甚至勝算更大。

天下真龍有三，所針對的對象，竟然到最後都是她眼前這個男人。

尤其是北莽這一條，馬上就要降臨此地。

澹臺平靜看著那個背影，輕聲問道：「你說你可憐不可憐？」

她深呼吸一口氣，站起身，終於再度心如止水，再不去看那個註定連九死一生都成奢望的男人，轉身走下山丘。

徐鳳年先後以李淳罡的一袖青蛇、武當老掌教王重樓的兩指斷江、悟自北莽峽谷的起手撼崑崙和老黃的劍九六千里，摧破四道天雷。

這四手，都是兵來將擋、水來土掩。

徐鳳年抬頭看著第五道不斷滾動積蓄紫氣白電的天雷，默不作聲。

如果說仙人撫頂，是結髮受長生，那麼紫雷壓頂，是在說生死在天嗎？

此時此刻，徐鳳年說不出什麼人定勝天的豪言壯語，只是不能死而已。

徐鳳年這一次沒有被動扛雷，而是腳尖一點，在黃沙大地上踩出一張龐大的蛛網，拔地而起，一掌高舉，迎向那道終於落下的天雷。

天塌下，能否一手托起，總要試一試。

徐鳳年手掌觸及恢弘紫雷，如一根針尖對上重錘，那一道粗壯天雷沒有順著手掌流瀉而下，反而凝聚平整如鏡面，保持整體下墜的態勢，顯然是不給徐鳳年半點投機取巧的機會。

徐鳳年手心處，如凡夫俗子托掌接雨，雷電如水珠四濺開來。

這一幕，蔚為壯觀。

徐鳳年雙眼泛紅，偷師於人貓韓貂寺然後不斷孕育的紅絲，如萬千尾纖細赤蛇遊動遍布全身。

天雷沒有將徐鳳年擊落地面，但下墜乃是大勢所趨，紫雷便開始由上而下層層擠壓，氣勢看上去像是在消滅，但天雷的分量力道始終不弱分毫。

半炷香工夫後，手臂顫抖的徐鳳年依舊懸在高空中，但是直直降落的天雷不斷壓縮後，變作了一道厚度不過三寸有餘的狹窄平面。

徐鳳年抿起嘴唇，咬緊牙關，但是血絲依然不斷滲出牙縫，滿嘴鮮血。

徐鳳年吐出體內那口氣的僅剩一分，微微彎曲的手臂瞬間伸直，手掌往上一托，身體拔高一丈。整個紫雷鏡面雖然沒有就此崩裂，但鏡面中心處硬是被他撞出一個凹陷。

澹臺平靜雖然已經走下山丘，跟徐鳳年越來越背道而馳，可她還是能夠確定這第五道天雷多半已經無法壓下徐鳳年。

她此時才意識到下雪了。

只是此處被天劫干涉，暫時無雪落下罷了。

她突然很快轉頭望去，憤怒、驚訝、慌張，交織在一起。

她破天荒生出後悔的情緒，竟是直接反身掠回沙丘，舉目望去。

形勢嚴峻到了極點。

月井天鏡是她送出去的，她當然知曉徐龍象和那頭鱗大如盆的巨物對撞會是何種結果。咫尺天涯，後者並未跟少年接觸，而是直接來到了此地，接下來後者很快讓她這位鍊氣士大家見識到了何謂天機難測。

史書記載天龍能幽能明，能細能巨。東海曾有天龍出沒，從雲端張口吸海，水似大瀑入龍口，壯觀至極。澹臺平靜眼中所見，跟這類記載異曲同工。

那條蟄伏北莽西京多年的真龍穿鏡之後，被月井天鏡短暫約束威勢，幽小如蛇，浮空游弋，但當祂開口之後，很快就把那即將被徐鳳年擊破的第五道天雷鯨吞入腹，如此一來，祂猛然搖身，抖落掉那些天鏡強加於祂的天道「規矩」，體態和氣勢一同迅速增長，瞬間成為小蛟長度的二、三十丈。

祂沒有急於對徐鳳年落井下石，而是如同飽餐一頓後腹部鼓脹的大蟒，安靜匍匐在高空，冷冷盯著徐鳳年。

就像是在幸災樂禍地看戲。

第五道天雷是消散了，但是黑雲密布的天空，滾滾雷聲更是大噪，在更高處憑空多出一道紫雷。

七雷變八雷。

幫倒忙。

澹臺平靜的無心之舉是如此，祂的包藏禍心更是如此。

引雷天人，似乎被壞了規矩而震怒，卻不是去責罰那北莽真龍，而是請來「幫手」的徐鳳年。

第六道天雷根本沒有給徐鳳年任何喘息的機會，便降臨人間。

這道紫雷，非但不粗壯如峰，反而極其之細！

生死一線。

真的是一線之隔。

徐鳳年幾乎是第一時間放棄身形撤退的決定，靠著本能盡量讓腦袋往後仰去，但是腦袋堪堪避過了這一線雷，可腹部難逃一劫，被這根紫線瞬間洞穿！

與徐鳳年血脈相連的少年原先在三百里外茫然四顧，不知道為何沒能截下那條大蛇，當回頭看到那條接引天地的紫雷時，似乎意識到什麼，開始掉頭狂奔原路返回。

第七雷不知為何，聲勢出奇地遠遜前六雷，雷聲漸小，電光漸淡，但是天空中的黑雲開始逐漸轉紫。

澹臺平靜耳中不聞雷聲，但是心臟不可抑制的如同擂鼓。

她不過是個局外人，就已經如此狼狽，那麼那個傢伙該如何面對？

遠處那條體型越來越壯大的真龍，一雙黃金眼瞳不帶感情，兩根龍鬚悠悠然輕靈搖晃。

徐鳳年落回地面，先前撐住第六雷的右手猶有電光縈繞，哧哧作響，用左手輕輕按住血流如注的腹部，僅是能夠勉強不讓傷勢擴大而已。

他仰起頭，看著天空。

什麼大秦皇帝，什麼真武大帝，什麼離陽王朝最具權柄的藩王。

娘親走了，徐驍走了，大姐走了，二姐坐在了輪椅上，當初差點也走了。

為中原百姓鎮守西北門戶，那是他能做到自然是最好，實在做不到也談不上有太多愧疚的事情。

但是誰想帶走他徐鳳年的弟弟黃蠻兒——不行。

第二次遊歷江湖的尾聲，羊皮裘老頭在廣陵江一劍破甲兩千六，他那會兒根本沒辦法跟廣陵王趙毅討要道理，是徐驍討回來的，當時徐驍說他老了，以後就要靠他徐鳳年自己跟人講道理了。

那麼徐鳳年今天就要跟老天爺講一講道理。

頭頂天空第七道天雷隱隱轉動，斂起天威，引而不發。

這使得原本只在幾里地外簌簌飄落大地的雪花，得以隨風傾斜著飄來。

那柄插入遠處地面的北涼刀，並不顯眼。

雪中，有刀。

◆

也許在中原人士眼中，人屠徐驍那首以「雪花大如拳」開頭的打油詩，根本就是邊疆蠻子的無稽之談，但眼下青蒼、臨謠兩城之間的雪況，確實有幾分雪大如席的氣魄了。

澹臺平靜望著高空中那第七道天雷。

這本是徐驍幼子的本命天劫「龍象劫」最後一道關隘，但因為北莽真龍的攪局，從而誕生了極為罕見的雷上雷。且不說那完全無法預估的第八雷，澹臺平靜都不覺得徐鳳年能夠扛下當下的第七雷。

這位大宗師也難以掩飾她的臉色蒼白，呢喃道：「氣開地震，聲動天發。師父，你以前總自嘲杞人憂天，現在天真的要塌下來了。」

天劫一事，聽起來很玄乎，可是澹臺平靜卻深諳其中脈絡。三教聖人證道飛升，要容易許多，這就像朝堂上的京官一旦擁有翰林院的清貴身分，他日躋身殿閣中樞相對水到渠成。世間有個雷霆雨露俱是天恩的說法，像那龍虎山父子天師連袂乘鶴飛升，還有之後北莽國師袁青山的化虹飛升，就是典型雨露多於雷霆，天恩浩蕩。而拓跋菩薩、鄧太阿這些武夫則類似「地方官員」，路線要曲折許多，最後關頭，更是必然雷霆遠重雨露。

自呂祖之後，承受天劫最重之人，當屬斬魔臺上那位素有「高坐雲霞」美譽的外姓天師齊玄幀，只是當時唯有極少數人洞悉齊玄幀的呂祖轉世身分。不管齊玄幀當時出於何種考慮，反正世人所知的結果就是這位人間仙人在「五雷轟頂」之後，仍然沒能扛下第六道天雷，遺憾兵解轉世。原本世人都無比期待武帝城王仙芝會引下多少道天雷，六還是七？可惜這麼一號舉世公認可與呂洞玄一戰的老怪物，竟然說死就死了。如今徐鳳年倒是引來了八雷在頂的恐怖異象，但是這種千載難逢的場面，除了有心無力的澹臺平靜和那條落井下石的真龍外，就再沒有此等眼福的旁觀者了。

澹臺平靜身後突然傳來一個略帶調侃意味的溫醇嗓音，「這可不像妳啊。」

她沒有轉頭，問道：「你怎麼來了？」

一名不修邊幅的中年男子來到澹臺平靜身邊，粗布麻衣，破舊靴子，滿臉鬍渣，一看就是個沒婆娘幫忙拾掇瑣碎的單身漢子；相貌平平，無酒更無劍，若說是個遊俠，那還不被江湖人笑掉大牙，但他既然能夠跟天底下首屈一指的鍊氣宗師說上話，自然不是什麼無名小卒。

更早幾年，他跟徒弟行走江湖倒是還有些講究派頭，比如騎驢拎桃枝啥的，倒不是為了裝扮高人風範，興趣使然而已。事實上混到了他這個份上，就是扛著驢行走或是背著棵桃樹招搖過市，那在江湖上也是無人膽敢不敬的。

八百年來劍道獨秀於武林，其中奇才迭出，哪怕是擁有或者接近陸地神仙的高手，足有三十餘人之多。每一代江湖都有一到兩位劍神，大多都成為當時的天下第一人，但只有極為年輕便登頂武道的桃花劍神，才被視作繼呂祖和李淳罡之後的又一位劍道魁首，獲得「幾近道」的說法，因此鄧太阿這三個字，江湖再往後推三百年也繞不過去。

這個出身低賤卻成就奇高的中年男人微笑道：「折騰出這麼大的動靜，我能不來嗎？」

接下來鄧太阿自言自語道：「王老怪具體是怎麼輸的，我想不出，但為何輸，我能猜到一些。當時姓徐的小子雖說出竅神遊，蘊養神意，之前又有了高樹露的天人體魄，看上去跟我和拓跋菩薩、曹長卿這幾人都不落下風，但如果說跟王仙芝叫板死戰，資格嘛，是有，但至於生死勝負，怎麼都不該是王老怪戰死。所以我猜王老怪在最後關頭，跟高樹露犯了相同的毛病，棄術而問道，想要在道之一字上壓倒徐鳳年。」

鄧太阿自顧自點了點頭，「多半是如此。就像我，將來僥倖躋身天人境界後，若說再以劍術殺人，哪怕殺了人，終歸會覺得勝之不武。」

澹臺平靜譏諷道：「每任天下第一人都該有自負嗎？」

鄧太阿搖頭笑道：「自負？大錯特錯，應該說是沒有這股子與世為敵我無敵的意氣，就斷然成為不了天人。」

澹臺平靜陷入沉默。

鄧太阿輕聲道：「李淳罡借劍給我後，我心有明悟，明白了自己的局限。非鄧某目中無人，鄧某的劍，確實將劍氣修至極微，劍速修至極快。我鄧太阿練劍將術字修到了『幾近道』的瓶頸，但我的劍道，夠小不夠大，故而御劍出海不知幾萬里。

澹臺前輩妳久居孤懸海外的島嶼，應該經常觀海，就會理解那種『烘日吐霞，吞河漱月』的壯闊意境。鄧某一路遠行，興之所至，一劍接一劍平削斬斷數百座島嶼，也曾追隨著大海潮隨波逐流，最終悟劍有……」

說到這裡，鄧太阿不再言語，而是望向遠處高空。

滄臺平靜嘆息道：「不管有幾道天雷壓頂，都有一個規矩，那就是最後一道天雷的威勢必然是之前數雷的總和。」

鄧太阿嘖嘖道：「行百里者半九十嗎？」

滄臺平靜問道：「你不幫忙？」

鄧太阿瞥了眼那條黃金眼眸的懸空真龍，搖頭沉聲道：「這有什麼好幫忙的。我會請曹長卿一起對付王仙芝？曹長卿會請求徐鳳年聯手刺殺離陽天子？徐鳳年會喊幫手去宰掉慕容女帝？」

鄧太阿突然笑出聲，有些無奈，「如果可以，這小子多半會的。吳素怎麼有這麼個無賴兒子。」

滄臺平靜淡然道：「他也是徐驍的兒子。」

鄧太阿感慨道：「是啊，不過三人都執拗，都是一根筋。果然不是一家人，不進一家門。」

滄臺平靜笑道：「不這樣，你鄧太阿會傳授給徐鳳年飛劍？」

滄臺平靜其實很不願意與人說話，但是第七道天雷的將落未落，帶來太大的壓迫感，讓她十分煩躁，不得不只能用言語來分心藉以靜心，「你悟劍以後，誰是你的最終對手？」

鄧太阿想了想，「大概是超凡入聖後的陳芝豹吧，這個年輕人太能忍了。」

滄臺平靜對此沒有覺得有多奇怪。入蜀輔佐陳芝豹的謝觀應，城府可怕，躲藏得比離陽帝師元本溪還要深，差不多有二十年時光不遺餘力地布局，才選中了陳芝豹，就是為了能夠讓搖搖欲墜的世族豪閥重新崛起。

因為陳芝豹一旦下定決心爭奪天下，必然需要那些百足之蟲死而不僵的高門華族來鼎力相助，日後江山大統，謝觀應身後的那些勢力必然人人皆是從龍之臣。其實可以說，謝觀應的敵人，是先後三人——毀掉門第根基的徐驍和為此推波助瀾的黃龍士，再就是為寒門打開門縫的張巨鹿。如今一個死了，兩個也都快要死了，謝觀應的勝算很大。

鄧太阿說道：「來了！」

他和澹臺平靜幾乎同時往後倒掠，那條北莽真龍也搖尾晃鬚轉身離去。

呈現出深紫色的天空中，如同神人撬動一座山嶽投擲於海。

高空震盪出一圈肉眼可見的劇烈漣漪，然後迅猛擴展出去。

大地與之共鳴而顫動，大雪黃沙共翻滾。

一道紫雷光柱「緩緩」滲透出漣漪陣陣的湖面，如同一根砸入水中的石柱。

徐鳳年以氣馭回那柄北涼刀，不是當初曾經一刀洞穿銅人師祖的最強手左手刀，而是破天荒的雙手握刀！

他抬起頭，望向那第七道天雷，雙袖彷彿盈滿風雷的徐鳳年嘴角竟然有些笑意。

扛天雷，技術活兒啊。

可惜老黃和羊皮裘老頭兒都不在了，要不然這兩老頭兒，肯定是一個笑得合不攏嘴露出那缺門牙的光景，一個大概會故意掏耳朵斜眼撇嘴吧。

年少時無比憧憬江湖，自己總以為高人行走江湖沒半點風度怎麼行，怎麼會有喝彩和叫好，不承想最後自己最敬重的兩個高手，都是沒半點高手風範的。

一直倒掠出去好幾里的澹臺平靜始終盯著那處恢弘戰場，那才是真正字面意思的「天人交戰」啊。

她的視線中，只見一道紫雷下，一抹白光上。

然後宏大紫雷被纖細白光一劈為二，化作兩條紫雷洪流，分別流瀉在大地之上。

白光越來越拔高而上，紫雷不斷洶湧垂下，勢頭好似沒有止境。

在澹臺平靜眼簾中，就像出現了一個巨大的「人」字。

若加上那一層「湖面」，便是個不甚完整的「大」字。

那抹璀璨如彗星的白光，攀高的速度越來越慢，開始呈現出凝滯不前的疲態，雖然距離那「湖面」不過十幾丈，但委實是再難百尺竿頭、更進一步了。

澹臺平靜神情悲涼，「人力有時而窮，只能盡人事而待天命。」

逆水行舟，不進則退。

白光澈底停滯後，但紫雷不停。

白光被一丈一丈往下壓回地面。

鄧太阿朗聲笑道：「是誰說過？蚍蜉撼大樹，可敬不自量！」

當白光墜地時，只聽大地之上傳來一聲沉悶低吼聲。

雙手握刀的徐鳳年右手握刀不變，左手沿著那柄涼刀脊背向外滑去，然後不顧鋒刃，五指緊握刀尖！

他腳下紫雷如洪水氾濫。

徐鳳年的雙臂綻裂得血肉模糊。

死扛。

不鬆手，不棄刀。

紫雷傾瀉了整整一炷香時間！

澹臺平靜幾乎不忍去看，喃喃道：「第七道天雷之後還有第八雷啊！」

徐鳳年已是七竅流血，視線早已模糊。

但是恍恍惚惚之間，好像看到了涼刀的刀尖之上，開出了一朵紫金蓮花。

很小，但搖曳生姿。

原本紫色洪水流淌的大地，一朵、兩朵、三朵……

一朵朵蓮花怒放，如同蓮池。

而天上那道源源不斷的紫雷終於澈底迎來尾聲。

越是如此，澹臺平靜越是倍覺淒涼，再次重複了那句話：「第七道天雷之後，還有第八雷啊。」

鄧太阿盯住了那條不僅僅是隔岸觀火的猙獰真龍。

祂趁著第七紫雷停歇、第八天雷尚未落下的間隙，偷偷瘋狂汲取著紫雷，身軀已有長達百丈的規模。

徐鳳年站在「洪流」之中，只能垂臂用北涼刀抵住地面來支撐搖晃身形。

北莽真龍在遠處高空竟扯動嘴角，發出了一聲如同嗤笑的聲響。

但是祂很快就猛然睜大黃金眼眸，露出一副疑惑和驚懼的眼神。

那個渺小的螻蟻，升入高空，與祂在同等高度上遙遙對峙！
這一刻，不僅是澹臺平靜一臉匪夷所思，就連鄧太阿都瞪大眼睛。
那座蓮池中，翻滾搖動，出現了一條通體雪白的兩百丈巨蟒！
徐鳳年就站在巨蟒頭頂。
龍蟒對視！
兩頭龐然大物的頭頂，紫雷滾滾。
澹臺平靜閉上眼睛。
鄧太阿喟嘆道：「最後的選擇，竟然不是去扛下第八道天雷，而是……」
鄧太阿沒有說出口。
斬龍！
巨蟒向那條真龍迅猛撞去。
北莽真龍汲取紫雷不停，但是當龍蟒相距不足十丈的時候，吞雷生長的真龍才生長到一百五十丈。
真龍抬起頭顱，做天王張鬚相，朝那高出一頭的大蟒嘶吼咆哮！
白色巨蟒根本不理睬祂的示威，張嘴撲下，一口咬住真龍的脖子。
徐鳳年雙手握住刀柄，高高躍起，一刀刺下！
徐鳳年將刀刺入真龍頭顱。
死死咬住真龍脖子的巨蟒同時狠狠往下一扯。
一人一龍一蟒，一同墜落。

重重墜地。

徐鳳年雙手往下一按，涼刀刀鋒全部釘入真龍頭顱，只餘下刀柄。

龍蟒相互撕咬纏鬥。

天翻地覆。

當一切塵埃落定，北莽真龍頭顱被斬，滾落一旁。

白蟒奄奄一息。

徐鳳年腋下夾刀，滿臉鮮血，不知是哭是笑，顫顫巍巍伸手放在倒地白蟒的腦袋上。

與此同時，第八道天雷在天地之間傾斜掛落，炸向一人一蟒。

一路狂奔而返的咬劍少年，悍然決絕地撞向天雷。

第十一章 莽真龍點睛復活 徐鳳年三請法身

隨著那紫雷如一條長虹貫穿天地，風雪為之牽引，傾斜著大肆飄零。

鄧太阿的左肩很快鋪滿積雪，右肩就要淺淡許多。他伸手拍了拍肩頭，好奇問道：「那條真龍如此不濟事？世人都說山不在高、有仙則名，水不在深、有龍則靈，鄧某不知蛟龍的厲害，但敢確定任何一位陸地神仙經此打擊，也許會遭受重傷，但絕對不會死。那條吞食無數人間氣運孕育而生的真龍，既然能折騰出這麼大的動靜，應該不至於這般不堪才對。這中間，可有古怪？」

澹臺平靜望著遠方匍匐於地的一龍一蟒，神情複雜，縮在白色大袖中的五指悄悄顫抖，搖頭道：「龍，可巨可微，能幽能明，受傷輕重，只需看祂體魄大小的變化。越是重傷，體型越發縮小。至於死亡與否，那就得看祂是否臨終吐出精華凝聚的龍珠，潛伏在淵，等待下一次轉生。否則就算被斬下頭顱，仍有由明轉幽的機會。現在北莽真龍即便頭顱被斬，可龍珠未吐……」

鄧太阿拍拂不盡肩頭落雪，乾脆抬起手輕輕一揮，漫天飛雪竟是如撞一座火爐，在他數丈外高空悉數消融。若是平時，鄧太阿必然不會做出這種多此一舉的動作，可見目睹這場大戰後，饒是他這個領銜當世劍道的桃花劍神也很難做到無動於衷。

鄧太阿阻擋下惹人心煩的飄雪後，似乎也意識到自己的異樣，輕聲笑道：「什麼明幽，鄧某是個粗人啊。」

澹臺平靜耐心解釋道：「圍棋亦有九品境界，用在蛟龍身上頗有相似之處，最後四境由低到高分別是具體、通幽、坐照和入神。先前真龍被我宗重器月井天鏡蘊含的天道束縛，由入神暫時跌落具體境，即便被祂以汲水之勢竊取了一道半的天劫紫雷，也只能攀升到坐照境界，恰如棋壇國手灼然高坐與人對弈，這才有了那一場龍蟒對峙。白蟒因有徐鳳年相助，得以占據上風，否則尋常的蟒龍之爭，哪怕是一尾大江之主的千丈巨蟒對上一條才得具體的十丈幼雛真龍，同樣勝算不大。」

說到這裡，澹臺平靜嘆息一聲，感慨道：「百足之蟲，尚且死而不僵，何況是一條契合天道的真龍。」

鄧太阿轉頭瞥了一眼身邊風雪中大袖如白鸞振翅的高大女子，無奈道：「倒是越說越晦澀，好在勉強聽明白裡頭的玄機了。澹臺宗主的言下之意，是說那條真龍還有一戰之力？真龍奸猾，那小子也不差，借雷池開出紫金蓮花，現在兩敗俱傷，誰都沒有外力可以憑藉，除了大眼瞪小眼還能做什麼？」

澹臺平靜不作聲，雙手十指探出袖口邊緣，將袖沿攥緊在手心。

鄧太阿自言自語道：「一切就看徐龍象能否扛下最後一道天雷了。扛不下，有徐鳳年頂上，那北莽真龍註定會嶄露頭角，抓住機會落井下石。況且北莽鍊氣士也不是吃素的，除了送出真龍，不會沒有埋伏著後手。」

澹臺平靜問道：「難道鄧太阿你就一直袖手旁觀？」

「袖手旁觀？這個說法挺應景。」鄧太阿直視這位帶領整座觀音宗趕赴西北邊疆的鍊氣士宗師，哈哈笑著反問道，「天劫要如何，徐家兄弟要如何，甚至那條真龍和北莽鍊氣士要如何，鄧某都不管。對陣雙方，比拚道行，各安天命罷了。可如果有人想要坐收漁翁之力，那可就要問過我鄧太阿答應不答應了。」

澹臺平靜臉色如常，問道：「此話怎講？」

鄧太阿轉頭望向遠方戰場，「龍蟒兩敗俱傷，以獨有符器盡收囊中，那可是好大一筆的功德。擱在沙場上，這等軍功，應該不亞於武將的滅國之功了吧？澹臺宗主，試問換成是你們鍊氣士，跟老天爺邀功討要個雞犬升天的恩賜，行不行啊？」

澹臺平靜臉色微變。

鄧太阿不理睬澹臺平靜的微妙變化，雙手環胸，望向高高在上的雲端，冷笑道：「鄧太阿以往一心只求劍道登高望遠，但是現在開始，實在是煩透了這些居高臨下的勾心鬥角，生生世世斬不斷、理還亂，拖泥帶水，人人被當作牽線傀儡。」

鄧太阿重重冷哼一聲，「吳家劍塚葬劍十數萬，鄧太阿出而一劍不取，至今尚未有過一把佩劍。」

一向與世無爭的澹臺平靜全無退縮，破天荒與人針鋒相對，問道：「怎麼，威脅我？」

鄧太阿豪邁大笑，「妳也配？」

澹臺平靜胸脯起伏不定，顯然怒氣不小，但她最終還是沒有說話。

紫金蓮花綻放的雷池漸漸枯萎，破格晉升坐照境界的雪白巨蟒沒了支撐，氣息渙散，瀕臨死地，跟徐鳳年對視一眼後便緩緩閉上眼眸。

腋下夾刀而立的徐鳳年背靠著巨蟒腦袋，盯住身前那顆等人高的真龍頭顱，「還裝死？有點真龍該有的氣象好不好？」

那顆龍頭原本呈現死寂氣息的黃金眼眸依舊沒有生氣，但是聽到徐鳳年的話語後，兩根龍鬚悠遊晃動。

徐鳳年見祂終於懶得藏拙示弱，視線稍稍往上偏移，看著並無一物的空中，一語道破天機道：「如果我沒有猜錯，你是在等北莽西京鍊氣士以百餘條性命作為代價，幫你『點睛』再生吧？」

真龍雙眼毫無生氣，但兩根龍鬚如風中雙蓮曼妙搖曳，帶動空中浮現一陣陣玄妙紋理。

徐鳳年笑道：「你我誰生誰死，也就那麼一回事，反正都有那麼一位鍊氣士可以鷸蚌相爭、漁翁得利，不等你入神，她就可以拿出月井天鏡將你降伏鎮壓，你甘心嗎？」

龍鬚搖動，漣漪起而聲響動，借天地之口莊嚴出聲，充滿了譏諷鄙夷的意味。

『螻蟻！』

徐鳳年聞聲後心臟如擂重鼓，胸口衣衫頓時被扯出裂縫，但神情怡然，甚至還有心情抬起手臂，胡亂擦了擦臉上的血汙，笑道：「螞蟻緣槐誇大國，蚍蜉撼樹談何易。這個道理我當然聽過。你這些應運而生的真龍也好，頭頂那群久居高位最喜好講規矩的天人也罷，看待世間，都是如同在看井底之蛙。世人的生死福禍，皆是操之於你們手中魚竿，再以『長生』二字的魚餌誘之，美其名曰『天理循環，法網恢恢』。」

說到這裡，還擦著臉的徐鳳年沒有完全放下手臂，那把出鞘涼刀便斜掛在腋下，從刀尖滑落一滴具體境真龍的鮮血，挑動眉頭，瞥向天空，嘴角扯動，「我打架一向不是太喜歡動嘴皮子，能不說話就盡量不說話，之所以跟你說這麼多，你我心知肚明。你在等，我也得慢慢恢復。跟王仙芝死戰後，高樹露贈予我的天人體魄壞去大半，氣機外泄不止，但是沒有去修復體魄，而是前往武當山採取祕術，一心致力於完善體內的那座池塘，不惜在武道上瘸著走路……」

徐鳳年歪過頭狠狠吐出一口鮮血。世人習慣以痛徹骨髓或者痛徹心扉來形容一個人的疼痛至極，但是像徐鳳年這種體內氣機粉碎由內及外的疼感更加誇張，就像是一個不曾習武的普通人被一柄小錘子一寸寸敲碎搗爛肌膚骨骼，外加被細針不斷挑弄筋脈，但是頭腦卻偏偏時時刻刻保持著清醒。

徐鳳年臉色有些猙獰，「真是痛啊，經歷好幾次了也沒能習慣。當年端孛爾紇紇的那支雷矛，比起來跟撓癢癢差不多。」

說話間，那口即將落地的鮮血竟化作一尾形似赤色蛟蛇的靈物，躥回徐鳳年身上，滲入肌膚轉瞬即逝。

只見徐鳳年袒露的肌膚處處可見紅絲扶搖如蛇吐信。

恢復了一些氣力的徐鳳年將沾滿真龍血液的北涼刀握緊遞出，抹在雪白巨蟒的額頭上。

兩縷龍鬚劇烈晃動，好似在震怒。

徐鳳年長呼出一口氣，輕聲道：「黃蠻兒，再撐一下。」

一抹璀璨白光始於西京，從北莽飛速衝入流州。

細看之下，其實是兩條流華交纏扭曲在一起，如雙龍逐珠。

徐鳳年竭力挺直腰杆，露出鄭重其事的罕見神色，左手握刀，右手張開，提起涼刀在手心重重劃過。

死死攥緊拳頭。

此時面對龍頭的徐鳳年身後，咬劍前衝的少年硬生生跟那道紫雷對撞。

本該擊中徐鳳年後背的天雷被少年攔截，一撞之下，消瘦少年當場被衝擊得雙腳落地，身體後仰。

原先筆直一線的紫雷軌跡微微偏移，出現了一絲轉折。

絢爛紫電在少年頭頂瘋狂濺射。

少年被勢不可擋的紫雷撞入地面，雙腳膝蓋已經深陷地面。

紫雷前端被少年咬在嘴中的定風波切割出一條縫隙，但仍然不足以破開紫雷。

紫光瘋狂縈繞長劍，長劍顫動如秋蟬淒切長鳴。

一柄哪怕名列前茅的名劍定風波，如何能擋下這道紫雷？

黃蠻兒徐龍象的整張臉龐都「嵌入」紫色雷光中。

表面上，第八道紫雷粗壯僅是如合抱之木，並不如何雄奇駭人，只比纖細如線的第六道天雷勝出一籌，甚至遠遠不如被徐鳳年一袖青龍毀掉的第二道雷，後者好歹還粗如水缸大口。但一旁觀戰的澹臺平靜和鄧太阿都無比清楚，這道紫雷足以剝離出數百條等同於威勢凌厲的第六道天雷，如果劍氣近黃青能夠活著見到這一幕，恐怕再不甘心也可以死而瞑目了。

這才是躋身天象境界後徐龍象的真正實力。

如此恐怖實力，任何鍊氣士都覺得為天地難容。

◆

一道身影突然浮現在少年身邊，依稀可見是一位身披黃紫道袍的老者。
咬住長劍的黃蠻兒艱難扭頭，任由紫雷撞在脖子上。
年邁道士雙目緊閉，面朝少年。
一老一少，久別重逢。
老人咧嘴一笑。
先前徐鳳年刀尖開出那一朵紫金蓮花，便是這位老人以本命紫金蓮花徹底凋零換來的悲壯結果。
老道士的身影以肉眼可見的速度煙消雲散。
少年的臉龐被紫光籠罩，嘴唇微動，卻發不出半點聲響，更看不清少年是否流淚。
下半身已經消散的老道士先轉頭瞥了眼徐鳳年那邊，「姓徐的，可別死翹翹了，以後上墳帶不帶酒不打緊，多燒幾本《素女心經》就可以了。
徒弟啊，師父不過就是先投胎去了，下輩子咱爺倆再做師徒……
還有啊，今年山上山楂真是多啊，可惜你小子不在了，沒你幫著吃，師父摘了好些也吃不完。」
老人轉頭看了眼少年，像是回到了龍虎山的那個山腳破敗道觀，一如既往絮絮叨叨著，最後老人伸手指著天空，氣哼哼道：「黃蠻兒，幹他娘的天劫！」
一代天師，就此消逝。
扭轉脖子為了去看老人的少年被天雷撞擊得越來越低下腦袋，試圖抬起一條頹然下垂的胳膊，想要去伸手抓住師父，不讓老人離去。

但徒勞無功。

少年向前踏出一步，驀然腹部如擂鼓震動，與大地共鳴，激盪出一圈圈漣漪。

物有不平則鳴！

除去兄弟和龍蟒這一圈，之外方圓十里，大地全部瞬間塌陷！

但就在徐龍象越挫越勇的轉捩點上，那條在具體境界瀕死卻未死的真龍獲得了久旱逢甘霖一般的強大新生。

兩抹交錯在一起的白光在臨近真龍頭顱後，猛然間分道揚鑣，然後瞬間撞入真龍死氣沉沉的眼眸之中！

點睛！真龍開眼！

屍首分離的真龍身軀那四隻龍爪撐入地面。

被涼刀切下的頭顱掠回身軀，緊密無縫，恢復如初。

這條真龍飛入天空，消失無蹤。

下一刻，真龍其頭探出雲層，睥睨天下，俯瞰世間，其尾遠在八百丈外的雲霧中若隱若現。

澹臺平靜癡癡然言語道：「不該如此的，不該如此的……千丈，天龍……」

徐鳳年對此視而不見，喃喃自語道：「本來想以後去洛陽古城才讓你現身的。」

一滴鮮血從拳頭縫隙緩緩墜落。

血滴距地三尺時，徐鳳年輕喝一聲，沉聲道：「請！」

咚！

如水滴敲在安靜水面，聲響格外明顯。

長達千丈的天龍口出一顆天雷如圓球，衝向地面。

徐鳳年身前滴血之處出現一名魁梧男子，渾身金光流溢。也許中原大地上千年以來，史書上數以百計的皇帝君王，都沒有一人能跟他身上的帝王之氣相提並論。

他一手負後，一手伸出，輕描淡寫便撐住那顆遮天蔽日的紫雷。

背對徐鳳年的雄偉男子平靜道：「捎句話給她，就說，『寡人有愧』。」

徐鳳年默不作聲，側身面朝南方，擠出第二滴鮮血，「再請！」

一名儒生模樣的男子笑吟吟浮現在徐鳳年對面。

他對徐鳳年點頭一笑，「不問我來自何處何世，且思我要去何方見誰。是我說與呂洞玄第六世的，也算是說與自己聽的。今日過後，不後悔？」

徐鳳年伸手指了指自己心口。

那人會心一笑。

他兩鬢霜白，但是絲毫不損他那種無與倫比的清逸風采。

他望向遠處某位掩嘴而泣的高大女子，輕輕說了句「傻大個呦」，隨後單手托起手掌。

一輪明月，從他手心冉冉升起。

臉色蒼白的徐鳳年再轉望北，沉聲道：「三請！」

一道光柱不知從幾萬里之遙的高處轟然降臨世間。

一尊真武法身！

但是不同於上次春神湖上寶相莊嚴衍生而出的萬千氣象，這回真武法身的出現，充滿了有違天道的壓抑氣息。

九天之上，無數根魚線一般的黃金絲線紛紛畫弧而落，在大地上觸底彈起，瘋狂纏繞這尊真武法相的四肢。

但哪怕這種降世悖逆天道，依舊沒有一根漁線膽敢出現在真武法身的頭顱附近。

可是法相四周那些大袖飄搖空靈非凡的散花天女，都被一根根交織成網的漁線扯碎。

鄧太阿根本顧不上身邊澹臺平靜莫名其妙的失態，臉上滿是震撼神色，苦笑道：「王仙芝你是個怪物，但這傢伙則是個瘋子啊。」

澹臺平靜回神後，畢恭畢敬彎腰一揖到底，泣不成聲，低頭哽咽道：「師父你說天道是要讓人俯首低頭，但是大道，卻是要讓那東海之鱉和井底之蛙皆可自得其樂。徒兒錯了，也明白了。」

當那尊真武法身抬起一腳後，大戰便開始酣暢淋漓。

只見這尊法相一手扯去身上密密麻麻的金黃漁線，一腳便踩斷了那道對少年黃蠻兒依舊不依不饒的紫雷。

紫雷如一根魚竿崩斷成兩截。

前踏出一步的法相雙手分別握住兩截紫雷，一截甩手拋回高空，剩下一截丟擲向那條已成氣候的北莽天龍。

古書記載水虺、山蟒五百年化蛟，蛟千年變真龍，再千年而終成無上天龍。

北莽真龍本不該這麼快便成就天龍之資，但天道如此。

那條在雲端遊走的天龍與真武大帝法身為敵，竟是有敬但無畏，伸出一爪按向那半截紫雷。龍爪被雷矛貫穿，天龍低頭破開雲霧，向地面發出一聲咆哮，從嘴中再度炸開吐露出一道紫雷。

徐鳳年面無表情說道：「不論天地，身處北方，也敢放肆！」

真武法相隨之同時緩緩開口，聲音恢弘至極，如洪鐘大呂迴盪天地。

掀起雲海如怒濤的天龍在真武法相出聲後，頓時顯出千丈真身，無再半點雲霧遮掩。

與之同時，東、西、南三方又各有一道威嚴無匹的光柱落下。

於是四方天地齊震。

彷彿迴光返照的徐鳳年呈現出病態的神采煥發，轉頭朝那尊法相趨於虛幻的真武法身點頭致意。

身具滿身帝王氣勢的魁梧男子已經隨意撥去了那顆紫雷，笑問道：「更待何時？」

那位掌托升空明月的儒雅男子，當他五指張開後，月輝無雙，那輪圓月化作光芒全部流淌入徐鳳年手中的北涼刀。

他微笑道：「天人無憂便無憂，世人自擾且自擾，我與三世呂洞玄論道三次，都覺得理當井水不犯河水。道理道理，大道天理，不合大道的天理，便不是道理啊。」

言語之間，隨著光華流散，風流儒雅的男子身形開始飄搖不定。

那大秦皇帝猛然大笑，出現在真武法身腳下，坐北望南，在他化作光華散入真武法相之前，呵斥道：「滾！」

東、南、西三地三道巍然光柱竟隨之凝滯一顫，隨後三道光柱不甘示弱地瞬間暴漲，但是就在這剎那間，徐鳳年已經雙手握刀。

真武法身也做出握刀姿態。

那條天龍四爪重重在高空按下，兩縷龍鬚劇烈顫動，口銜龍珠。

大珠如烈日當空！

徐鳳年一腳踏出，一刀斬下。

真武法身同樣是一腳前踏，一刀斬下。

天空中被劈出一輪弧月，斬在那顆當空懸停的如日大珠之上！

這一幕，宛如日月相撞。

天龍千丈身軀片片龍鱗一起劇烈震動。

徐鳳年那一刀劈下，如開山一半停滯不前。

刀鋒上崩碎出一個細微口子。

徐鳳年握刀雙手的手心血肉磨盡，最後白骨觸及刀柄。

那條做四爪抓地狀的天龍被逼迫得步步退讓，不斷嘶吼。

徐鳳年渾身炸出一陣猩紅血雨，怒吼道：「老子斬的就是天龍！」

那把涼刀砰然斷裂成兩截。

徐鳳年重重撲倒在地面。

高空中，那顆龍珠也轟然炸裂，一輪弧月將龍珠後面的北莽天龍頭顱當空斬成兩半！

大地晃動，身長遠不及千丈天龍的巨大白蟒一躍而起，張開大嘴，囫圇吞下全部天龍頭顱和半條身軀！

半截天龍已經入腹的巨蟒將其拽到地面之後，繼續吞食最後的那半截龍身！

天地重歸寂靜。

再無天人天龍，大雪終於下落得肆無忌憚了。

徐鳳年斬龍。

涼蟒吞龍！

◆

渾身鮮血的徐鳳年盤腿坐在地上，大雪壓身，雪血相融後，更顯得狼狽不堪。

徐鳳年大口喘氣，每一次呼吸都像是在撕扯著五臟六腑。眼角餘光瞥見那斷作兩截的北涼刀，想要馭氣取回，但念頭初生就吐出一口鮮血。

此時一尾四不像的雪白活物從他身後游弋而出，在空中如在水中，長不過三尺，身軀修長似蛇，額頭有雙角如蛟，兩鬚如鯉，且有四爪。

祂猛然間迅疾如雷電，下一刻便將斷刀銜至徐鳳年腿上，抬起那顆小腦袋，邀功一般朝徐鳳年搖晃尾巴。

徐鳳年笑了笑，伸出手攤開，小傢伙忽然遊轉身軀，紋絲不動懸停空中，看樣子是假裝視而不見。徐鳳年彎曲手指在祂頭顱上輕輕一叩，似蛇似蛟的小傢伙啪嗒一聲摔在徐鳳年膝蓋上，先是裝瞎，這回是乾脆裝死了。

滿臉血汙的徐鳳年啞然失笑道：「那珠子都粉碎了，就算被祢吞下，想要完全消化少說也得幾百年，對祢我裨益不大，但是黃蠻兒需要用它來養身固體凝聚魂魄。乖乖吐出來，我數到三。」

結果等徐鳳年數到三的時候，躺在他膝蓋上裝死的小傢伙特意抽搐了一下，好像在表態祂是真的英勇陣亡了。

徐鳳年雙指拈住祂的尾巴，無奈道：「不愧是我的本命物，無賴起來很有我當年的風采嘛。好了、好了，我答應祢回到涼州以後，聽潮湖中那萬尾錦鯉任祢吞食。」

小傢伙腦袋浮起與尾巴齊平後微微後仰，首尾銜接，彎出一個可愛小圓，就像是一塊靈動的龍璧。

祂稍作猶豫，不情不願地張開嘴巴，吐出一顆絲絲裂縫清晰可見的珠子，分明是小如米粒，卻煥發出日月光輝。

吐珠後的小東西有些萎靡不振，一閃而逝，憑空消失。徐鳳年一手拿住兩截涼刀，一手雙指捏住珠子，艱難站起，轉身走向徐龍象。

少年呆呆站立，嘴中那柄名劍定風波的劍身，和下垂雙臂都有刺眼的雷光縈繞遊動。其氣勢之盛，就連徐鳳年都感到心驚。

但這種強大，就像一個看似鼎盛的王朝，實則危機四伏，一觸即潰。

徐鳳年沒有走近氣機紊亂至極的徐龍象，鬆開雙指攤開手心。那顆破碎龍珠在掌心滴溜溜轉動起來，徐鳳年往前一推，珠子滑出掌心，但是很快就一彈而回，若不是徐鳳年趕緊側過身，就要被珠子撞到。

對江湖武夫來說，這顆珠子是無法想像的大補之物，滋補精氣神的效果堪稱無出其右。珠子大概是感受到徐鳳年的抗拒，只能在四周旋轉，對靈性盎然的珠子來說，祂選擇黃蠻兒作為龍穴自然遠遠不如天然相親的徐鳳年。

澹臺平靜掠至徐鳳年身邊，神情複雜，問道：「天予不取，就不怕反受其咎？」

徐鳳年淡然道：「黃鸞兒為了扛下天雷，自封心竅，三魂七魄都很不穩，就算一步躋身天人，可跟喪失心智的高樹露無異。澹臺平靜，妳要是幫上忙，我就不跟妳計較先前試圖龍蟒雙收的險惡用心。」

澹臺平靜心思百轉，沒有答應也沒有拒絕。

徐鳳年冷不丁嬉皮笑臉道：「那算我求妳了，傻大個，行不行？大不了回頭我把月井天鏡還給妳。」

澹臺平靜愣了一下，神情恍惚。

鄧太阿不知何時出現在兩人身旁，輕聲笑道：「都這會兒了，還打情罵俏？」

澹臺平靜轉過頭，望向自身氣數銳減但同時瘋狂汲取天地氣運的少年，臉色凝重起來。

鄧太阿哪壺不開提哪壺，打趣道：「呦，咱們澹臺宗主好歹百歲高齡了，也會做出此等小女子嬌羞狀，瞧瞧，耳朵都紅透了。」

澹臺平靜沒有理會桃花劍神的戲謔，輕聲嘆息道：「就算我幫忙，恐怕也來不及了。躋身天人境界，只餘一個執念。不斬執，就算鄧太阿奪走那柄劍，我送入珠子，一樣沒有意義，徐龍象還是回不來人間。況且，不論是我送珠，還是鄧太阿奪劍，代價都會很大。」

澹臺平靜抬手拂袖，清風捲起一捧黃沙飄蕩向少年，沙礫沒有立即化為齏粉，而是如一根箭矢射入湖水中，一點一點緩慢下來。但是在緩慢的過程中，出現一種「自然」同時又堪稱「無理」的風化。說自然，是因為尋常黃沙大漠上的沙礫風化是天經地義的事情；說無理，則是正常情況下，絕對不會在這短短幾丈距離內便出現幾年甚至是幾十年的漫長過程。

這種詭譎現象，就像一個才會走路的稚童，走出一步就變成少年，再走幾步就走完了中年、暮年，直至老死。

鄧太阿嘖嘖稱奇道：「這就是天道。」

澹臺平靜憂心忡忡道：「所謂的天人境界，即無憂忘世，眾人皆醒我獨睡，正如聖人所言的列子御風而行，獨來獨往。如何讓徐龍象醒來，才是最難的地方。」

鄧太阿笑了笑，「大道理說破也沒鳥用，鄧某倒是有一劍……」

說話間，鄧太阿便雙指併攏，豎起後輕輕往下一劈。

若說徐龍象四周依循天道規矩，自成小千世界，此方天地混沌如雞子，那麼鄧太阿這一劍勢便要天地開闢，一線劈開了那雞子。

鄧太阿放聲笑道：「『開山』之後再來一劍，就叫『鋪路』吧！」

指劍削山，山要合攏。

又被鄧太阿在山與山之間橫放了一道道劍氣，硬生生阻擋住了天道彙聚之勢。

鄧太阿御氣踏風飄然前掠，躍過其中徐龍象的頭頂後，手中多了那柄紫電纏繞的定風波。

這位桃花劍神徑直穿過這座天道雷池後，身形越行越遠，叩指彈劍，大笑道：「開山、鋪路兩劍換一把趁手好劍，互不虧欠。」

幾乎在鄧太阿踏出第一步的時候，澹臺平靜就馭氣從徐鳳年身邊摘取那顆珠子，緊隨在鄧太阿身後，宛如一線天的路徑僅有一劍長度的寬窄，一身大袖白衣的澹臺平靜像一隻束手束腳的白鸞，跟隨鄧太阿掠過徐龍象頭頂，同時手腕一抖，將那顆珠子拍入少年的胸口。

當澹臺平靜在遠處落腳後，就像是從鬼門關走了一遭，心有餘悸，彷彿魂魄都在戰慄，感覺比生死大戰的劫後餘生還要來得強烈。正因為她是世間首屈一指的鍊氣士，是世上最清楚天道森嚴的人物，才最覺得後怕。這個道理很簡單，假設當朝首輔張巨鹿在太安城內微服私訪，老百姓與之擦肩而過，不知身分大可以不當回事，但若是一名在六部任職的官員與碧眼兒打了個擦肩，難免如履薄冰。

鄧太阿和澹臺平靜一前一後穿過雷池，就是一眨眼的事情。

她轉過頭，露出駭然表情。

兩山合併，但是徐龍象身邊站著徐鳳年。

澹臺平靜知道他是靠著月井天鏡前往，也可以憑藉月井天鏡抽身，但關鍵在於這趟往返的中間，徐鳳年不是去看風景的，是去「喊醒」弟弟徐龍象，每度過一個瞬間，他可能要衰老一句甚至是一個月，也許小半炷香工夫後，澹臺平靜就會看到一個白髮蒼蒼的傴僂老人，而不是一個先前才是二十多歲的年輕北涼王。

澹臺平靜咬了咬嘴唇，她可以理解徐鳳年把珠子贈給徐龍象，天底下兄弟間的兄友弟恭並不少見，雖說在帝王將相的門牆內相對罕見，但是徐鳳年願意把好東西讓給徐龍象，她不奇怪，甚至可以說當時徐鳳年肯為了弟弟力抗天劫，澹臺平靜一樣認為在情理之中，畢竟那時候徐鳳年還算有一戰之力，可是當下你徐鳳年體內氣機池塘乾涸見底，除了送死還能做什麼？

澹臺平靜不可抑制地怒氣衝天。

她突然微微張大嘴巴。

徐鳳年似乎只跟弟弟說了一句話，然後便迅速退回到了原地，從那面搖搖欲墜的月井天鏡中踉蹌走出，臉上帶著燦爛笑意。

澹臺平靜不覺得一句話就能喊醒徐龍象。

一句話能打破天道？

但接下來的景象讓她不得不相信，規矩和道理這兩樣東西，在這對兄弟身上真的是行不通的。

少年睜開眼，轉身跑向徐鳳年。

他低著頭蹲下身，輕輕背起精疲力竭的徐鳳年。

遠處傳來一陣馬蹄聲，應該就是那姍姍來遲的兩千多騎龍象軍了。當然就算這支騎軍早早趕到戰場，也只有毫無還手之力被殃及池魚的份。

澹臺平靜來到兄弟二人身邊，瞥了眼徐鳳年搭在弟弟脖子上的雙手，手心如被刀鋒剮剮乾淨，露出觸目驚心的白骨，她輕聲提醒道：「王仙芝的弟子，樓荒來了。」

遠處風雪中，一名木訥男子腰間佩古劍「菩薩蠻」。

疲憊不堪的徐鳳年一臉無所謂，微笑沙啞道：「樓荒就是看戲來的，真要報仇，也會老老實實等我恢復實力。如果肯殺一個手無縛雞之力的仇家，那麼樓荒就不是王仙芝的親傳弟子了。」

澹臺平靜冷笑道：「樓荒等得到那一天？」

徐鳳年瞪了她一眼，有氣無力道：「怎麼跟師父說話的？」

澹臺平靜如同被觸及逆鱗，泛起一絲若有若無的殺機。

徐鳳年用下巴敲了敲黃蠻兒的肩頭，示意他不要理會這個婆娘。

澹臺平靜的言下之意是問徐鳳年能否重返巔峰，這個巔峰顯然不可能是當初力戰王仙芝之時，也不可能是「三請」之時，而是扛下最後一道天雷之前，那時候徐鳳年雖無高樹露體魄，但擁有充沛的精氣神。

徐鳳年不想正面回答這個問題，是因為他自己心裡也沒底。經此一戰，他跟前世算是澈底撇清界線了，壞處是沒了壓箱底的手段，好處則相對隱蔽一點，那就是北涼不會因為他徐鳳年一人的氣數、氣運而發生波折。

反過來說，徐鳳年有了本命物，已經跟北涼的命運戚戚相關，一旦北涼被破，他必定身死。對此徐鳳年倒是沒什麼患得患失，能救下黃蠻兒，並且讓這個弟弟沒有後顧之憂，今天這筆大買賣，就算賺到了。跟老天爺撕破臉皮做生意，非但沒賠個精光，還有點賺頭，本身就是件足以讓徐鳳年自己都感到牛氣沖天的技術活兒。

大戰之後，徐鳳年有些困意，眼皮子直打架，但是在昏睡過去之前，徐鳳年還是有些話要跟弟弟說清楚，於是就那麼絮絮叨叨婆婆媽媽斷斷續續說起了心裡話。

「黃蠻兒，我不想說什麼你師父不是為你而死的屁話，老天師就是為了你搭上性命的，你有愧疚，其實哥也有類似的愧疚……當初老黃離開北涼去武帝城，我也很想因為老黃是個劍癡，去東海就是為了證明『劍九黃』這三個字，其實我很清楚，老黃就是為了我去的，沒其他緣由了。他也許是想告訴我，將來你徐鳳年有一天沒了北涼，還有一個江湖可以念想念想嘛。也許是老黃覺得我跟他第一次走江湖，都沒怎麼給我長過臉，要再風風光光走一次。也許……誰知道呢，總之就是老黃走了。跟老天師一樣，人生在世都難逃一死，但為了我們，很早就死了。

你小子想著替哥多殺幾個高手是幾個，你的想法我懂，但是沒做好，準確說是做得一塌糊塗，哥也就是一路趕來打這個、打那個，實在顧不上揍你，否則早揍得你屁股開花了。現在也想揍，就是真沒力氣了……小時候我明明做了錯事還喜歡跟徐驍頂嘴，覺得那是一種很解氣的事情，就怕咱們爹不打不罵，事後還總覺得自己爺們兒，長大後才知道這是不對的。黃蠻兒，你別學哥。」

徐鳳年嘮叨的嗓音越來越小。

徐龍象始終沒有插話，小心翼翼背著這個哥哥。

小時候他早早就顯露出天生神力的天賦，經常背著哥哥在清涼山跑上跑下，偶爾哥哥還會在手裡拽著一只風箏，愛湊熱鬧的大姐便跟在他們身後跟著跑，歡快嚷著飛嘍飛嘍。

黃蠻兒輕聲道：「哥，不許睡覺。」

◆

位於西京內廷角落的那棟僻靜小樓裡，廊中跪倒了一大片人，此樓不遠處，則躺著許多死人，而且死的都是被北莽視為價值連城的鍊氣士。

身披黑衣白裘的老婦人站在屋簷下，雙手疊放插袖橫在胸前，撩起的衣袖恰如蝠翼。

這位讓北莽男子盡數匍匐在她裙下的老嫗很少動怒，但是今天她的臉色十分難看。

先是樓內擅長占卜的道德宗南溟真人戰戰兢兢告訴她，棋劍樂府的銅人師祖生死不知，劍氣近黃青毫無疑問是死絕了，然後國之重器的蟄眠大缸被不知名的陸地神仙一掌拍碎，那條豢養二十餘載耗費無數氣運的真龍破缸而出。

這也就罷了，天雷滾滾之下，那條趁火打劫的天龍竟然還沒能占到半點便宜，於是她果斷決定幫祂一把。因為她一向敢於跟老天爺豪賭，不上賭桌則已，要賭就賭一把大的。上一次她贏了，贏得缽滿盆盈，整個北莽王朝跟了她姓。可是這一次，那個南溟真人告訴她，她輸了，樓外那一百來條屍體就是明證。其實她的震怒不是自己在北涼流州輸掉一場無關大局的戰役，甚至都不是死了條真龍，更不會是那些向來不問蒼生問鬼神的鍊氣士。

真正讓年邁婦人無法忍受的，只是一件根本無法與人言的小事——她在人生最落魄寒酸的時候，輸給一個名不見經傳的遼東莽夫，在權勢正值巔峰的時候又輸給了他的兒子！

太平令站在婦人身側，老人是唯一還敢站著的北莽臣子。

她終於開口了。

「傳旨董卓，准其擅自調動所有邊境兵馬，不論大將軍還是持節令，一律聽命於他。違者，讓董卓先斬後奏！」

「傳旨拓跋菩薩，領親軍火速南下，直撲流州。」

「傳旨李密弼，著手準備鯉魚過江。」

「傳旨黃宋濮，命其起復，領軍坐鎮西京。」

一道道聖旨從她嘴中說出。

她畢竟是垂垂老矣的暮年婦人了，難免精力不濟，一時間有些難掩蒼老的疲態，但是她今日甚至不允許自己出現這種片刻的懈怠，從寬袖中抽出手猛然扯掉身上那件老舊狐裘，丟到臺階外的雪地中，然後大步離去，再不看一眼那件不斷積雪的舊物。

第十二章　張巨鹿被誅九族　黃龍士道破天機

太安城從來不缺熱鬧，但是很多熱鬧很難湊，一旦遇上可以湊上一湊的熱鬧，那就會人人不甘落後。

時下就有傳言接替晉三郎的國子監新任右祭酒要開課講武，那麼到底是紙上談兵還是真有滿腹韜略，是驢子、是騾子拉出來遛一遛就知道了，絕大部分人還是奔著看笑話去的。

現任禮部侍郎的晉蘭亭在國子監中頗有口碑，不但在任職期間為國子監爭取到了諸多朝廷恩賜，還創辦了京城內最負盛名的詩社，與社中七名才子並稱「太安八俊」，一舉囊括了新科一甲三名——狀元李吉甫、榜眼高亭樹和榜眼吳從先。

其中有「詩鬼」美譽的高亭樹在一次飲宴聚會上，做出了膾炙人口的〈醉八仙〉，一下子就讓在座八人一夜間名動天下。在京城正當紅的八位俊彥雖然出身迥異，有天壤之別，卻經常詩歌唱和，盡顯士子清流的風流倜儻。明眼人都看得出八俊之首的晉三郎雖說在中樞閣臣們那邊不是很討喜，但是他一點一點凝聚起來的「氣勢」，已經不容小覷。

一個叫孫寅的門下省小卒子破格補上右祭酒的清貴空缺，就顯得格外突兀且無禮。更奇怪的是此人並沒有傳出有什麼結實的靠山，所以孫寅的橫衝直撞，跟地方官員許拱入朝出任兵部侍郎，加上還有陳望的一步登天，就成了祥符元年尾巴上的京城官場「三大驚奇」，十分惹眼。而有姑幕許氏身分的許拱畢竟之前就有龍驤將軍的底子，陳望陳少保則有太子侍講和考功司郎中的雙重鋪墊，這襯托得孫寅越發奇了又怪。

何況孫寅狂妄至極，公開揚言自己要講的內容會是一場大演武，他將作為攻方，手中擁有兩支兵力，北莽百萬鐵騎，和廣陵道的西楚復國餘孽。

所有聽課之人都屬於守方陣營，有朝廷新封驃毅大將軍的南征主帥盧升象所率大軍，有大柱國顧劍棠的兩遼防線，有所有參與靖難的藩王勢力，最後當然還有那支被中原刻意遺忘多年的北涼鐵騎。

這場可謂前無古人的唇槍舌劍、言語交鋒，光是參與旁聽的國子監學子便浩浩蕩蕩去了六千人之多，其實大多數人註定都聽不到新祭酒在說什麼，不過不用擔心，很快就會有人從前頭傳遞消息到後方，層層遞進，如一道道波瀾。

趕早占地的學子都是席地而坐，稍後的就只能站著，再後邊就得踮起腳尖、伸長脖子，之後就需要站在板凳椅子上了。不過最前方距離那孫狂徒不遠的最佳位置，倒是擺放有許多簡易卻厚實的蒲團，有三十餘張，那些有資格坐蒲團的貴客當真算是尊貴得無以復加！

其中為首之人，正是那位三十年來離陽朝廷的第一位宰相——中書省主官齊陽龍。中書令左手邊是執掌門下省的坦坦翁桓溫，右手是沒能在權力變遷中接任白號禮部尚書的「失意人」，繼續執掌國子監的理學宗師姚白峰，還有從清水衙門禮部轉去實權戶部的白號。更有時值隆冬時節卻尤為春風得意的某位皇親國戚，嗯，就是那位藉著佳婿的光大搖大擺撞入京城視野的柴郡王。

這場漫長的講武從午時一直進行到黃昏，都還沒有收官的跡象，但是沒有一人退場，甚至不斷有新面孔擁入，人山人海。

其間更有監國天下的太子殿下攜手太子妃，悄然半途加入。

很快又有老吏部尚書、新中書省輔臣趙右齡不掩身分地破開人流，參與其中，坐在了一張臨時新增的蒲團上。

相較趙右齡，由翰林院掌院升任吏部尚書的儲相殷茂春就要含蓄低調許多，輕車簡從到了國子監，跟年紀輕輕到令人瞠目的門下省左散騎常侍陳望並肩而立，既看不到什麼也聽不到什麼，但這兩位足可稱為中樞重臣的大人物，一個外廷首官的正二品，一個清貴無雙的正三品，這一站就足足站了兩個時辰。

因為他們站在極其靠後的位置，又沒有扈從護駕，更沒有身穿朱紫官服，加上左右前後都是寒窗苦讀聖賢書的國子監普通學子，沒有誰知道自己近在咫尺的地方就杵著這麼兩位當朝大佬，只把他們當作了尋常的太安城儒士。

國子監持續喧囂熱鬧，成為京城上上下下的熱議焦點，國子監外的酒肆茶坊更是人滿為患，等著那場辯論結局的水落石出。

不斷有士子書生跑到街上大聲彙報「即時戰況」。

然而在幾乎人去樓空的翰林院，出現了兩張風塵僕僕的老面孔。一位是鬱鬱不得志潦倒多年的元先生，另外一位讓當值官員差點忍不住當面翻起白眼。

以前宋家兩夫子稱霸文壇時，那官員得人前人後都豎拇指誇讚一聲好一位宋家雛鳳，現在嘛，兩位夫子都死了不說，還談不上有啥哀榮，誰不知道風光無限的宋家是肯定沒機會東山再起了？沒毛的雛鳳不如雞，誰還樂意把你貶至貧寒地方當個小縣尉的宋恪禮當棵蔥？這樣的冷灶要是還能燒成，老子就把灶灰全吃了！

這名從七品清流官員倒是沒太過拿捏架子給臉色，終究先前出門訪親的元樸元黃門還在翰林院掛著職，抬頭不見低頭見的，沒必要為了一個宋恪禮損了多年八面玲瓏點滴積攢下來的功德。

元樸，或者說離陽帝師元本溪在自己屋內落座後，半寸舌的口齒自然含糊不清，「不去國子監看一看？那裡是你宋家的興起之地。」

跟隨元先生結伴走過大江南北的宋恪禮搖搖頭，平靜道：「舊地重遊無濟於事。」

元本溪沉默片刻，緩緩道：「陳望、孫寅，以後就是你的政敵了。他們不論事功學問，都不輸你。不過這兩人率先由暗轉明，這是你最大的劣勢，也是你唯一的優勢。」

宋恪禮點點頭。

◆

暮色中，相距翰林院不遠的趙家甕尚書省衙門，一名紫髯碧眼的高大老人獨自走到御街上，站在這條天底下最雄偉寬闊的街道中央，背對皇城大門，望向南方的天空。

老人沒來由記起自己年輕時候的一場偶然相逢。

那時候，那人也很年輕，起碼腿就沒瘸。

當時自己被恩師故意壓在翰林院，而至交好友已經在兵部擔任司駕主事，其餘同年進士也都各自有了一份錦繡前程，那是個文人被武夫壓得喘不過氣的時節。往前推十年，文人便如伶人，在朝堂上只配給武將當應聲蟲，若是再往前推移幾十年，王朝內處處藩鎮割據，人人封疆裂土，讀書人連應聲蟲都難做，馬屁沒拍對，或者拍得花團錦簇但是被武人誤會了或者聽不懂，說不定就會被直接喀嚓一下砍掉腦袋。

這麼一個王朝，不說中原正統的大楚，就是給大楚心甘情願當奴做婢的東越也有資格笑話這個北方的鄰居是一群未開化的蠢蠻子。而他因為生得紫髯碧眼，連中原人眼中的離陽北蠻子都要冷嘲熱諷。

在某個讀書人日子終於略微好過一些的深秋季節，那是一個天氣陰沉的日子，他去兵部衙門找好友開後門借閱一份有關兩遼疆土的輿圖。等他如願以償拿到輿圖，結果滂沱大雨驟至，他不敢讓雨水沾濕輿圖，只好在衙門口簷下躲雨。

可那場肅殺大雨始終不停歇，他就只能老老實實地等著。然後他看到一個年輕人撐傘而至，手裡拎著個小木箱子。對這個人，他見之不喜，因為此人身上有著濃厚的武人氣焰，觀其身上裝束，大概是個朝廷睜一隻眼、閉一隻眼的雜號校尉。

兵部衙門庭院深深，有數重數進，他猜測這人恐怕也就在第一進院子就止步了。果不其然，那傢伙被阻在第一進的院子裡，他就沒有再去上心在意了。只是等雨的時候，偶爾轉頭瞥一眼，看到那個貌不驚人的年輕武人孤零零站在大雨中，就這麼一直淋著雨，雨傘放在腳邊，還有那只打開的箱子，白花花的，應該是銀子。只是這丁點兒銀子，在胃口能吞天的兵部老爺眼中算什麼？同僚三、四人喝上一頓花酒的事情而已。

他依稀聽到那個吃了閉門羹的年輕人的話語，顛來倒去就是一個意思幾句話，「我徐驍拿腦袋跟諸位大人保證！只需給我一千兵馬一個月，只要一個月，下次拜會大人，就會讓人扛來十箱，十箱黃金！」

雨一直下，他聽到那個院中年輕人不斷大聲說話，不斷妥協。從一千兵馬減少到了八百，再到五百，而箱子也從十箱增加到了二十，再到三十箱。

當大雨終於漸漸轉小的時候，興許是在裡頭優哉游哉飲茶笑談的兵部老爺們，覺得差不多可以出門返家了，這才陸陸續續有三三兩兩的大人物走出重重庭院，談笑風生聊著天，目不斜視地跟那個年輕人擦肩而過。後來有個職方主事倒是終於打量了一眼，卻不是看那個討要兵馬的年輕人，而是看了眼箱子裡被雨水浸潤著的銀子，發出一聲嗤笑，似乎還陰陽怪氣說了句話，只是當時在門口躲避出院眾人的他沒能聽清。

他想著既然雨還沒有完全停掉，乾脆就等院內好友結束事務再說。

可能真的是天無絕人之路，他看到一位身穿虎豹補子的老人負手走出院子，身邊有一位兵部屬官殷勤幫忙撐著傘，傘面全都傾斜向老人。

老人經過那年輕人身邊的時候，停下腳步，用腳踢了踢箱子。因為雨小了許多，他聽清楚了那場身分懸殊的對話。

「哪裡人呀？」

「末將徐驍，來自遼東錦州！」

「打敗仗啦？」

「是！但是末將兄弟七百人，吃掉了洪成璀兩個主力營，其中一營還是騎軍……」

「什麼主力、什麼騎軍的，都是廢話嘛，輸了就是輸了。本官只問你一句，本官就當小賭怡情一次，給你點人手，但是你小子真能賺回本？」

「能！」

「嗯，那行吧。本官給你個虎符，可以去右衛軍調遣三百人。至於箱子，對了，你先前說是扛來多少只？」

「回大人，是三十。」

「三十？」

「五十！」

「呦，還挺上道。行，本官就給你三百人，記得回頭把箱子直接搬去本官府上。」

「謝過大人！末將定不辜負大人恩德！」

「哦，差點忘了，你叫什麼來著？本官可不希望到時候想殺人都不知道找誰去。」

「錦州營徐驍！」

最後，那名兵部大佬走出衙門大門，身邊跟著那個屁顛屁顛一手為其撐傘的官員，一手賣力拎著那只箱子。

他看到那個年輕武將雙拳緊握站在雨中，腰杆始終挺直，不過手中多了一枚虎符。

年輕人將虎符放入懷中，彎腰撿起雨傘，轉身走向大門。

他在年輕武將撿傘的時候就已經收回視線，眼觀鼻、鼻觀心面朝南方。

後者沒有急於撐傘，而是在門口簷下停下腳步，似乎看見了他，主動開口笑問道：「還在等雨停？」

他愣了一下，點了點頭。

然後那傢伙就朝他咧了咧嘴，很乾脆俐落地把傘拋來，根本不給他拒絕的機會，大步走下臺階，踩在泥濘中，漸行漸遠。

那一天，他張巨鹿記住了那個年輕武人的名字。徐驍。

那一年，還沒有用上永徽這個年號。

偶遇的兩個年輕人，一個還不是權傾天下的當朝首輔，一個還不是功無可封的大將軍。

更不是老死不相往來的政敵。

在這個祥符元年的末尾，只剩下他這個已是老人的張巨鹿了。

站在御道上的老人緩緩回過神，笑了笑，自言自語道：「我不喜飲酒，要是能在地下遇見你，得請你喝一杯。不過在這之前，就讓我為北涼撐一回傘吧。不為你徐驍，只為北涼百姓，亦是離陽百姓。」

祥符元年末，皇帝趙惇巡邊回京，御史臺和六科給事中聯名彈劾一人。

離陽首輔張巨鹿下詔獄，朝廷公布天下十大罪。

皇帝下旨，誅九族。

◆

廣陵道和南疆道接壤處的祥州，因一條年歲並不久遠的杏子巷而著稱於世。這條巷子兩側都是江南庭院，雖不宏大，卻精緻。住客也不是達官顯貴，而是一些當年沒有參與洪嘉北奔的落難文人，既有遁世的西楚遺民，也有上陰學宮心灰意冷的先生。這些讀書人落腳時，委實是手頭拮据，建造不出什麼大宅子。

范家府邸便在杏子巷的最深遠處。

范氏曾是南唐富可敵國的豪閥，這一房范氏先輩在當年逃難前的分家時不要珍寶，唯獨要了那一整樓最不易攜帶的藏書。這二十餘年捉襟見肘，若不是靠販賣新樓內的古籍，否則就淪落到揭不開鍋的境地了。

離陽昌盛，國運興，棋運亦興。好在范家出了一個不愛功名的棋癡范長後，與離陽朝廷新科探花吳從先並稱為「先後雙九」。兩人不到三十歲，就已是打遍廣陵江以南無敵手，尤其是後來成為京城八俊之一的探花郎吳從先，登科後被皇帝陛下欽點與離陽棋待詔四位大國手交戰，四戰全勝，獲得了匪夷所思的戰績。而在「先後之爭」中略勝一籌的范長後，就順勢成為隱約的離陽棋壇第一人，新獲「范十段」美譽。

范長後所居的杏子巷一時間車馬喧囂，只是這位棋癡一直閉門謝客，在棋盤上「閒談溫和，大方正派」的范長後，在生活中顯得尤為拒人千里。

范家藏書於「寬心」、「求恕」兩閣，其中求恕閣三層硬山頂，進深各六間，前後有廊，樓前鑿有一口正正方方的天井，占地三畝，青磚鋪地，不生一根雜草，為夏季曬書所用。不久前剛剛成為范氏家主的范長後定下數條嚴苛的藏書規矩，其中有代不分書、書不出閣，外姓與本姓女子皆不得登樓入閣，藏書櫃匙由多房嫡長掌管。

今天是個冬日溫煦的好天氣，適宜曬書驅除霉濕。一名相貌清雅的青衫男子把一捧捧刻本摹本取出閣樓，攤開放在求恕閣前的天井青磚地面上，親力親為，並沒有讓僕役代勞。

一個臉頰被日頭曬得紅撲撲的少女蹲在地上，隨手翻開那些書籍，不是看得津津有味，而是眉頭緊皺。

看了眼她的背影，男子莞爾一笑，伸了伸懶腰，瞥見一個巨大身影坐在天井邊緣日光與陰影交錯的臺階上，默不作聲。男子的愉悅心情浮起一抹陰霾。

這個魁梧巨人拜訪范家的方式極其震撼，沒有遞交名帖也沒有叩響門扉，而是從天而落砸在了范家後院的池塘中。當時范長後正與人下棋，陷入殫精竭慮的長考，對弈之人讓他把那個訪客帶來，范長後叮囑家內聽聞聲響的下人不要聲張，然後這個魁梧如天庭神人的傢伙就跟那一老一小形影不離，從不說話。

正是范十段范長後的男子走到老人身旁。老人坐在一條小板凳上，身前擺放了一張金絲楠木棋盤，手邊有一小盞白鹽，一碟脆生生的白蘿蔔，一碗白米飯。在那個肌膚金黃的魁梧客人出現後，老人就擺出了眼前這局殘棋，然後也不落子，不言不語。除非是那個少女跟老人說話，哪怕是范長後說什麼，老人也都懶得搭理。

范長後此時站在老人身後，對著那副大勢已成的官子局，心中滿腹狐疑。黑白棋子犬牙交錯，是典型的鬥力之局，很不講究棋形，但以范長後的眼光來看，這局棋遠遠不值得老人如此用心對待。

要知道他范長後在世人眼中是無師自通，且公認材質魯鈍，僅就天資而言，與少年成名的吳從先相差十萬八千里，只是靠著一股韌勁才得以大器晚成，在前幾年終於得以跟吳從先旗鼓相當。但是范長後當然是有師父的，而且還是春秋棋甲的黃龍士，若非如此，他范長後的「大器晚成」肯定要再晚二十年。

當今天下，圍棋以九段最高，那幾位身在帝王身畔的棋待詔頂尖國手，都是毋庸置疑的強九。鄉野高人也有些具備九段實力的高手，卻未必當得一個「強」字，而在上陰學宮求學而揚名的北涼郡主徐渭熊有「徐十且十三」的說法。

「徐十」是說這位女子實力遠超九段高手，是當之無愧的十段大國手，「徐十三」則是說她往往能下出十三段一般神鬼莫測的卓絕妙手，故而跟西楚曹官子算是同一流的圍棋聖手。范長後自認范十段的稱號勉強擔當，但對上徐渭熊和曹長卿還要差很多，有著一子之差的巨大距離。至於跟眼前這個師父相比，嘿，這次驚喜的師徒重逢，授業恩師讓他兩子，范長後依舊是十戰皆負。

老人盯著棋局，抓起一撮鹽撒在蘿蔔上，開口問道：「月天，還記得當年我跟你下第一局棋的時候，我說了什麼嗎？」

字「月天」、號「佛子」的范長後畢恭畢敬答道：「師父說了兩句話，一句話是真正功夫在棋外，一句是棋下得再好，也就那麼回事，會下棋和會做人，有天壤之別。」

春秋第一魔頭黃龍士「嗯」了一聲，嚼著清淡寡味只有些許鹹意的蘿蔔，「所以我除了教你下棋外，更要你不可耽擱了做學問。現在吳從先在京城一舉成名，你不爭什麼，反而比吳從先更出名，將來離陽朝廷不管誰坐龍椅，是姓趙還是姓什麼，都會有你的一席之地。」

范長後輕聲問道：「師父為何要我跟燕剌王世子殿下交好？是因皇帝殺首輔張巨鹿而失望嗎？」

黃龍士笑著反問道：「月天你難道覺得碧眼兒不該殺？」

范長後不敢跟師父故弄玄虛，坦白說道：「就算皇帝要為太子趙篆鋪路，殺張巨鹿一人足矣，誅九族，火候則太過了。」

黃龍士笑了笑，「先不說火候大小，你先說說看碧眼兒為何是必死之局。」

范長後走到棋局對面正襟危坐，沉聲道：「首輔張巨鹿大興科舉，為寒門子弟開龍門，且門下永徽公卿出現了殷茂春、趙右齡之流，不但是能臣，而且在張巨鹿的庇護下，得以在廟堂上順風順水浸淫官場多年，越發熟稔帝王心思和朝堂規矩，既知道如何明哲保身，又知曉如何養望蓄勢的同時賺取青史留名。

這等臣子，比起春秋那些君要臣死、臣情願赴死的骨鯁『忠臣』，不一樣了。即便君要臣死，臣可以不死，心底也不願輕生。以後不斷湧現的寒士重臣，既然出身市井，幾十年積攢的家底丟了便丟了，在某些時刻，不似根深蒂固的門閥子弟，要更富有捨得一身剮的氣概。張巨鹿是永徽之春的締造者，更是滿朝寒士穿紫黃的始作俑者，這是一死。」

黃龍士抓起一捧白米飯塞入嘴中，緩緩笑道：「遠遠不夠。」

「太子趙篆要登基，不出意外，會是一位太平盛世皇帝，身無軍功，但是朝堂上若是文有張巨鹿、武有顧劍棠，新帝趙篆便極難服眾。當今天子對首輔大人不斷下出『試應手』，晉蘭亭的彈劾，大將軍楊慎杏對薊州忠烈韓家的舊事重提，破格提拔柴郡王的女婿陳望，召齊陽龍進京，重新啟用中書省、門下省用以抗衡尚書省，諸多手段，一直在步步緊逼首輔。張巨鹿看似從頭到尾都是選擇步步後退，自行裁撤張廬勢力，接連捨棄趙右齡、殷茂春和白虢，僅留下公認最無宰輔器格的王雄貴，甚至在張廬最後一根棟梁的戶部尚書王雄貴被貶為廣陵道經略使離開京城後，張巨鹿依然沒有出聲。」

范長後說到這裡，停頓了一下，「但是，但是只要張巨鹿不死，哪怕自己『引咎』辭官，這位文官領袖丟了官後返鄉隱居山林，那麼本來就是用作抗衡張巨鹿作為過渡的大祭酒齊陽龍就會很尷尬。而且張巨鹿是幾歲，齊陽龍又是幾歲？到時候天下格局一有風吹草動，不在廟堂而在江湖的張巨鹿，反而會有機會成為眾望所歸的救世之人。

今時今日，張巨鹿和齊陽龍的懸殊待遇，以及在百姓心中的地位，屆時恰好就要顛倒過來。皇帝陛下豈會不明白其中的道理，豈會留給太子一個爛攤子？若是僅有此論，沒有我先前所說的張巨鹿第一死，還可以作為君王駕馭臣子的制衡術，可是既然將來是一個沒有大戰事的王朝，加上朝中越來越人才濟濟，皇帝的祥符之春，比起張巨鹿的永徽之春並不差，趙家留你張巨鹿有何用？」

黃龍士點點頭，「張巨鹿這二十年，是雪中送炭，不能殺。以後就只能做些錦上添花的勾當，尾大不掉，確實可以早點殺，這也算是一死。兩死了，你繼續說。」

范長後顯然胸有成竹，打好了早有定論的滿腹草稿，沒有什麼停滯與思索，娓娓道來：「先前兩死，是當今天子要考慮的身後事，此時涼莽大戰和平定廣陵，則是迫在眉睫的眼前事。張巨鹿生前四面樹敵，其中三面死敵分別是皇室勳貴、門閥文臣、地方武將。這三者一直對首輔大人憋著口滔天惡氣。

皇室宗親這二十年過著過街老鼠一般的苦日子，當初原本以為離陽趙室先帝一統天下，他們都是功臣，又是趙姓人，理所當然可以與皇帝共用江山，不料被徐驍和張巨鹿兩個人一文一武就分走了全部功勞，如何能忍？有張巨鹿這顆攔路石站在廟堂一日，那些世族身分的臣子如何有出人頭地的一天？張巨鹿越是大公無私，這群人為家族謀取利益就越難下手。

當時張巨鹿要大刀闊斧治理胥吏、鹽政和漕運三事，磕磕碰碰，工部老尚書不惜冒著惹怒首輔大人的風險，也要替人出頭從中作梗。老尚書為誰出頭？自然是為這一大幫家族盤踞地方的文臣。文武之爭是歷朝歷代的慣例，張巨鹿可以憑藉手腕擺平黨政氣焰，但是用廣陵靖難的陽謀，藉機不斷削藩和抑武，閻震春、楊慎杏、幾大藩王都成為實力折損的棋子，那些手握兵權的武將亦是不能忍的。皇帝殺惡人張巨鹿，為三方勢力出一口惡氣，可謂一箭雙雕，事後由新天子來安撫眾人，便可算一舉三得了。」

黃龍士臉色平靜道：「這也是一死。不過有件事你沒有點透，這一死的必死之處在於，張巨鹿在權勢巔峰時若是被罷官，那麼張巨鹿積怨已久的三個死敵胸中那口惡氣，也算吐出大半。氣易出而難聚，以後他們再想跟這位碧眼兒爭鬥，也就很難再有不死不休的決心了。抱著這種心態跟碧眼兒鬥，就算新皇帝給他們撐腰，肯定還是會被張巨鹿隨手弄垮青黨一樣分而治之。」

范長後正色肅然道：「徒兒受教！」

黃龍士伸手去抓所剩無幾的蘿蔔，瞥了眼這位贏得棋壇佛子名號的徒弟，問道：「這就沒了？那比你在襄樊城的那個小師弟可要差了太多。」

范長後微笑道：「張巨鹿不結黨自斷羽翼也就罷了，還故意跟最大臂助的坦坦翁分道揚鑣，澈底淪為孤家寡人。若非如此，那些無知士子哪裡有膽子在張巨鹿門口投擲罪狀書，來沽名釣譽？這幅景象，跟當年是個功名在身的讀書人就得罵上一罵人屠徐驍，如出一轍啊。若是桓溫堅定站在首輔身側，別說他們這幫一腔熱血的讀書人，就是晉三郎也沒這份氣魄。少了桓溫的張巨鹿，又是一死。」

黃龍士不置可否，只是岔開了話題，瞇起眼望向那盞鹽和那碗飯，笑道：「名士風流多逸事，這些流傳朝野的逸事，就像讀書人的鹽，光吃白飯就沒滋味了，死不了人，但就是缺了那股精氣神。早先偏居一隅藩鎮林立的離陽，文人成天被武人欺負得半死不活，自然屁大點的逸事都沒有。碧眼兒確實了不得，才短短一個永徽，就有翰林院當值黃門郎醺醉而眠，天子親自為其披裘，更有坦坦翁在禁中溫酒一壺論天下。所以說啊，天下讀書人膝蓋雖說還彎著，但是腰杆子終於還是直起了。」

范長後抬頭望了一眼那些日光下灑著的書籍，感慨道：「兒時那場喪家犬般的顛沛流離，記憶猶新。那些駐守關卡的武將只認金銀，處處刁難也就罷了，最讓我難以釋懷的是他們用長矛挑起書箱，滿箱子讀書人命根子似的孤本、珍本就那麼散落滿地，被肆意踐踏。我想一個書籍能安然曬太陽的世道，就是我們讀書人的好世道吧。」

范長後唏噓之後，深呼吸一口氣，說道：「張巨鹿科舉舞弊，長子侵吞良田，地方上家族與民奪利，罪證確鑿……」

說到這裡，范長後苦笑道：「真是滑稽的『罪證確鑿』啊！後兩者應該是真，可若說張巨鹿洩露考題，恐怕誰都覺得荒誕吧。不管真相如何，加上那樁牽連到老首輔的韓家慘案，這又是一死。」

范長後雙手握拳擱在膝蓋上，隱約有些怒氣，「這也就罷了，十大罪中竟然還有私通邊軍一事。私通誰？傾斜半國賦稅打造東線以禦北莽，那是先帝定下的國之大綱，張巨鹿何罪之有？」

黃龍士搖頭道：「這條罪狀說得最為晦澀，你猜錯了。這一條不是在說顧劍棠，而是在說北涼。當然，這裡頭也有順便敲打顧劍棠身後北地數十萬邊關將士的意思。張巨鹿掌權後看似步步為營竭力壓制北涼徐家，但其實那都是表面現象，北涼邊關該拿到的好處沒有減少。換成其他人來當首輔，朝廷這邊也許會烏煙瘴氣，但起碼北涼那邊會更加難受。這是張巨鹿在拿損耗君臣情分的代價，為王朝西北換取一份隱蔽的安穩。這，當然是一死。」

范長後愕然，繼而站起身，面朝北方重重作了一揖。

黃龍士冷笑道：「是不是越發覺得碧眼兒不該死了？別看當下好像有無數人為首輔大人的倒臺偷偷拍手稱快，其實真正的明眼人，尤其是像你這種打心底認為『民為重、君為輕』的讀書人，一個個都在咬牙不語。

你以為當時好像所有人都在罵徐瘸子，就真是所有人在仇視北涼了？碧眼兒、坦坦翁、顧劍棠、閻震春、盧白頡、盧升象，還有許拱等，真是只有仇視而無由衷敬仰？要知道當時徐驍帶著北涼親騎披甲策馬南下，率領前往邊境阻截徐鳳年的顧劍棠嫡系大將蔡楠，整整六萬人馬，面對那個老瘸子，別說與之一戰了，而且直接心服口服地跪下了，只說了句很多將士都清清楚楚聽在耳中的『末將參見北涼王！』

不但是他這個被朝廷寄予厚望用以壓縮北涼生存空間的大將軍蔡楠，六萬甲士都一樣的心思，把遠遠見著大將軍徐驍一面視為一生中的莫大榮耀。結果到最後，成了徐驍代替顧劍棠巡視顧家鐵騎。廟堂文臣私下說起來憤憤不平，但是離陽各地的武將士卒那可都不覺得有啥丟人現眼的。徐驍如此跋扈而霸氣，是他應得的，張巨鹿有你這樣的讀書人默默記在心中，同樣也是碧眼兒應得的。故而這又是碧眼兒的一死！」

黃龍士面無表情地從棋盒中拈起一枚棋子，輕聲道：「太子趙篆對這位首輔素無好感，曾經試圖結好張巨鹿幼子張邊關，無果。亂世養武將，治世重文臣，此人，註定會是個文人皇帝。但為了文武平衡，必然要延續先帝趙惇留下尚書、門下、中書三省相互掣肘的棋局，閣臣會比當下更多，但文臣領袖絕對不能有。趙篆要坐穩龍椅，張巨鹿又是一死。

張巨鹿看事情比所有人都要遠，以自汙導致身敗名裂，且不留退路，警醒後世。碧眼兒無比清楚以後形成文人治國的格局，刑不上大夫這個『禮』，會被文臣反復提起。自永徽元年起，尚書省獨大，不說六部尚書，就是侍郎也沒有一個被殺頭，若是按照當下的勢頭，離陽以後就更難死『士大夫』了。

其中有件事的苗頭很有意思，那就是宗室貴胄和豪閥子弟的貪瀆，多少講究一個吃相，可寒士出身的文臣，抖落掉身上的泥巴後，就要更加沒臉沒皮，手段也更加隱蔽。碧眼兒顯然對此是心知肚明的，所以這一死，是他自求的。只不過在我看來，死一個首輔，對待『世風日下』的後世，實在是用處不大。但正因為如此，張巨鹿這一死，最讓我黃龍士佩服。

皇帝趙惇要他死，張巨鹿願意死，又是一死。這一死，是讀書人『貨與帝王家』的最無奈，但也是讀書人問心無愧的最風流。」

雙指拈棋始終不落於棋盤上的黃龍士不再言語，鹽、米飯和蘿蔔早已吃得一乾二淨。

范長後輕聲道：「張巨鹿有九死了。」

黃龍士低頭看著棋局笑問道：「都說九死一生，你覺得碧眼兒還有那一線生機嗎？」

范長後搖頭道：「眾人要他死，他又不想生，如何能活？」

黃龍士把那枚白棋敲在東北棋盤一處，而且還重新正了正位置。

范長後十分驚奇，師父與自己對弈，向來落子如飛，更不要說刻意去擺正已經落子的棋子位置了。因為黃龍士說過落子即生根，世事從來如此無情，世上就算有長生丹，也不可能有後悔藥。這讓原本對棋局沒了興致的范長後重新生出好奇，仔細看去。

在這位范十段專心致志找尋答案的時候，黃龍士彎腰伸手從棋盒中抓起一枚黑棋，望向棋盤上偏西的位置，握棋子的兩根手指在那裡畫了個一圈，淡然道：「先前你看我一氣呵成擺成這副棋局，別看此地貌似大戰正酣，黑白雙方對殺極其巨力，但其實很可笑，很有可能無關大局。」

跟黃龍士面對而坐的范長後心頭一跳，俯瞰棋局接連問道：「是離陽、北莽對峙局？這裡是北涼？北涼擁有三十萬鐵騎，怎麼可能無關大局？師父，我真的想不通，可以幫徒兒解惑嗎？」

黃龍士將那枚黑棋丟回棋盒，笑道：「你一個范十段怎能猜到北莽太平令的下一步？別費腦子了，給你一百年也想不出來的。下棋能有你這份功力，差不多可以了，以後就想著怎麼在新朝局中博取功名吧。棋力越高，為人越虛啊。」

范長後小心翼翼看了眼自己的師父。

黃龍士笑道：「說的是你們這些凡夫俗子，師父和那位北莽帝師不在其中。」

范長後問道：「那西楚曹長卿？」

黃龍士笑道：「一半一半。知其不可而為之，他啊，就是個傻子。曹長卿整個後半輩子其實都在爭一口氣，毫無意義。」

遠處傳來「呵」一聲。

似乎是在嘲笑這老頭兒胡吹牛皮指點天下，黃龍士有些尷尬，范長後看到師父吃癟，則想笑不敢笑。

黃龍士站起身，走到還在那兒翻書的小姑娘身邊，揉了揉她的腦袋，很心疼地嘆息道：「閨女啊，以後別找那銅人的麻煩了，妳殺不掉的。」

老人拿起一本書，走向正是被齊玄幀一把丟到廣陵道此地的北莽銅人師祖身邊坐下，但是很快被呵呵姑娘擠在兩人中間，黃龍士不得不往邊上挪了挪屁股，伸出手掌放在書本上，感受著日光殘留的溫暖，說道：「我年輕時去斬魔臺拜訪過齊玄幀，那位大真人說了句自己提筆寫書，不如清風翻書人看書。我黃龍士是不信也不答應的，否則這一遭就白走了。」

銅人師祖一言不發。

黃龍士轉頭問道：「還有多久？」

銅人師祖依舊雙目無神望向正前方。

求恕閣的這一方天井，重歸寂靜無聲。

◆

一日復一日，全天下終於都知道當朝首輔張巨鹿死了，死在獄中。

那時候，世人才記起一個該死卻不死的老王八，好像很早以前就送給當時如日中天的首輔大人一句晦氣讖語。

「難過除夕。」

那時候所有人才恍然大悟，好像大魔頭黃三甲所有的斷言，都一一應驗了。

除夕，月窮歲盡，故而與新春首尾相連。

舊歲至此而除，另換新歲。

祥符元年的除夕夜，杏子巷不論老幼都在燃燈守夜迎新年，范家也是如此。

寬心閣前，銅人師祖站在天井中央，舉頭望天。

小姑娘和范長後坐在石階上。

小姑娘板著臉，范長後則是像個孩子，低頭哽咽。

白天裡，師父破天荒耐心跟他說了許多事情許多道理，說了幾位仍然在世大幕僚的各自謀劃布局，說了離陽太子趙篆和燕剌王世子趙篆的優劣，說了他應當如何策應小師弟陸詡，如何在幾大股勢力的血腥絞殺中脫穎而出，甚至連如何功成身退都說與他聽了。

最後師父跟他說了一句莫名其妙的話，就像是後世史書上給他范長後的蓋棺定論——范長後，喜功名，擅權術，文采斐然，內酷烈而外溫和，離陽中興六臣之一，善終，謚文貞。

閣內，獨占春秋三甲的老人手持一盞油燈，安靜走在書架與書架之間，燈芯漸燃漸短，隨著新春將至，燈芯越短。

燈火飄搖，就要熄滅。

黃龍士走到窗口，望向夜空，笑容灑脫，呢喃低語道：「很高興遇見你們，葉白夔、徐驍、張巨鹿、元本溪、李義山、趙長陵、顧劍棠、納蘭右慈、桓溫、齊陽龍、曹長卿、李當心。」

老人舉起那盞油燈，「敬你們，敬春秋，敬你們的金戈鐵馬，敬你們的寫意風流！」

老人打開窗戶，將油盡燈枯的那盞油燈隨手丟出窗外，哈哈大笑道：「我這一生，何其壯哉！」

第十三章　太安城趙篆登基　胭脂郡鳳年訪臣

在祥符元年那個多事之秋的時節，廣陵道的戰況實在是讓人痛心疾首的同時腹誹不已。楊慎杏兵出薊州被甕中捉鱉，閻震春三萬精騎全軍覆沒，雖然結局不堪，但好歹都真刀真槍跟西楚叛軍對上了，對比之下，幾支靖難王師的扭扭捏捏簡直是讓朝野上下都感到荒唐！

淮南王趙英率軍離開轄境後屯紮滑山，按兵不動；靖安王趙珣的六千騎在到達蒿鼇湖後也沒了動靜；至於那位燕剌王世子，除了一路北上的途中惹得雞飛狗跳，真到了廣陵道南部，乾脆澈底沒影了，敢情你這位殿下根本不是奔著靖難去的，而是大搖大擺打秋風養秋膘來了？

但是再過幾天就是祥符二年的年關時分，淮南王的出兵讓人精神一振，離陽對這位以性子軟弱著稱於世的藩王大為改觀，竟是一舉連克滑山以東黃羊、小腥、恨這三關！

其中黃羊關守將宋武陽原本已經參與叛亂，在關隘豎起了姜字大旗，但是淮南王趙英列陣關外一里路，一騎獨出，招降宋武陽，後者下令城弩射殺，結果被副將王檄突然拔刀斬殺當場，王檄開門迎接淮南王趙英麾下大軍入關。

淮南王以降將王檄三千兵馬為先鋒，連夜奔襲小腥關，守將紀雲堅決不降。趙英下令強攻，親自督戰，王椒部卒冒著箭雨先填壕溝，再架雲梯以蟻附之勢攻城，兩次攻城，陣亡五百餘人，親身陷陣的王椒渾身浴血，請求休戰，趙英不許，讓王椒一旁觀戰，下令嫡系親軍展開攻城。

黃昏時刻，源源不斷的床弩、投石車和撞城木陸續趕到戰場，雙方血戰至夜幕降臨，淮南步卒戰死於城下八百人，趙英始終握鞭騎馬位於趙字大旗之下，無動於衷。第二日拂曉，再度展開攻城，趙英心腹將領夏屏率領八十先登死士首次攻上城頭，全部力戰而亡，夏屏屍體被守將紀雲以鐵矛捅落城頭。王椒憤而請戰，蟻附而上，一身鐵甲嵌入羽箭六、七支，被巨石擦在肩頭，砸回地面，起身後攀梯而上，又被一鍋滾燙油汁當頭潑下，從雲梯墜地，親衛冒死抬回。

身穿那件明黃藩王蟒袍的趙英，望著無比膠著的慘烈戰況，耳中充斥著城頭那邊的哀號和喊殺聲，以及自己身旁的擂鼓聲，當然還有寒風吹動趙字大旗的獵獵作響聲。這位在離陽王朝一直只是眾人譏諷對象的趙姓男子，緩緩抬起頭看著旗幟所繡的那個趙字，嘴唇抿起，似有一種負重多年終於如釋重負的解脫笑意。

攻城一方的撞城錘木都換上了第四架，最遠可及三百步仍具有可觀殺傷力的巨大床弩也毀壞大半，而小腥關幾座弩臺上的弩機早已沒有密集弩箭可射，零零星星，再無氣焰。但是誓死與城關共存亡的小腥關依然垂死掙扎，防禦凶悍，釘滿長五寸、重六兩釘子兩千多顆，四面裝刃以增殺傷的狼牙拍悉數破爛，城上絞車施放且可以收回的夜叉檑和車腳檑更是斷了粗壯繩索，但是城頭上還是不斷有勇健甲士拋下鋒銳鐵鉤和長鐵鍊組成的「鐵鴞子」，狠狠拋出後，即可鉤住攻城士卒的盔甲甚至是身軀，就像釣魚一般將上鉤之人懸掛在半空，更有形狀奇特的銼子斧或鉤刺或鐽砍攀城之人的手臂。

稍稍策馬靠近戰場的趙英就親眼看到一名士卒的整條胳膊被鐽斷，那手臂便先於士卒從城頭掉落。

趙英對此無動於衷，神情漠然地掉轉馬頭。

岌岌可危的小腥關告急，紀雲不得不命快騎出東城門求救於恨這關，約定雙方在清晨卯時一起奇襲淮南王大營，小腥關到時候會主動打開城門衝出養精蓄銳的兩百騎軍，紀雲領頭衝陣，騎軍之後就是小腥關僅剩的四百人。趙英命麾下高手率十騎精銳斥候追殺，不料還是被負傷逃脫。

第二天寅時，知道小腥關注定無法再守的紀雲果真懷必死之心，跟兩百騎軍出現在城內門口，不管恨這關主將是否救援，他都會為了大楚而戰死。正值壯年的紀雲不是不惜命，不是不懂時務，但是在他二十歲那一年的及冠，沒有出現本該為其授冠的父親，也沒有觀禮慶賀的大賓，是他自己為自己加緇布冠，因為身為大楚武將的紀海早已戰死沙場，叔伯三人亦是相繼戰死。

坐在戰馬上的紀雲讓部下打開城門前，回頭看了眼那些火把照耀下的一張張臉龐，沒有說話，只是猛然抱拳。

這一天，西楚叛軍小腥關守將紀雲，於卯時出城主動衝擊淮南王。只是「趙英大軍」似乎早有所料，有條不紊地列陣而守，而三關中騎兵數量最多的恨這關，不顧西線主將謝西陲當時定下的據守軍令，傾巢出動，八百騎軍和兩千五百步卒火速救援，被守株待兔的趙英真正主力在半途中打了個措手不及，先鋒八百騎在勁弩攢射之下傷亡慘重，大軍一觸即潰，主將副將皆在混亂中被淮南王遊騎射殺，只留下老弱殘兵的悵這關城頭比小腥關更早以一支奇兵換上趙字大旗，悵這關步卒統領帶領七百兵馬逃回城下後，自刎而死。

紀雲在三次衝鋒後，死於淮南王趙英大將侯大通的一支羽箭，透顱而過，墜馬死絕。

小腥關兩百騎四百步卒，同樣全部死於衝陣。

身穿惹眼蟒袍的趙英下馬走過那些屍體，慢步登上城頭，望著東方升起的旭日，笑著說了句：「日出有曜，羔裘如濡。」

接連告捷、三關在手的淮南王並沒有向太安城傳遞哪怕一封捷報，甚至沒有就此占據廣陵道西大門戶之一的險隘悵這關，事實上這位藩王在破關後，就完全沒有分兵消化勝果的意圖，只是讓重傷的王檄和他的殘部繼續留在黃羊關。

在三關城頭插上趙字大旗後，他率領所有淮南道士卒繼續向東而行，兵鋒直指險峻難攻的搖幽關。

在悵這、搖幽兩關之間，是水網密布的廣陵道西面難得一見的平原地帶。

淮南王在悵這關稍作整頓後，帶上了一切可供騎乘的戰馬，緩緩推進。這個架勢，彷彿是在安靜等待緊急趕赴搖幽關的大楚西線主帥，那個年紀輕輕就讓整個離陽朝記住名字的天才將領——謝西陲。

更靠近搖幽關的平原地帶，雙方都擁有足夠整頓時間和斥候偵察的兩軍開始遙遙對峙。

淮南王趙英下馬後，在蟒袍之外披上一具精緻甲冑，背上一只珍藏多年的箭囊。這位被譏諷為志大才疏的趙姓藩王，這個就藩之後常年酗酒裝瘋賣傻還要被當今天子多次申斥的可憐蟲，這個在長子「無故」死於丹銅關後便一直膝下無子的男人，翻身上馬，直視前方，對身邊兩位跟隨多年的將領笑道：「侯大通、虞千山，夏屏先我們一步，跟咱們幾個在年輕時約定那樣死在戰場上，現在輪到我們三人了。這麼多年，連累你們活得如此憋屈。」

侯大通哈哈笑道：「活得確實挺憋屈，這不死得挺痛快嘛。等會兒我非得多殺幾個西楚餘孽，保證氣死老夏。哈哈，忘記這傢伙已經死了！」

虞千山比相貌粗野的侯大通更像個搖晃羽扇的文雅謀士，但也是披甲佩劍，微笑道：「你們倒是痛快，難為我這個讀書人了。」

趙英在下令展開衝鋒前，閉上眼睛，輕聲道：「父皇，兒臣不孝，這些年都沒機會去皇陵敬酒，今日就以血代酒。」

淮南王趙英正前方，有兩千重甲步卒列陣拒馬，而步軍兩翼各有一千精騎，更有近千遊騎遠遠游弋，伺機而動。

這一日，除去從淮南道各地徵調的四千兵馬外，藩王趙英連同侯大通、虞千山兩員大將心腹以及所有近衛親軍，人人戰至陣亡，無一人是背後中箭矢而死，無一人是被遊騎背後砍殺致死。

同一日，聞訊一路從蒿鷲湖疾馳趕來的靖安王趙珣六千騎，在黃昏時刻到達戰場周邊，在明知大勢已去、回天無力的前提下，在明知搖幽關仍有一千重騎紋絲不動的情況下，在親眼看到淮南王趙英的屍體被西楚武將一矛挑落馬背時候，年輕藩王趙珣依舊決然率軍衝鋒！

六千青州騎，最終只剩下兩百騎拚死護衛趙珣逃離戰場。

這一戰，參加靖難的兩大藩王一死一傷。

正值年關，西楚叛軍的搖幽關大捷，意味著本就不厚重的包圍圈口子大開，兩面漏風，對離陽朝廷而言可謂是雪上加霜。前者可以歡天喜地地辭舊迎新，後者則在閻震春戰死後，京城再度籠罩上了一層厚重的陰霾。

所幸繼楊慎杏、閻震春之後，又一位成名於春秋的持重老將在和主帥盧升象開誠布公地一番長談後，帶兵南下，三萬大軍直逼青秧盆地，不求大敗西楚，只是力求救出大將軍楊慎杏被困的四萬薊南步卒。

一直在佑露關停滯不前的驃毅大將軍盧升象，也終於在萬眾矚目中有所動靜了，率軍沿著豫東平原向南進軍。但最能安定人心的一件事，不是將近十萬大軍的調動，而只是因為兩個人出現在太安城。

一位是巡邊返京後就讓首輔大人下詔獄的皇帝陛下，一位是伴君而行的大將軍顧劍棠。

那位曾經因為一件雞毛蒜皮小事就對淮南王責罰的君主，回到太安城後只下了兩道聖旨——前一道是讓張巨鹿死得淒涼，不予諡號；後一道是讓藩王趙英死得極盡哀榮，諡其「毅」，且言「朕若失股肱」。

年關不好過，但終究還得跨過去。

◆

太安城，爆竹聲聲辭舊歲，只是比起以往缺了那份喜慶氣。

就這樣，離陽朝廷迎來了祥符二年。

新的一年第一次早朝。

皇帝趙惇坐在龍椅上，這是這位君王登基以來不知道第幾次這般坐北朝南了。他透過寬闊的殿門，透過寬闊的宮門，直直望向那條一覽無餘的御道。

帝王自當南面而聽天下，向明而治。

興許是敏銳察覺到當今天子的走神，司禮監掌印太監宋堂祿沒有按時喊出那句「有事啟奏，無事退朝」。

朝堂上的文武百官和殿外的臣子都恭敬低著頭，收斂視線，屏氣凝神安靜等待，那些個對早朝一事苦不堪言的年邁老臣，都開始不露痕跡地打起盹來。

皇帝一點一點緩慢地收回視線，從那條好似沒有盡頭直達南疆的御道收回到宮門。皇帝還清清楚楚記得當年召見先滅大楚再平西蜀的兩位武將。

年長的那個瘸子，步子不急不緩，不是那種因為瘸拐的慢，而是一種走在這條為人臣子最該鄭重其事的道路，卻還不當回事的那種散漫。此人佩有一柄那名震天下的徐家刀，他的一步一步走近，讓身為九五至尊的自己有一種倍感恥辱的窒息感。

而瘸子身後的那個年輕人，相貌堂堂，一襲白衣，真是年輕啊，讓人見之便心生親近，尤其是他這個坐擁江山的新君，恨不得放低身架與之把臂言歡。在心底，新帝認為先帝可以有那個瘸子為之南征北戰，那麼他自己也該有一個有過之而無不及的白衣兵聖，他一樣可以像先帝那樣富有魄力地給予一個年輕武將最大的權柄、最多的兵馬，為他牽馬送行，讓他放開手腳去揚鞭塞外，君臣聯手建立前無古人的邊功。

只是當年那個白衣年輕人拒絕了，皇帝有失望，但沒有生氣。

再後來，皇帝看著那些日後熠熠生輝的年輕讀書人也是這般在晨曦中，他們帶著難以掩飾的拘謹和興奮，一步步走入自己的視線。

殷茂春、趙右齡、白虢、王雄貴、鄭貞賢、錢又建……琳琅滿目。

他們共同締造了離陽王朝的永徽之春，而他們註定會與寡人一同在青史上流傳千古。

永徽末年的朝會，廟堂上沒有那兩個桀驁難馴的礙眼藩王徐驍和趙炳，但是有顧劍棠、楊慎杏、閻震春這樣功勳顯赫的武將，還有盧升象、盧白頡這樣有足夠年月去積攢戰功的青壯將領。有張巨鹿、桓溫、姚白峰這些漸漸老去的文臣領袖，有殷茂春這些正值壯年的名士，更有那些好似取之不盡、用之不竭的一甲三名狀元郎、榜眼郎、探花郎。

先帝曾經深深遺憾自己最早志在天下時，用人處處捉襟見肘。

但是他趙惇不一樣，他真正感受到了坐擁江山的那種豪氣。

皇帝又收回一些視線，看到了那座殿門。

那座門檻，就是一道至關重要的龍門，天底下所有官員都想要跨過。

他親眼看著一位位官補子繡白鷳、鷺鷥或是熊羆的年邁文官武將，年復一年跪在殿外廣場上，眼巴巴看著這座老百姓口中的金鑾殿，一直跪到躺進了棺材還沒能進入其中。

也曾看到許多想笑但強忍著的場景，有人餓暈了、曬暈了被太監抬走，有人憋不住尿急被發現申斥記過，甚至還有前一日為了搶花魁撕破臉，第二天便相互偷偷肘擊的同僚。還有人悄悄打著哈欠被他這個皇帝眼尖發現，開玩笑地故意板著臉喊他入殿聽訓。

他記得那傢伙不等他發話，嚇得撲通一聲趴在地，七尺男兒，不停磕頭，淚流不止。他溫言問話，得知此人前夜在戶部衙門當值，幾乎一宿沒睡，便准他告假休息一天。他還笑著詢問殿上的戶部主官能否批准，當時還不是王雄貴更不是白虢坐戶部尚書那個位置，素來以嚴謹聞名的老尚書難得玩笑附和了一句，「陛下金口一開，臣不准也得准」，六年後那個戶部官員去了淮南道高升郡守，老尚書則早已致仕還鄉。

皇帝再次收回視線，放在了大殿內。

西楚老太師孫希濟的那把椅子沒了，這個老頭子當下應該是在西楚皇宮內站在那個小丫頭的身前。

皇帝對這位老人談不上憎惡，幾次君臣對話，皇帝都佩服老人的淵博學識，甚至私下明言暫時只有西楚的水土才能賦予老人這種獨到氣韻，當然只是暫時而已，老人也是真誠地點頭認可。這樣的老人，哪怕去了西楚，皇帝覺得就算日後朝廷大軍平定廣陵道，只要老人還願意活下去，那麼離陽王朝就應該有讓老人安享晚年的胸襟。

皇帝最後看著背對自己站著面南的年輕人，身穿正黃蟒袍。

是他的兒子，太子趙篆。

對於這個已經監國一段時日的兒子，皇帝沒有什麼不滿意。

只是看著他，就難免對嫡長子趙武有些愧疚，所以他打算將那個據說風華絕代的陳漁遠嫁邊關的趙武。

而躍過太子的頭頂，皇帝看到了一個刺眼的空位。

那附近有站在那裡有些年頭的門下省桓溫，還多了一個新任中書令齊陽龍。

另一邊還站著從兩遼返回的大柱國顧劍棠。

就是唯獨少了那個人。

皇帝雙手下意識握緊龍椅的扶手。

他去了一趟詔獄，但始終遠遠站著，一直從深夜站到清晨，卻沒有走近去面對那人。他怕，怕那個紫髯碧眼兒在獄中會狼狽不堪，怕自己會看到當朝首輔失魂落魄的模樣。但心底真正怕的是，怕這個叫張巨鹿的讀書人，根本沒有半點頹然，只會笑著罵他趙惇是一個昏君！

宋堂祿幾乎是同時朗聲道：「有事啟奏，無事退朝！」

嘴唇輕輕顫抖的皇帝悄悄鬆開手。

◆

寒氣侵骨的夜色中，一對夫婦攜手走在萬籟寂靜的宮中，走到一座雄偉大殿前。

神采奕奕的男子轉身幫妻子緊了緊狐裘的胸前繩結，然後抬頭望向那座殿閣的頂部，伸手指了指，輕聲笑道：「肝膽相照，君臣共分秋月。意氣相投，兄弟共坐春風。這是先帝與徐驍、楊太歲在那兒的情誼。」

男子側身溫柔握住妻子的雙手，低頭幫她呵了一口熱氣，然後說道：「『大丈夫當雄飛，安能雌伏？』這是趙衡七歲就在先帝跟前脫口而出的言語，我萬萬說不出。『弟願無恙者有四：青山，藏書，美人與兄長。』這是趙毅那個大胖墩說的，所以天下是我這個兄長的，但我樂意送給他一個廣陵道。

趙炳那傢伙少年時，經常自稱可以聽見床頭短劍嗚嗚作龍虎吟，只是越年長越沉默寡言，我就把他打發去了南疆。打北莽，沒他的事情。至於趙英、趙睢，我對他們一直沒什麼感情，但是趙英既然死得其所，我也不會吝嗇什麼。」

男人看著眼眶泛紅的妻子，突然笑了，「我知道，我這是迴光返照時日不多了。」

他的妻子，母儀天下的皇后趙稚，把腦袋輕輕擱在他的肩膀上。

只是趙惇而不是什麼皇帝的男人撫摸著妻子的頭髮，柔聲道：「這輩子沒什麼遺憾，就是覺得陪妳的時間太少了。說來好笑，也許我面對那幾位閣臣、面對那些奏章的時間，都要比在妳身邊的時間更多。」

趙稚突然問道：「還記得我們當年那個把戲嗎？那時候你只是皇子，我是皇子妃。」

趙惇哈哈大笑，退後一步，一本正經作揖道：「皇后娘娘千歲千歲千千歲。」

趙稚也退後一步，「陛下萬歲萬歲萬萬歲。」

片刻後，趙惇摀著嘴，仍是不停咳嗽出聲。

趙稚幫著輕柔捶背。

趙惇緩過來後，握緊她的手，「走了。」

趙稚「嗯」了一聲。

她說道：「陛下，知道嗎？能嫁給你，我很開心。能跟你白頭偕老，更開心。」

「我知道妳一直覺得自己長得不夠好看，但其實啊，妳已經好看得不能再好看了。瞧瞧，妳都有白頭髮了，我一樣還是看不厭，還是跟當年初次看到妳一模一樣。一眼看到，就喜歡得不行，喜歡到此生再不會不喜歡了。」

「原來你也會說這些情話啊。」

「哈哈……情話自然是會說的，只是以前總以為天底下最好的情話，就是跟妳一起走到了今天，還能讓妳知道我比初見鍾情更喜歡妳。」

被緊緊牽著手的婦人停下腳步，嗚咽抽泣，很沒有一位女子母儀天下該有的風範。他也跟著停腳，試圖伸手幫她擦拭淚水，但是他最終倒向了她。

她摟著他，雖然淚痕猶在，但眼神異常堅毅，壓低聲音說道：「走了也好，你總算可以安心歇息了。我會幫你看著這大好江山，幫你看著坐在龍椅上的篆兒……」

◆

才步入祥符二年，就傳來一個天大的噩耗。

離陽王朝的開春，舉國上下皆縞素。偌大一座太安城，更是處處可聞哭聲。

然後，一名當了二十多年皇子和只穿了才一年太子蟒服的趙姓年輕人，名正言順地穿上了那件王朝獨一份的衣服，君臨天下。

年輕的一國之君，穿著無比合身的嶄新龍袍，高高坐在那張椅子上。他在滿朝文武行跪拜大禮之時，面無表情地跟歷代皇帝一樣舉目望向遠方。

皇帝這時候本該是虛手一抬，不失禮儀地沉聲一句「眾卿平身」，但他沒有急著開口。他瞇著眼，盡情欣賞著殿內殿外黑壓壓的跪拜身影。他不說話，就沒有人可以起身。因為從現在起，離陽皇帝就是他趙篆了啊！他有意無意地瞥了一眼西北方向，嘴角不易察覺地微微翹起。

◆

在幽州邊境胭脂郡，陶家是可以稱為郡望的名門大族，族中子弟在幽州官場文武兼備，而且陶氏家風樸厚，陶氏家主陶錦藻極富善名，建造義倉儲糧，多次開倉賑災幽州。

在北莽百萬大軍壓境北涼的時刻，胭脂郡許多大族都遵循狡兔三窟的治家理念，讓年輕子弟攜帶財產偷偷轉出北涼，唯獨陶家沒有任何動靜。

一行人十數騎於這個開春時分的深夜趕赴陶家大宅。夜色中，馬蹄密集踩在那條豎有朝廷御賜六座牌坊的青石板路上，顯得格外清脆悠揚。

年過五十的陶錦藻先前得到一封措手不及的密報後，慌忙披衣而起，舉家出動，大開儀門，一家百餘口一起畢恭畢敬跪在門外石階下。

為首一騎是個全身籠罩在厚重裘袍裡的年輕人，身後是一名兩縷雪白長眉飄搖的獨臂老人、一名身材猶勝北地健兒的白衣女子，之後十餘扈騎皆是負短弩佩涼刀，清一色白馬。

陶錦藻兩個待字閨中的孫女並肩跪著，忍不住壯起膽子偷偷瞄著那位正笑著扶起祖父的公子哥。真是俊逸極了，皮囊好，氣質更佳，她們猜測難道是某位趁著士子入涼而崛起得勢的中原世家子？往日總能聽說江南那邊的書生，英俊且風雅，舉手投足都會有一股書香氣，跟北涼本地男兒那是一個天、一個地。不過她們當然猜錯了，外地士子在北涼官場紛紛見縫插針占據座椅是不假，但除了包括郁鸞刀在內屈指可數幾人，還真沒誰有資格能讓陶氏家主如此興師動眾，令她們一見傾心的這位，正是率領十騎白馬義從微服夜行胭脂郡的北涼王。

徐鳳年跟陶錦藻快步走入大門，見一名婦人懷中的稚童生得清秀靈氣，便摘下腰間的一枚玉佩，笑臉溫煦地送給那孩子當見面禮，然後徐鳳年先讓陶家老幼婦孺都散去休息，只剩下陶錦藻、陶文海父子相隨。

沒有什麼客套寒暄，徐鳳年壓低聲音直截了當問道：「從陵州趕來的最後一撥拂水房諜子都安置妥當了？」

心情激盪的陶錦藻平緩了一下情緒，稟報道：「這一撥二十六人都已在各處安插完畢。三撥人馬總計八十一人，加上先前從王府祕密派遣到胭脂郡的四位二品小宗師和十五位三品高手，在暗中可以相互策應，一切準備就緒，只等潛入境內的北莽死士自投羅網。如今邊境各個關隘都已關閉門戶，又有邊軍精銳游弩手和幽州當地斥候大舉四處游弋，就算有些漏網之魚越過防線，也很難深入幽州腹地刺殺官員。」

徐鳳年點了點頭。

澹臺平靜、隋斜谷和白馬義從自然不會參與密談，只剩下徐鳳年和陶家父子在一間雅室落座，窗外可見叢叢茂盛綠竹。

去年年末，離陽各地降雪皆重，北涼更是如此，今年的倒春寒不如以往那麼酷寒難熬，只是徐鳳年坐下後也沒有脫去那件裘子，陶錦藻、陶文海父子二人也被賜座坐下，但很顯然面對這位威名在外的年輕藩王，哪怕在自家地盤上，二人還是十分拘謹，反而像是寒酸客人——上了歲數的陶氏家主是敬畏，擔任胭脂郡一個中縣縣尉的陶文海則是敬佩多過畏懼。

很快就有一名身段婀娜的女子端來熱薑茶，放下後又去房間角落屈膝坐下，彎腰嫻熟伶俐地打開屜盒，將十數種珍貴香料放在她身前一方紫檀質地的小几案上。檀案上先前陳設有典型的「主婢三件」，一瓶、一爐、一盒，爐為主、瓶盒為婢。

徐鳳年雙手捧著薑茶喝了一口，頓時寒氣驅除幾分，浸潤得心脾溫暖。

在這個難得浮生偷閒的間隙，下意識望向那個給人安靜祥和感覺的女子，大概她便是那種所謂弱骨豐肌的動人女子，穿著輕重合宜，但是胸脯、腰臀處的銜接和跪坐的腿，種種圓潤曲線不因冬日衣衫而消失。

徐鳳年當然不至於心生旖旎，更沒有半點要與她發生點什麼的念頭，只不過這般出彩女子，確實賞心悅目。徐鳳年是雅玩鑒賞的行家裡手，說是宗師也不為過，否則太安城也不會對那些早年被北涼世子殿下用印章糟蹋為「贗品」的字畫趨之若鶩。

徐鳳年一眼望去，就知道那只黃銅香爐出自「南鑄」名家黃壅之手。爐子極富古意，沖淡剛健，經過多年養護，散發出一種鮮紅色澤，如同一柄名劍，精光四射。如果沒有意外，爐中灰會是多年沉香焚燒後的殘留，積攢而成，「十年燒香半爐灰」。

徐鳳年有些心不在焉地神遊萬里，視線一直停留在那年輕女子附近。陶錦藻會心一笑，自己這個年齡最大的孫女這麼多年一直不願嫁人，害得他被一些個聯姻不成的老友嘲笑為「陶家有女，奇貨可居」；不同於心眼活泛的父親，陶文海始終在偷偷觀察這個「浪子回頭金不換」的北涼王。由於陶家有個在拂水房掛名的隱蔽身分，陶文海很早就參與到北涼，尤其是幽州軍情諜報的傳遞，相比尋常北涼大族子孫，陶文海對徐鳳年的好奇心要更豐富也更深刻。

徐鳳年收回思緒，坦然道：「失禮了。」

那女子嫣然一笑。

徐鳳年重重喝了口薑茶，放下茶杯，沉聲道：「按照褚祿山從南朝那邊挖來的情報，北莽女帝很早就讓李密弼布置了一個兵馬未動、刺客先行的計畫。北莽江湖勢力分成兩塊，絕大部分頂尖高手和所有末流武人都進入軍中效力，而中層高手則劃分給李密弼這個北莽諜子大頭目，用以精準暗殺我們北涼的邊軍將校和境內文官。他們不會去褚祿山所在的北涼都護府自尋死路，但是像陶文海你這種北涼不可或缺，同時又相對缺乏貼身護衛的中堅官員，是北莽死士的最佳刺殺對象。」

徐鳳年伸出手指輕輕轉動茶杯，「涼州以北的邊關皆是城池軍鎮，擁有很大的縱深，對方很難找到機會。幽州就要複雜許多，葫蘆口一帶雖然有織網密布的大小戍堡烽燧，但初衷主要還是用以阻滯北莽大軍的急速推進，對付這些祕密潛行的朱魍死士和江湖高手，就力所不逮了。就算燕文鸞大將軍和幽州將軍皇甫枰已經派出十六支五百人左右的精銳遊騎在邊境線上捕殺漏網之魚，相信還是很難奏效，幽州真正的戰場還是會發生在境內，因此梧桐院和拂水房的遊隼鷹士，主要還是要盯住如同胭脂郡這樣的邊境郡縣。不過別看遊隼、鷹士都已傾巢出動，真正計算起來，到時候註定會手忙腳亂。」

陶文海輕輕看了眼父親陶錦藻，後者點了點頭，陶文海這才說道：「王爺，下官現在最擔心的是北莽入境後將隊伍打散，每支隊伍各自有一名或者數名頂尖高手領銜，就算我方有遊隼鷹士暗中保護，用性命作為代價在死前傳遞出了訊息，我方附近死士在第一時間聞訊趕去那處戰場四周圍剿，怕就怕對方在之前襲殺中隱藏了實力，其實根本就沒有要一擊得逞便撤的意圖，到時候我們反倒可能出現第二輪慘重傷亡，等到我們回過神，不得不集中幾股主要勢力前去堵截時，說不定敵方其餘尖端勢力又開始悄悄動手了，我們自然顧此失彼。」

說到這裡，陶文海欲言又止，明顯有些猶豫。

徐鳳年笑道：「直說無妨。」

陶文海開門見山說道：「畢竟我們北涼只是人口稀薄的一隅之地，這種相互比拚消耗高手力量的戰爭，並不占優。尤其是北莽道德宗、棋劍樂府、公主墳和提兵山四大勢力都已派出精銳加入其中，更有許多成名已久的北莽魔道梟雄也為李密弼驅策，我方在二品、三品武道宗師的數目上肯定處於絕對劣勢。但恰恰是這類角色，在刺殺和反刺殺的較量中可以發出最為一錘定音的效果，我們的大量輕騎、遊騎則很難發揮，說難聽點，也許就會從頭到尾被牽著鼻子走，連他們的衣角都未必抓得住。」

徐鳳年點頭道：「事實上，北莽那邊明確身分的一品高手就有五位，分別是道德宗的掌律長老、棋劍樂府的大樂府、公主墳的小念頭，還有兩個榜上有名的魔頭。所以說這次北莽江湖的整個老底都給他們皇帝陛下刨出來了，咱們幽州就是那位老婦人整頓江湖的第一塊試金石。」

陶文海和陶錦藻這對父子面面相覷，都看出了對方眼中的深沉憂慮。

徐鳳年微笑道：「當然，好消息是除了那位『半面妝』小念頭外，其餘都只是金剛境和指玄境。再者二品小宗師中以棋劍樂府居多，這類高手境界是不低，但要說生死相搏，未必就比得上北涼的三品武夫。」

陶文海苦笑無言，反正敵人都如此強勢難敵了，這似乎也不算是什麼值得慶幸的好消息啊。

角落處，那屈膝而坐的女子緩緩攪拌均勻香灰，將沉香切成小塊，點炭和爇香都充滿恰到好處的婉約美感。因為今夜談話肯定不會短暫，她的動作便不急不緩。

陶文海小心翼翼道：「王爺，下官斗膽提議……」

徐鳳年很快就說道：「你是想讓那吳家百騎百劍來幽州救火？」

有些尷尬的陶文海點了點頭。

徐鳳年搖頭道：「吳家劍士要留在緒祿山那邊以防不測，現在還不能動。」

陶錦藻、陶文海知道北涼王身邊那位長眉獨臂老人，是先前在涼州城內一戰成名天下知的劍仙人物，只不過他們當然不會覺得這種高手會離開北涼王身邊，關鍵是他們父子哪怕眼力再差勁也看出眼下北涼王很「古怪」，像是大戰之後只獲得一場元氣大傷的慘勝，如果不幸猜中，那麼那位劍仙老者就更不可以擅自離去了。

事實上徐鳳年倒是在身邊有澹臺平靜的情況下，很希望隋斜谷能夠出把力，但老人家完全就沒把幽州局勢當回事，為老不尊得一塌糊塗，說澹臺平靜在哪兒他就在哪兒。兩人加在一起都兩百多歲了，用隋斜谷的話說就是「如今還能與她相互看幾眼？當然是能多看一眼是一眼嘛」。

但徐鳳年當然不會束手待斃，任由北莽勢力在幽州耀武揚威，除了梧桐院拂水房的調動以及聽潮閣高手盡出，他還讓指玄境界的沉劍窟主糜奉節來到了幽州，跟那個曾是舊北漢鎮國大將軍樊寶山孫女的樊小柴配合。

前者的指玄境界，可不是道德宗真人的指玄能夠相提並論的，而樊小柴如今的實力，面對什麼棋劍樂府的二品小宗師，哪怕一對二，也可以穩勝，以她那種畸形的執拗性格，說不定對上三個，都能玉石俱焚。加上觀音宗鍊氣士都已經悄悄趕赴幽州，並不直接摻和這潭渾水，但會盡量盯住那些大戰之際「曇花一現」的一品高手，把軍情傳給就近的遊隼鷹士，以便幽州有的放矢。

這場戰爭，肯定是一場由很多小規模接觸戰的血腥戰役串線組成，一旦雙方遇上，註定非死即傷，沒有什麼全身而退可言，比拚的就是哪一方的轉移更迅猛、更隱蔽。

陶錦藻、陶文海只是猜測這位北涼王身受重傷，可北莽李密弼卻是明白無誤知道的，因此隋斜谷這個存在，會是北莽需要特別針對的一個點。在徐鳳年看來，除了那位公主墳小念頭會是將隋斜谷看作假想敵的後手，應該還會有一位隱藏更深的頂尖高手。當然，徐鳳年眼中的「頂尖」，自然不會是跟陶錦藻、陶文海這些文人在同一條線上的。

徐鳳年問道：「這裡有比較詳盡的幽州形勢輿圖嗎？」

陶文海趕忙起身去書房取圖，捧回來一大疊，既有幽州疆域圖，也有郡縣圖。他將最大的那幅幽州全州形勢圖攤開放在桌案上，然後將小的那四、五幅分開放置。這些東西可不是誰都敢民間私藏的，一經官府發現，那絕對是要抓進去吃飽牢飯。

徐鳳年站起身，陶錦藻和陶文海也趕緊起身。徐鳳年詳細詢問了有關幽州各個郡縣的死士分布，想著查漏補缺。

三人自然會談及各處郡縣的地形，陶文海驚訝地發現這位藩王連許多胭脂郡本地人都講不清楚的地理也瞭若指掌，對於各地駐兵和領軍校尉更是隨口說出，甚至連那品秩不過六、七品的武將經歷和治軍性格都一清二楚。陶文海難免懷疑自己這個小縣尉也難逃法眼，一時間好不容易放回肚子的心又提起，生怕給年輕藩王留下半點不好印象。

三人這一聊就是整整兩個時辰，那名年輕女子除了添香、添茶、添燭外，就一直安分守己地屈膝坐在角落。她叫陶檀香，她不是為了北涼王而如此得體地獻殷勤，其實她很早很早就開始關注徐鳳年，那時他還只是那個聲名狼藉草包至極的世子殿下。陶檀香的父親陶玄龍重金購得一幅從北涼王府流出的名畫，是出自前朝西蜀國手的〈龍宮仕女圖〉，當她看到那兩個奇大無比的印章篆體「贗品」時，整個人就目瞪口呆了。

世上還有如此暴殄天物的混蛋傢伙？這些名流雅士每次開卷鑒賞都會抱著朝聖心態去觀摩的名畫，必定會代代傳承下去，只要保存完善，說不定在五百年甚至千年後還會被人放在案頭觀看欣賞，這傢伙就不怕因為那兩個字而遺臭萬年嗎？後來她就有些賭氣，只要是被這位世子殿下加蓋印章的字畫，都請父親不惜重金買回。

說來好笑，當時官不過從七品的陶玄龍一擲千金地大肆收購「贗品」，因此被「為官有道」的胭脂郡太守洪山東青眼相加，覺得此人是個可造之才，尤其是當世子殿下變成北涼王後，陶玄龍更是再度獲得了破格提拔。

陶檀香久而久之，就斷斷續續收藏了不下三十幅印有徐鳳年蓋章的字畫，其中未必都是「贗品」二字，像徐鳳年那一方當今被京城收藏大家私下稱讚為妙趣橫生的「急就章」，還有一方簡練生動、字意粗獷的鳳肖形印，而那幅〈枇杷〉上的子母印，更是讓人記憶深刻，於是陶檀香慢慢覺得自己認識這個男人很久了。

她知道他這些年中每一個從離陽江湖上、從京城朝堂上、從北涼官場上傳來的消息。

她雙手輕輕放在膝蓋上，抬起頭癡癡然望著那個從無半點氣勢凌人的男人，他每一次皺眉凝神，每一次溫暖微笑，她都仔仔細細納入眼簾，就像是在收藏一樣珍品。

又過了一個時辰，徐鳳年笑著讓年邁的陶錦藻先去睡覺，和陶文海繼續挑燈聊天。話題也更廣些，不再局限於幽州甚至是北涼，而是囊括了離陽和北莽的朝政軍事，兩個王朝的鄉土人情。

陶氏家主先前在離去時走到孫女陶檀香這邊，讓她去烹茶和準備一些糕點吃食，所以之後搬去窗邊小榻的閒聊，她就坐在北涼王和叔叔陶文海之間的座位上，有點三足鼎立的諧趣意味。

當天空泛起魚肚白時，神采奕奕根本沒有睡意的陶文海仍是起身告辭離去，他請求北涼王准許陶檀香與他一起在陶家大宅內隨便逛逛，徐鳳年微笑著點頭答應。

兩人散步著走向陶家書樓，兩人之間從頭到尾都隔著兩肩距離，沒有任何若即若離的感覺。

徐鳳年歉意道：「陶小姐辛苦了。」

她搖頭笑道：「不辛苦啊，就是祖父可能會有些失望，不過我不失望，很知足了。」

徐鳳年會心一笑，也直言不諱說道：「妳可不愁嫁。如今赴涼為官的俊彥士子一抓就是一大把，品性才學俱佳的也不少。」

陶檀香「嗯」了一聲，走近了那座閣樓，說道：「世人藏書看重版本和全秩，例如版刻精良的奉版書籍，就有一頁百兩銀、一套值千金的說法。但我們家書樓不挑這個，祖父覺得什麼都不如書上的先賢言語來得重要，與其花一千兩銀子買一套奉版，還不如買一百套尋常書籍，所以這座書樓藏書數量並不比中原那些大書樓要少，而且若是有讀書人來借書看書，都暢通無阻。」

徐鳳年點頭道：「我聽說過你們陶家還會全權負責那些求學寒士的飲食住宿，很難得。北涼士子的負笈遊學之風遠遠不如中原，但是胭脂郡因為有你們陶家，不輸江南。」

陶檀香柔聲道：「我爹說過，一個蒸蒸日上的富足之家，就像是一個肌膚充盈之人，但若是陽氣過盛不去調理，必然有一天會傷及臟腑，因此我們陶家年復一年的賑災、借書和善待鄉鄰，都是一種必需的治病，治病不能等到病入膏肓才去亡羊補牢。」

徐鳳年打趣道：「就憑這一席話，妳爹就可以去當個綽綽有餘的郡守大人。」

徐鳳年走向陶家大宅的大門，跨過門檻的時候對陶檀香說道：「妳先回去吧，女子熬夜很傷的，我還要去牌坊那邊等人。」

她瞇眼燦爛笑著，俏皮說道：「沒事啊，我很想知道天底下誰能讓北涼王等候。」

徐鳳年一笑置之。

兩人站在一座牌坊下。

不知等了多久，視野盡頭的遠處，終於出現一輛馬車和一隊百餘騎的白馬義從。

陶檀香轉過頭，正好看到他笑了。

她看到他快步走去相迎，她沒有跟上去，只是站在原地看著他漸行漸遠的背影。

馬車和騎隊整齊停下，陶檀香看到從馬車上走下一名看不清容顏的年輕女子。

徐鳳年看著從涼州王府一路趕來的女子，柔聲問道：「冷不冷？」

她搖了搖頭。

跟白馬義從一同前來的某騎十分有僭越嫌疑地沒有下馬，只是跟徐鳳年視線交錯後點了點頭，然後撥轉馬頭，策馬離去。

這名騎士沒有佩刀也沒有負弩。

只有一根沉重鐵槍。

但有這一騎一槍，整個幽州就亂不了。

徐鳳年跟白馬義從要了一匹戰馬，先把她抱上馬，然後自己翻身上馬，抱著她兩人共乘一騎。

徐鳳年歉意道：「以前答應過妳要看遍北涼風光的。」

她靠在他的溫暖懷抱中，不說話。

徐鳳年一夾馬腹，沿著白馬義從來時的路途策馬狂奔。

除了兩人一騎，四下已無人，容光煥發的她舉起雙手放在嘴邊，很孩子氣地笑道：「徐鳳年帶陸丞燕白馬走北涼嘍！」

白馬走北涼。

千里快哉風！

第十四章　顧劍棠往見碧眼　董胖子謀劃攻涼

天地一家春，可當北莽大軍三線齊齊壓境的時候，離陽朝廷還沒有獲知此事，北涼也不會傳遞這份軍情給京城。

想必就算京城聽說了，也只會鬆一口氣而已。蠻子殺蠻子，狗咬狗，不關他們一顆銅錢的事，若是打得兩敗俱傷，等於是件天大好事，給離陽王朝「沖喜」了。

京城正南門外的那條筆直官道上，站著四個沒有路引戶牒的傢伙。

一對夫婦帶著個孩子，稚童騎在那佩劍男子的脖子上，明擺著是一家三口，然後他們身邊多出來一個略顯多餘的白衣人，英氣凌人。這位給人模糊感覺的白衣人，若說相貌，並不出類拔萃，既沒有胭脂評女子的那種傾國傾城，也沒有男子的英俊非凡。

路上行人下意識都不敢去打量此人，僅是驚鴻一瞥，但轉頭一想，似乎不應該啥印象都沒留下，但已經沒有膽子再看一眼了。至於那不起眼的一家三口，自然是被自動忽略了。

雙手扶住自己孩子兩條腿的男人望著太安城的城頭，有些感慨，「天底下原先恐怕也就只有這座城讓我很為難了，挺想進去，但又怕惹麻煩。咱們仨都沒有個正經的離陽身分，總不能真的硬闖。要說晚上偷摸進去，也不妥。當時城裡有個姓謝的，打架不是我對手，可要找到我也很簡單。我是想帶著媳婦、閨女進去玩耍的，又不是跑進去大殺四方抖摟威風，這種事情，讓我年輕個二十歲還差不多。」

白衣人冷笑道：「洪洗象不是做到了？」

男人無奈道：「你這不是拿我跟呂祖比嗎？」

白衣人語氣平淡道：「論那些牽扯不清的身分，你會輸？就算只論這一世的武道天賦，你也不會輸，結果淪落到連拓跋菩薩都不如的境地。」

男子一臉跟你沒話講的臭屁姿態，他媳婦趕緊打圓場笑道：「我家男人天生就懶嘛！其實不也挺好的，不用莫名其妙跟誰爭什麼，還清淨。」

男人點頭附和道：「就是就是。」

那個孩子把下巴擱在她爹的腦袋上，跟著老爹一起點頭，雖然沒聽懂個什麼，但還是起鬨道：「就是就是！」

白衣人遙望太安城。

八百年來，自大秦至離陽，除了眼前這座世間第一雄城，幾乎所有的京城國都，她都走過了。

孩子突然說道：「爹，娘親以前不是說過嗎，有個喜歡穿青衣服的傢伙經常進城的，你咋就頭疼了？爹，你打不過我將來的師父沒關係，但你好歹爭個天下第二、第三吧？」

男人揉了揉下巴，一本正經道：「也對。」

婦人在他腰間狠狠捏了一把。

男人正想說話，發現一路同行的那傢伙竟然直接轉身走了。

他確實像媳婦所說那樣很懶，懶得動腦子去想原因，只是難免有些腹誹——妳大魔頭洛陽的那些個身分就不亂七八糟了？有資格說我？

白衣人是洛陽，他則是那個從北莽跑到離陽，然後找到了媳婦，再然後因為媳婦說劍俠最瀟灑，就隨便找了把劍假裝劍客，生了個寶貝閨女，最後跟洛陽、拓跋菩薩在徽山山腳遇上的傢伙。

如果是在北莽，他的名氣就頂天大了。

北莽有五大宗門，他所在的宗門位列其中，而他是唯一的宗門成員。

世間獨一份。

一人一宗門。

他當然知道自己的武學天賦很好，但他從來就不追求什麼證道飛升、什麼天下第一，這就像他媳婦長得沒那麼沉魚落雁，可他第一眼就相中了。世上總有些事情，是沒有理由的。

他唯一的追求就是無拘無束。年輕的時候是自己一個人的自由，遇上媳婦、有了孩子之後，則是一家三口的自由。至於到底什麼是自由，他又懶得深思了。

他看著那座雄偉壯觀的城池，能清晰感受到那股氣運。想來離陽新皇帝登基後，因為韓生宣死了，柳蒿師死了，姓謝的也走了，怕穿龍袍、坐龍椅沒幾天就給人摘掉腦袋，所以又布置烏煙瘴氣的重重機關，這也在情理之中。以離陽王朝一直蒸蒸日上的國力底蘊，總不至於對一個單槍匹馬的頂尖武夫完全束手無策。

他閨女突然小聲說道：「爹，我想吃韭菜餅子了。」

男人愣了一下，笑嘻嘻著轉頭望向天大地大不如她最大的媳婦大人，婦人一腳踩在他腳背上，「死樣！你練武做什麼用的，閨女吃個餅也不行？」

她很快補充了一句：「咱又不是不給錢！」

得了「聖旨」的男人點頭笑道：「好嘞！」

他騰出一隻手牽住媳婦，柔聲道：「閨女，抱緊嘍。」

剎那之間，太安城內所有明面上和檯面下的一品高手，都感到一股磅礴至極的氣勢！

北派扶龍鍊氣士更是驚慌失措得像一群無頭蒼蠅。

男人揚起一張笑臉。

自由是啥？

起碼在這個時候，他是知道答案的。

自由啊，那就是閨女說要吃餅，就算整座太安城要攔，也攔不住他呼延大觀嘛。

道路上炸起一抹璀璨流華，宛如一條長虹墜入太安城。

◆

太安城的確有「晚秋白菜春韭菜」的說法，這兩樣，不論達官顯貴還是販夫走卒，家家戶戶都吃得起，也都愛吃。京城百姓喜歡用韭菜來「咬春」更是再熨貼時令不過了，吃一口辛辣鮮味的青韭，簡直能把一個冬天積鬱在五臟六腑的濁氣都給逐出肚子。

在京城趙家甕這個地方得以占地最廣的一座官衙大屋內，許多官員打嗝都冒著一股韭菜味，更別提那幾個不知哪位大人屁股底下冒出的悶屁了，真是讓人大皺眉頭後很快又會心一笑。

趙家甕這邊有向來清貴超然的翰林院，也有原先門可羅雀如今稍稍熱鬧的中書、門下兩省兩座大衙門，但最喧沸的自然還是尚書省六部官衙，而兵部始終是六部兄弟中最具外廷第一衙氣象的樞要重地，哪怕儲相殷茂春代替趙右齡成為吏部尚書後也無法扭轉格局。

不同於其他五大部主官的風水輪流轉，可能沒幾年就要城頭變幻大王旗，兵部自永徽元年起至祥符二年，二十來年就只有三個人坐過那張主官座椅，分別是大柱國顧劍棠、蜀王陳芝豹，以及如今的棠溪劍仙盧白頡，後兩者加起來在位時間也不到兩年。

兵部無疑一直是新科進士們最希望有一席之地的風水寶地，以至於去年的榜眼高亭樹在君臣殿議中，坦言寧肯當個兵部芝麻綠豆大的武選清吏司主事，也不願去禮部做最易升遷的儀制清吏司員外郎。

要知道當時禮部尚書白虢可是就在大殿當場的，白尚書氣笑得立馬就踹了另一位尚書大人盧白頡一腳。坊間傳言後來白虢平調戶部尚書，有天跟新科榜眼在早朝時遇上，尚書大人就調侃了一句，「幸好本官沒去吏部就職，否則你小子就等著乖乖在兵部坐他個十幾、二十年的冷板凳吧。」

今天忙碌異常的兵部來了一位有些突兀的客人，兵部所有人，無論是屋外行走中還是屋內在座批閱中，見到他後要麼停步致禮，要麼肅然起身，一個個神情激動，比起單獨覲見天子也差不太遠了。很簡單，因為此人是顧劍棠！春秋四大名將裡最年輕的那個武人，昔日兵部顧廬的主人！

作為將領，同為春秋名將的徐驍已經老死了，顧劍棠卻甚至都稱不上年邁；作為官員，與顧廬對峙十多年的張廬早已傾塌，張巨鹿更是死得無比淒涼，而他顧劍棠還是離陽朝廷唯一的超一品大柱國，手握北地邊關三十萬兵馬大權！

顧劍棠獨自走入舊張廬的那間大屋子，不用他說什麼，那一大幫子在六部中格外眼高於頂的官員起身致禮後，便不約而同地迅速坐下繼續做事。這便是顧劍棠留給兵部那種只可意會的冷硬氣質——准你為人處世囂張跋扈，但做事務必雷厲風行，不許拖泥帶水。

不同於其他五部尚書、侍郎各有單獨房間，兵部三位主副官員皆在同一間屋子辦公，尚書桌案擺在屋內最左，左右侍郎兩張桌子在最右。眼下兵部兩位侍郎，驃毅大將軍盧升象作為南征主帥不在京城，新任侍郎龍驤將軍許拱則按照離陽新禮制前往兩遼巡邊，於是只剩下尚書盧白頡還在屋內。

他在見到顧劍棠後也沒有故意拿捏架子，而是跟屬官們一樣擱下筆起身迎接老尚書，甚至等其餘人坐回去後他還站著。這不僅僅是因為盧白頡胸前繡二品獅子的官補子比起顧劍棠的一品麒麟要略遜一籌，更因為盧白頡對兵部前輩顧劍棠有著無須掩飾的尊敬。

盧白頡繞過桌子走到顧劍棠身邊，笑道：「大將軍，坐下來喝杯茶？」

顧劍棠點了點頭，盧白頡率先走向屋子最右邊那兩張相鄰的空桌，很快就有那位寫出過〈醉八仙〉而且被尚書白號親口「威脅」過的榜眼郎端來茶水，先端給「遠在天邊」的顧劍棠，再給「近在眼前」的盧白頡。

顧劍棠接過茶水後，緩緩問道：「你就是不去禮部的高亭樹？」

不敢有任何畫蛇添足舉動，只想趕緊離去的武選清吏司年輕主事，渾身不由自主地緊繃起來，顫聲道：「正是下官。」

顧劍棠臉上沒有笑意，對這個兵部新人又問了個頗為尖銳的問題：「怎麼不先端茶給尚書大人？」

高亭樹啞口無言。

盧白頡哈哈笑道：「大將軍啊大將軍，明明肚子裡偷著樂，你就別得了便宜賣乖嘍！高主事可是冒著坐冷板凳的天大風險來咱們兵部的，怎麼也算是大將軍你的半個娘家人，沒你這麼嚇唬晚輩的。」

被盧白頡這麼一「鬧」，顧劍棠也不再故意繃著臉，展顏微笑道：「就衝你小子先遞茶的分上，哪怕以後吏部要壓著你，我在這裡先跟盧尚書求個人情，保證以後不耽誤你升官便是。不過你小子多學著點，看看人家盧尚書是怎麼當官的，既給他自己丟面子找了臺階下，又讓你念他幫你解圍的大恩。」

盧白頡滿臉無奈道：「喂喂喂，大將軍你可不厚道啊，蹭茶喝也就罷了，還拆我的臺。以後我在這間屋子可就威信全無了啊。」

盧白頡轉頭瞪了一眼高亭樹，佯怒道：「臭小子，還不滾蛋！不怕本官給你穿小鞋？想把六部尚書惹惱一個遍才甘休不成？到時候就算有大將軍保你，最多就讓你跑邊關喝風吃沙去！」

高亭樹趕忙擦了擦額頭的汗水，傻笑著轉身小跑離開。

那些其實偷偷豎著耳朵的兵部官員頓時哄然大笑，氣氛奇佳的大笑之餘，自然是人人無比羨慕高亭樹這小傢伙的紅運當頭，一下子就在先後兩位兵部尚書心裡留了份不俗印象。

顧劍棠一口喝光茶水，放下茶杯後，感慨道：「盧尚書不容易。」

低頭喝了口微苦的茶水，盧白頡笑意微澀地點頭道：「是挺難的。」

顧劍棠沉默許久，起身後說道：「我馬上要出京返回遼西，就不叨擾了。」

盧白頡跟隨起身平靜說道：「送大將軍一程。」

兩人走出屋子後，盧白頡猶豫了一下，還是低聲問道：「大將軍真的要走？」

顧劍棠「嗯」了一聲，跟身旁這位兵部尚書一樣都不像在屋內那麼閒適輕鬆，臉色有些凝重，「若是到達京城之前能決定留下，還有希望，現在我就算執意留下，你覺得可能嗎？」

盧白頡無言以對。

大將軍顧劍棠的言下之意其實並不深。先帝在世時顧劍棠曾一路結伴返京，仍然沒能說服先帝讓他這位總領北地軍政的大柱國代替盧升象主持南征，那麼如今新君登基，顧劍棠怎麼可能在這個敏感關頭憑舊功挾新主？

其實顧劍棠和盧白頡顯然都讚同當初某人的局勢預判。廣陵道平叛，宜快不宜慢，朝廷派遣盧升象搭檔楊慎杏、閻震春一同南征，輔以數位藩王靖難，就兵力而言其實夠了，妙手算不上，但肯定也不是昏著，但除了極少數人外都忘了一件事，那就是戰場上的調兵遣將和排兵布陣，要比每個臺階上下都可以讓大夥兒關起門來坐著細斟慢酌的官場更加直截了當。

盧升象空有極為出色的「將兵」才華，但是當時暗流湧動的朝局，根本就不給這位兵部侍郎「將將」的機會，非但沒有機會，反而拖累到了連將兵都困難至極的地步。於是朝廷硬生生把局面大優的棋面下成了爛泥潭似的臭棋，若是由顧劍棠坐鎮，就算有那幫不知天高地厚的紈褲子弟從中搗亂，楊慎杏還是絕對不敢貪功冒進，也就不至於禍害得閻震春整整三萬騎軍全部折在那裡，更不至於讓趙英、趙珣兩位藩王跟送死差不多的一敗塗地。

顧劍棠悄然放慢腳步，說道：「盧升象得了驃毅大將軍，不出意外要在兵部裡騰出那個剛才我坐過的位置，到時候會是我部下遼西大將唐鐵霜入京接任，不是什麼好消息，也不算壞消息，趁著機會，先跟你打聲招呼罷了。唐鐵霜不同於盧升象和許拱，當官當不好，但帶兵打仗很不錯。他進入兵部後，盧尚書你盡量讓他帶幾個年輕人一起丟去廣陵道……到時候也許是京畿之南才對。」

顧劍棠淡然道：「之所以說這個，不是出於私心讓唐鐵霜做官做得平坦順暢，不過是希望兵部在盧尚書你手上，能多保留幾天沙場味道是幾天。以後在兵部坐著的，恐怕沒幾個知道馬糞是個什麼味道了，更沒幾個大腿內側會有滿是騎馬遭罪弄出來的老繭了。」

盧白頡嘆了口氣，說道：「這件事應該不難。」

顧劍棠突然回頭看了眼昔日的顧廬，黃昏中，猶有些春日餘暉灑落在屋頂。

顧劍棠然後對盧白頡笑道：「不用再送了，我要去個以前沒機會去的地方。」

盧白頡駐足目送這位大將軍遠去。

他知道顧劍棠要去哪裡。

曾經的張廬。

張廬最先是吏部所在地，畢竟不管顧劍棠把持多年的兵部如何氣焰囂張，吏部衙門始終是離陽名義上的外廷第一要地，後來趙右齡跟他的座師分道揚鑣，吏部就換了個地方，當時作為僅剩一位以得意門生身分堅定站在首輔身後的王雄貴，他領銜的戶部也沒有就勢一股腦搬入張廬，但是那時吏部、工部、戶部、禮部和刑部都會讓一位侍郎在張廬老老實實坐著，以便那位文官領袖以最快速度將其意圖或者說意志傳達到五部的各關。

現在趙右齡升遷至中書省，殷茂春入主吏部，後者出人意料地選擇坐入那間屋子。

當然，天下再不會有什麼張廬的說法了，比起經常被念叨起的顧廬，這個地方連提都不敢再提了，彷彿它從來就不曾出現在離陽朝廷上。

顧劍棠走到那個地方，看著那裡。

夜幕下，比起顧廬，那裡連最後的一絲餘暉都沒有了。

此次返京，那晚還沒有被稱為先帝的皇帝陛下站在詔獄中，是他顧劍棠去見的那人最後一面、轉述的最後一句話。

那人與他這位大將軍隔著鐵柵欄，卻沒有說哪怕半個字的臨終遺言，只是對他顧劍棠揮了揮手。

顧劍棠收回思緒，不去看那些聞訊後倉促出屋跑下臺階迎接的吏部要員，也不去看一眼停留在門口的那位儲相殷茂春。

顧劍棠徑直轉身大踏步離去。

◆

京城無聲無息多了個人，照理說別說這個天下首善之地多出一個人，就是多出一千人也跟打個水漂似的，但是這個有著戴罪之身的客人誰都無法小覷。

靖安王趙珣，離陽王朝最年輕的趙姓宗室藩王。

從下旨召見趙珣到趙珣入京，本該是自身職司的禮部從頭到尾都沒能插上手，都是宗人府一手操持。京城就沒有不透風的牆，小道消息倒是已經開始在高層官場迅猛傳播，但是基本上沒有誰能夠知道趙珣這趟太安城之行是福還是禍。

搖幽關外那一戰，同樣是宗室藩王的淮南王趙英在三戰三捷後竟然戰死，說憋屈似乎有點不妥，可要說英勇那也不對啊！勇倒是勇，可也太無謀了些。拋棄三個關隘不要，跑去平原上跟人玩騎軍對決，何來英明一說？

至於趙珣這傢伙，還算是褒多於貶，畢竟這位靖安王是奔著解救淮南王去的，而且差點就要被西楚叛軍的遊騎追殺至死。兩位差了一個輩分的藩王關係淺淡，可見趙珣對朝廷的忠心耿耿毋庸置疑，跟他的父親老靖安王趙衡那是天壤之別。只是如今皇帝陛下才繼承大統，君心難測啊。

趙珣暫時住在那條郡王街的一座府邸裡。這座府邸跟他沒有半點傳承關係，在一百多年前曾經是離陽朝一位權臣的私邸，僭越違制得無以復加，占地極廣，房屋足有四百多間，其中更有殿閣的地基高於門外街面數丈。後來在大概四十年前被離陽皇帝賜給忠毅王，可惜王爵才世襲罔替了一代就獲罪失去。最近四十年中，數度輾轉，主人都住不久遠，其中最著名的一位當然是西楚老太師孫希濟。

趙珣雖然名義上是赴京請罪，先前那道聖旨的措辭頗為嚴厲，若非一切走勢都在那目盲陸先生的預料之中，趙珣還真有可能被嚇得魂飛魄散。當時陸詡的贈言很簡單：「既去之，且安之。」

趙珣當下也真的是既來之、則安之了，這些天就經常獨自在府邸中閒庭信步，盡情欣賞府內的明廊通脊、古木參天和銜水環山。趙珣此時就站在湖心亭中，臉上還帶著笑意。

先前到達京城後押送他進入此地的宗人府右宗正，對他那叫一個鼻子不是鼻子、臉不是臉的，看他趙珣就跟看一條路邊野狗似的，這不昨天興許是聽聞了什麼消息，火急火燎修繕關係來了，一張皺巴巴的老臉笑開花。

趙珣當然不會在明面上計較，甚至送了那位右宗正一塊早就準備好的水銀沁玉扳指，老傢伙一看見就眼睛發亮，顯然陸先生精心準備的這樣小物件，正中軟肋。其實除了玉扳指，陸詡還讓他隨身攜帶了一方墨彩龜背硯，說若是左宗正出面負責接待，就需要送出此物。

趙珣不禁由衷感慨道：「陸詡你真是神機妙算啊。本王還是世子殿下的時候，總覺得李義山、納蘭右慈這些所謂的頂尖謀士，不過是時勢造英雄罷了，一旦擱在太平盛世也就泯然眾矣。直到遇見你後，才知道他們不管身處亂世、治世，都必定會有你們的一席之地。」

趙珣先前以為用六千騎兵的全軍覆滅去完成「以退為進」的布局，代價太過慘重，但是當趙珣來到太安城站在這座府邸中時，才開始明白陸先生才是對的。

趙珣突然看到兩個身影出現在湖岸那邊，然後朝著湖心亭走來，無人帶路。趙珣皺了皺眉頭，生出一些本能的戒備。

當那兩人漸漸走近，趙珣愣了一下，認出其中一人後，疑惑道：「宋兄？」

宋家雛鳳宋恪禮。

上次進京，趙珣跟宋恪禮打過一些點到即止的交道。

宋恪禮作揖道：「下官拜見靖安王。」

趙珣連忙微笑道：「宋兄不用多禮。」

宋恪禮神態閒適，有著一種骨子裡散發出來的不驕不躁，沒有絲毫家族衰敗己身蒙塵的頹喪，加上他和那個兩鬢蒼蒼的儒士連袂登門拜訪，讓趙珣心底甚是猶疑。

宋恪禮輕聲道：「這位是元先生，而西楚孫希濟等人只算是元先生的客人。」

趙珣不笨，一下子就想透澈了。

姓元，這棟宅子真正的主人。

就是那個讓父親趙衡恨之入骨的離陽第一謀士，半寸舌元本溪！

趙珣一揖到底，「晚輩趙珣拜見元先生！」

元本溪沒有說話，只是擺了擺手。

宋恪禮笑道：「下官是來告訴王爺很快就可以出京返回青州了。」

沒有等趙珣回過味，宋恪禮嘴裡的「很快」就真的很快應驗了。

一襲鮮紅蟒袍的司禮監秉筆太監捧著聖旨朝他們三人走來，步子極快卻不給人凌亂匆忙的感覺。

手持聖旨的老太監在見到元本溪後，也是先微微點頭致禮後才對靖安王趙珣宣旨。

趙珣自然需要跪下，宋恪禮也後退一步跪下旁聽。

唯獨元本溪面朝湖水，置若罔聞。

而那位在天下宦官中穩坐前三把交椅的大太監，對此根本沒有流露出半點異樣神色。

收下聖旨，趙珣只得速速離京，加上他沒了陸詡的錦囊妙計，確實不知道如何跟那位離陽帝師言語，生怕弄巧成拙，就借勢告辭離開湖心亭。

等到趙珣和大太監相繼離去，元本溪問道：「你猜這位司禮監秉筆太監回宮後，會被問什麼？」

宋恪禮搖頭表示不知。

元本溪笑道：「皇帝不會關心靖安王如何，而是會問元本溪在見到聖旨的時候，是否恭敬。」

宋恪禮哭笑不得。

元本溪平靜道：「先前我曾建言先帝，如果靖安王趙珣在靖難戰役中有心隱藏實力，就下旨讓他入京，摘掉爵位貶為庶民。若是竭盡全力仍然失敗，便讓他保留王爵，但必須在太安城住上一、兩年。先帝對此事上心了，但是當今天子不是不上心，不過對天子而言，一個威望平平的藩王，趙珣的去留不算什麼，他要藉此模仿先帝對付張巨鹿的手腕，不斷下出試應手，步步為營，點點蠶食……」

宋恪禮小聲道：「未免也太著急了。」

元本溪不置可否，略顯吃力地打開話匣子，繼續說道：「趙珣很聰明，不是他本身有多聰明，事實上比他父親趙衡遜色許多，不過此人懂得如何對身後之人言聽計從。我要他留在太安城只能束手對天下變局作壁上觀，是因為作為天下之腰膂的襄樊實在太重要了，容不得出現半點閃失。那個目盲心活的年輕人，本身就是個巨大變數。我本想澈底打亂青州勢力，讓許拱或者唐鐵霜兩人中的一個去坐鎮襄樊城。現在看來，也許，也許有一天，青州會成為兵家必爭之地，離陽、北莽、北涼、西楚、西蜀、南疆，都有可能。」

宋恪禮欲言又止。

「謀士謀士，謀劃的士子，身分已經定死了，只是『士』，然後就看如何給輔佐之人出謀劃策了。但這之前，必須找對人。」

元本溪瞇起眼睛，嗓音低沉道：「李義山找徐驍，是對，趙長陵就是錯。我找先帝，是對；荀平，則是錯。納蘭右慈找燕剌王趙炳，是對；陸詡找趙衡、趙珣父子，是錯。」

宋恪禮好奇問道：「那麼宋洞明、徐北枳和陳亮錫找到徐鳳年，是對是錯？」

元本溪微笑道：「不知道啊。」

宋恪禮很認真地問道：「先生也有不敢確定的事情？」

元本溪反問道：「難道不可以有？」

宋恪禮笑道：「可以。」

元本溪一笑置之，然後說道：「我曾經問過兩個和尚同樣的問題：『殺千人、活萬人，是有所為，還是有所不為？』當我問到殺十人、活萬人的時候，楊太歲點頭說可以有所為。但當我一直問到殺一人、活萬人的時候，李當心還是不肯點頭。」

元本溪說完後，停頓了很久，伸手按在亭柱上，說道：「我接下來會讓你帶一道聖旨、一道密旨前往薊州。前者是讓你在薊南紮根，後者是讓你捎給袁庭山那條瘋狗的，讓他大膽放手打開薊北門戶。」

宋恪禮先是不解，但很快就猛然間變得臉色蒼白。

元本溪淡然道：「讓北涼再亂一些而已。求生者生，願死者死，各得其所。北涼鐵騎甲天下？那就讓整個中原拭目以待吧。」

◆

跟以往如出一轍，太安城迎來了正月裡最機不可失、時不再來的那場「文采飛揚」。一時間名刺門狀滿天飛。

科舉始於大奉，興於西楚，盛於離陽。在西楚時科舉科目極其繁縟，在離陽改制後開始最重進士科，在某人手上進士科中又逐漸側重試策問，起先還鬧過一陣「首輔大人冷落學問獨寵事功否」的喧囂。進士及第的人數也越來越多，從大奉的寥寥三、四人到西楚的二、三十餘人，再到永徽後期的百餘人，直到祥符元年堪稱盛況空前的兩百人。因為科舉大興，許多赴京趕考的外鄉舉子不斷湧入且滯留太安城，於是便有了「通榜」、「省卷」兩大趣事，無形中也使得文壇、官場兩個地方不斷被拉近關係。

離陽進士科都在正月舉行二月放榜，跳過龍門的鳳毛麟角不去說，落榜士子也不要天真以為落榜就完事了，更不可能打道回府各回各家。畢竟一來上京的那筆巨大盤纏不是大部分士子可以承受的，所以不得不在京城逗留，有關係的找親朋找同鄉，沒關係就要借住在寺廟道觀。

在此期間，除了繼續寒窗苦讀，還得學會請人將自己的得意文章向官場大佬或是文壇名宿「過個眼」品鑒一番，或者直接投遞給科舉主考官之外的禮部衙門官員，類似「宰相門房七品官」、「閻王好見，小鬼難纏」的說法，就是因此而生。

而祥符二年眼下最不可開交轉如陀螺的「七品」門房，有些不同尋常。

在坦坦翁之後主持過數次科舉，如今又是「天官大人」的殷茂春門前自然車水馬龍。這不奇怪，出過父子兩夫子的宋家門可羅雀也不算什麼奇事，不同尋常的地方在於今年收取名刺門狀最多的府邸，不是中書令齊陽龍的宅子，也不是理學大宗師姚白峰的府邸，不是身兼皇親國戚和殿閣大學士雙重身分的嚴杰溪家門，而是兩個年輕官員的宅子——一個是新禮部侍郎晉蘭亭，傳言有望出任下一任座主的晉三郎，再一個就是新國子監右祭酒孫寅了。

據說這兩位門房收到的名刺可以裝滿幾十只大籮筐！

而這兩位離陽最當紅官員也表現出截然不同的姿態。晉蘭亭哪怕公務繁重，也竭盡全力地抽空接見所有舉人士子，就算排在太後頭擠不進侍郎府、沒能見著面的，晉大人也必定會仔細「溫卷」——即回信給人，且絕不潦草應付。

以至於他幾乎每天都要通宵達旦，除了當面熱情接見士子外，還挑燈批復文章詩詞，有些上佳詩文甚至還會被晉三郎主動在京城八俊中傳遞流覽，可謂不遺餘力幫助那些士子延譽張目，故而無人不對其感激涕零。

但是孫寅孫祭酒對比之下，就顯得格外不近人情，門狀收下，但在正月頭一旬中沒有接見任何人，得到確認的「溫卷」也不過隨隨便便回覆了七、八份，只是這傢伙在國子監講武中實在是太過震撼人心，別忘了，那場名動朝野的舌戰群儒，是此人大勝！

因此哪怕這位京城公認的狂狷之徒在一封回信中，以粗筆寫下「狗屁不通」四個大字，那個得到回覆的傢伙仍是如獲至寶，厚著臉皮為自己大肆宣揚，被整座太安城引為笑談。

短短幾年從黃門郎府變成祭酒府，又變成侍郎府，那麼距離尚書府這個稱呼還遠嗎？

晉蘭亭在送走京城八俊其餘七人後，獨自走在廊道中。他知道書房案頭上有堆積成山的門狀，更知道只要科舉沒正式開啟，那座小山就只會越堆越高。禮部確實是六部中最清湯寡水的，但做到了侍郎，那就是清水衙門出油水了，不過這種油水比起金銀更加隱蔽而已。

晉蘭亭在一根廊柱旁停下腳步，抬起頭閉上眼睛，滿臉陶醉，深呼吸一口氣。

「太安城啊太安城，你讓我晉三郎怎能不春風得意？」

許久過後，晉蘭亭睜開眼睛，眼神熾熱，用只有自己才能聽見的嗓音說道：「首輔大人，我會做得比你更好！」

◆

孫寅現在居住的那棟小宅子是租的，最先租賃的時候他還只是個門下省的小官，租金還是孫寅跟那富賈磨破嘴皮子好說歹說才降到月租十兩，三月一付。等到孫寅聲名鵲起後，富賈屁顛屁顛跑上門說要把宅子送給右祭酒大人，孫寅沒答應，只是將三月一付改成了一年一付而已。

今天孫寅要出門，透過大門縫隙看到門外那零零散散十幾人還在守株待兔，孫寅就轉去後門離開，結果還是被一個衣衫寒酸的年輕士子給堵住。孫寅被攔住去路，那個讀書人操著濃重的舊西蜀口音介紹自己，然後彎腰雙手遞出一疊東西，可能是多篇詩稿，也可能是一篇長賦。

孫寅神情淡然問了句：「給晉侍郎看過了嗎？」

讀書人漲紅了臉，囁囁嚅嚅。顯然是給侍郎府投過卷了的，也多半被晉三郎溫卷過，也肯定是晉蘭亭只給了平淡無味的客套應酬，這才要來門檻更高的孫寅這邊撞運氣。

孫寅摸摸索索掏出一把零碎銀子，張開手心，問道：「我這一旬來就沒瞧上眼過誰，你手上的東西也十成十會是我連罵都懶得罵。京城高官都愛惜羽毛，碰到你這種人，頂多捏著鼻子給一些錢打發了。那麼你是要我給你銀子，好趕緊把賒欠的租金還上，再好好吃上幾頓飽飯，還是非要我看你的東西？」

那個相貌平平氣質也毫不出眾的西蜀道趕考舉子，搖頭道：「我不要錢，只要祭酒大人認真看一下我的詩稿。」

孫寅收回銀子，接過那一疊瞧著字跡端正的詩稿，左手雙指捏住一角，右手漫不經心翻了七、八頁，很快就作勢遞還給雙手生滿凍瘡的落魄舉子。但是在後者雙手馬上接住詩稿的時候，孫寅率先鬆開，詩稿頓時飄落滿地。

孫寅看著一臉錯愕的讀書人，不知為何又掏出了一小粒碎銀子，隨手丟在地上，跟那西蜀舉子擦肩而過的時候，冷笑道：「我不會去撿起那粒銀子，因為對那我來說，實在是不值一提。你的詩稿，對你來說也該是如此，因為太不值錢了。」

孫寅就這麼揚長而去。

走出去很遠後，孫寅轉過頭看著那個人。

衣衫單薄的讀書人蹲在地上，一頁一頁撿著詩稿。

孫寅還看到那人抬起手臂擦了擦臉。

孫寅嘆了口氣，緩緩走向路程不算近的一座府邸。

到了後，原本在京城公認極難伺候的門房全然沒有阻攔，甚至還露出很真誠的笑臉，這顯然不只因為孫寅是國子監二把手那麼簡單。

不用人帶路，在書房找到正在拿花生米就酒的坦坦翁後，孫寅也不說話，就是自顧自地喝酒。

桓溫笑道：「槐花黃，舉子忙；開春綠，就是你們忙了。習慣就好，等你到了我這個歲數啊，也就可以不忙了。」

喝了好幾大碗酒的孫寅突然提起一雙筷子，輕輕敲打著酒碗邊沿，輕聲道：「京城雪夜凍斷指，破廟乞兒鼾如雷，朱門高牆暖勝春，紫衣白髭老貴人，合上一眼求不得……」

聽著孫寅長篇大幅念叨著，桓溫聽了大半天，一碗酒端到了嘴邊愣是沒喝，最後終於忍不住笑罵道：「什麼亂七八糟的玩意兒！」

孫寅停下後閉嘴不言語。

桓溫喝了口酒，輕聲道：「不過意思還是有那麼點小意思。」

孫寅平靜道：「是我用一粒碎銀子借來的。是借，我買不起。」

坦坦翁是何等老辣又是何種道行，僅是又悠然喝了口酒，發出一串嘖嘖聲，不知是酒太辛辣還是怎的。

孫寅問道：「沒酒了？」

桓溫白眼道：「年輕人喝酒，不該用來喝醉澆愁，小小年紀知道個屁的愁滋味，只有七老八十了，活膩歪了，才用來摧人心肝。」

孫寅瞪眼道：「別轉酸的，說人話！」

桓溫把空酒碗重重放在桌上，也瞪眼道：「老子的意思你小子不懂？沒酒給你蹭了！」

孫寅頹然靠著椅背。

桓溫怒道：「要不是你小子總算還知道趁著有個官帽子戴，把頭個月俸落袋為安了，趕緊跟那商賈改成一年一付，要不然別說喝那幾碗酒，我這個大門你都甭想進！」

桓溫一說起這個就動了真火，拿手指狠狠點了點這個國子監歷史上最年輕的右祭酒，「腦子進水了！以北莽、離陽為攻守雙方，講武？講你個大頭鬼！」

桓溫抓起桌上那只酒碗就砸過去，也不管孫寅額頭的血流不止，厲聲道：「好嘛，好一個國難當頭，武不惜身，文不惜名！好一個一寸山河一寸血！好一個北莽叩關直奔太安城！天底下就你北涼孫寅一人知兵法懂時勢！」

孫寅乾脆閉上眼睛，打不還手、罵不還口。

孫寅越是這副不死不活的樣子，桓溫就越是火大，重重一拍桌子，「你當那時坐在蒲團上的太子殿下是傻子？中書令齊陽龍是傻子？」

桓溫幾乎是直接破口大罵了，「你當我桓溫是傻子？幹你娘的！」

孫寅不冷不熱道：「對不住，我娘早死了。」

「幹你大爺的！」

「也死了。」

「老子管你祖宗十八代死沒死！」

孫寅澈底不再說話了。

桓溫緩了緩，神情淒然，雙手顫抖，輕聲道：「碧眼兒一輩子就沒徇私過，他生前只為了你這個王八蛋破例了一次啊。」

孫寅神情木然，「在國子監，那麼多滿腹經綸的讀書人，都覺得北涼三十萬鐵騎就該死得一乾二淨，甚至認為連北涼數百萬百姓死了就死了。

閻震春死了，他們無動於衷，張巨鹿死了，他們大快人心。

這些人覺得如果他們是閻震春，可以輕輕鬆鬆大破謝西陲騎軍，這些人覺得如果他們是張巨鹿，早就可以經國濟世一統天下了。

這些人，都是讀書人啊。」

孫寅低下頭，雙手摀住臉，哽咽道：「我年少時好不容易才讀上私塾，先生是個在洪嘉北奔中不知為何留在北涼的春秋遺民。記得先生喜歡帶我們半讀半唱那支〈長恨歌〉。我離開陵州前，見先生最後一面，先生說他也沒有想到在北涼聽到的琅琅書聲，跟他在家鄉時聽到的書聲，原來是一樣的。所以先生說他死後葬在北涼，也無妨了。

這些讀書人的太安城，好太平啊。我不想見到這樣的太平，我孫寅想回到家鄉，寧願去看那裡的狼煙四起。」

桓溫自言自語道：「孫寅，你要回北涼，我不攔你。但是我希望你知道，你看到的那些讀書人的太安城，並不是真正的太安城，也不是所有人的太安城。

這座城裡，有過我恩師，有過張巨鹿，有過荀平，有過闔震春，也有我這個還活著的桓溫，還有很多人，你不知道。

徐驍、李當心、曹長卿、楊太歲，都曾經在這個地方，是那麼的意氣風發，而且他們每一人都能問心無愧。

你回去北涼，可能會成為一個官吏，可能是個謀士，可能會死在戰場上也問心無愧。

但如果你今天沒有放棄，以後有一天，有某個時候，你就有機會對另外一個年輕人說，『太安城，有我孫寅。這個天下，有我孫寅！』」

◆

一條狹窄巷弄裡的僻靜院落，一個女子安靜地坐在內院門檻上，外院柴門開著，她望著門外，像是在等人回家。

她偶爾會聽見那些販賣冰糖葫蘆的悠揚吆喝聲從遠處傳來，但可能是這條巷子實在太小了，見不著那些小販扛著糖葫蘆的身影從門口經過。

她伸手放在腹部，柔聲道：「邊關，我和孩子都很好。」

但我們都很想你。

◆

如果將戰事開啟後的驛道比喻成一個王朝的經脈，那麼源源不斷的兵馬糧草應該就是帝國的血液。

當下北莽就表現出了足以讓中原動容的巨大張力。

北莽女帝，棋劍樂府太平令和一個胖子站在一條驛路旁邊，他們一起看著道路上由北向南的忙碌運輸，三人神情各異。披了件嶄新貂裘的老婦人眼中充滿了自豪，正是在她張弛得當的治理下，十多年來，趨於統一的中原王朝也沒有占到絲毫上風，還迫使離陽把半國賦稅都砸入東線中去，最終導致發生在廣陵道的西楚復國。她的臣子，不說擁有耶律姓氏的草原雄鷹，仍有包括拓跋菩薩、董卓、柳珪、黃宋濮、慕容寶鼎、楊元贊在內一系列功勳卓絕的大將，群星薈萃，在廣袤的草原上熠熠生輝。

站在女帝身側貌不驚人的青衫老儒，這位花費二十年時間走遍中原大地的老人，眼神冷漠。而那個不停捧手呵氣驅寒的胖子，本就體型巨大，披甲後更顯得臃腫不堪。

北莽女帝收回視線，轉頭看著早年名聲臭遍西京大街的胖子，打趣道：「南褚北董，兩大胖子，當年你輸了褚祿山一仗，被攆得淒慘無比，如今那位雖說成了北涼都護，但你是南院大王，就官位來說你已經勝出一籌，這回有沒有信心找回場子？」

統領整個邊境戰事的南院大王董卓，這次破天荒沒有在老婦人面前嬉皮笑臉，揉了揉臉頰輕聲說道：「如果我跟祿球兒手裡頭有相同的兵力，估摸著還是很難，可現在的情況是我以一百萬打他的三十萬，沒道理輸，但總覺得有點勝之不武，到時候見著祿球兒，他也肯定不會心服口服。」

北莽女帝笑道：「朕有自知之明，既然不諳戰事，所以也從沒有對邊疆武人指手畫腳的壞習慣。只是你這趟排兵布陣，也實在太稀奇了，以至於朕好奇到趕了八百多里路來見你的地步，哪怕在路上太平令已經一次次不厭其煩給朕詳細解釋過你的用意，但朕還是希望能夠親耳聽到你親口說的，否則朕心裡不踏實。黃宋濮在聽說你的布局後，氣得臉色鐵青，甚至不惜厚著臉皮求朕准他重新擔任南院大王，就是為了讓你小子捲舖蓋滾蛋，省得把南朝積攢了二十年的家底一口氣揮霍殆盡。」

董卓握起拳頭，敲了敲被凍紅的酒糟鼻子，甕聲甕氣道：「跟我朝邊境接壤的流州、幽州和涼州，流州最容易拿下，幽州最能消耗，不過當然還是那涼州北線最難啃。」

說到這裡，董卓停頓了一下，北莽女帝耐著性子等待，結果這個胖子竟然澈底沉默了，等了半天也沒等到下文的老婦人忍不住氣笑道：「完了？」

董卓繼續說道：「照理說，傷其十指不如斷其一指。主力攻打涼州，長驅直下，一路大搖大擺打到清涼山北涼王府才甘休，在兩翼用相對少量的兵力牽扯幽流兩州，是上策。」

北莽女帝「嗯」了一聲，顯然她也是這般認為的。事實上一開始這就是北莽初期畫灰議事得出的結論，流州那個乾癟癟的魚餌根本就沒有讓北莽有咬鉤的興趣。打流州，除了拉長糧草補給線外沒太大意義，若是在流州僵持過長時間，北莽得不償失，畢竟涼州邊境上數支精銳鐵騎都具備長途奔襲的恐怖實力。李義山在流州一手造就出十多萬流民的局面，初衷就是給疆土縱深一直是軟肋的北涼增加戰略上的廣度和厚度。

董卓擺出一副愁眉苦臉的模樣說道：「這個上策本來的確是上策，但在幽州一萬餘輕騎滲透到薊州後，形勢就開始變了，更別提北涼這幾年一直跟西域眉來眼去，我就怕到時候不僅僅是薊州以北，連西域都冒出一支騎軍殺入南朝，左右開花，到時候把南朝腹地絞爛得一塌糊塗。我考量過徐鳳年這個人的性情，是從來都不怕玉石俱焚的無賴貨，寧肯不要涼州大本營也要打掉南朝的事情，他鐵定做得出來。哪怕打光北涼鐵騎，也要毀掉北莽苦心經營二十年的底蘊，這應該就是他的打算。」

董卓突然狠狠吐了口唾沫，咒罵道：「狗日的離陽，運氣真是好，走了個人屠徐驍，又頂上了個瘋子徐鳳年，哪怕換成陳芝豹，老子也不用這麼糾結！」

董卓眼神狠戾起來，咬牙切齒道：「既然徐鳳年要玩命，很簡單，那我就不給他玩花樣的機會嘛！北莽百萬大軍分兵三路，三線齊齊壓上，我倒要看他還怎麼輾轉騰挪，反正咱們在每一條戰線上都有兵力優勢。燕文鸞說十五萬屍體才能填滿葫蘆口，我就用三十萬去耗！流州有三萬龍象騎軍和那些流民，那我就用柳珪大將軍的二十萬去拚！涼州難啃，我用五十萬夠不夠？不夠的話，大不了我跟陛下再要個二、三十萬！」

北莽女帝皺眉道：「如此一來，南朝雖然沒了後顧之憂，但是不是代價太大了？」

董卓搖頭道：「離陽朝廷都敢拿西楚練兵，我們北莽身為馬背上的民族，逐水草而居，自古便是天生的戰士，為何不敢拿北涼來練兵？」

老婦人欲言又止，董卓沉聲道：「陛下，我董卓可以跟你保證，哪怕打北涼打掉了我朝五十萬甚至是六十萬兵馬，但是只要打下北涼，我一定雙手奉還第二支『百萬大軍』！」

太平令終於開口說道：「陛下，打贏這場仗後，連同北涼在內，還有薊州一線，很快就會成為第二座南朝。南朝所有大小文官都已經準備就緒，鐵騎的馬蹄所過之處，便是文人提筆的開端，這才是我為北莽準備的真正後手。北莽大軍只要打下那些疆土，我便能夠在第一時間經營那些地方，讓北莽王朝的邊境線追隨著戰馬不斷南移。」

北莽女帝點了點頭，但是很快憂心忡忡問道：「朕不是懷疑你的能力，只是離陽趙室會給我們足夠的時間去消化戰果嗎？而且顧劍棠的東線不會趁機搗亂？」

太平令平靜道：「世人都以為西楚復國是曇花一現，但我堅信那位曹長卿可以看到太安城的城頭。」

董卓笑道：「元本溪之流是因為覺得涼莽大戰結束後，哪怕把整個西北都讓給我們，也還有兩遼顧劍棠和西蜀陳芝豹兩大支柱支撐著邊境，所以才樂意見到讓北涼流盡最後一滴鮮血。但是如果真如太平令所說，那麼顧劍棠就得離開兩遼返回太安城，到時候我們大可以在北涼擱置少量兵力應付陳芝豹。

退一萬步來說，到時候我們擁有的縱深是北涼加南朝，這是人力難以忽視的莫大地利，自然可以大幅度減少陳芝豹用兵帶來的損失。陳芝豹再出神入化，也難以在短時間內力挽狂瀾，但我們則可以跟西楚一起將兵鋒指向太安城，去看一看那座據說有百萬人口的天下第一大城池，我董卓一定要去看一看那座城的城頭到底有多高！」

老婦人感慨道：「拿雄甲天下的北涼鐵騎練完兵，然後登上太安城的城頭，再在中原大地上收拾掉負隅頑抗的顧劍棠、陳芝豹，北莽兒郎一路殺到南疆，投鞭大海！朕雖是婦人，卻也是想一想就感到豪氣萬丈啊！」

董卓咧嘴笑著。

太平令瞥了眼這個在北莽廟堂上一騎絕塵的南院大王，眼神複雜。

北莽女帝抬手拍了拍這個胖子的肩頭，淡然道：「只要你能走到那一步，朕不是那離陽趙惇，朕能容得下一個封疆裂土的董卓，廣陵江以南，可以都姓董！朕要史書百年、千年都記住董卓這兩個字！等朕百年之後……」

她望向南方，放聲大笑道：「將來天下姓什麼，朕反正膝下無子女，不去管！」

撲通一聲，董卓跪倒在地。

老婦人一直看著南方。

老瘸子，天下本來可以姓徐的啊。

◆

在祥符二年的初春，一伍北涼遊弩手游弋在幽州葫蘆口的外口子上，隨著旭日東昇，抵了許多倒春寒帶來的冷意，鐵甲上的朝露漸乾。

這些精銳斥候俱是一人雙馬，坐騎都是北涼最大牧場的甲等戰馬。

大戰在即，各大牧場的良馬優先補給了這個特殊兵種，相比箭在弦上、一觸即發的涼州戰線，具備更多戰略縱深優勢的幽州，會讓人感到更安穩些。因為涼莽雙方公認北莽要打幽州，光是拿下葫蘆口，就得拿十多萬條人命去填平，或者說推平。人屠徐驍用十多年時間精心打造的葫蘆口戍堡體系，堪稱達到了中原戰爭史上的防禦極致。

無窮無盡的黑甲鐵騎如洪流湧入葫蘆口，這一幕好似那廣陵江大潮。

第十五章　徐鳳年再上武當　老侍郎寄身北涼

從前有座山，叫武當；山上有座峰，叫蓮花。峰上曾經住著一個想下山卻又不敢下山的年輕道士，他叫洪洗象，只是那位年輕掌教一趟下山返山後，聽說就離開了世間。

然後更為年輕的新一任掌教李玉斧，帶回了一名眉眼靈氣的幼齡稚童，他叫余福。約莫是爹娘希望這個孩子年年都能攢下些福氣吧，窮人家想要過上長久的安穩日子，無非是「節餘」二字。

元宵是大節日，為了迎接祥符二年的元宵佳節，武當山上的道士不論輩分，人人都在劈竹打造竹製燈籠，然後糊上宣紙，便是陳繇、俞興瑞這些輩分最高的大真人也沒有例外。

可惜山上年歲最大的祖師伯宋知命在去年去世了，也就是死了，沒什麼化虹飛升，也沒啥羽化登仙。老真人走得很安詳，只是碎碎念著要是小師弟還在世，就能煉出幾爐真正的好丹藥了。再就是老人臨終前那個月，山上道士經常看到宋祖師伯站在大蓮花峰的山門，望向山腳，不用問也知道是在等那位掌教師侄。

武當自老真人的師父黃滿山起，到大師兄王重樓，再到小師弟洪洗象，最後到當代掌教李玉斧，宋知命除了那一幅幅祖師爺畫圖不說，活了兩甲子，見過了四位武當掌教，故而走得十分安詳。

老一輩真人日漸凋零，掌管戒律的大真人陳繇也難以掩飾老態，好在武當山對生老病死一向看得很淡，再者如今武當山香火鼎盛，山上數座山峰都舉辦了幾場不隆重卻不失莊重的「開山」儀式。

哪怕臨近元宵，天未亮時分，仍有許多善男信女開始登山燒香。不同於離陽許多道觀、寺廟專門會為達官顯貴開後門，老百姓燒了一輩子香火都燒不上頭香，在北涼你只要趕早，老百姓也能在武當山燒上頭香。

在武當山南神道上，香客絡繹不絕，甚至有許多操外地口音的外鄉人。時值北莽大軍南下之際，整個北涼三州就像個漏斗，人口銳減，襯托得這些入境的外地香客頗像那逆流而上的鯉魚，足可見如今武當的盛況，更有傳言朝廷很快就要將龍虎山的道教祖庭稱號轉贈武當，用以安撫北涼。

在燒香大軍中，有一對小夫妻模樣的年輕男女，大概是小門小戶的緣故，沒有錦衣貂裘也沒有讓人望而生畏的健壯扈從，甚至連盞燈籠也沒有。他們跟山腳偶遇的另外一家老小結伴登山，一路藉著那家人的燈火好走山路。

年輕人介紹時自稱徐奇，是地道的北涼人氏，妻子姓陸，老家在青州，用他的話說是嫁雞隨雞、嫁狗隨狗才到了北涼吃苦。跟他們同行的那一大家子足有祖孫四代十六口人，老人姓嚴，八十歲高齡，說是廣陵道人，當過京官也做過地方官，去年才致仕還鄉。

老人言談風趣，極為健談，一路上跟那徐奇聊著大江南北的見聞軼事，為枯燥的登山之旅平添許多歡聲笑語，而那徐奇雖沒有什麼驚奇言語，但也次次都能接上老人的話頭。

除去老人，嚴家其餘兩個輩分的男子原本一開始對這個所謂的北涼蠻子並不待見，這倒不能怪他們眼高於頂，離陽諸多的地域之爭中，當年徐驍坐鎮的北涼跟燕剌王趙炳主政的南疆一向是大哥不要說二哥，都是朝野上下的蠻夷之地，連兩遼都比不起，以至於當年廟堂上鬧出過個大笑話。

記得第一位北涼書生在科舉中鯉魚跳龍門，得以進士及第，讓太安城倍感詫異，疑惑北涼也會有讀書人？於是許多人幫著那位士子去查詢族譜，等到好不容易看到那人祖籍在中原劍州，才如釋重負，卻不管那人好幾代都土生土長在北涼陵州的事實。直到嚴杰溪成為皇親國戚再成為殿閣大學士，晉蘭亭一路平步青雲，以及理學宗師姚白峰入京主持國子監，這種對北涼未開化的糟糕印象才稍稍改觀，捏著鼻子承認北涼也是有耕讀傳家的。

距離武當金頂主峰，南神道長達十二里，又是山路，嚴家有老小有婦孺，腳力孱弱，走得緩慢，等到山上響起第一聲晨鐘，他們才走到一半路程，在那座專供旅人香客歇腳的亭子休息。

老人趁著晨曦舉目遠眺，徐奇和妻子並肩而立欣賞著山下風景。

老人收回視線坐下後，馬上有那個幼齡的曾孫子跑來幫他敲腿捏腳，老人開懷大笑，寵溺得把孩子一把抱到腿上，用手指著東方，說道：「這幅景象，叫作『天開青白』。」

孩子顯然對什麼天開青白沒啥興趣，抬起頭稚聲稚氣問道：「太爺爺，山上真的有我娘說的神仙嗎？那神仙可以騰雲駕霧嗎？」

嚴家老家主哈哈大笑，摸著孩子的小腦袋，沒有給出答案，只是轉頭看了眼雲遮霧繞的山頂，輕聲感慨道：「不敢高聲語，恐驚天上人。」

沒有得到答案的孩子一個勁撒嬌糾纏，老人只好說道：「我輩讀書之人，都需恪守聖人所言的不語怪力亂神，不過呢，太爺爺跟你這個小娃兒還是可以說些題外話的。太爺爺我啊，其實年輕時候也曾打著負笈遊學的旗號，去偷偷做那青衫仗劍登高訪仙的事情。興許沒有機緣，就沒有尋見過世人眼中那些鶴髮童顏的高人，只是中年時跟許多人一起去過龍虎山天師府，跟那一輩老天師有過一面之緣，但也不曾有機會深入交談，畢竟那會兒太爺爺的官帽子太小，敬陪末座而已。當時心底只覺得，為官不如修道啊！天下讀書人何其多，生前太傅、死後文正何其難！天下修道之人則不多，做到那一品官身的羽衣卿相也就相對容易了。」

孩子大失所望，「太爺爺，那咱們千里迢迢來武當山做啥啊？我爹說他乘車都要顛簸得骨頭散架了。」

附近一位年紀不大的儒士頓時赧顏。

老人捋著雪白鬍鬚微笑道：「太爺爺是沒見過神仙，但牧守一方的時候，見過一位路經轄境的同齡道士，有過一場相談甚歡的交談。那道人教了我一套養身之術，太爺爺能活到這個歲數，歸功於那道士的恩惠。雖然過了這麼多年，我還是記得很清楚那道人的模樣，身材高大，仁義而有豪氣，有古代遊士之風，比起天師府的黃紫貴人，實在是沒有架子可言。」

老人唏噓道：「那道人便是武當山的上上任掌教，叫王重樓。我也是很久以後才知道他是北涼武當山的掌教，所以趁著身子還沒完全埋進黃土，趕緊來這裡看一看，順便也想看一看北涼的西北天高，到底是怎麼個高。因為太爺爺以前在太安城當官的時候，有言官御史彈劾一個人，說那人到了北涼後，大開宴席的時候，竟然就指著屁股底下的椅子對眾人說，這張椅子不是龍椅，但比京城那張要高許多嘛。」

老人的兒子也快有甲子高齡，聞言後笑道：「多半是無稽之談。」

老人點了點頭。

那個一直看著老人抱著曾孫子的北涼徐奇，沒有說什麼，轉過身默然望向遠方。

他妻子握住他的手，側過腦袋輕聲問道：「是真的還是假的？」

正是徐鳳年的「徐奇」柔聲道：「真的。當時我還小，就坐在我爹腿上。這句話其實是他對我說的，大概是想告訴我當皇帝其實沒意思吧。」

徐鳳年握緊陸丞燕的微涼小手，低聲道破天機：「官員七十致仕是離陽朝廷的規矩，能夠在七十九歲才致仕，不是誰都能做到的。老人是嚴松，當京官最大做到禮部左侍郎，跟首輔張巨鹿政見不合，後來被排擠到了江南道廬州，心灰意冷，便在地方安心做起了學問。這次張首輔身敗名裂，朝野上下噤若寒蟬，嚴松是少數幾個敢為首輔大人打抱不平的，可見他當年跟張巨鹿是光明磊落的君子之爭。我之所以跟他同行，是因為徐驍對此人觀感不差，說那麼多罵他的人裡頭，嚴松罵他徐驍罵得很凶，但在理。」

老人突然對徐鳳年笑道：「徐奇啊，我進入北涼境內來武當山之前，拜訪過幾家書院，那裡的情景讓我大出意料，好像你們新涼王比老涼王更書生氣些，實在難得。」

陸丞燕看了眼破天荒流露出些許汗顏神情的徐鳳年，會心一笑。

徐鳳年轉身後說道：「肯定是明知武功不如徐驍，只能退而求其次，在文治上查漏補缺吧。」

小孩子一頭霧水，扯了扯老人的袖子，問道：「太爺爺，我大伯不是說那北涼王的武功很厲害嗎？」

一位中年人哭笑不得道：「文治武功的『武功』，可不是說打架的本事。」

閒聊過後，一群人重新開始登山。如今來武當山燒香，有一件事情成了訪客香客必須要做的，就是親眼看山上許多道士不分年齡、不分輩分集體參加的早晚兩次功課。嚴家老小之所以如此趕早登山，就是想要去欣賞那一幕場景。數百上千道人在廣場上一起練拳，傳言那套拳法由上任掌教洪洗象首創，誰都能練、誰都能學，誰都能獲益。

當一行人終於來到山頂武當主觀的廣場外時，總算沒有錯過，否則就得等到黃昏了。果不其然，如外界傳言那般，無數站位疏密得當的武當道士在廣場上一起練拳，便是再門外漢的老百姓，也看得出那套拳法的舒服。對，就是舒服。沒有什麼太高深的動作，也沒有發出尋常練武時發出的哼哈聲響，安靜而祥和。

老人嚴松讚嘆道：「好一個行雲流水。」

坐在父親脖子上的孩子指著遠方，好似發現了什麼了不得的神仙人物，滿臉驚喜雀躍地道：「那裡有個跟我差不多大的小孩兒也在打拳呢，那裡那裡，他在最前頭！」

老人雖然看不清楚那邊的情況，聽到後也有些訝異，「不是說領拳之人是現任掌教李玉斧嗎？」

徐鳳年解釋道：「李玉斧收了個徒弟。」

在那些道士身後位置上還有許多的香客，也都跟著打拳，也許不得其意，甚至連形似都稱不上，但一個一個都很起勁，只是他們看不清楚領拳道士的身法，只能跟著前方或者附近香客一起打拳，看上去就顯得有些不倫不類，但所有人都很認真。

嚴家老小就看到一個看上去輩分不高的年輕道士從前方緩緩走到後邊，一路走來，不斷對學拳的香客們進行細心指點，有哪些動作太過用力了，或者有哪些手法沒有到位，又或者是塌腕不夠，或是誤解了拔背，都會微笑著幫忙糾正。

徐鳳年看著最前方的那個每個動作領拳都一絲不苟的小道士，神情有些異常。

那年輕道士看到了徐鳳年，微微一笑，快步走來。

陸丞燕輕聲道：「你也要打拳嗎？」

徐鳳年問道：「妳想看？」

陸丞燕笑著點頭。

徐鳳年緩緩走上前，在隊伍最後頭站定，然後悠然開始打拳。

那年輕道士愣了一下，然後就站在徐鳳年身邊。

兩人動作如出一轍，圓轉如意，賞心悅目。

徐鳳年閉上眼睛。

當年，有個倒楣蛋每次見到自己，知道自己會挨揍的他都會苦哈哈擠出笑臉，說上一句：「你來了啊」。

徐鳳年輕輕自言自語：「騎牛的，我來了。」

武當山與徐鳳年有緣，更是徐鳳年的福地，這已經是北涼公認的。都說徐鳳年這個新涼王能夠成為天下第一，歸功於當年在山上練刀期間跟前後兩任掌教砥礪修行，這才有了之後在武道境界上一日千里的驚豔光景。

如今武當山腰處的洗象池便成了新武學聖地，瀑布後的那間石屋每日都有各地武人前來打坐面壁，擁擠不堪，只為了沾一沾人間無敵之人的仙氣，隔三岔五就會有人為了爭搶一席之地而大打出手，這讓山上幾名負責日常打掃洗象池的年輕道士不堪其擾，經常跟師父抱怨耽誤了修行，死活求著給換個差事，後來掌教李玉斧便讓徒弟余福接過擔子。

不過武當雖然將洗象池對外開放，但距離深潭不遠的那座小茅屋和一方小菜圃，在北涼王府授意下始終藏掖起來，不許外人靠近，小道士余福偶爾會去茅屋那邊玩耍，原本荒廢的小菜圃也重新看見了綠意。

◆

跟嚴家老小分開後，徐鳳年跟著李玉斧來到洗象池畔。舊地重遊，當徐鳳年看到熙熙攘攘的一大幫人鑽出帳篷、肩搭棉巾去池邊漱洗的壯觀場景時，有些哭笑不得，轉頭跟李玉斧問道：「整年都是這麼個光景？」

李玉斧點頭微笑道：「是啊，這些習武之人大體上也不鬧事，衣食住行都自理，每天除了早晚兩次去廣場上跟著練拳，就都在這裡修行，武當山總不好趕人。也不知道誰把小師叔木劍斬瀑布的事情傳了出去，半年以來光是從池子裡撈出來的折斷木劍就有一百多把。後來又有一個說法，說王爺之所以神功大成，是從水潭底下找到了一部武學祕笈，於是這麼多人哪怕上山的時候是旱鴨子，如今也都一個個水性熟稔得很了。不過祕笈沒找到，倒是從水底取出許多光潔如玉的鵝卵石，零零散散加在一起也有幾百顆。後來他們一合計，在山下找了個手巧工匠，打磨出一套上好棋子，送給了武當山。禮雖不重，但情意重，如此一來，咱們武當就更不好說什麼了。」

徐鳳年無言以對，他所熟知的江湖本就是如此，越是市井底層，便越是既可憐又可愛。

他見縫插針找了一個空當蹲在洗象池邊上，身邊是兩位倒春寒時節裡還穿著老舊單衣的江湖漢子，徐鳳年知道這可不是什麼到了寒暑不侵的境界，只是打腫臉充胖子罷了。

江湖上講究一個輸人不輸陣，大冬天的你穿貂裘保暖我就要咬牙穿單衣，更狠的，乾脆就光膀子。這跟文壇士林是一個路數，盛夏時分不乏狂人狂徒披裘高歌用以沽名釣譽。

徐鳳年蹲著掬起一捧冷冽清水洗了把臉，左手邊那個魁梧漢子瞥了眼，有些驚訝一個讀書人模樣的年輕人為何也來湊熱鬧，用行話問道：「新來的？有山頭嗎？」

徐鳳年點了點頭。山頭？清涼山應該勉強能算一座吧？徐鳳年笑著問道：「一大堆人擠在這裡，別說吃飯睡覺，就是放個屁、拉個屎也不爽利啊。敢問這位前輩，難道當真有人在這兒突破境界？」

那傢伙深以為然，大概是覺得這小子挺上道，壓低嗓音神祕兮兮說道：「咋沒有？前兩天還有個哥們在這裡一夜之間突破了三品境界的門檻！本來挺稀鬆的手段，結果破境後一手劍花那叫一個潑水不進。在這之前，還有位最早來這裡悟道的陵州老前輩，在三品境界上熬了二十多年，結果在這裡靜坐了不過三個月，愣是給他闖過去了。我聽人說那位前輩在成為小宗師後，意氣風發，在月圓之夜清越長嘯，中氣十足，連山腳幾里地外都聽得到，足足半個時辰，跟打雷似的，你說玄不玄？」

徐鳳年忍住笑意，鄭重其事點頭附和道：「咱們常人扯開嗓子別說嚷半個時辰，一盞茶工夫都難，而且肯定當個把月的啞巴。這位前輩高人能長嘯半個時辰，肯定內力渾厚，小宗師境界跑不了的。」

右手邊那位大俠冷水洗臉偷偷打了個哆嗦，白眼道：「小兄弟，你別聽孔小貓瞎咋呼，什麼清越長嘯，什麼半個時辰，都是沒影的事兒！誰吃飽了撐著沒事嚷半個時辰。再說了，那老頭就不怕打攪了武當神仙們睡覺？我許十營什麼武道小宗師都不服，就只服這座山上的道士，是真有本事的。我爺爺的爺爺就親眼見過黃老祖師爺，我爺爺也受過王老掌教恩惠。當年王掌教一指斷江，我爺爺當時就在江邊上看著呢。如今那李掌教也是個高人，光是看他的那副拳架子，我就要心服口服伸出大拇指。」

本名孔大虎但被人取笑為孔小貓的漢子轉頭看了一眼豎大拇指的哥們，笑道：「拉倒吧你，許十營，你成天就在那裡吹噓跟北涼王有關係，除了徐許兩個字諧音，你們一個天、一個地，有半顆銅錢的關係！」

許十營狠狠一甩棉巾在肩頭，瞪眼道：「老子的爺爺是最早追隨大將軍來北涼的老卒，老子家裡頭還留著爺爺傳下來的那副鎧甲和那張八斗弓……」

孔大虎哈哈大笑拆臺道：「如果你爺爺真是跟大將軍一樣是外地人，那你說啥爺爺的爺爺見過武當祖師爺黃滿山，吹牛皮沒打好草稿？」

許十營一陣心虛，惱羞成怒道：「反正我爺爺是正兒八經的第二撥遼東老字營出身，朝廷用永徽這個年號之前，就跟了大將軍南征北戰。我爺爺步射挽八斗弓，十發八中，步射開六斗弓可十發七中。爺爺說當年連大將軍也親口誇獎過他的箭術，說以後到了北涼要讓北莽蠻子也知曉遼東健兒的厲害。」

孔大虎嗤笑道：「我可聽說別人都講神箭手那都是百發百中什麼的，要不然就是百步穿楊，你許十營的爺爺才十發七、八中，也能讓大將軍稱讚？許十營啊許十營，你小子就不怕說大話把自己給噎死嘍！」

外行看熱鬧，內行看門道，徐鳳年頓時對許十營刮目相看，因為離陽朝廷早期有武舉頒發的《試分馬藝業出官法》，按例許十營爺爺的箭術確屬上乘，恰恰因為許十營沒有提什麼百發百中百步穿楊，才更真實。

徐鳳年問道：「許老哥，怎麼沒有投軍入伍？」

許十營嘆了口氣，傷感道：「我爹年輕時候想讀書考取功名來著，我爺爺不喜歡，說讀書沒用，我爹拗不過我爺爺，就只好去投了邊軍，在纖離牧場裡當個小官。結果不知怎麼惹惱了上頭的大人物，大人物的靠山更大，好像就是那位懷化大將軍鍾洪武，回來的時候只剩下半條命。我爺爺是死要面子的人，到死也沒說什麼，只不過就想著讓我這個孫子念書。可惜啊，我就不是一個讀書的料，只想著練武，好跟爺爺一樣攢下點軍功，給家裡多添一副鎧甲給後人當傳家寶。」

說到這裡，許十營咧嘴一笑，「我還有個哥哥，就在幽州邊境上參軍。去年春節回家，聽他說很快就可以當上正式遊弩手了。我哥隨我爹，讀書、習武都了不起。」

徐鳳年好奇問道：「你爹在邊關上受了委屈，怎麼還讓你哥去投軍？何況北涼現在文風漸長，讀書一樣能有個好前程，再說北蠻子打過來了，當兵不安生啊！」

總給人吊兒郎當感覺的許十營破天荒一臉真誠道：「我也不知道我哥是咋想的，起先他確實是不太願意當兵的，後來過了幾年，反倒是不樂意在家讀書了，虧得家鄉還有個掛念他的小娘，都快熬成老姑娘了。

不過去年我哥跟那未來嫂子打包票了，說只要等他成了咱們北涼三十萬邊軍中最難當上的遊弩手，下次回家就一定風風光光地娶她。至於我爹，剛從邊關回到家那會兒，成天就知道喝酒。我哥投軍後喝得最凶，不過這兩年倒是喝得少了，也不說什麼瘋話了，尤其是春節後，還把酒給戒了。上次跟我哥一起給爺爺上墳的時候，我爹敬酒的時候……」

許十營不再說下去，低下頭，狠狠地多洗了把臉。

孔大虎雖然跟許十營平日裡相互拆臺取笑，但交情其實不錯。來洗象池沾光的北涼武人也分三教九流，山頭林立，像他們這些沒有家世背景的小人物，別說去瀑布後頭的石屋打坐面壁，就是池畔風水好些的地盤也擠不進去。

一些個有門有派的宗門子弟，相互抱團，個個眼高於頂，在這邊每日大魚大肉不說，還有許多妙齡女俠貼靠上去，夜夜在帳篷內瞎折騰，每天晨起之時都是容光煥發，像孔大虎、許十營之流就只能遠遠眼饞了，膽子大些就去聽牆腳根，當然前提是不怕被名門正派的少俠們揍得鼻青臉腫。

三人身後一陣喧鬧，原來是有人認出了武當掌教李玉斧和徒弟余福，紛紛上前套近乎客套寒暄。李玉斧在山上是出了名的待人和善，與誰都不拿捏架子，這不是八面玲瓏的表面，而是內裡的精神，這亦是武當一脈相承的「氣」。

武當道士不分輩分不分道觀，都有初一十五替老百姓解籤甚至是代寫書信的功課。在這件事情上，從呂祖起就訂立了雷打不動的規矩。黃滿山給人解過籤寫過信，王重樓是這樣，洪洗象是如此，李玉斧也一樣，以後也許那個小道童余福也一樣。武當修行，修仙先修人，修道先修己，這才是武當山真正的氣脈。

徐鳳年三人一起轉頭望向那位年輕掌教，孔大虎輕聲介紹道：「這位便是武當的李玉斧李掌教了，是老神仙俞興瑞早年在東海收的徒弟。李掌教的脾氣頂好，江湖上有傳聞他在道教第一福地地肺山斬殺過一條惡龍，一身修為高深莫測。還有人說北涼王專程為了武當山給朝廷上書，要求敕封武當為道教祖庭，我看這事靠譜。

以往吧，我對那王爺印象不咋的，後來陳兵邊境，拒絕聖旨進入北涼境界，大快人心，又在陵州搞死了飛揚跋扈的老軍頭鍾洪武，我就覺得新涼王沒讓人失望。這次北蠻子打過來，聽說王爺更是直接去了邊境，根本就沒有躲在清涼山，這事兒辦得讓人解氣！否則都成了天下第一的高手，還躲在家裡，也太丟北涼的臉了！咱們這些行走江湖的，出了北涼也沒面子不是？」

徐鳳年無奈一笑。

許十營輕聲道：「要是邊境上打得凶狠，我就讓我哥介紹個門路，殺蠻子去。殺一個回本，殺兩個就是賺了。」

孔大虎忍不住譏諷道：「就你那一點花架子，去了鐵定是賠本買賣。你真當北蠻子好惹啊？那些蠻子自小就跟弓馬相依為命，箭術馬術真不差，你去了也是白搭。」

孔大虎突然沒來由感慨道：「王爺有件事不地道啊，把聽潮閣武庫裡的好東西都一股腦送給徽山那位武林盟主了，看來那喜好穿紫衣的婆娘，應該姿色如傳聞那般美若天仙，否則咱們王爺也不至於這樣出手闊綽。話說回來，給咱們北涼練武的人留下點殘羹冷炙也好嘛，不說什麼上乘祕笈，二、三流的，隨手丟給咱們一、兩本都成啊！」

許十營「呸」了一聲，「就你孔小貓那點骨氣也想練成絕世高手？王爺就算送你一堆祕笈都是做夢！」

孔大虎也不生氣，笑道：「你許十營骨氣多，送我幾斤成不成？」

徐鳳年笑著圓場道：「武當時下那套人人可學的無名拳法，大有深意，蘊含著洪洗象對大道修行的體悟。我敢說哪怕一輩子只學這套拳，不論之前是練拳還是練劍、練刀，都可以裨益終身。咱也不去說什麼證道飛升，什麼一品高手，那畢竟得看個人機緣，但要說讓習拳之人強身健體，益壽延年，跟閻王爺多討要幾年光陰，肯定可以。在我看來，聽潮閣一百本被束之高閣的祕笈，也比不上那套人人可學的拳法。」

孔大虎將信將疑道：「小兄弟，這套拳法果真如此不俗？」

徐鳳年點頭道：「就像一篇文章寫得盲風澀雨、佶屈聱牙，瞧著很有才學，其實在大家眼中也就那麼回事，算不得真正好學問。同理，一套武功入門越難，門檻越高，也未必是好武功。」

孔大虎笑道：「這道理好聽，可未必在理啊！世間武功，哪有門檻不高的？小兄弟你說老劍神李淳罡的兩袖青蛇難不難學？又豈是誰都能學的？新劍神鄧太阿的劍術，隨手那一個架勢，那更是讓小宗師看都看不懂。」

被反駁的徐鳳年哈哈笑道：「這正是武當這套拳法的高明之處，也是洪洗象所修大道的真意所在。世人眼中高不可攀的天道如華山之巔的險路，僅是一條羊腸小徑，雖有腳步，但人煙罕至，可洪洗象的大道，卻是世間那平坦驛路，人人可走，只要堅持，哪怕資質平庸，也能走得遠。」

孔大虎愣了一下，指著這哥們笑道：「聽著像歪理，但還是挺有道理的。」

許十營一本正經拍了拍徐鳳年的肩膀，說道：「小兄弟有悟性，以後肯定能夠成為揚名立萬的高手。」

徐鳳年微笑道：「借你吉言。」

三人起身後，武當掌教李玉斧還是被眾人重重圍繞脫不開身。那名在去年隆冬大雪時分上山的小道童站在外邊，小心翼翼打量著徐鳳年。

不知為何，孩子對這個不知身分卻能讓師父格外重視的神祕男子，初見時有些沒道理可講的敬畏，但很快心底就有些晦澀難明的親近，不過始終是畏多於敬，所以從頭到尾孩子都躲在師父身後，沒有跟這個傢伙說半個字。

就在徐鳳年跟小道童余福視線對碰然後後者趕緊轉頭的時候，一名錦衣貂裘的世家子俊哥兒躡手躡腳走到徐鳳年身前，在五、六步外就不敢上前，雙拳緊握，手心滿是汗水，身後還跟著一幫同樣純粹是吃飽了撐著來武當山賞風賞月的狐朋狗友。

他們這夥人對什麼武當掌教、什麼拳法都不上心，但時下北涼舊三州的官場以及官場子孫，對某人的觀感就有了翻天覆地的變化，尤其是在那群當年跟那人比拚誰更紈褲敗家的年輕人添油加醋之下，更是達成了一個共識，覺得天底下最爺們兒的事情，就是浪子回頭金不換！

那個一臉不敢置信的年輕公子哥停下腳步後，怯生生試探性說道：「在下柳玉鯤，家父是陵州丹陽郡守柳工筌。」

徐鳳年笑了笑，「你大哥是龍象鐵騎的驍騎尉柳玉山？當時跟著龍象軍長驅直入，一人斬獲首級十二顆？」

那個在同黨眼中最是跋扈的柳玉鯤竟然一下子就眼眶濕潤起來，渾身顫抖，如遭雷擊。

柳大公子正要下跪，卻看到眼前那人輕輕搖頭，頓時硬生生伸直了已經彎曲幾分的膝蓋，不知所措。

去年陵州官場那場鬧劇，諸多戰功卓著的武將在眾目睽睽之下，被一個頂著陵州將軍頭銜的年輕人逼得卸甲，一個個露出滿身傷疤。柳玉鯤就在場遠觀，起先也沒覺得那一幕如何震撼人心，只是當他後來見到從邊境返回的大哥，一向瞧不起他的大哥，因為文官出身的父親在飯桌上發了幾句冷嘲熱諷的牢騷，差點跟父親和整個家族決裂，後來又跟他這個弟弟一起破天荒喝著酒，斷斷續續說了些邊境上的戰事，說他的袍澤們是如何坦然戰死，他柳玉鯤才開始知道那份沉甸甸的意義。所以柳玉鯤這才在春寒料峭中登上武當山，只想知道那個新涼王當年是如何習武的。

徐鳳年不想在這裡洩露身分，跟柳玉鯤的閒談點到即止，然後跟孔大虎、許十營告辭，給了李玉斧一個眼神，只和陸丞燕走向茅屋。

等他走後，孔大虎和許十營面面相覷，這傢伙怎麼跟堂堂郡守公子扯上關係了？看情形最不濟也是家世在一個階層上的人物，怎麼還能耐著性子跟他們兩人扯老半天的蛋？許十營更是嘴角抽搐，當時自己還裝模作樣拍了拍那哥們的肩膀，生怕這些聽說最喜歡笑裡藏刀的世家子一轉身就朝自己動刀子，可千萬別還沒悟出個高手就給人套麻袋沉入洗象池啊。

柳玉鯤先前壯著膽子觀察半天，看到北涼王跟兩個窮光蛋武人蹲著聊了許久，還有說有笑的，這會兒可不就趕緊屁顛屁顛走上前，做了個舉杯的手勢，主動套近乎道：「兩位老哥，兄弟我陵州柳玉鯤，相逢即是緣，我那兒有酒，最地道的綠蟻酒，要不咱哥仨一起喝一個？」

孔大虎傻乎乎問道：「這位公子哥，不收錢吧？」

柳玉鯤無奈苦笑道：「打我臉不是？」

孔大虎和許十營懵懵懂懂去了柳玉鯤那頂豪奢綢緞帳篷內，懵懵懂懂喝上了煮熱的滾燙綠蟻酒，四周還有一群衣衫鮮亮的紈褲子弟用崇拜的眼神望向自己，那幾位年輕貌美的女俠更是眼睛發亮。

當兩人最終得知那人的身分後，呆若木雞。

祥符四年，涼州騎卒許十營戰死於邊關，死在擔任遊弩手標長的哥哥之後。

祥符六年，幽州步卒孔大虎戰死於北莽寶瓶州。

兩人死前有笑，皆死而無憾。

◆

在離開茅屋前往小蓮花峰的山路上，徐鳳年和陸丞燕竟然又跟嚴家老小相遇了。如此緣分讓老家主嚴松也頗感奇妙，言談之中也就淡了幾分交淺言深的顧忌。若是加上嚴松年輕時在離陽覆滅大楚之前的任職，老人可謂久經宦海，陸續見過大楚、離陽兩個朝廷的四個在位皇帝。

其實離陽剛剛登基的新帝趙篆也早就見過，不過嚴松在擔任禮部侍郎的時候，那時候趙篆還不過是個各方面都不出挑的年少四皇子，見著經常去勤勉房授業的老人也要執學生禮。嚴松何等眼光老辣，自然不會將徐鳳年認作是尋常的北涼香客，武當掌教李玉斧的招待更坐實了老人的看法，只不過雙方心知肚明，都不需要擺在桌面上說得太敞亮。至於這個年輕人是北涼哪位將種子弟，已經見識過離陽廟堂最高處風景的嚴松跟北涼八竿子打不著，更不需要計較。

兩人登山聊天時，不知不覺就聊到了那位碧眼兒首輔大人。對於張巨鹿，站在敵對陣營的嚴松是心懷遺憾的，說張巨鹿距離聖人還差半步，做到了兼濟天下，可惜卻沒能得以獨善其身。

嚴松憂心忡忡道：「藩王、外戚、宦官、武將、文官，這五種人，如果立身不正，是最容易引來天下大亂的。我朝皇后賢德，外戚素來不成氣候，是天下莫大的福氣。宦官先後由韓生宣、宋堂祿兩任司禮監掌印領銜，人品不去多言，但都對趙家天子忠心不二，對權柄一事也很謹慎。我朝宦官恪守本分，故而不用擔心宦官干政。

先帝在張巨鹿竭力輔佐下大力削藩，悄然抑武，剛柔並濟，頗有成效。上一代稱得上封疆裂土的幾大藩王裡，膠東王趙睢早已銳氣盡失，淮南王趙英更是戰死沙場，靖安新王趙珣也一心一意為國盡忠，廣陵王趙毅沒有什麼野心，你們北涼又被北莽牽制，就算有心也無力，那麼就只剩下手握精兵又善於藏拙的燕剌王趙炳了，南疆天然沒有大敵，趙炳可以緩緩蓄勢，這必定是我朝的心腹大患。」

然後嚴松自嘲道：「至於我們這些文官嘛，書生造反，十年不成，皇帝最好打發。生前太傅、死後文正，一直是文人一輩子最高的追求，就算做不到太傅，還有那麼多二品、三品大員可以當，而謚號，除了文正，也還有一大串可以帶進棺材裡。退一步說，當官沒出息，還能立言傳世，青史留名，所以我說我們文官是最有野心的，也是最沒有出息的。但是！」

嚴松突然停頓了一下，神情肅穆，沉聲道：「有了張巨鹿為天下讀書人做了整整二十年的榜樣後，不一樣了！」

徐鳳年笑道：「那位青雲直上的晉三郎，難得說了一句捅破窗紙的實話，『民為貴，君為輕』，這正是張巨鹿教給他的，也正是晉蘭亭這句遞交給新帝的投名狀，讓先帝下定決心賜死首輔大人。」

嚴松恨恨道：「那個小王八蛋，不當人子！不當臣子！坦坦翁打得好！」

徐鳳年看似一笑置之，但是陸丞燕卻憑藉直覺察覺到他流露出一絲殺機。

嚴松嘆了口氣，「永徽之春的那幫文臣公卿，幾乎人人的修齊治平都是上佳，挑不出大毛病，但跟著張巨鹿耳濡目染多年，一旦沒了首輔的心胸氣魄，就會有過猶不及的結果。越是太平盛世，君子之爭越是容易淪為意氣之爭，而且可怕之處在於連皇帝都要束手無策。

老夫有不少學生，得意門生也有一雙手的數目。不是老夫自誇，確是一直按照聖人教誨的有教無類。前十年、二十年還看不出什麼，等到老夫差不多致仕，就分出天壤之別了，不論是世族身分還是寒族出身，都算幹臣能吏，治政有方，但是除了寥寥兩個學生做到了善始善終，其他人或多或少都有貪瀆。可那些家世好的，吃相也要好上許多，驟然權貴起來的，就難看了。老夫也納悶，後來思來想去，還是其中一個兩袖清風的寒士學生道破天機，是他們怕窮，也窮怕了，就算不為自己考慮，也要為子孫後代積攢家底。」

徐鳳年笑道：「其實這也是人之常情。」

嚴松搖頭道：「為官，讓子孫衣食無憂，才是人之常情，但讓子孫十輩子都坐擁金山銀山，就過了。」

嚴松深深呼吸一口，強顏笑道：「這興許只是老夫一人的管中窺豹。」

嚴松苦澀道：「前年有個被老夫期望有朝一日能夠成為殿閣重臣的學生，都快五十歲的人了，在東窗事發後在老夫書房外跪了幾個時辰。老夫倒是想讓他去死，可只要一想到他當年與我討教學問時的那張年輕臉孔，那雙清澈乾淨的眼眸，老夫就如何都狠不下心了，最後只是讓他丟官了事。聽說如今新帝登基，他又心思活泛起來，在京城大肆運作，試圖起復。要知道他一擲千金的對象，恰好是他當年偏激認定為國之碩鼠蠹蟲的宗親勳貴。唉，還記得老夫當年還開解過他來著。」

徐鳳年問道：「成功了？」

嚴松無比自嘲道：「有大把銀子開道，又有我嚴松這個首輔政敵的學生身分，自然是成功了，官拜禮部郎中。事後還給我這個老師寫信，說定要繼承衣缽，當上禮部侍郎呢。」

徐鳳年嘖嘖稱奇道：「這傢伙臉皮不薄啊！要是來咱們北涼就好了。」

老人疑惑問道：「這是為何？」

徐鳳年玩笑道：「他光是厚如城牆的臉皮，就能幫忙擋下好幾萬的北莽大軍。」

嚴松頓時開懷大笑，身旁那些嚴家子弟也跟著笑起來。

◆

山路漫長終有盡頭，晌午時分，他們來到小蓮花峰頂，鳥瞰遠方，心曠神怡。

嚴松對站在身旁的徐鳳年由衷感嘆道：「實不相瞞，老夫之所以來到北涼，是有人請，他剛好也是老夫的學生之一，他說北涼是個能讓人一吐胸中濁氣的好地方。老夫不信，但那傢伙一口氣寫了八封信，老夫不勝其煩，想著臨死前走一遭西北邊塞也好，寫了一輩子脂粉氣的婉約詩詞，說不定臨了臨了，還能寫出一、兩首傳世的邊塞詩嘛。」

老人的孫子打抱不平道：「爺爺寫的青詞，妙筆生花，先帝讚不絕口，當年連那春秋三甲黃龍士也佩服的！哪裡有半分脂粉氣！」

心情極佳的老人笑著反駁道：「屁咧，什麼佩服，少給老頭子戴高帽，他黃龍士不過是點評了『有氣無力，尚可』六字。」

雖然嘴上反駁，可見老人心底對這個聽上去褒少於貶的苛刻點評，還是有些自豪的。

徐鳳年笑道：「能讓從不誇人的黃三甲這麼說，實屬不易。」

老人眯眼捋鬚道：「這才對嘛，這話得徐公子這個外人來說，老夫才能坦然笑納，自己孫子拍馬屁，算哪門子事情。」

陸丞燕會心一笑，這位老人也是個大妙人。

陸丞燕猶豫了一下，說道：「老先生之前說，藩王之中，北涼有心無力，小女子不敢苟同。」

嚴松轉過頭，「哦？」

出人意料，陸丞燕只是說了一句有牛頭不對馬嘴嫌疑的言語，反問道：「我竊以為只要大將軍在，天下就不會亂，北莽不敢南下，西楚不敢起兵，南疆還要繼續蟄伏，老先生以為？」

嚴松久久沉默不語。

恍若失神的嚴松輕輕嘆了口氣，輕輕點頭道：「原來如此，老夫受教了。」

陸丞燕連忙道：「不敢。」

老人神情複雜地轉移視線，望向徐鳳年，「如果沒有記錯，你曾在太安城揚言要為中原百姓做件事情？」

徐鳳年問道：「嚴老是怎麼猜出來的？」

嚴松平靜道：「女子能有這般見識，必是大家閨女，又有青州口音，恰好老夫當年與身為青黨主心骨的上柱國陸費墀在朝中共事多年，那麼她的身分、你的身分，也就自然而然水落石出。」

老人冷哼一聲，率先轉身離去，嚴家子弟大多都不知道老祖宗為何臉色驟然由晴轉陰，只是忐忑不安跟著下山，就當是武當山之行是乘興而來、敗興而歸了。

陸丞燕輕聲歉意道：「是我畫蛇添足了。」

徐鳳年摸了摸她的臉頰，柔聲道：「放心吧，咱們北涼道經略使大人的恩師，其實已經準備留在北涼了。」

陸丞燕笑道：「一個不是閣臣卻勝似閣臣的國之棟梁，叛出中原進入北涼，這對離陽朝廷而言，可不是什麼好消息啊。」

徐鳳年點頭道：「嚴松這是為士子赴涼收官了。」

陸丞燕眨了眨眼睛，「宋洞明很聰明啊。」

徐鳳年伸出手指點了點她的額頭，「沒妳聰明。」

陸丞燕展顏一笑。

徐鳳年解釋道：「我不全是陪妳來山上燒香祈福的。這裡是我的福地，準確說來這兒就是某個我的地盤。當時我跟王仙芝一戰，若不是武當山傾盡全力擺下一座真武大陣，我連一分勝算都沒有。自我出生起，因為這個身分，福禍相依，福氣是我，禍是家人。

我習武之後，有過許多場命懸一線的死戰，但次次都沒死，即便大傷元氣，事後也都能找補回來。先前我還奇怪，後來逐漸在武道上登高望遠，才明白一個道理，叫店大欺客。我就像是個去下飯館子的客人，雖然身分特殊，可以經常吃上山珍海味，但還是難逃老天爺這個店家，給你吃什麼就得吃什麼的命。黃龍士曾經洩露過天機，說我大概在這幾年裡頭就得吃上一頓斷頭飯，然後就沒下一頓了，這大概就是『那個我』在這一世命中註定的下場。

鎮守西北國門，但戰死了，北涼沒了，三十萬鐵騎沒了，在史書上留下些我不知褒貶的隻言片語，然後這一頁就算翻過去了。我後世如何，就又得看老天爺如何提筆寫書了。」

徐鳳年眼神堅毅，「但自我練刀起，就沒想過要認命。那時候我一個狗屁世子，就是奔著跟楊太歲、柳蒿師這些高手報仇去的，後來在山頂，則是奔著斬龍、斬天人去的。現在我則是奔著保住北涼去的，老天爺那碗斷頭飯，我不樂意吃。所以妳就也看到了，老天爺也不是好商量的，很快就出現了北莽三線壓境的最糟糕局面，這也許就是所謂的天道循環，報應不爽了。」

陸丞燕握緊徐鳳年的手。

冷風拂面，吹開徐鳳年的額頭，他微笑道：「嫁給我，吃了很多苦吧。」

陸丞燕跟這個男人肩並肩，「苦中有樂，餘味無窮，夠我吃好幾輩子了。」

◆

李玉斧帶著徒弟余福來到山頂。這裡有茅屋數間，都打掃得乾乾淨淨，素樸卻毫不雜亂。他們只看到徐鳳年站在山崖一側，陸丞燕身子骨弱，不堪山巔大風，便去了一間屋子裡休息。

李玉斧走到徐鳳年身邊，小道童卻死活不敢走近，離著兩人得有好幾丈遠。

徐鳳年輕聲道：「省心嗎？」

李玉斧回頭看了眼徒弟後，笑道：「比想像中不省心。這孩子認死理，還喜歡打破砂鍋問到底。前些天貧道替一位來上山燒香的老人解籤，是下下籤，孫子要死在邊疆。這個徒弟埋怨我當時的做法，跟貧道生了好幾天的悶氣呢。」

徐鳳年好奇道：「你是如何解的籤？」

李玉斧答道：「貧道沒有跟老人說實話，只說是中籤，福禍參半，得看造化。」

徐鳳年問道：「那孩子埋怨什麼？」

李玉斧無奈道：「怨我要麼就不該說謊，要麼就應該好人做到底，替老人的孫子『換籤』。」

徐鳳年想了想，也沒有多說什麼。他不是小道童余福，自然清楚其中的複雜門道，感慨道：「看來當初老掌教王重樓攤上那麼個小師弟，肯定也吃足了苦頭。」

李玉斧笑而不言。

徐鳳年輕聲道：「武當山的靈氣都給我揮霍得七七八八，對不住了。」

道袍大袖輕輕飄搖的李玉斧搖頭道：「自古山川有人即靈。」

徐鳳年問道：「不是有仙則靈？」

李玉斧笑道：「黃龍士說過，世間有過仙人，然後身邊再無仙人，世人越知敬畏、越重俠骨，到時候自有『俠義』二字成為江湖和天下的脊梁。在貧道看來，修仙太難，遠在天邊，做人則易，近在眼前。一件難事，做不成，人人有藉口，若是一件易事都做不成，別的不說，自己給自己找藉口也要難些。」

徐鳳年「嗯」了一聲，「以後我可能就不登山了。」

李玉斧輕聲道：「貧道倒是會經常下山。」

徐鳳年笑道：「以後那孩子，該揍就揍，誰讓他上輩子沒打聲招呼就拐走我大姐，還欠我一回的。」

李玉斧笑著沒有說話。

◆

徐鳳年沒有急著下山，而是夜宿於小蓮花峰頂，陸丞燕陪著他在龜馱碑那邊坐了會兒就先去睡覺。

第二天她醒來時，不知自己是否做了個夢，她似乎在昨夜迷迷糊糊看到了一幅場景，卻不敢確定。

她睜眼後，看著坐在床邊的徐鳳年，後者笑意溫暖，但是沒有給出答案。

那一夜。

一對父子並肩而立。

老人雙手攏袖，背微微駝。

老人看著北涼疆域。

還年輕的年輕人微笑道：「爹，我才知道，沒了你，這天下就是山中無老虎了。」

老人只是牛頭不對馬嘴地答了一句：「扛不住的話，別硬扛。爹以前只說了半句話，『天底下沒有誰的兒子不能死的道理。』後半句是——但天底下同樣也沒有誰的兒子必須死的道理。」

徐鳳年搖頭道：「我這個北涼王，不是為趙家天子守國門，也不是為中原百姓鎮守西北。爹你也說過，以前娘在哪裡，就是你徐驍的家在哪裡，後來是我們子女在哪裡，你的家是哪裡。那麼對我徐鳳年來說，爹娘的墳在哪裡，我的家就在哪裡！我怕死，但真要有死的那天，唯獨不怕死在北涼！」

老人伸手指向遠方，朗聲大笑道：「這大好山河，我徐驍帶著麾下鐵騎踏遍了春秋九國！小年，最後替爹去北莽走一遭？」

徐鳳年點頭道：「好！」

第十六章 長庚城諜戰洶湧 清涼山御史觀政

祥符二年的元宵節，北涼道幽州，州城長庚城。華燈初上，煙火輝煌，舉城同樂。城內家家戶戶門口懸掛大紅燈籠，鬧市喧囂，有眾多讓人眼花繚亂的雜耍，吞劍割舌、畫地成川、拔井種瓜，讓出行遊玩賞燈的老百姓大開眼界。尤其以那黃龍變最為矚目，巨鯨化龍、水人魚蟲遍覆於地，恍若仙境，令人心神搖曳，其中就有一名身穿儒衫的中年男子攜帶家眷欣賞此景。

此人在幽州官場並不起眼，不過從五品文官身分。幽州將種多如牛毛，他唐文貞不過是個寒族出身的輔官，他的主官洪新甲倒是因為顧劍棠的青眼相加，得以在最近幾年闖入了離陽中樞尤其是兵部的視野，只是唐文貞是誰，恐怕連幽州都沒多少人聽說。但是唐文貞對幽州的意義，尤其是邊線軍事意義，不容小覷。

葫蘆口一帶，號稱足以葬送十五、六萬北蠻子的戍堡體系，有他唐文貞莫大功勞。正是他跟隨洪新甲一腳一腳走遍葫蘆口，參與了從堪輿繪製、戍堡擇地、動土開工等一系列全部過程，甚至可以說在唐文貞的腦子裡就有著一張最縝密完善的軍事地圖。一旦幽州戰事開啟，葫蘆口若是沒有了洪新甲和他唐文貞，戍堡體系發揮出來的功效就要大打折扣。常年在戶外風吹日曬，讓這位有個好兆頭姓名的文官肌膚黝黑，身邊那娶自胭脂郡的貌美肌白妻子，更是襯托得唐文貞像塊大黑炭。

唐文貞這次從邊關返回長庚城，是來跟幽州將軍皇甫枰稟報詳細軍情，之所以在事後跟妻兒一同元宵賞燈，不是閒情逸致使然，而是唐文貞覺得若是錯過這次全家團圓，以後恐怕就是陰陽永隔了。

唐文貞雖是文臣，但北涼文官十之八九都能騎射殺敵。胭脂郡自古盛產美人，野史上就有個讓老百姓至今還津津樂道的說法。正是某個胭脂郡狐媚子禍害得大秦王朝二世而亡，所以北涼人有個「娶妻當娶陵州富家女，納妾則納胭脂姨」的諧趣說法。

唐文貞娶了個胭脂郡女子，也沒有納妾，多年和和美美，美中不足是生了兩個女兒，還沒能有個帶把的。不過唐文貞倒是不覺得遺憾，對兩個女兒十分寵溺，倒是他媳婦總覺得對不住老唐家，唐文貞便經常開玩笑勸慰她說，葫蘆口那些戍堡烽燧就是他兒子了。若說以一把屎、一把尿將孩子拉扯大來形容父母不易，那麼專門主持瑣碎事務的唐文貞，的確可以稱之為葫蘆口防線的親爹娘了。

唐文貞有些武藝，要說擊殺三、四個北蠻子不難，而且軍中技擊多配合戰陣才具意義，對付江湖頂尖高手當然就不夠看了。唐文貞骨子裡本就是個有著修齊治平情懷的文人，這輩子也沒打算跟什麼高手玩什麼捉對廝殺，所以唐文貞並不清楚在擁擠人流中，竟然有不下十對眼眸在留心他。那些視線都是蜻蜓點水地一閃而逝，經驗老到，甚至不足以讓唐文貞產生某種直覺，最多讓他僅僅誤以為是登徒子對他身旁妻子的垂涎。

唐文貞和妻子一人拉著一個女兒的小手，他難免有些心不在焉，因為心思都牽掛著葫蘆口，想著哪座戍堡需要加固圍牆，哪座烽燧需要增添人手，又有哪條驛路哪個關口需要調派斥候偵察。

北涼軍中，如洪新甲和他唐文貞這些邊關青壯派文官，還有新任弘祿將軍曹小蛟之流，都被強行劃分到「陳系」之中，這些邊臣除了年齡相對正值當打之年，更多是受到上任北涼都護陳芝豹潛移默化的影響，相對推崇細節決定戰局，對戰爭的理解以及執行，跟燕文鸞、陳雲垂這些沙場老將有著不小的分歧。

當時北涼換王，一朝天子一朝臣，很多人都擔心會被打壓清洗，好在徐鳳年上位後，始終沒有觸及這撥中堅分子的底線，相反，這些人中許多都或多或少得到了提拔。幽州頭號刺頭曹小蛟無疑就是個典型，而他們也投桃報李，對徐鳳年默許，徐北枳、陳亮錫負責實施那「安撫邊軍，大動州軍」的八字政策，抱有積極肯定的態度。唐文貞對那個北涼王沒什麼觀感，談不上欽佩，也說不上反感，只要不來幽州葫蘆口防線胡亂指手畫腳，唐文貞就會繼續任勞任怨做事。

唐文貞突然笑了笑，有些自豪，葫蘆口是耗費了巨額北涼糧餉不假，可自己和洪將軍可是在用那些石頭換取北蠻子的命啊，這筆買賣不管怎麼算計咱們北涼都是不虧的。

離陽先帝趙惇治政開明，雖然與皇后生活簡樸，卻不禁天下婦女粉黛衣飾。北涼天高皇帝遠，更是不懂僭越為何事。百姓窮苦，但將種門庭可都不窮，每逢佳節，富貴女子人人爭芳鬥豔，只要有錢又敢穿，就是婦人穿上鳳冠霞帔也沒人約束。

此時人流中，有個仿舊南唐宮廷婦人「天寶妝」樣式的妙齡女子，身段婀娜，身邊跟著個梳蠻鬟髻的貼身婢女。兩女體態一豐腴、一纖細，相得益彰，很是惹眼。許多最喜伺機揩油的遊手好閒之徒蜂擁而上，婢女為了給自家小姐擋災，蠻鬟髻上那些金銀犀玉各色質地的精美小梳，就都已經掉落了好幾把，但仍是防不勝防，那小姐的嬌臀仍是難逃一劫，給某個手腳伶俐滿口黃牙的瘦猴兒給輕輕拍了一下，拍中有捏，顯然是個中老手了，驚嚇得那小姐花容失色，高牆履踩出一連串小碎步慌亂逃避。

這一幕恰好落在唐文貞妻子眼中，在同情惱火之餘，自也有些女子相妒的取笑之意，輕聲跟自己男人說道：「穿得這般花哨，也沒個健僕豪奴護著，可不就是招蜂引蝶嗎？怨誰？」

唐文貞對這些雞毛蒜皮的事情並不上心，漫不經心地點了點頭，更沒有英雄救美的意圖。

涼地女子，內裡性子大多剛烈彪悍不輸男兒，別看表面上柔柔怯怯，真動了肝火，那絕對能捲起袖管大打出手，在別人臉上撓出一朵血花來。唐文貞身邊這位媳婦，可不就是當年從胭脂郡小地方嫁入州城後，頭回參加燈市湊熱鬧，就打賞了浪蕩子一記狠辣撩陰腿？

不遠處，一個頭頂氈帽的高大老者丟了一串銅錢做賞錢，給那正在表演吐火的侏儒。

與此同時，人海中有個如今在北涼越來越常見的行腳僧，背著個擱置經卷的竹架。

有一對粗布麻衣貌不驚人的年輕夫婦，正在給孩子跟賣冰糖葫蘆的漢子要了一串。

鬧市東北角有一座香火興旺的東福寺，在鐘樓樓頂可以俯瞰半座集市，有衣飾豪奢的公子佳人有說有笑，有貧寒書生抓耳撓腮想著吟誦一二，有遲暮老人觸景生情沉吟不語。

閣樓外廊有個手持馬尾蠅拂的矮小道人，瞥了眼唐文貞所站方位的風景，然後從懷中掏出一本小冊子，伸出手指蘸了蘸口水，翻開冊子，藉著幾乎不輸白晝的燈光，看到了「唐文貞」三個字，輕聲笑道：「文貞啊，好大的名字，聽說你們中原朝廷，只有鳳毛麟角的殿閣文臣才能在死後得此美諡，你小子下輩子取名悠著點。」

就在蠅拂道人自言自語堪堪結束的電光石火間，鬧市便發生了一連串不易察覺的異變。

那個被瘦猴兒輕薄的「天寶妝」大家閨秀垂首逃至唐文貞幾步外，腰肢扭轉，哪怕處境狼狽，仍是有一股天然風韻。那鬟鬢髻婢女不知何時從頭頂摘下一枝細小銀釵，原本她應該會手腕一抖，順勢一撩，在自家小姐腰肢向左扭去時，那枝銀釵緊擦著女子右腰傾斜向上，精準刺向唐文貞的心口，但是正在此時，她的手腕被那與尋常青皮地痞無異的瘦猴兒死死握住。

婢女臉色故作驚慌，左手肘往外一翻，試圖砸在那阻攔之人的一邊太陽穴上，但是一瞬間她的身子就癱軟下去。

看上去只會給人猥瑣感覺的瘦猴兒在一手握死婢女手腕後，一手在他身前和女子後背短一尺距離間驟然發力，正是北涼外家拳宗門劉氏拿手的劈山炮捶。這一捶，就直接將那纖弱女子的脊椎給直接捶斷了，然後他將婢女一把扛在肩上，大聲嚷著「娶媳婦回家嘍」，一路狂奔，看得周圍百姓哈哈大笑，只當是遇見了個見色忘命的傢伙，敢當街調戲，事後少不了去州衙監獄吃飽牢飯。

扛著女子奔跑的瘦猴兒滿臉淫穢笑意，但眼神實則無比深沉。作為北涼「外家拳第一」劉氏的外姓嫡傳子弟，雖然他的名字沒有出現在劉氏宗譜上，但身手心性自然都是上上之選。

事實上他正是拂水房潛伏在幽州長庚城多年的甲等房高手，才二十歲出頭便是內外兼修的三品高手了。而被他捶殺的「婢女」也不簡單，是北莽朱魍的一名提竿捉蝶女。

在一擊得手後，瘦猴兒沒有任何多此一舉的動作，直接就撤離了這處另類的「戰場」。

他清晰記得在自己入行時，那個領路的拂水房前輩只教給他一個看似簡單至極的道理——殺和被殺就是一線之隔。說完這句話後那前輩笑咪咪問他懂了沒，沒等他點頭，整個人就倒飛出去，在床上躺了兩個月才能下床走路，然後他就有些懂了。

在褚祿山一手打造的拂水房做事最講規矩，何時何地殺人，用什麼手法最快殺人，何時何地撤出，要做得不折不扣，若有意外，自有其他人暗中補救，絕對不允許誰自作主張。

拂水房最忌諱自以為是，誰敢壞了規矩，大頭目褚祿山有的是五花八門的規矩來教人懂規矩。所以這麼多年下來，拂水房諜子死士的任何暗殺，從頭到尾都很乾淨，沒有半點拖泥帶水，久而久之，就少有「意外」發生了。

先前丟給雜耍侏儒一串銅錢的氈帽老者，在看到捉蝶女被人扛走之後，就有意無意擋在了那對麻衣男女身前，不讓他們繼續靠近唐文貞夫婦。老者笑著上前打招呼，貌似見著了有世交之誼的晚輩，與那年輕人剎那間搭手六招，最終還是被「笑臉慈祥」的老人摟住了後者肩頭，一把淬毒匕首趁勢插入這名北莽捕蜓郎的腰間，而且飛快拔出，再度刺入！

那名捉蝶女所喬裝的年輕婦人則臉色如常地看待這一切，哪怕氈帽老人攙扶著自己「丈夫」迅速遠離她，她也沒有任何動靜，但她嘴角微微翹起，等到氈帽老人意識到不妙的時候，腦袋如同被劇烈撞擊了一下，向後一仰。

額頭滲出血絲的老人在垂死之際，看到不遠處站著那個臉龐稚嫩但眼神陰狠的稚童，看似滿臉天真無邪的小孩子歪著腦袋，輕輕吐出第二粒山楂核。

然後視線模糊的氈帽老者笑了起來。捉蝶女匆忙擠入人流，瞬間消失不見，但那個猜不出真實年齡的「孩子」則被永遠留下了，額頭上插著一根原本用以串糖葫蘆的木籤。

在街上吆喝販賣糖葫蘆的憨厚老人抱起孩子，快步走到正要向後倒去的貂帽老者身邊，將頂端插滿糖葫蘆的木棍插入地面，騰出一隻手扶住了老友和那個早已氣絕身亡的捕蜓郎。

氈帽老者已經說不出話來，看著吵了半輩子架的老友，嘴唇顫抖，卻說不出話來。

後者紅著眼睛，先幫其擦去額頭的血跡，然後拉了拉老朋友的氈帽遮住額頭，輕聲沙啞道：「老榕，回頭清明節，一定給你捎上那壺去年褚大當家賜我的好酒，放心走。」

氈帽老者背靠著那根糖葫蘆木棒，緩緩閉上眼睛。

在唐文貞右手側十幾步外，一名與拂水房遊隼各立山頭的梧桐院鷹士與北莽捕蜓郎同歸於盡，都是以袖中短刀相互致命，兩人肩並肩席地而坐，像是那醺醉後把臂言歡的好兄弟。

那天寶妝年輕女子對四周變故無動於衷，目標只有那個唐文貞。

◆

李密弼苦心經營的那張「蛛網」，有一雙繭、六位提竿、三百捕蜓郎、八十捉蝶女，而她正是捉蝶女中的翹楚，甚至有望成為北莽第一位女提竿。

前提是她要在今夜殺了唐文貞，之前她親自所殺的十六名幽州官員，加起來都比不上一個唐文貞。

所以那些捉蝶女、捕蜓郎的戰死都是值得的。

距離還蒙在鼓裡的唐文貞就只有一步了。

一步。

突然唐文貞身邊那個不起眼的少婦撞入她懷中。

鐘樓外廊，矮小道人身邊多了一個身材魁梧的佩劍青年，身體傾斜而立，手肘抵在圍欄遍上，瞇眼看著鬧市跌宕起伏的隱蔽廝殺，撇了撇嘴，「功虧一簣啊。」

面容蒼老的道士收回視線，似有不甘，但還是收起冊子，那柄蠅拂搭在手臂上，用聽上去極為彆扭的離陽官話平淡道：「要怪就怪你們朱魍情報有誤，竟然連唐文貞的妻子是北涼諜子都查不出來。」

佩劍青年的離陽腔調就要順耳許多，聽上去跟中原人完全一樣，只聽他漫不經心道：「老子只是個幹髒活、累活的提竿，又不是神仙，真說起來，你這位道德宗掌律大真人，才被人說成神仙。」

老真人沒有動怒，「冊子上有一百三十五個目標，如今才殺了三十七人，不說我朝江湖死士，和北涼那些斥候、遊騎這類無關緊要的角色，但光是你們朱魍就已經死了一名提竿、十二位捉蝶女和三十一名捕蜓郎，是不是得不償失了？」

北莽提竿沒有說話。

道德宗掌律真人皺了皺眉頭，「這趟長庚城之行，我方已經沒有後手，難道你跟我聯手就想殺掉那個重兵護衛的幽州將軍皇甫枰？」

看上去很年輕，但手背滿是老年斑點的劍客聞言冷笑道：「除了你道德宗崔瓦子陪著我跑來看熱鬧，公主墳那張陰陽臉，棋劍樂府的大樂府，還有魔道高手榜上的兩個都沒有出現，你就不好奇他們在哪裡？為什麼一路上你們五大高手出手次數屈指可數，要知道在葫蘆口前線上，北涼不是沒有派人坐鎮，傾巢出動的聽潮閣高手，一半可都躲在那裡守株待兔。」

在道德宗中輩分奇高的神仙人物對修道很擅長，可對這些見不得光的彎彎腸子就很不開竅了。只不過崔瓦子在道德宗外名頭很大，在宗門內其實口碑平平。他天賦一般，別說那位已經證道飛升的掌教真人袁青山，就是跟那位在西京小樓內陪著蟄眠缸中蛟龍一起蟄伏二十年的師兄，也難以相提並論。不過這次女帝陛下攤派任務給各大宗門，責無旁貸，道德宗只好將他這位掌律真人給推了出來。

崔瓦子也有自知之明，身邊這名朱魍提竿，別看沒有指玄境界，甚至連是否達到金剛境界都不清楚，但雙方真要放開手腳廝殺起來，死的肯定是他這個貨真價實的道門指玄高手。所以五個江湖身分的一品高手，其餘四個分明都極為瞧不起他崔瓦子，他也只好淪落到做帳房先生的地步。

老真人試探性問道：「難不成李國師一開始就是對準了皇甫枰？」

老人很快補充了一句：「或者是那個在北涼邊軍中更有聲望的幽州刺史胡魁？」

擁有精湛易容術的朱魍提竿忍不住白眼道：「對牛彈琴。」

崔瓦子握緊蠅拂柄，陰沉道：「貧道敬的是李國師，不是你！莫要得寸進尺！」

但是那佩劍提竿根本沒有搭理這位德高望重的掌律真人，而是轉過身，死死盯住一名先前陪著某位錦衣公子哥附庸風雅的柔弱女子。

◆

幽州將軍府邸，身穿官服的皇甫枰大馬金刀坐在一張紫檀椅上，大堂之中，只站著一個閉目養神的年邁劍客，負有一只沉重劍匣，正是那位被北涼王親自招徠的指玄高手，沉劍窟主糜奉節。

相較鐘樓上道教指玄的崔瓦子，糜奉節的指玄境界是以劍入道，後者才真正稱得上是世間頂尖武人。

皇甫枰一手曲指敲著桌面，一手持茶蓋，輕輕搧著杯中濃茶升騰起的霧水。這位實權將軍在北涼毀譽參半，但沒有誰能否認他是北涼王跟前排得上號的大紅人，幽州境內恐怕也只有他皇甫枰都擔得起「心腹」二字。

皇甫枰能喝酒，但不愛喝，喝茶也只喝苦到讓人滿嘴澀的濃茶。皇甫枰沉默不語，按照梧桐院和拂水房兩邊諜報的匯總，北莽朱魍和江湖勢力這趟滲透幽州腹地，刨去前期的四面開花，讓暗中的鷹士、遊隼和明面上的當地駐軍可謂是疲於應付，死傷慘重。

這些亡命之徒在後期揀選了一條位置靠中的南下路線，然後突兀一拐，同時在左右兩側的大規模刺殺掩護下，直奔幽州州城長庚城而來。刺殺目標顯而易見，要麼是他這個幽州將軍，要麼是刺史胡魁。

長庚城除了有身分隱蔽的麋奉節坐鎮幽州將軍府外，胡刺史府邸也有諸多二品宗師為胡魁保駕護航，還有那個女瘋子樊小柴潛伏在城內。

北莽要在護衛森嚴但誘餌肥美的長庚城下筷子，好像十分合情合理，畢竟他皇甫枰和胡魁的生死都能影響到幽州格局。

皇甫枰猛然蓋上茶杯，沉聲道：「不對！」

與此同時，鐘樓外廊，察覺自己身分暴露的北莽提竿毫不猶豫地縱身一躍，留下道德宗掌律真人獨自應對那個隱藏極深的危險女子，哈哈大笑道：「崔瓦子，你到了為國捐軀的時候啦。等我們朱魍成功宰掉那個燕文鸞，在下一定會親手將陛下贈予的撫恤送往道德宗。」

大將軍燕文鸞的帥帳不在幽州腹地，距離葫蘆口不過一百五里路程。起先幽州邊軍在聽聞有北莽大批刺客滲透後，以帥帳為中心的方圓百里，光是一標五十人的斥候就潑灑出去足足二十標。

顧大祖跟同為步軍副統領但駐地在幽州境內的陳雲垂不一樣，顧大祖在涼州邊線上主持大局，他因為擔心統帥的安危，甚至跟騎軍副帥周康求了三標最精銳的遊弩手，全然不顧燕文鸞的反對，派遣到了老將軍這邊，以防不測。

隨著諜報不斷火速傳遞，顯示北莽刺客不斷南下，尤其是先前步軍副統領陳雲垂的營帳遭受過一場凌厲夜襲，幽州軍傷亡慘重，若不是事先埋伏有足夠數量的三品高手和小宗師，後果不堪設想。雖然當下燕文鸞帥帳的戒備力度沒有減弱，但是所有人明顯都鬆了口氣。

這一日，恰好是葫蘆口那邊北莽鐵騎瘋狂擁入，繼而烽燧狼煙四起的時候。燕文鸞率領一千親騎火速趕赴前線。

千騎四周，是那三標白馬遊弩手和幽州步軍一流斥候謹慎嫻熟地游弋偵察。

越是如此，當十人以螳臂當車之勢擋在一千騎前進路上的時候，燕文鸞的護衛統領就越是感到不安。

道路盡頭上，為首居中一人是名白紗罩住半張臉的女子。

她身側站著個細眼長髯的中年儒士，頭頂逍遙巾，腰繫一根深紫竹笛，風流倜儻。

分別是公主墳小念頭、棋劍樂府大樂府。

兩人身後是北莽魔道十大巨擘中的兩位，一個侏儒蹲坐在巨人的肩頭上，畫面詭譎。

北莽江湖只知道他們的綽號——「鐵騎兒」和「口渴兒」，後者尤為惡名昭彰，與喜好吃人心肝的同榜魔頭謝靈差不多，嗜好吸食活人鮮血。

在顯得最不合群的靠後位置上，一個白髮蒼蒼的老婦人在重重咳嗽著，頭頂插著一朵嬌豔欲滴、不合節氣的鮮花，其餘五人無一不是北莽江湖出類拔萃的一流高手。

燕文鸞抬起手臂，一千騎驟停，老將軍嘖嘖笑道：「這回北蠻子胃口不小啊。」

統領親軍的騎將憂心忡忡，策馬來到燕文鸞身側，只是沒有等他開口說話，燕文鸞就笑著說道：「別急，今天沒咱們的事，好好欣賞便是了。世上終歸是有那萬人敵存在的，咱們這些依仗兵馬雄壯的武將啊，不服氣不行。」

在騎將的一頭霧水中，在騎軍裡頭有一騎默然出陣。

手持一杆長槍的男子摘掉頭盔。

這名被天下名將燕文鸞都譽為萬人敵的男子在出陣之後，開始緩緩策馬前衝。

很多年前，在那個劍神李淳罡奪魁江湖的時代，有個北涼人，一人一馬一槍，數度在北莽草原上如入無人之境。

他叫槍仙王繡。

之後世人只知道王繡教出了一個青出於藍而勝於藍的徒弟，白衣陳芝豹。

但哪怕北涼人，甚至是北涼王徐鳳年，都不知道陳芝豹之所以當年殺了師父王繡，最終卻沒能取走那杆名槍「剎那」，是有人以一杆普通木槍擋下了手持「梅子酒」的陳芝豹。

遙望那一騎看似平淡無奇的提槍衝鋒，站在隊伍最前頭的大樂府發出一聲無奈嘆息，「是徐偃兵，我們先前的布局都成了笑話啊。」

他和公主墳小念頭身側拂過一陣大風。

大樂府更無奈了，「找死啊。」

只見魁梧鐵騎兒越過他們疾走如雷，那個侏儒桀桀而笑。

在雙方相距五十步左右的地方，口渴兒雙腿在巨漢肩頭使勁一蹬，借勢前撲而去。

那具瘦小身形在空中的軌跡很是鬼魅花哨。

結果僅是一個擦肩而過。

燕文鸞身後千騎根本就沒有看到那持槍男子如何出槍，就只看到了那個很有魔頭風範的侏儒在空中炸裂成一團血霧，然後就是那魁梧巨人轉身拚命逃竄，仍是沒見那馬背上的持槍之人如何擺弄長槍，但敵人愣是都不敢跑直線，繞來繞去，狼狽不堪。

接下來一幕更是匪夷所思，綽號鐵騎兒的北莽魔頭好似莫名其妙就給逼到了絕境，重新轉身，朝那一騎對撞而去，最後就像傻子自殺一般直直撞到了槍尖上，任由長槍透顱而過。

徐偃兵輕抖手腕，將那具巨大屍體甩出去。

繼續衝鋒。

不是口渴兒和鐵騎兒這對魔頭梟雄太過不堪一擊，而是他們選擇的這個對手只要出槍，那就沒有雙方都活著的可能。

當年四大宗師之一的王繡與人對敵，哪怕許多對手跟他境界相差不大，但還是極少有一合之敵，就是這個道理。

徐偃兵已經超出王繡巔峰時的境界許多，更是如此！

這意味著將來徐偃兵與陳芝豹那一戰，註定就只有一槍的事情。

◆

離陽新科進士及第後往往並不立即授官，在正式銓補官職之前被派遣至六部九卿等衙門實習政事，這即是所謂的進士觀政制。新帝登基後，在先帝親手訂立的兵部侍郎巡邊基礎上更進一步，開創了兵部官員觀政邊陲的先河。這本是靖安王趙珣當年疏策中的提議之一，目的是預防兵部只顧紙上談兵務虛不務實，可見當今趙家天子對這位在靖難中忠心耿耿的年輕藩王，尤為青眼相加。

此次令朝野上下矚目的兵部出京臨邊中，兵部官員的品秩都不高，其中車駕司員外郎孔鎮戎、武選清吏司主事高亭樹、武庫司主事嚴池集等人，在京城官場上都是典型「嘴上無毛」的年輕面孔，之所以讓朝中一干大佬都上心，有兩個原因。

一個是觀政邊陲的首選地點竟然不是意料之中的兩遼，不是已經有了個兵部侍郎許拱在當地遙相呼應的東線，而是大漠狼煙的西北邊塞——北涼道！

第二原因則是兵部精心篩選出來的官員，極為耐人尋味。其中新科榜眼高亭樹和官場同年吳從先等人能夠在太安城聲名鵲起，顯然光靠一甲三名的身分是不夠的，若不是有那位晉三郎不遺餘力地推波助瀾、詩詞唱和，他們至多風光個兩、三月就會在觀政中泯然失色。

在那座衙門林立高官多紫紅的趙家甕，永徽年號長達二十餘年，還真不缺狀元、榜眼、探花郎，至於進士就更數不過來了。世人誰不知曉對高亭樹有知遇提攜之恩的當朝大紅人晉蘭亭，這些年對北涼徐家父子視若仇寇？除此之外，嚴池集和孔鎮戎的隨行巡邊更是值得讓人玩味。

嚴家當年因為一個女子入京，嚴杰溪、嚴池集父子順勢成了天子親戚。更讓人沒想到的是沒有野心的四皇子，竟然能以不爭的姿態，就輕鬆打破宗室傳承中雷打不動的嫡長束縛，最終不溫不火一路順暢地南面稱尊。

國丈嚴杰溪先前已是洞淵閣大學士，而那個入京初始經常被太安城紈褲戲耍欺負的嚴池集如今一躍成了當朝國舅。誰不知道當今天子不但與皇后感情深厚，登基前與這個溫文爾雅的小舅子相處起來始終都是親如兄弟，否則前不久嚴池集哪能以同進士出身擔任兵部的武庫司主事，且如何在述職當日就勞駕堂堂吏部侍郎親自相送，甚至讓兵部盧尚書親自相迎？

而孔鎮戎也是地道的北涼出身。父親孔大河當年因功入京為官，投了二皇子門下。這個孔武癡和嚴池集那可都是年少時與當今北涼王能穿一條褲子的兄弟，加上唯一留在北涼的李翰林，四人當年在北涼一起逛過的青樓即便沒有一百座，那也有七、八十了。

如此一來，可就大有嚼頭了。兄弟四人，不說徐鳳年這個世襲罔替的邊陲藩王，李翰林就算有個當官至離陽正二品經略使大人的老爹，如今是什麼官職？小小遊弩手標長而已！且那公認為官有術的李功德才當了幾天工夫的封疆大吏，屁股還沒焐熱椅子，很快就給宋洞明這麼個外人排擠掉了。反觀京城這邊，不說身分超然的嚴池集，孔鎮戎都已是兵部內炙手可熱的實權人物，若是到了地方州郡，任你是一大把年紀的郡守大人，也得老老實實跟孔鎮戎稱兄道弟，小心翼翼招待著，說不定後者還不樂意領情。

既然是觀政邊陲，當然是走幽州而不走有小江南美譽的陵州。在他們入境沒多久，就得到北莽大軍三線並進的驚人消息。

兵部幾位老人本意是在相對平靜的幽州邊關繞一圈就算給朝廷交代，然後馬上動身去薊北，跟那個新近崛起的袁庭山打聲招呼，再到兩遼，見那大柱國顧劍棠和兵部右侍郎許拱。這一路本該平平安安無風無雨，不承想才進入幽州東部就是這麼個棘手處境。天曉得那個姓徐的西北蠻子會不會覺得被朝廷掃了臉面，惡向膽邊生，一怒之下就乾脆讓北涼邊軍裝扮成北莽遊騎，把他們這批兵部觀政官員來個一鍋端？

觀政官員中幾位見識過宦海險惡的老人趕緊在一座邊境驛站停了下來，連夜合計來、合計去也沒能商量出個萬全之策。倒是那年輕氣盛的高亭樹頗不以為然，不但提議直奔幽州葫蘆口，還要去涼州那座西北第一雄關虎頭城去瞧一眼，嚇得本就畏懼嚴寒的老人們嘴皮子都紫了。如果不是因為榜眼郎是個僥倖在顧劍棠和盧尚書心中都有不俗印象的官場晚輩，就等著回京後把兵部衙門的冷板凳坐穿吧。

與初生牛犢不怕虎的高亭樹相比，一路上都溫文有禮待人和善的小國舅爺嚴池集，在那些官場老油條眼中實在是可親許多，驛站那煎熬一夜不知挑了幾次燈芯，最後也是嚴池集說出一個主意，很快就讓老人越想越「應景」。國舅爺提議不去幽州，也不去涼州北線，而是直接去北涼王府，去清涼山。

主持職方清吏司具體事務的郎中梁石斛捏了捏鬍鬚，心思大定，瞇眼笑著說了一個字：「善。」

梁大人對這位年紀輕輕的國舅爺越發順眼了。去那名動天下的清涼山好啊，北涼王不管何等桀驁不馴，就算當初連聖旨也敢出兵抗拒，可總不至於膽大包天到在自己王府殺人的地步吧？再說了，有嚴池集、孔鎮戎跟那北涼王攢下的那份瓷實交情在，就算所剩不多了，去北涼王府應該不是什麼鴻門宴，何況誰沒聽說過聽潮湖那萬鯉翻滾的壯觀景象？太安城那麼多京官，幾人有機會親眼見識？

出京後顯得意氣風發的高亭樹猶豫了一下，終於還是沒有再說出什麼犯眾怒的言語。看來嚴主事的國舅身分，確實不是他這個根基不穩的榜眼郎所能挑釁的。

當觀政隊伍在幽涼兩州接壤的驛站停下休憩後，自入京後是頭回返鄉的孔鎮戎找到挑燈夜讀聖賢書的嚴池集，坐下後悶不吭聲也不說話。

嚴池集在經過幾年打磨後，逐漸褪去了那份外鄉人入京心中沒底的稚嫩氣息，再者腹有詩書氣自華，在嚴家飛黃騰達後，這個性子軟弱的年輕士子無形中也多了幾分主見，讓那個當大殿閣學士的老爹很是老懷欣慰。

孔鎮戎不說話，嚴池集也不主動開口，室內只有他的翻書聲和偶爾燈芯裂開的細微聲響。

到底是孔武癡先沉不住氣，甕聲甕氣問道：「嚴吃雞，你說鳳哥兒會不會生氣，不見咱們？」

嚴池集繼續看書，似乎也不太肯定，輕聲道：「不會的吧。」

今晨才刮去滿臉絡腮鬍的孔鎮戎摸了摸鬍渣子，嘆了口氣感傷道：「你還好，好歹和翰林那傢伙跟鳳哥兒多處了幾年，我可是早你好幾年就跑去了京城。上回鳳哥兒去京城，我爹老糊塗，早早把我騙去了京畿南，最後也沒碰上面。嚴吃雞，你讀書多些，你說鳳哥兒真不會覺著我不講義氣？早知道是這麼個堵心光景，當年我就算離家出走，也不該跟爹一起去京城的。」

嚴池集沒有再翻書，停在手頭那一頁上，默然無語。

孔鎮戎問道：「你怎麼不去吏部或是禮部，跑來兵部做什麼？你不是自小就最討厭打仗流血嗎？」

嚴池集感慨道：「就是因為討厭，才要去兵部啊。」

孔鎮戎白眼道：「就你們讀書人花花腸子多，說句話也不直接說明白，別人都是脫褲子放屁，你們是穿褲子拉屎。」

嚴池集突然眼神銳利了幾分，看了眼窗外，低聲道：「你回去後與孔伯伯說一聲，與那就藩江南道的唐王不要再書信來往了。」

見孔鎮戎一頭霧水的模樣，接下來嚴池集幾乎是一個字一個字從牙縫間迸出：「尤其是那唐王派人進京進獻祥瑞白鹿之事，讓你爹務必不要摻和！」

孔鎮戎納悶道：「這不是好事兒嗎？」

嚴池集冷笑道：「你什麼都別管，只需跟你爹說一聲，就說是我在一場家宴結束後的無心之語，你爹知曉輕重利害。」

以前都是他幫嚴池集擋風擋雨的孔鎮戎「哦」了一聲，看著嚴池集的臉龐，輕聲道：「嚴吃雞，我好像不認識你了。」

嚴池集原本緊繃的臉色柔和了幾分，重新拿起桌上的書籍，近乎自言自語道：「我也不想的。」

◆

接下來的涼州之行，讓包括職方清吏司郎中梁大人在內的諸位老人，那顆已經懸在嗓子眼的心慢慢放了回去。不但涼州地方各處軍伍為他們大開方便之門，還有一名去年新上任的校尉親自領軍為他們護衛送至州城外。雖說多少帶著點監視的意味，但起碼在桌面上是給足這趟兵部觀政的面子了。

郎中梁石斛雖不是軍中行伍出身，但作為兵部顧廬的老臣，眼光還是不差的。一葉知秋，掂量得出北涼地方上的軍力之強，遠勝先前途徑的京畿和薊州等地，在心底自然對那雄甲天下的徐家三十萬邊軍鐵騎，開始心存畏懼，也頗為感慨。原來北涼道境內的輕騎就已是如此雄壯了啊。

當被涼州百姓當猴看的觀政隊伍來到清涼山山腳的王府門口時，當他們親眼看到那對足有兩人高的石獅子時，饒是見多識廣的兵部老人也是面面相覷，不約而同地倒抽一口冷氣，好大的氣派！嚴池集和孔鎮戎的神情有些複雜，而高亭樹則冷哼一聲，嚇得梁石斛趕緊重重咳嗽幾聲，生怕給北涼王府上的人聽進耳朵。

在離陽，一直有地方官矮上京官三尺的說法。意思是說京官的官威，是要比地方官員天然高出三個品秩的，現在更別提那些對京官都趾高氣揚的吏部官員了。沒了主心骨的兵部說風頭開始被新任離陽「天官」殷茂春領銜的吏部給壓過一頭，但威嚴猶在。

梁石斛作為主掌天下各道輿圖的職方司主官，又是自詡為傲骨錚錚的讀書人，所以當他帶頭走入北涼王府側門的時候，那種行走時大袖飄搖的京官架子還是火候十足的，就連王府管事也忍不住多瞧了幾眼。

北涼王徐鳳年從頭到尾都沒有露面，是北涼道經略副使宋洞明出面待客，說王爺在邊關主持軍政，委實脫不開身。梁石斛幾個老狐狸巴不得那人屠之子顧不上搭理他們一行人，說了一大堆花團錦簇反正不要錢的漂亮話，恭維那位北涼王真是日理萬機、鞠躬盡瘁，甚至還要去第一線為朝廷把守西北國門等等，宋洞明這個北涼自封的經略副使則笑著替北涼王全盤接納下來。

大概是因為副使大人身上的中原名士氣度，實在讓人如沐春風，梁石斛等人立馬都覺得心情舒暢了許多，還有些由衷惋惜宋洞明真是明珠蒙塵呢，若是去京城廟堂與當朝公卿並肩而立，那才讓人賞心悅目啊。

宋洞明給兵部觀政官員接風洗塵後，出人意料地沒有任何糊弄人搗糨糊的企圖，飯桌上筷子才放下，就起身帶領所有人去他那位於清涼山山腰的辦公衙所落座，主動將北涼道境內包括校尉任職和邊軍升遷變動在內的敏感軍機要務，一起和盤托出。

兵部觀政多少有點代天巡狩的意思，但梁石斛隨後去薊州敢這麼覺得，在北涼道哪裡敢如此托大，本以為他們能吃上幾頓飽飯、喝過那幾壺綠蟻酒就萬幸了，甚至都做好了被人冷臉冷語晾著的打算。

包括梁石斛在內的老人是堅持只聽不說話，可那高亭樹偏偏就不講究了，數次詢問北涼境內兵力分配和一些邊境具體軍務。宋洞明也不見有任何不快神色，都是找些藉口跳過。梁石斛原本倒也樂意高亭樹這不知死活的愣頭青當一次出頭鳥，如果真能刺探到虛實終究也算一樁錦上添花的功勞，可在年輕主事三番五次、不依不饒的追問後，宋洞明卻只是瞇著眼低頭喝茶。

梁石斛已經徹底坐不住了，膽戰心驚地斜瞥了眼門口，就怕經略副使一摔杯子就有五百刀斧手衝出來，把他們按倒在地唠嚓唠嚓全剁了餵狗啊。

梁石斛趕忙打圓場，說久聞聽潮湖的紅鯉魚躍風景冠絕天下，想要攜帶同僚去見識見識。宋洞明這次沒有起身，只是微笑著讓下屬領著兵部觀政人員去聽潮湖。

然後宋洞明獨自來到山頂，看著風塵僕僕專程轉道趕回王府的徐鳳年，問道：「既然都回來了，不敘敘舊？」

徐鳳年搖搖頭，望了眼聽潮湖，說道：「宋先生，陪我去山後一趟，我們一起去把那兩百九十六個名字刻上碑。」

宋洞明點了點頭。

◆

跟徐鳳年一起走在後山的經略副使大人顯然憋氣了半天，終於忍不住怒容道：「好一個富貴不還鄉若錦衣夜行！可我們北涼這兩百九十六人？」

徐鳳年平靜說道：「我們北涼自己記住就行了。」

山後有碑成林。

第十七章　齊練華不負刀甲　元本溪自求一死

石碑遍地，還有更多在建，絕大多數還是無字碑，但周邊已經有數百塊石碑有主，一律書丹而成，都是祥符元年末在流州截殺北莽羌騎一役戰死的龍象騎軍。

古語有云，下筆用墨便瘦，得朱則肥，故而書丹以力勁骨硬為佳。為這些石碑提筆描朱的人士是兩位享譽已久的北涼書法大家，因為米邛、彭鶴年兩老分住涼地南北，有「南筋北骨」之說，兩位古稀之年的書法名宿因為南北之爭，擺出一副老死不相往來的架勢，且在大將軍徐驍在世時對北涼軍政頗不以為然，只是當北涼王府傳出要立碑三十萬後，米邛隻身率先到達清涼山，問了幾個問題，得到答案後就住了下來，然後給彭鶴年寫了封信，大致意思就是說「姓彭的孫子，敢不敢來跟爺爺我面對面比劃比劃？」

之後彭鶴年就帶著視若命根子的那套文房四寶也跑到清涼山，跟米邛結廬比鄰而居，一對老冤家臨了竟然成了鄰居。然後就在兩老的切磋或者準確說是面紅耳赤的吵架聲中，經略副使宋洞明親自送給他們一份單子，上面寫了一個個名字，以及簡簡單單兩件事：生於何時何地，死於何時何地。

兩位老人在書丹初時還心存一較高下的意圖，後來當米邛寫到一個名字時，突然間就老淚縱橫，「柳弘毅，是我陵州春水縣的年輕人，他小時候仗著將種家世，頑劣不堪，老夫還罵過他白瞎了那麼個名字，這娃兒才二十一歲啊，怎麼說死就死了？」

那以後，米邛、彭鶴年就越來越沉默，除了跟那幾個負責書丹後刻字的石匠還有些言語交流外，就不太愛說話了。

今日，米彭兩老聽說好像有人到碑林了，頓時心中一緊，心情複雜地帶上行囊，結果跑去一看，竟然是北涼王親臨。

老人不習慣給誰行禮，所以作揖的動作十分生疏。徐鳳年趕忙將兩老扶起，但也沒有什麼客套寒暄，猶豫了一下，將那一疊宣紙分成四份，他和宋洞明各一份，米彭兩位書法宗師平分去另一半。

四人默然地開始在石碑上書丹，四人身後又各有兩到三名能工巧匠早已準備好工具等著書刻。黃昏中，很快有金石聲鏗鏘作響。

徐鳳年和宋洞明要比兩位老人早小半個時辰寫完，等到最後的米邛完工，天色已黑，滿手丹朱顏色的米邛也顧不得擦拭，老人神情疲憊地走到徐鳳年身邊，言語中有著不加掩飾的責備意思，沉聲問道：「幽州腹地為何也處處都有戰事？」

徐鳳年輕聲說道：「北莽諜子死士滲透進來了，大肆刺殺幽州官員……」

米邛直接指著徐鳳年的鼻子跳腳破口大罵道：「當年你爹在世時，北莽也有刺客偷襲，怎的就給擋在關外了？你這個北涼王是怎麼當的？你徐鳳年不是天下第一的高手嗎，成天就知道乾瞪眼？眼睜睜看著我涼人送死，你事後給人收屍，然後假情假意寫幾個名字而已？」

宋洞明剛要說話，披著厚裘的徐鳳年擺擺手，阻止了副經略使的解釋，看著這位老人，歉然說道：「是我沒有做好。」

彭鶴年的性子沒有米邛那般急躁，但也有些怒意，不過仍是扯了扯後者的袖子。

當徐鳳年走出去很遠後，臉色陰沉的米邛朝著那個背影重重「呸」了一聲，將手中的那方價值連城的蟹殼青色名硯「自了漢」狠狠砸在地上，「老子不寫了，這北涼也不待了！去江南！這輩子能活幾天，就寫幾天『徐鳳年是個王八羔子』這八個大字！」

沒過多久，宋洞明原路折回，看到米邛閉著眼睛站在原地，彭鶴年蹲在地上長吁短嘆，誰都沒有去撿那方硯臺，便彎腰撿起名硯，也不急於物歸原主，望向清涼山頂那邊，沉聲道：「兩位老先生大概沒聽說過北莽劍氣近黃青、棋劍樂府銅人師祖是誰，又有什麼能耐，更不會見過一條真龍，事實上我宋洞明也沒見過。但是我知道兩件事情，一件是黃青死在了流州，北莽養出的真龍也沒了，順帶著數百個躲在北莽西京的鍊氣士也死絕；第二件就是這裡有兩塊碑，差點就得刻上兩個名字，恰好都姓徐——徐龍象、徐鳳年。」

宋洞明轉身把那方古硯交還給米邛，坦然笑道：「如果北涼哪天真沒了，碑上頭肯定少不了他徐鳳年，當然還有我宋洞明這個外人，到時候還希望米老別不樂意寫啊。」

說完宋洞明就緩緩離去了。

彭鶴年故意不去看漲紅一張老臉的米邛，扳著手指頭，像是在自言自語，「徐鳳年是個王八羔子，咦？不對呀，老米，你算錯了，是九個字，可不是你說的八個字啊。」

米邛小心翼翼收起那方古硯，白眼道：「米邛是個王八羔子，行不行？剛好八個字！」

彭鶴年哈哈大笑道：「行啊，怎麼不行，你不是沒過幾天就要過大壽了嘛，我就給你寫幅字，咋樣？」

米邛顧不得斯文，惱羞成怒道：「寫你個錘子！」

之後兩位老人並沒有馬上離開碑林，而是像上次一樣去仔細打量石匠的刻字，以防出現紕漏錯誤。一般來說，哪怕書丹，因為雕琢刀刻的石匠往往在書法造詣上跟書丹之人有雲壤之別，經常存在形神走樣的情況，米邛和彭鶴年雖不苛求太多，但也想要務必做到盡善盡美，大概兩位古稀老人覺得這是他們唯一能夠做好的事情。

不過碑林的那些個匠工都算讓人滿意，雖說不至於技高到「只下真跡一籌」的境界，可是已經足以表達出書丹原跡的五六分神韻。石匠們一絲不苟地刻字比他們以筆書寫自然要慢上許多，米邛提著盞燈籠一塊塊石碑檢查過去，突然聽到不遠處彭鶴年火急火燎喊他過去，米邛以為是哪位工匠刻錯字了，跑去一看，不承想彭鶴年站在一排石碑前，碑前並無石匠勞作，只看到彭老頭正提著燈籠蹲在一塊石碑前，恨不得把眼睛貼在碑上，跟發現書聖真跡一般。

米邛湊過去一瞧，是北涼王徐鳳年的書丹。乍看之下法意皆是不俗，但在米邛看來雖然的確屬於上乘，但離仙品還有很大距離，遠遠不至於讓彭鶴年大驚小怪才對。

彭鶴年頭也不轉，伸出手撫摸著刻痕，很快就一個踉蹌後仰，跌倒在地上，雙眼緊閉，淚水止不住湧出眼眶，丟了燈籠，雙手摀住臉，神情極為痛苦，指著石碑喊道：「老米，你湊近些，瞪大眼睛瞧瞧！但千萬記得別看太久！切記！」

米邛舉起燈籠，細看之下，只覺得有一股凌厲寒意撲面而來，讓人如臨深淵。

這顯然不是徐鳳年書丹的緣故，而是那刻字之人的「畫龍點睛」使然！

米邛果然很快就眼睛一陣刺痛，閉上眼睛後使勁搖了搖頭，喃喃道：「起收果決，如昆刀切玉！這哪裡是世間高明石匠可以短時間內雕刻出來的，真可謂鬼斧神工了！」

彭鶴年坐在地上揉了揉眼睛，感嘆道：「是有人以手指寫就的，也只能這麼解釋了。」

米邛匪夷所思道：「指做刀劍，大多數武道宗師都辦得到，可術業有專攻，當世絕對沒有誰能寫得出這份風韻！」

彭鶴年苦笑道：「難道是鬼神不成？」

米邛站起身，提著燈籠，望向夜空，「曾經不信那鬼神之說，如今倒是希望世上確有鬼神，能夠庇佑我北涼大破北莽！」

彭鶴年一拍腦袋，「趕緊讓人把這事兒跟王爺說一聲，別可橫生枝節。」

很快徐鳳年就步履匆匆地趕來，身邊幫他提著燈籠的一男一女年齡懸殊。一位是境界依然在穩步攀升的沉劍窟主糜奉節，一位是舊北漢勳貴之後的死士樊小柴。前者在幽州諜子之戰中因為守護在皇甫枰身側，並無建樹，但是樊小柴在長庚城一座鐘樓上斬殺了道德宗掌律真人崔瓦子，或者說是虐殺。

等到梧桐院和拂水房兩撥諜子登樓去收拾殘局的時候，結果看到那一層樓閣的景象真是堪稱慘絕人寰，遍地碎肉，滿牆血汙。當時眾人看到樊小柴坐在外廊圍欄上，在玩弄那柄指玄高手遺物的蠅拂，不像什麼實力卓絕的頂尖殺手，倒像個天真爛漫的少女。

徐鳳年蹲在一塊碑前，身邊是一位兼任北涼王府護衛領袖的中年人。後者心中忐忑，稟報道：「查到了，這名石匠叫吳疆，應該用的是化名，是已經在府上任事了十六年四個月的三等僕役，綽號老薑塊，老人平時不論飲食喝酒都喜歡吃上一塊生薑。去年碑林招收工匠，吳疆由王府轉入此地。王爺，是屬下辦事不力，識人不明，請王爺責罰！」

徐鳳年搖頭道：「跟你沒關係，不用自責。」

徐鳳年緩緩站起身，轉頭對糜奉節問道：「如何？」

糜奉節沉聲道：「我只看到了一字一劍，劍氣縱橫。」

徐鳳年笑了笑，「吳疆，吳疆。無，姜，姜家大楚已無疆嗎？」

徐鳳年輕聲道：「這人沒有惡意，此事你們不用追查了。」

◆

徐鳳年返回清涼山，然後走向那座陵墓，他的爹娘就都睡在那裡。徐驍去世後，徐鳳年在一側建了座師父李義山的衣冠塚。徐鳳年獨自走入陵道，記起了許多往事。

師父說世上文字以碑字最悲，因為世間墓誌銘都是陽間活人寫給陰間舊人的，下筆之人用情越深，下筆越苦，越是有神。按照遺願，李義山的骨灰被灑落在西北邊關的黃沙大地上，原本師父是不要什麼墳塋的，但徐鳳年還是自作主張做了衣冠塚，只是沒有寫墓誌銘，與清涼山山後碑林如出一轍，只寫名字，以及生死於何時何地，相信師父在天之靈對此也不會太過生氣。

徐鳳年感覺到黃龍士死了，只是一種奇妙的感覺，但深信不疑。

春秋三大魔頭，人貓韓生宣死在他徐鳳年手上，人屠徐驍走了，三寸舌亂春秋的黃龍士也走了，三人都已不在人世。

春秋十三甲，黃龍士獨占三甲，自詡十九道第一、草書第一、陰陽讖緯第一，故而占據棋甲、書甲和算甲。

劍甲李淳罡死了。

兵甲西楚兵聖葉白夔，死在西壘壁之戰，成就了陳芝豹。

絕代風華的色甲，那位大楚皇后也香消玉殞。

琴甲，舊南唐那位目盲琴師，在國破後抱琴沉江。

西蜀畫甲周魚凫，臨終前畫了一幅蜀國山河的長卷，躺在長卷之上，大醉而亡。

地甲司徒神策，精通堪輿望氣尋脈點穴，離陽一統天下後就被暗中賜死。

法甲荀平，被百姓烹而分食。

道甲齊玄幀在斬魔臺上兵解。

釋甲龍樹僧人，死在了北莽道德宗門外。

春秋十三甲，已經有十二甲明確無誤不在人世，只剩下一個無關緊要的刀甲，多半也是死在天下大勢所趨的籍籍無名之中。事實上自從顧劍棠成為公認的天下第一刀法宗師後，這個在江湖上僅是曇花一現且不知姓名的刀甲，在天下大定的永徽年間被提及的次數，比待在聽潮閣底下自己畫地為牢的李淳罡還要少，等到李淳罡在徽山大雪坪重返劍仙境，就更不能比了。

初春的夜晚，天空竟飄起了雪花，又有越演越烈的趨勢。徐鳳年不禁停下腳步，抬頭伸手去接住雪花。

徐鳳年沒來由想起了白狐兒臉，想起了他或者是她的那兩把佩刀，春雷、繡冬。

徐鳳年始終不知道白狐兒臉到底是誰，是不是真的叫南宮僕射，又為什麼會來到北涼，為何會執意進入聽潮閣。

徐鳳年明天清晨就動身前往幽州，之所以不見嚴池集和孔鎮戎，不是對他們有意見，而是為了他們好。

但哪怕被誤解，哪怕不相見，徐鳳年還是多此一舉地趕回清涼山。

這就是兄弟。

徐鳳年這輩子只認了四個兄弟：李翰林、嚴吃雞、孔武癡。

還有溫華。

突然，風雪中緩緩前行的徐鳳年看到一個陌生身影，背對自己，正站在那兩塊墓碑前。

這幅畫面，不合情，更不合理。

如今的北涼王府，比起早年世子殿下故意造就外鬆內緊以便釣魚的情景可謂戒備森嚴。更別說進入這陵墓禁地！

那個身影轉過身，平平淡淡說了一句：「風雪夜歸人。」

徐鳳年不知碑前人所謂的風雪夜歸是在說誰，但憑藉極好的記憶力，一眼就認出了老人身分，正是那個臨時成為石匠的清涼山老僕，喜食生薑的吳疆。

初次見面時，老人站在匠人隊伍中，身形傴僂，面容滄桑，並不起眼。如果徐鳳年沒有境界大跌，當時興許可以瞧出點蛛絲馬跡。

徐鳳年不退反進，緩緩前行，這才發現腰杆直起不故作畏縮狀的老人，風儀極佳，竟然有一種殿閣中樞元老的強大氣勢。

在徐鳳年的印象中，純粹的江湖中人，上了年紀的老一輩高手，除了韓生宣、隋斜谷兩位，很容易讓人望而生畏外，老黃、羊皮裘老頭兒、龍虎山老真人趙希摶，初看都跟高高在上的武道宗師風馬牛不相及。這就讓徐鳳年肯定了先前的猜測，化名吳疆的老人哪怕不是西楚王朝那位被譽為「篆隸草行楷，皆千年榜眼」的書聖齊練華，也跟書聖有莫大牽連。

為人藏拙不難，書法藏拙則不易。豪閥出身的齊練華是公認天資卓絕的書壇鉅子，但在大楚朝僅官至翰林編修，只做些幫姜姓天子書寫誥命文章和碑文祭文的小事。其修纂過半部無疾而終前朝史書，因此當時又有「齊半部」和「添花郎」的外號，後者暗諷齊練華只會錦上添花，無法雪中送炭。西楚覆滅後，廣陵齊氏家道就此衰落，齊練華也不知所蹤，就越發坐實了「齊添花」的說法。

那時，關於「春秋十三甲」還有一樁沸沸揚揚的公案。

齊練華本是西楚鼎力推出的「書甲」，尤以行書見長，寥寥十四字的〈戰國帖〉一出世即有「天下第二行書」的讚譽，而後來被離陽官方欽定為春秋「書畫雙甲」的納蘭右慈，則有當世行書第一〈升觀帖〉與之爭鋒。只不過天下人對這個說法都不怎麼願意買帳，不承認納蘭右慈的雙甲之說，而且只承認齊練華的書法造詣直追古代聖賢，但對於春秋書甲的歸屬，還是非在草書上「一騎絕塵，無人爭鋒」的黃龍士莫屬。

後來離陽又迫不及待推出宋家老夫子作為「文甲」，一樣被時人嗤之以鼻。你宋老夫子安心做個離陽趙家走狗的文壇魁首也就罷了，有上陰學宮祭酒齊陽龍珠玉在前，如何當得自古便文無第一的春秋「文甲」？離陽朝廷心有不甘，既然文無第一，但不是還有武無第二嘛，於是又想推武帝城王仙芝為「武甲」，只是被自稱「天下第二」的王老怪直接拒絕了。因此「春秋十三甲」就湧現了許多讓人眼花繚亂的版本，其中就有龍虎山趙姓道人的某個數甲，但是流傳最廣和最具說服力的，仍是最早的那個版本。

雖然很多人與「春秋十三甲」失之交臂，但不管如何，只要能被人提名說及，無一不是人中龍鳳。李義山當年就對齊練華的書法推崇備至，稱其行書不愧為古今之冠，所以徐鳳年自然而然被殃及池魚，年少時練習行楷，都是臨摹那幾份真跡傳世極少的「齊帖」，不知罵了齊練華多少次。

徐鳳年很好奇眼前老人如果真是齊練華本人，怎麼就成了清涼山漏網之魚的西楚死士？要想讓高手如雲的北涼王府看走眼，光靠隱忍是不夠的，必然還需要有恐怖實力作為支撐。

對於老人蟄伏徐家本身這件事，徐鳳年並不感到驚訝。姜泥作為西楚皇室的唯一血脈，自然能讓「國家養士兩百年，不死不足以報王恩」的西楚士人前赴後繼。但真正讓徐鳳年心生忌憚的事情，是亡國公主姜姒被徐驍接回北涼是一件天大機密，否則曹長卿也不會在離陽朝野暗訪多年卻無果，眼前老人又是如何知曉的？

徐鳳年沒有從這座陵墓立即撤退，而是跟一位舊楚遺臣相對而視，其實是冒著很大風險的。徐驍雖然擅自主張為西楚留下了一位彌足珍貴的姜姓「餘孽」，但畢竟西壘壁是徐驍親自打下來的，西楚皇宮大門也是他親自帶兵撞開的，皇帝、皇后更是就死在他徐驍的眼前，徐驍對西楚可謂既有私恩又有國恨。何況如今廣陵道硝煙四起，離陽戰事不利，在世人看來北涼鐵騎就算扛不住北莽百萬大軍的南侵，可要是說大範圍撤退出貧瘠西北，跑去中原收拾西楚叛軍，絕對是綽綽有餘。

當今朝野上下，不少人都覺得這無疑是徐鳳年這個北涼王的退路選擇，離陽可以不死一兵一卒，北涼也有足夠軍功來安置將領後路，皆大歡喜。至於那三十萬邊軍大不了拆散就拆散了，反正大柱國顧劍棠的兩遼邊線就可以一口氣吸納十餘萬，因此西楚朝堂上對北涼邊軍尤其是徐鳳年的動向那是十分留心，就怕年輕藩王哪天腦子一抽，就帶著大軍一路跑到中原腹地，拿他們大楚作為投名狀遞給離陽新君。

此時此刻徐鳳年身邊拿得出手的高手，就只有糜奉節、樊小柴兩人，而且都在陵墓外，不得擅入禁地。吃劍老祖宗隋斜谷和吳家百騎都在涼州北線，以防北莽不計代價地刺殺北涼都護府內的褚祿山；徐偃兵還在單槍匹馬追殺那夥連袂滲入幽州的北莽頂尖高手，澹臺平靜和觀音宗弟子也在配合徐偃兵，務必要將那位小念頭和大樂府留在幽州。

要是在以往，這天下徐鳳年何處去不得？

老人仔細打量著這個有些失神的年輕人，眼神複雜。也許他的存在本身就讓四周氣氛中多了幾分劍拔弩張，但是遲暮老人不知為何似乎並沒有任何敵意。

徐鳳年的巔峰境界暫時已不復有，但敏銳直覺仍然在，所以當意識到陵墓內有變故的糜奉節、樊小柴急入園內時，徐鳳年只是抬起手，示意兩人退出去。

糜奉節默默離去，樊小柴猶豫了一下，依舊站在遠處原地，徐鳳年也沒有計較這名女死士的僭越舉止。

衣衫簡樸的老人雙手負後，微笑道：「徐驍那輩子就沒做過一件讓我喜歡的事情，倒是生了個好兒子。」

聽到這句口氣奇大的不敬言語，徐鳳年忍不住皺了皺眉頭，不過很快釋然。老輩文人本就講究風骨，否則如何有底氣做到士大夫與君王共治天下？再說此人極有可能是隱姓埋名的西楚孤臣，對北涼對徐驍有滔天怨氣也就在情理之中。

徐鳳年笑問道：「敢問老先生可是西楚齊書聖？」

老人的臉色有些古怪，既沒有否認也沒有承認，就那麼直直看著徐鳳年。若說面容與王妃吳素相似的徐鳳年是玉樹臨風，是世間女子眼中風流倜儻正值年輕的公子哥，那麼依稀可見年輕時風采絕妙的老人，其姿容最不濟也當得「老玉樹」的說法。

徐鳳年被打量得有些不自在。世人看他，以前在北涼多是那種這位世子殿下浪費了好皮囊的視線，後來在太安城則是看待人屠之子的鄙棄眼光，等他跟王仙芝一戰的結果水落石出後就出現巨大轉變，哪怕是以桀驁著稱於世的北涼邊將，如李陌蕃、王靈寶之流，眼中也有了發自肺腑的敬畏欽佩，唯獨沒有眼前老人這種莫名其妙的眼神。

老人輕聲道：「先前見你書丹於碑，看得出下過一番苦功夫，你自武當練刀起能夠在武道上一路勇猛精進，需要感謝李義山。練字和下棋兩事，到了境界，一法通萬法通，雖然不是每個書法大家和棋壇國手都可以成為治世能臣，或者成為李密弟子那樣的武道宗師，但對於一個人的心性塑造，大有裨益。性子急躁的徐驍在封王就藩之後，心性變化很大，跟他晚年學棋關係不小。」

徐鳳年沒有說話。徐驍在遼東錦州發跡時就只是個目不識丁的遊俠兒，可以說徐鳳年祖輩跟什麼書香門第、什麼耕讀傳家八竿子都打不著。徐驍到北涼後之所以成了個大大的臭棋簍子，能跟二姐徐渭熊的師父王祭酒，兩大臭棋簍子能夠殺得酣暢淋漓天昏地暗，這不是沒有原因的。

起先是徐鳳年的娘親想要徐驍多下棋，磨一磨急躁性子，到了歲數，也該是時候修身養性了。徐驍總是三天打魚、兩天曬網，能逃是逃，久而久之，王妃也就不再多說，後來是徐鳳年喜歡上了下棋，大概王妃逝世後，作為嫡長子的少年徐鳳年跟徐驍關係鬧僵，徐驍應該想著多跟兒子有些相處時分，終於開始認真學棋。

只是很快就被天資聰穎的世子殿下拉開十八條大街的差距，那以後徐鳳年和李義山就都不愛跟徐驍下棋，再怎麼讓棋也能殺得徐驍丟盔棄甲，徐驍哪怕就是想要自尋其辱，那也得看當今天下世上唯一可以不賣他臉面的師徒二人有沒有心情不是？

徐渭熊倒是始終能耐著性子跟徐驍下棋，但也許在從不掩飾自己重男輕女的徐驍心中，仍是跟兒子下棋更有意思些吧？哪怕被徐鳳年在棋盤上殺得空空落落沒剩下幾顆棋子，馬踏春秋戰功顯赫的老涼王，那位公認離陽朝內勝負心最重的徐瘸子，也會覺得很開心。

平定春秋的不世之功，讓徐驍跟先帝趙惇的父親都是君臣見面時平起平坐，以後上朝更是得以佩刀入殿，但是在清涼山，許多幕場景總是讓人尤其是外人感到荒誕——徐驍在梧桐院被人追殺得雞飛狗跳，在王府宴客主位上坐著的竟然是年輕世子。這不說在鐘鳴鼎食的公侯將相之家，就是小戶人家，當老子的也不該如此寵溺兒子，兒子也不該如此忤逆才對。到最後，離陽那邊就順勢找到一個無懈可擊的理由來攻擊北涼——上梁不正下梁歪。

徐鳳年輕輕晃了晃腦袋，讓開小差的自己趕緊凝神。眼前這位老人雖無絲毫殺機流露，但終歸是一等一的隱藏高手。涼莽大戰一觸即發，要是自己死在這裡，死的地方還湊合，可時間就大錯特錯了，別的不說，北莽恐怕至少可以少死十幾萬人。

老人笑問道：「你以為我是那西楚齊練華？」

徐鳳年點了點頭。

老人緩緩伸出一隻手掌，「提筆之時，當聚精會神，有如前朝先賢書聖、書仙百人同席而坐，心正氣和，方能契於玄妙，近於大道。其道如國廟重器，虛則欹滿則覆，唯中則平。」

老人手勢一變，「古人云，腕中伏鬼，下筆有如神助，故而鋒正則四面勢全，次重實指，指實則節力均平。再次虛掌，掌虛則運用如意……

合勒處勒，士字是也。大楚養士兩百年，國破二十年，猶有一股士氣不可辱。為環必郁，為波必磔。磔須戰筆發外，得意徐乃出之。」

隨著老人娓娓道來，滿園風雷！

陵墓外的糜奉節臉色蒼白，背後匣中劍顫鳴不止，如遭雷擊，嗚咽哀號。

園中樊小柴面無血色，搖搖欲墜，但仍是咬牙倔強地不後退一步。

老人手掌緩緩翻覆，看似不過是提筆徐徐勾勒，像是個迂腐老夫子在傳授私塾蒙童如何一筆一畫寫字，但是在徐鳳年眼中卻是驚濤駭浪，甚至讓他想起了當年在太安城大殿外，顧劍棠以天下第一符刀「南華」，以一式方寸雷還禮曹長卿的手法。兩者殊途同歸，都有化腐朽為神奇之妙，臻於化境。

風雪飄搖，徐鳳年神情沉重。先前他跟劍道宗師糜奉節都認為石碑殘留是手指刻畫出的劍氣，現在看來是差之毫釐而謬以千里了。

這位老人，用刀。

徐鳳年不去看如遭刀割的漫天紊亂風雪，問道：「齊老先生原來是『春秋十三甲』之中的『刀甲』？」

老人沒有回答這個問題，而是五指微微彎曲做了個合攏姿勢，反問道：「合策處策？」

以站立位置為圓心，四周數丈內無一片雪花的徐鳳年無奈回答道：「『年』字是也。」

老人收手後唏噓道：「是啊，年字。徐鳳年。」

滿園風雪終於歸於正常，又有雪花簌簌落在徐鳳年頭頂和肩頭。

應該是西楚書聖齊練華無誤的老人自嘲一笑，「春秋刀甲？刀筆吏、刀筆吏，刀甲便刀甲吧。」

◆

千百年來，世人一向以練劍為榮，不說遊俠，就是各地士子，負笈遊學時也多有佩劍，以顯意氣。百兵之首的爭奪，始終是刀不如劍。其實名刀就數目而言，不輸名劍，而且大多在江湖上也極富傳奇色彩。像那如今操之於徐鳳年徒弟之手的那柄大霜長刀，先前幾任主人的故事也可謂蕩氣迴腸，但是自呂祖以飛劍斬頭顱聞名天下起，劍道便在武林中一枝獨秀，而刀客的氣象卻每況越下，從未有用刀的宗師登頂武道。

最近的江湖百年，有劍甲李淳罡和桃花劍神鄧太阿，雖說都輸給王仙芝，但沒人能否認兩位劍道魁首的各自大風流。反觀刀法第一人顧劍棠在武榜上的排名從來不算高，在江湖上的口碑也平淡無奇，從沒聽說過有人是仰慕顧大將軍的武功而去練刀的，羨慕軍功而提刀入伍的倒是有些。

但是世間男兒，連那魔頭韓貂寺在臨終前都說過也曾想過青衫仗劍走江湖，更何談其他年輕男子？有多少女子曾經對一襲青衫李淳罡只聞其名便難忘？就連徐鳳年本人練刀前在北涼境內裝少俠以便坑蒙女子，那也是恨不得在身上掛滿名劍的。

書聖齊練華竟是那只留給江湖驚鴻一瞥的刀甲，這個真相實在是讓人動容，更讓人不得不豔羨西楚當年的鼎盛景象。不愧是中原文脈正統，有李淳罡仗劍過廣陵大江，有文豪散髮扁舟、鬥酒詩百篇，有女子姿色傾國傾城，有國師李密與曹家得意師徒聯手二人「雪起雪停一局棋」。也難怪有人說西楚國滅，罪不在天子士子百姓，要恨就只能恨天時在離陽而不在姜楚。

老人朝徐鳳年招了招手，率先蹲下身，看著王妃吳素的墓碑，意態不復先前風發神意，只有世間最尋常孤苦老人的蕭索落寞，呢喃道：「徐驍算個什麼東西，一介粗鄙武夫，娶個姿色過得去的女子也就罷了。」

徐鳳年怒氣橫生，冷笑道：「老先生當真以為你我生死相搏，是我徐鳳年必敗？」

齊練華一笑置之，問道：「你這輩子還沒有去過錦州老家祭祖吧？」

徐鳳年沒有答話。

事實上不但是他，徐驍在封王之後就沒去過錦州了。徐鳳年的爺爺很早就去世，當時徐驍剛出遼東，在離陽南部跟幾大藩鎮勢力廝殺得如火如荼，徐鳳年出生後就根本沒有見過爺爺、奶奶一面，徐驍又是獨苗，因此後來也沒有什麼徐家的親戚。

早年倒是有些錦州遠親跑到北涼跟徐驍攀親戚，年輕時受盡白眼的徐驍也算仁至義盡，給了他們一份旱澇保收的榮華富貴。至於娘親那邊的長輩老人，王妃吳素幾乎從不提起，徐鳳年小時候只是偶爾聽娘親說起外婆是位與人相處將心比心的大好人，可惜去世得也早。至於外公是誰，娘親沒說過隻字片語，徐驍也不肯多說，只有一次在酒後氣呼呼說了句「那老頭兒早就死翹翹了」。

徐鳳年猜測肯定是徐驍當年求親在吳家劍塚外吃了閉門羹，被姓吳的老丈人拿劍打得屁滾尿流，從此結下了梁子，老死不相往來。而徐鳳年對那個外公也有怨氣，後來在青城山的姑姑常年覆甲遮面，就是吳家當年刁難娘親，才害得身為劍侍的姑姑臉上被凌厲劍氣割裂得面目全非。

雖然不是外公親手所為，但徐鳳年覺得如果那個外公有說幾句公道話，對待娘親的離家出走，吳家劍塚也不至於如此殘忍狠辣。尤其是在得知親舅舅吳起故意相見卻不相認，最後又轉去西蜀輔佐陳芝豹，徐鳳年對姓吳的親戚長輩可就真沒什麼好感了。哪怕本該喊上一聲太姥爺的吳家當代家主，在北涼邊境上主動有過一次彌補，徐鳳年難免還是有心結。

老人長呼出一口氣，感慨道：「我曾替大楚修纂前朝史書，遍覽書籍，當時我刀法雖無宗師之名，卻有宗師之實，但修史之時，仍是時常在夜間肝膽悚然。無他，只因書中處處可見那『人相食』三字！

天下興亡交替，雖是常態，可每一次動盪，民間疾苦之苦，實在是苦不堪言。郊關之外衢路旁，旦暮反接如驅羊。喧呼朵頤擇肥截，快刀一落爭取將。這是何等慘烈景象？死者已滿路，生者為鬼鄰。天下蒼生半遊魂，這可不是亂世詩人在作無病呻吟之語啊！

我親見春秋之末，販賣男孩不過幾文錢，女子價值不過一捧粟米。再後來，有些父母不忍，便與別人換子而食。到最後，世上人不當人，猶不如鬼！我如何能不恨離陽，不恨那一路南下屠城滅國的徐驍？舊時王侯家，狐兔出沒地。其實又何止是王侯之家如此？」

徐鳳年從地上抓起一捧雪，捏在手心，忍不住打斷老人的言語，「徐驍說過，做人要有本分。頭等文人修齊治平，次等文人也能為蒼生訴苦幾句。而他作為提刀的武人，那就是打仗，也只會打仗。給他幾千人，那他就打一城，幾萬人就打一國，等他有了幾十萬鐵騎，不打天下打什麼？所以後來那麼多人罵他，他從不還嘴，也沒覺得自己做得就是對的。北涼軍中，老一輩的燕文鸞、鍾洪武、何仲忽等，年輕一些的，褚祿山、李陌蕃、曹小蛟，哪一個不是世人眼中臭名昭著的老兵痞？」

徐鳳年神情堅毅，沉聲說道：「但不能否認，如果說必定有人會做那個幫離陽一統天下的人屠，那麼由徐驍來做，肯定是最好的結果。」

齊練華感慨道：「此事，我還真沒有想過。」

陷入沉思的老人突然笑出聲，「黃龍士有一句詩廣為流傳，『國破山河在，城春草木深』。離陽那位宋家老夫子便點評『深』字不如『生』，若用『生』字，動靜結合，大合詩道。離陽朝文壇士林紛紛拍案叫絕，你以為然？」

徐鳳年平靜道：「我二姐曾在上陰學宮說過宋老夫子改得狗屁不通。」

齊練華問道：「那你就不好奇徐渭熊到底是誰家女兒？」

徐鳳年被觸及逆鱗，難掩怒意，「關你屁事！」

齊練華瞇眼笑道：「徐鳳年啊徐鳳年，你還真是跟你爹徐驍差不多德行。」

徐鳳年深呼吸一口氣，「我敬老先生對西楚忠心，在北涼王府潛伏多年守護亡國公主姜泥，但老先生別以為真能在徐家為所欲為。」

老人不以為然，面帶譏諷，「哦？」

不知何時，兩人所站位置變成了刀甲齊練華背對陵墓大門，徐鳳年背對兩塊墓碑。

然後兩人幾乎同時踏出一步，再然後幾乎同時踏出一步的腳背就被對方另一隻腳踩住。

徐鳳年雙指做劍戳中老人眉心，老人豎起手掌看似輕描淡寫拍在徐鳳年胸口。

老人身形旋轉如陀螺，卸去指劍的同時，大袖飄蕩，捲起漫天風雪，形成地龍汲水的景象。徐鳳年被掌刀推向墓碑，一手繞後貼在墓碑上，輕輕一推，借力前衝。

身形在空中的徐鳳年雙指依舊併攏，在老人頭頂處傾斜一抹，磅礴劍氣頓時當空潑灑而下。

老人嗤笑一聲，他的步伐迥異於世間武夫，兩腳稍微內傾，一手負後單手握拳，在一條直線上踩出連串碎步悍然前踏，躲過了那抹劍氣，剛好一拳砸在徐鳳年肚子上。

拳重如擂鼓，借勢反彈後五指立即鬆開，又是一掌推去。徐鳳年倒飛出去的身體在雪夜中炸出類似辭歲爆竹的刺耳聲響。

刀甲齊練華的拳也好，掌也好，步伐也好，其實都很簡單乾脆，讓人很容易聯想到曾經自負與世為敵的王仙芝，快如奔雷，勁如炸雷，只以徒手迎敵，不屑天下神兵利器。

徐鳳年其實沒有如何重傷，只是被老人一招擊退，心潮起伏，體內本就紊亂的氣機越發跌宕，如同沸水添油。這讓他對春秋刀甲重新有了認識，原本以為齊練華至多跟隋斜谷在一個水準上，看來起碼還要高出一線。如果在流州斬龍之前，徐鳳年自信就算刀甲傾力而為，自己就算再大意，也不會如此狼狽。

徐鳳年落定後，嘴角滲出血絲，只是根本就不去擦拭。顧不得，也無所謂。

徐鳳年經歷過的生死大戰，也不是一次、兩次了。

老人嘖嘖道：「就你現在的糟糕處境，至多也就用上三招來拚命。遇上一般的金剛甚至指玄高手，三招差不多也夠了，可惜遇上我。」

徐鳳年平靜道：「不用三招，就一招的事情。」

老人問道：「就算死，也要護著身後兩塊碑？人都死了，碑有什麼用？你徐鳳年不是北涼王嗎？不懂取捨？」

老人大概是真的老了，話有些多，此時仍是「好言相勸」道：「小子，世間美人，那是雨後春筍年年出，便是兵源也是野火燒不盡、野火燒不盡，一茬復一茬。但有兩樣東西，很難補充。一是沙場上的鐵甲重騎，少一個就是少一個，很難迅速填補；再就是江湖高手，每一個人都是需要天賦、際遇和很多年時間打熬出來的。尤其是你徐鳳年，要惜命啊。你要是死了……」

雪勢漸大。

徐鳳年沒有理睬老人的絮叨，做了一個抬手式，手中多了一柄雪刀。

但是老人突然感傷起來，負手望天，「北涼，以一地之力戰一國，你要是死了……」

老人自說自話，神情蕭索，「北涼有沒有北涼王，我根本不在意。但是徐鳳年死不死，我齊練華怎能不在乎！」

徐鳳年的眼神中流露出一絲茫然。

被刀甲齊練華一拳一掌擊中後，體內氣機竟然在經歷過初期的劇烈震盪後，竟有了否極泰來的跡象，開始趨於穩定。

老人一臉氣惱，瞪眼道：「小子才知道我的良苦用心？」

徐鳳年一頭霧水，但依舊握住雪刀，疑惑道：「你到底想做什麼？」

曾言「風雪夜歸人」的老人越發惱火，「你小子不是渾身心眼的伶俐人嗎，怎的如此不開竅了？」

徐鳳年也火了，怒目相視。

看著倔強的年輕人，老人好像記起了一些往事，跟這個世道強硬了一輩子的執拗老人也心軟幾分，語氣柔和，有些無奈道：「怕小子你猜不出，我不是取了個化名『吳疆』嗎？」

徐鳳年哭笑不得，「我不是猜出你是齊練華和春秋刀甲了嗎？」

火冒三丈的老人突然重重一跺腳，整座陵墓上空的風雪都為之凝滯停頓，「徐驍就沒跟你說過他老丈人不姓吳？就算徐驍那王八蛋沒說，素兒也沒跟你提起過？沒跟你說過當年有個姓齊的刀客，在吳家劍塚為了個吳家女子大打出手，差點拆了半座劍山？」

徐鳳年轉過身，看不清表情，語氣聽不出感情變化，「沒有。」

「沒有？」老人是真動了肝火，指著徐驍的墓碑破口大罵道：「好你個錦州蠻子，當年為了娶我女兒，你說不跪天、不跪地，就給我這岳父跪上一回！好嘛，屁大的小校尉，手底下幾百人，就敢威脅要是不答應，將來一定帶兵滅了大楚！老子當時就該一掌劈死你！」

當老人沉默後，只有滿園風雪嗚咽聲。

老人眼神慈祥，又有滿臉愧疚，凝望著那個比徐驍要順眼太多太多的年輕背影，緩緩說道：「我第一次偷偷見著你，是徐家鐵騎趕赴北涼的途中，也是這般的風雪夜，在一座小寺廟內，你被你娘親責罰通宵讀書。你小子就手捧書籍，坐在大殿內的佛像膝蓋上，就著佛像前的長明燈，一直讀書到了天亮。旁邊四尊天王相泥塑，或帶刀佩劍，或面目猙獰，燈火幽幽，殿外隆冬風雪似女鬼如泣如訴，成年人尚且要發怵，你這孩子獨獨不怕。我就在梁上看了你一夜，真是打心眼裡喜歡啊，不愧是我齊練華的外孫！」

老人心胸間湧起一股因子孫而自傲的豪邁氣概，「我不認徐驍這個女婿，卻喜歡你這個外孫！哪怕素兒不認我這個爹，我仍是厚顏來到涼州，等素兒病逝後，便隱姓埋名當個下等僕役。我齊練華是誰？能與大楚國師李密在棋盤上互有勝負，能與太傅孫希濟煮酒而談指點江山，能與葉白夔在沙場上並駕齊驅，能讓棋待詔曹長卿敬稱為『半師』！」

始終背對老人的徐鳳年蹲下身，望著那兩塊墓碑，問道：「為什麼當年不明媒正娶了外婆，而是讓外婆跟我娘親在家族白眼中相依為命？」

老人默不作聲，眼神滿是哀傷悔恨。

徐鳳年輕聲道：「江山美人、江山美人，江山在前，美人在後，是不是你覺得江山社稷更重？或者覺得大丈夫何患無妻？你這位大名鼎鼎的春秋『添花郎』，覺得女子只是人生一世那錦上添花的點綴物？」

徐鳳年又問道：「為什麼京城白衣案，你不護著我娘親？」

沒有等到答案，徐鳳年嗓音沙啞，自顧自顫聲道：「所以我不知道我有一個外公，只當他早就死了。他是姓吳還是姓齊，是大英雄還是小人物，根本不重要。」

老人久久後喟嘆一聲，無言以對。

徐鳳年在墳前盤膝而坐，彎腰伸手拂去碑前的積雪。

齊練華走到碑前低頭看著徐驍的墓碑，淡然道：「等我聞訊趕到太安城，已經晚了。」

老人自嘲道：「你不認我這個外公也好，覺得那個叫齊練華的傢伙冷血也罷，我都認為不管如何不中意自家女兒挑中的男子，但嫁出去的閨女，也就等於是潑出去的水了。而且那時候，三個刀甲也殺不死正值天命所歸的離陽皇帝趙惇，既然如此，至於元本溪、韓生宣、柳蒿師之流，只要徐驍在世一天，那都得是他徐驍應該挑起的膽子。徐驍做不到，還有我女兒吳素的子女。」

老人轉頭看向不斷用手掃雪的徐鳳年，輕聲道：「道教聖人有言生死如睡，睡下可起，為生；睡後不可起，為死。故而此間有大恐怖，人人生時不笑反哭，便是此理。佛典也云，息心得寂靜，生死大恐怖。」

老人也蹲下身，灑脫道：「也許你是對的，徐驍比什麼春秋刀甲大楚書聖強上許多，只是我不願意也不敢承認而已。」

老人看著徐驍的墓碑，笑道：「到頭來，終究沒能喝過一杯你敬的酒。」

徐鳳年輕聲道：「晚了。」

徐鳳年眼眶泛紅，「以前總想不明白，為什麼徐驍那床底箱子裡他親手縫製的布鞋，會有一雙徐家人誰都不合腳的鞋子。」

老人愣了一下。

隨即老人哈哈大笑，雙拳緊握擱置在雙腿上，「春秋一夢夢春秋。人活一世，不過就是生死兩事，來時既哭，去時當笑。」

然後老人伸出一手做握杯子狀，五指間便多了一只晶瑩剔透的白雪杯子，杯中落雪，他朗聲道：「老丈人敬女婿一杯！」

杯雪做酒。

能飲一杯無？

「小年，老頭我要回一趟廣陵，離鄉太久了，送就別送了。」

老人敬酒之後轉過身，拍去外孫一側肩頭的積雪，從懷中掏出一本泛黃冊子，輕輕放在徐鳳年身邊。

最後輕輕說了一句，老人起身後，雙手猛然抖袖，開始大步走向陵墓大門，出門之後身影便一閃而逝。

慢了一步的徐鳳年全然攔不住。

◆

涼州城外，老人越行越遠，速度之快，便是北涼甲等大馬也遠遠難以媲美，細看間老人手中多了一柄白雪鍛造逐漸成形的涼刀。

世人皆知大楚添花郎生平練字，最喜好書寫『素』、『年』、『春』三字。

女兒吳素沒了，可外孫徐鳳年還在，而且出息得很！此生也無甚掛念，是時候該把「齊半部」的綽號給去掉，也不妨把「齊添花」的名頭坐實了。小年，就當外公最後自私一次，好教天下人知道你爹死後，你還有個長輩在世。有我齊練華，還沒誰能噁心北涼，卻不付出代價，大柱國顧劍棠不行，趙家新皇帝也不行！

小年，你只管守好中原大地的西北門戶。

◆

徐鳳年身形飛速長掠，孤單站在城頭，但視野之中，唯有白茫茫一片。

站了一夜，天亮時分，徐鳳年記起老人最後那句話，喃喃自語，「真的可以嗎？」

◆

祥符二年春，一個驚悚消息從兩遼邊線傳回京城。

顧劍棠輸了，而且還是輸給一個用刀的人。

這也就罷了，關鍵是那個橫空出世的武道宗師沒有報上姓名，只說出了一個匪夷所思的身分。

◆

一個黃昏中，太安城郊，兩名年齡大致差了一個輩分男子在一座亭中，相對而坐。年輕些的，正是最近在京城「東山再起」的宋家雛鳳宋恪禮。

宋恪禮暫時還沒有在京任職，但是禮部侍郎晉蘭亭已經數次邀請宋恪禮赴家宴，許多京城老人尤其是宗室勳貴也都紛紛示好。

本該春風得意的宋恪禮此時卻面容悲苦，看著眼前舉杯小酌的元先生，淒然道：「就算那人是勝過顧大將軍的大宗師，可太安城先前都能應付那名拖家帶口的佩劍男子，又如何對付不了另外一個武人？」

元本溪笑了笑，瞥了眼宋恪禮，不說話。

宋恪禮擱在桌上的那隻手死死攥緊，臉色鐵青，嘴唇顫抖道：「我知道的，我知道的，先帝死後，那麼先生的身分只是翰林院某個老無所依的黃門郎了。當今天子正恨不得如何擺脫束縛，那老人的出現就給了他千載難逢的機會，借刀殺人，手不沾血！所以京城禁軍不得調動一人，欽天監鍊氣士不得調動一人，依附朝廷腰懸鯉魚袋的江湖高手也不得調動一人！元先生，太安城又要過河拆橋了嗎？他趙家就當真一點臉面都不要了嗎！」

宋恪禮低下頭，「元先生教過我，為人臣子侍奉一朝君王，就是只為一尊佛燒一炷香，一朝天子一朝臣，是因為上一炷香的香火情斷了。」

舌斷半截的元本溪神色平靜，放下酒杯，含糊不清說道：「對也不對。我先前所說，只是為官之道，但還有更初衷的為人之道不可忘。給君王敬香，其實是術，不是道。你宋恪禮真正的道，是在燒香之餘，要為天下蒼生添油，這是首輔張巨鹿留給離陽的根本。

作為謀士，我元本溪自認不輸任何人，但作為臣子，那張巨鹿才是開千年以降新氣象的第一人。你要學他的道，不要學我的術。否則你宋恪禮這輩子到頂也就是個殷茂春、趙右齡之流，元本溪栽培你宋恪禮有何用？你日後如何在孫寅這些同齡人中脫穎而出？」

元本溪望向亭外的暮色，微笑道：「永徽之春的名臣公卿，註定青史留名，但是起始於祥符年間的你們，也許在史書上的身後語，會比那撥老人更好看。因為永徽有一個令天下讀書人盡失顏色的張巨鹿，你們這一代則不同，陳望八面玲瓏的扶龍，孫寅隱忍城府的屠龍，還有你宋恪禮的酷烈孤臣，各有奪目風采。」

宋恪禮不敢抬頭去看這位陪他去年一起走遍大江南北的元先生。

元本溪輕聲道：「各方試探拉攏，我一直讓你待價而沽，於是昨夜司禮監掌印宋堂祿的徒弟找到你，給你帶了一份口諭。你無須心懷愧疚，若是迫不及待告訴我元本溪，那才讓人失望。」

宋恪禮猛然抬頭。元本溪笑意淡然，輕聲道：「來了。」

遠處走來一人，腰間懸佩了一柄古怪的雪白長刀。

宋恪禮站起身，擋在亭子臺階上，不見老人有任何動作，一身武藝不俗的宋恪禮就被拋出亭子外。

在老人落座後，元本溪在桌上擱了三只酒杯，伸出手指輕輕將一只酒杯推到老人面前。

元本溪坦然笑道：「當年還很好奇為何齊老先生會硬闖太安城城門，後來見到謝飛魚贈我許多先生的字帖真跡，早期多『春』字，後期則多『素』、『年』兩字，就有些明白了。趙勾早先在北涼境內精心刺殺世子殿下十六次，其中有三次最值得惋惜，也都是齊老先生的阻撓。」

老人沒有舉杯喝酒，而是將那柄雪刀放在桌面上，「老夫殺人，還是會讓人喝上幾口斷頭酒的，且慢飲。」

元本溪仰頭一口喝光杯中酒，「既然齊老先生有殺機卻無殺心，又何必故作姿態？」

齊練華冷笑道：「原來元本溪也不過如此。」

元本溪搖頭道：「人生在世，有人貪杯，有人貪生，都是人之常情。」

齊練華說道：「李義山、納蘭右慈兩人，一人幫徐驍打下春秋，一人幫趙炳謀奪天下，才是真正的謀天下。至於黃龍士，更不是你半寸舌可以比肩的。你元本溪一輩子不過是守天下而已，何況好笑的是，你還沒能守住。我之所以不殺你，是因為不殺，比殺你更好。」

元本溪自嘲道：「老先生是故意留我性命，去狗咬狗？」

齊練華伸出一根手指輕敲著那柄按照最早一代徐刀而造的雪刀，「這大好徐刀，用來斬狗頭，多煞風景。」

元本溪不為所動，微笑道：「老先生有不殺之恩，那麼晚輩也有一句話相勸。殺我元本溪不過是彈指之間的小事，但要去城內找皇帝趙篆，可不容易。比起先帝，當今天子，可是怕死太多太多了。我相信那徐鳳年寧願自己的外公平平安安回到北涼，也不願意老先生壯烈死在太安城，哪怕死法稱得上波瀾壯闊。徐鳳年好不容易跟前生來世做了個乾乾淨淨的了結，老先生這一走，別說雪中送炭，連錦上添花都算不上啊。」

齊練華訝異「咦」了一聲，「你元本溪僅剩半截舌頭，不但能開口說話，還能說上幾句人話？」

元本溪依舊神色怡然，指了指酒壺，「這麼多年，花雕酒的酒壺，但裝的酒始終是北涼綠蟻，老先生當真不喝上一杯？」

齊練華舉杯一飲而盡，起身離開涼亭，但留下了那柄刀，最後撂下一句話：「你們離陽三朝君王，都對不起徐驍。」

元本溪目送老人離去，很久過後，才悄不可見地點了點頭。

宋恪禮摀住心口踉蹌走入亭子，看到元先生安然無恙，如釋重負。

等到宋恪禮坐下後，元本溪反倒站起身，抬頭看著天色，感傷道：「天要下雨，娘要嫁人……可我不想有些事就這麼隨他去啊。」

元本溪臉上浮現一抹笑意，「老先生，我這是人之將死，其言也善啊。」

當元本溪轉身走向石桌，握住那柄冰涼徐刀後，宋恪禮突然有一種不好的預感，臉色瞬間蒼白。

元本溪望向遠處，「應該是宋堂祿在等著吧，趙篆是沒這份膽識的。」

元本溪收回視線，拋給宋恪禮一個錦囊，「你事後跟那位掌印太監說一聲，他想要比韓生宣活得更久更好，就讓他看一看這樣東西。」

宋恪禮像是接到一個燙手山芋，坐立不安，眼眶布滿血絲。

元本溪厲聲道：「宋恪禮，收起錦囊！起身，接刀！」

宋恪禮下意識猛然站起身，但是神情慌張地後退幾步，宋家雛鳳的風姿全無。

元本溪向前踏出一步，遞出那把涼刀。

宋恪禮瘋狂搖頭。

這位離陽帝師臉色猙獰地斥責道：「不殺元本溪，你宋恪禮如何立於君王側！」

宋恪禮滿臉淚水，六神無主，不斷重複道：「先生，我不殺你，先生，我不殺你……」

元本溪嘆了口氣，把刀放在桌子上，然後背對宋恪禮，平靜道：「運去英雄不自由。你不殺我，我元本溪就是個廢物，就算我多苟活幾年，但以後的天下，就註定再無我半寸舌元本溪的痕跡。」

元本溪閉上眼睛，輕聲道：「宋恪禮，你一定不要讓我失望啊。」

黃龍士、李義山，晚你們一步。納蘭右慈，早你一步了。

宋恪禮顫顫巍巍握住那柄涼刀。

元本溪剎那間睜開眼，深深望向遠方天際的餘暉。

這位半寸舌帝師張開嘴巴，深呼吸一口氣，像是與這方天地最後借了一口氣，怒吼道：「取走頭顱！」

宋恪禮神情痛苦，手起刀落！

◆

當面容冷冽，一襲鮮豔大紅蟒袍的司禮監掌印大太監悠悠然走到亭子臺階下時，只看到那個命途多舛的年輕人呆滯坐在地上，眼眶中流淌著觸目驚心的血淚，死死抱住懷中的那顆頭顱。

太安城外，老人瞇眼望著那座巍峨城頭，笑了，「我齊練華這一生，眼高手低，所求甚多，求書法超過古人，求家族興盛，求大楚國祚綿長，求蒼生福祉，結果一事無成，兩手空空。」

老人捧手呵了一口氣，「最後一求，倒是所求甚小，只求做一個，能讓自己問心無愧的長輩。」

正是這一日，一位無名老人進入太安城後徑直殺入欽天監。

殺盡欽天監錬氣士和八百侍衛。

這個老瘋子從頭到尾都沒有任何言語，只在臨終時只對自己默默說了一句話：「小年啊，別忘了外公跟你說的那句話。記得要相信自己，相信有你在的北涼！」

老人離開那句話，恰好跟元本溪一句無心之言相反。

「時來天地皆同力！」

——雪中悍刀行第二部（七）雪中斬天龍　完

高寶書版集團
gobooks.com.tw

DN 255
雪中悍刀行第二部（七）雪中斬天龍

作　　者　烽火戲諸侯
責任編輯　高如玫
封面設計　陳芳芳工作室
內頁排版　賴姵均
企　　劃　方慧娟

發 行 人　朱凱蕾
出　　版　英屬維京群島商高寶國際有限公司台灣分公司
　　　　　Global Group Holdings, Ltd.
地　　址　台北市內湖區洲子街88號3樓
網　　址　gobooks.com.tw
電　　話　(02) 27992788
電　　郵　readers@gobooks.com.tw（讀者服務部）
　　　　　pr@gobooks.com.tw（公關諮詢部）
傳　　真　出版部　(02) 27990909　行銷部 (02) 27993088
郵政劃撥　19394552
戶　　名　英屬維京群島商高寶國際有限公司台灣分公司
發　　行　英屬維京群島商高寶國際有限公司台灣分公司
初版日期　2021年 4 月

原書名：雪中悍刀行（13）雪中斬天龍
本作品中文繁體版通過文化部核准，核准字號文化部部版臺陸字第109070號。

國家圖書館出版品預行編目(CIP)資料

雪中悍刀行第二部（七）雪中斬天龍 / 烽火戲諸侯著. -- 初版. -- 臺北市：高寶國際出版：高寶國際發行, 2021.04
面；　公分. --（戲非戲；DN255）

ISBN 978-986-506-025-1（平裝）

857.7　　110002130